MIGNON G. EBERHART

Mord im Jagdhaus

Buch

Nebraska im November. Ein paar Freunde treffen sich zu einem gemeinsamen Wochenende in einer abseits gelegenen Jagdhütte. Sie sind nicht zufällig dort, denn Matil Kingery, die Gastgeberin, hat die Runde sorgfältig ausgewählt: Alle waren anwesend, als Matils Vater fünf Jahre zuvor in ebendieser Jagdhütte starb. Und Matil ist sich sicher, dass einer ihrer Bekannten für den Tod ihres Vaters verantwortlich ist. Fest entschlossen, den Mörder zu überführen, hat sie sich auch gleich um professionelle Hilfe gekümmert: Detective Lance O'Leary und dessen Begleiterin Sarah Keate, die sich inkognito unter die Gäste mischen. Doch bevor die beiden ihre heimlichen Nachforschungen anstellen können, schlägt der Mörder erneut zu. Und als ein Schneesturm die Gäste in der Jagdhütte zu Gefangenen macht, müssen alle der makaberen Wahrheit ins Auge blicken: Jeder von ihnen könnte der Täter sein – oder das nächste Opfer …

Autorin

Mignon G. (Good) Eberhart, geboren am 6. Juli 1899 in Lincoln/Nebraska, wuchs im Mittleren Westen Amerikas auf. Nach ihrer Hochzeit mit Alan Eberhart im Jahre 1923 begann sie Romane zu schreiben, und ihre Krimis um die resolute Krankenschwester Sarah Keate gehören zu ihren größten Erfolgen. Sie wurden in über zwanzig Sprachen übersetzt, immer wieder verfilmt und mit den höchsten Preisen ausgezeichnet. Mignon Eberhart hat insgesamt 75 Romane verfasst und gilt in Amerika als die *Grand Old Lady of Crime*.

Von Mignon G. Eberhart außerdem im Goldmann Verlag erschienen:

Während der Kranke schlief. Roman (120)
Der Patient in Zimmer 18. Roman (5987)
Die Treppe im Dunkeln. Roman (5263)

Mignon G. Eberhart

Mord im Jagdhaus

Roman

Aus dem Amerikanischen von
Markus Knop

GOLDMANN

Die Originalausgabe erschien 1930 unter dem Titel
»The Mystery of Hunting's End«
bei Doubleday, Doran & Co. Inc., New York

Umwelthinweis:
Alle bedruckten Materialien dieses Taschenbuches
sind chlorfrei und umweltschonend.
Das Papier enthält Recycling-Anteile.

Deutsche Erstveröffentlichung August 2000

Umschlaggestaltung: Design Team München
Umschlagfoto: Photonica/The Special Photos
Satz: deutsch-türkischer fotosatz, Berlin
Druck: Elsnerdruck, Berlin
Krimi: 5379
Lektorat: Julia Eisele
Redaktion: Marie-Luise Bezzenberger
Herstellung: Max Widmaier
Made in Germany
ISBN 3-442-05379-X

1 3 5 7 9 10 8 6 4 2

Inhalt

I

Hinter einer dieser Türen

Es war mit Sicherheit die einsamste Gegend, die ich jemals gesehen habe. Es schien mir unvorstellbar, dass mich die zwölf Stunden, von meinem mitternächtlichen Aufbruch in Barrington bis zur Mittagsstunde des nächsten Tages, in diese düstere Landschaft hatten führen können, die augenscheinlich fernab von jeglicher menschlichen Zivilisation lag. Aus dem geschäftigen, lauten Häusermeer war ich mitten in diese einsame Natur geraten. Wild und fremd lagen weite, öde Sandflächen vor mir, nur hier und da von pinienbewachsenen Hügeln unterbrochen.

Zwei Schreiben hatten mich hergeführt. Das erste war in einer eigenartigen Handschrift von einer Unterzeichnerin namens ›Matil Kingery‹ verfasst worden. Der Name war mir nicht unbekannt, denn wie die meisten Krankenschwestern las auch ich regelmäßig voll Interesse die Klatschspalten der Barringtoner Tageszeitungen, und der Name Kingery tauchte häufig darin auf. Man behandelte ihn mit einer gewissen Ehrfurcht, die geringeren Namen verweigert wurde. Ihr Brief, mit kräftiger schwarzer Tinte auf schwerem, schönem Briefpapier geschrieben, las sich wie folgt:

Verehrte Miss Keate,

meine Tante, Miss Lucy Kingery, braucht eine Pflegerin. Auf die Empfehlung von Mr. Lance O'Leary *hin bitte ich Sie, sich ihrer anzunehmen. Meine Tante kann seit mehreren Jahren nicht mehr gehen, ansonsten ist sie jedoch in guter körperlicher Verfassung.*

Ihre Aufgabe bestünde darin, ihr Massagen zu verabreichen und ihr bei den Verrichtungen des Lebens zur Hand zu gehen. Die Pflegerin, die sie bislang betreute, hat heute Morgen uner-

wartet gekündigt. Wir nehmen, zusammen mit einer kleinen Reisegruppe, den Sechsuhrabendzug nach Hunting's End. *Falls Sie mein Angebot annehmen möchten – und ich hoffe doch sehr, dass dies der Fall ist –, können Sie uns um diese Uhrzeit an der Union Station antreffen. Wenn Sie jedoch noch etwas mehr Zeit für Ihre Reisevorbereitungen brauchen, können Sie auch den Mitternachtszug nehmen. Lösen Sie eine Fahrkarte bis zum Bahnhof von Nettleson, der Hunting's End am nächsten liegt. Dort wird ein Automobil auf Sie warten und Sie zur Hütte fahren. Bitte schicken Sie mir Ihre Antwort per Boten. Vielen Dank.*

Hochachtungsvoll
Matil Kingery

Bereits beim ersten Überfliegen war mein Blick an dem Namen Lance O'Leary hängen geblieben, von daher war ihre Hervorhebung vollkommen unnötig. Wenn Lance O'Leary, ein mir gut bekannter junger Detektiv, ihr von mir erzählt hatte, dann ging es bei diesem Fall sicherlich um mehr als nur um herkömmliche Krankenpflege. Ich beschloss sofort, das Angebot anzunehmen, und war gerade im Begriff, einen Boten mit meiner Zusage zu schicken, als mir ein zweites Schreiben ins Haus flatterte. Es begann mit den Worten ›Liebste Sarah‹ und stammte natürlich von Lance O'Leary, der sich auf dem Papier immer sehr viel herzlicher ausdrückte als von Angesicht zu Angesicht – eine Eigenschaft, die ihm mit Sicherheit Ärger eingebracht hätte, wäre ich nicht die, die ich bin: Sarah Keate, eine ledige, unromantische Frau unbestimmten Alters mit scharfen Augen und einem robusten Magen. Letzteres erwähne ich, weil es durchaus von Bedeutung ist: Im Leben gehen eine gut funktionierende Verdauung und ein gesunder Menschenverstand immer Hand in Hand.

Liebste Sarah,

hiermit bitte ich Sie inständig, Miss Kingerys Angebot anzunehmen. Glauben Sie mir, ich brauche Sie dringend. Außerdem ist diese Sache – falls Sie sich im letzten Jahr nicht grundlegend verändert haben – ganz nach Ihrem abenteuerlichen Geschmack. Tun Sie bitte so, als sei ich ein ehemaliger Patient, der ich ja tatsächlich bin. Denn von der kleinen Gesellschaft weiß außer Miss Matil Kingery niemand, dass ich aus beruflichen Gründen dort bin; mehr noch, sie wissen nicht, was ich von Beruf bin.

Mit verbrecherischen Grüßen
Ihr Lance O'Leary

Seither habe ich noch oft an den leichtfertigen Ton von O'Learys Brief denken müssen. Später wusste ich, dass er Matil Kingerys Geschichte einfach nicht geglaubt, sondern gedacht hatte, es könne sich unmöglich so zugetragen haben. Wer hätte das nicht gedacht? Doch es war ihr todernst mit ihrer Erzählung gewesen. Damals hatte er außerdem noch nicht die leiseste Ahnung davon, was uns in jenen schrecklichen Tagen auf Hunting's End erwartete.

Da ich den Sechsuhrabendzug nicht mehr erreichte, fuhr ich den anderen (wer und wie viele es außer meiner zukünftigen Patientin, Matil Kingery und O'Leary waren, wusste ich nicht) mit dem Mitternachtszug hinterher. Wie ich schon sagte, dauerte die Reise genau zwölf Stunden, und nie hätte ich gedacht, dass zwölf Stunden eine Landschaft so verändern könnten – abgesehen vielleicht von den ersten zwölf Stunden einer Ozeanüberfahrt, wenn man unter den nächtlichen Hafenlichtern einer belebten Großstadt einschläft und inmitten einer endlosen Wüste aus Wasser und fernen Horizonten erwacht. Jener Sandhill-Country genannte Teil Nebraskas, der bei Entenjägern sehr beliebt ist, ähnelt dem Ozean sehr, seiner Einsamkeit und dem eintönigen Gleichmaß der stummen, wogenden Wassermassen und des Himmels.

Aber hier waren die Wellen Sandhügel, die schweigend und grenzenlos dalagen. Sie umgaben uns so mächtig und still, dass es mir vorkam, als wären der Fahrer, der mich wie verabredet in

Nettleson abgeholt hatte, sein kleines Auto und ich angesichts dieser Landschaft nichts weiter als unwirkliche, flache und nichts sagende Papierfiguren ohne Bedeutung oder Wert. Der Himmel war nicht blau, sondern von einem schweren Bleigrau, das am Horizont unmerklich mit den graubraunen Dünen verschmolz. Mitten durch den Sand führte eine Fahrspur, über die das Automobil sich holpernd vorwärts kämpfte.

Wir hatten nur gut zwanzig Meilen zurückzulegen, aber sie kamen mir vor wie hundertzwanzig. Wahrscheinlich stimmte das sogar, wenn man das Auf und Ab und das Hin und Her dazu rechnet. Ich hielt mich am Türgriff fest und achtete darauf, dass mir der Hut nicht vom Kopf und der Kopf nicht von den Schultern purzelte (was beileibe nicht einfach war). Ich hoffte, dass meine Tasche sich noch auf dem Rücksitz befand, wagte es jedoch nicht, den Kopf zu drehen, weil ich fürchtete, mir das Genick zu brechen, das ohnehin schon mehr auszuhalten hatte, als mir anatomisch möglich schien. Die beiden Schreiben, die ich gleich nach ihrem Erhalt vernichtet hatte, gingen mir durch den Sinn, und ich dachte über den seltsamen Namen des Jagdhauses nach.

Hunting's End. Das Ende der Jagd. Oder hatte dort womöglich ein Mann namens Hunting gelebt, dessen Leben mit Selbstmord oder Mord geendet hatte? Ein natürlicher Tod schien mir unwahrscheinlich, dazu war die Gegend zu trostlos und die Atmosphäre zu bedrohlich. Vermutlich hatte es ein böses Ende mit ihm genommen.

Später fand ich heraus, dass der verstorbene Huber Kingery sein Jagdhaus aus dem einfachen Grunde Hunting's End genannt hatte, weil die Jäger am Ende des Tages dorthin zurückkehrten. Meine düsteren Gedanken über den Ursprung des Namens bewiesen lediglich, dass die unheilvolle Stimmung der Gegend bereits an meinen Nerven zu zerren begann.

Ungefähr eine halbe Stunde bevor wir unser Ziel erreichten, fing es an zu schneien. Die feinen Pulverflocken, die sich kalt und weich auf mein Gesicht legten, rechtfertigten meines Erachtens weder die besorgte Miene des Fahrers, der ängstlich zum tiefgrauen Himmel hinaufsah und hinüber zu der dunklen Hügelkette im Westen blickte, noch die Art, wie er das arme Auto vorwärts quälte. Die Karosserie wurde von den holprigen Sandrippen heftig durchgerüttelt, und es war ein Wunder, dass sie nicht vollends auseinander brach. Meinen Knochen erging es nicht anders.

»Ist es nicht ziemlich ... früh für Schnee?«, brüllte ich über den Lärm des Motors hinweg.

»Wir haben immer Schnee ... im November.« Er riss das Steuer herum, fuhr einen steilen Hügel hinauf und fügte kryptisch und wegen der buckligen Piste abgehackt hinzu: »Ich hoffe nur ... es ist nicht ... das ..., wofür ich es halte.« Er zog die Bremse, und wir hielten so abrupt, dass ich nach vorn geschleudert wurde und mir nur deshalb nicht den Schädel an der Windschutzscheibe einschlug, weil das Auto noch einen letzten Satz machte, der mich mit der gleichen Wucht zurückschleuderte.

»Wenn Sie den Weg da hinaufgehen, finden Sie die Jagdhütte«, rief er. »Können Sie Ihre Tasche allein tragen?« Er stieg aus. Meine Tasche stand vor dem Auto. Auch ich stieg aus und stand vor einem sandigen, von Felsen eingesäumten Pfad. »Ich muss sofort wieder zurück.« Er machte einen langen Schritt und saß wieder hinter dem Steuer. Ich kramte nach meiner Geldbörse. »Miss Kingery wird mich morgen bezahlen, wenn ich die Lebensmittel nach Nettleson bringe.« Er fügte noch etwas Undeutliches hinzu, das sehr nach ›Wenn ich es schaffe‹ klang, und verschwand.

Dank des immer dichter werdenden Schneegestöbers, das die Welt bald vollständig in unzählige grauweiße Chiffonfalten einhüllte, sah ich am Ende des steilen Weges nur einen undeutlichen schwarzen Klotz. Hier und da war Licht zu sehen, das gelb durch die Fensterscheiben fiel. Als ich näher kam, stellte ich erstaunt fest, dass das Haus für ein Jagdhaus sehr groß war. Obwohl ich schon vorher gewusst hatte, dass es das Spielzeug eines wohlhabenden Mannes gewesen war, überraschte es mich, wie reich ausgestattet und wie aufwändig gebaut es war.

Der Schnee stach mir in die Augen. Die kalte Luft brannte in meinen Lungen. Ich erreichte eine Treppe und stieg zu einer rustikalen, ich möchte fast sagen: sehr rustikalen, Veranda hinauf. Entlang der jägerzaunartigen Brüstung standen Holzbänke. Da öffnete sich plötzlich die massive, aus vielen kleinen Stämmen gezimmerte Eingangstür und entließ Licht, Wärme, Stimmengewirr und den Klang eines Klaviers in die winterliche Luft.

Eine junge Frau stand auf der Schwelle. Sie zögerte einen Moment, bevor sie heraustrat und mich begrüßte. Hinter ihr erspähte ich flackernde Kaminfeuer und mehrere Personen vor einem Hintergrund aus Teppichen und gepolsterten Diwanen. Dort, auf der Veranda, über deren Geländer die Pinien ihre dunklen Äste mit den harten Nadeln reckten, während der Schnee den Rest der Welt in dicken weißen Chiffon hüllte, sah ich Matil Kingery zum ersten Mal. Sanft berührte die kalte, stille Luft ihre geröteten Wangen, so still wie ihre unergründlichen dunkelblauen Augen. Ich hatte gehört, dass sie bildschön sei, aber auf diese stolze Haltung, diese aufrechte, schlanke Figur und diesen Anflug von Arroganz und Eigenwilligkeit in ihrem hübschen Gesicht war ich nicht vorbereitet gewesen. Ihr Gesicht war wunderschön: Die strengen schwarzen Brauen und Wimpern, der ungewöhnlich feste Blick und die Haltung ihres Kopfes mit dem schwarzen, weichen Haar flößten mir Respekt ein. Die geröteten Wangen verdankte sie wohl weniger einer fröhlichen Stimmung als der Hitze der Kaminfeuer, denn sie trat mir mit einer strengen, kühlen Miene entgegen. Ihre Lippen waren ein wenig verkniffen; und trotz ihres zierlichen Kinns ließ sich der eigensinnige Kiefer der Kingerys erahnen. Dennoch war sie, wie mir schien, dank ihrer weiblichen Vorzüge von einnehmenderem Wesen als ihr Vater, Huber Kingery, es je gewesen war; und dabei hatte dieser als außerordentlich charmanter Mann gegolten. Erst gegen Ende seines Lebens hatte man ihm seinen ausschweifenden Lebensstil angesehen: Um seinen Mund hatten sich mürrische Falten und unter seinen Augen Tränensäcke gebildet.

»Sind Sie Miss Keate?«, fragte sie und riss mich aus meinen Gedanken. Seltsamerweise bereitete es mir Genugtuung, dass sie auch eine schöne Stimme besaß, eine tiefe und ernste Stimme, die sich auf merkwürdig faszinierende Art manchmal mitten im Satz überschlug. Nachdem ich ihre Frage mit einem Nicken beantwortet hatte, fuhr sie fort: »Ich bin Matil Kingery. Es freut mich sehr, dass Sie mein Angebot angenommen haben. Meine Tante ist teilweise gelähmt und braucht viel Hilfe. Sie erwartet Sie schon.« Sie sprach so laut und deutlich, dass ich einen Augenblick lang den Eindruck hatte, als richte sie ihre Worte nicht nur an mich, sondern auch an die Personen, die sich im Raum hinter ihr befanden.

Hinter ihr bewegte sich etwas. Ein großer, weiß-goldener Collie strich um ihre Beine, schaute mich desinteressiert an und drückte seinen Kopf an den Saum ihres dunkelroten Wollkleids. Sie sah lächelnd zu ihm hinab und legte eine Hand auf seinen schmalen Kopf. Die weißen Seidenrüschen, die ihr schlankes Handgelenk umschlossen, waren nicht weißer als sein prachtvolles Fell.

»Armer Jericho«, sagte sie. »Er mag keine Züge. Seit wir gestern Abend losgefahren sind, ist er ganz trübsinnig.«

Der Hund entzog sich ihrer Hand, ging mit hängendem Schwanz zur Verandabrüstung und blickte traurig in den Schnee hinaus. Dann trottete er zu Matil zurück und schmiegte sich eng an sie. Wenn mich sein prächtiges Fell nicht täuschte, zitterte er. Mich wunderte, dass seine Laune sich nach der Zugfahrt hier nicht besserte.

Die junge Frau sah mich lächelnd an. Es war kein fröhliches Lächeln, sondern ein bisschen wehmütig und traurig, gleichzeitig lag eine Art trotziger Mut darin.

Ich kann nicht verhehlen, dass Matil Kingery mir vom ersten Moment an sympathisch war.

»Sie frieren ja«, sagte sie. »Treten Sie ein. Darf ich Ihnen Ihre Tasche abnehmen?«

Als sie sie nehmen wollte, tauchte ein großer, stämmiger Hausdiener an der Tür auf. Er wirkte ungeschlacht, hatte ein flaches rosafarbenes Gesicht, blondes Haar und weder Augenbrauen noch Wimpern, wodurch er auffallend unfertig aussah und die schwarzen Pupillen seiner blassen Augen betont wurden. Er nahm meine Tasche und folgte uns ins Wohnzimmer, in dem uns Licht, Wärme und viele Stimmen umfingen. Trotz des Durcheinanders fiel mir auf, dass der Hausdiener meine Reisetasche zu den anderen Gepäckstücken stellte, die neben der Tür auf einem großen Haufen lagen. Ich fragte mich gerade, warum er sie nicht gleich auf mein Zimmer gebracht hatte, als ich in einer kleinen Gruppe in der Nähe das vertraute Gesicht O'Learys erblickte. Er sah beiläufig zu mir herüber. Dann schaute er nochmals her, als erkenne er in mir eine alte Bekannte, machte ein erstauntes Gesicht, erhob sich und kam auf mich zu.

»Wen haben wir denn hier? Miss Keate!«, rief er erfreut.

»Guten Tag, Mr. O'Leary.«

»Oh, Sie kennen sich?«, fragte Matil laut.

Das Stimmengemurmel war verstummt, und mir war bewusst, dass mehrere Augenpaare im Raum uns ungewöhnlich aufmerksam beobachteten. Ein zweiter Mann war O'Leary gefolgt und stand jetzt neben Matil. Er war nur wenig größer als sie, hatte breite, kräftige Schultern und einen enormen Brustkorb. In seinem dunklen Gesicht funkelten verschmitzte grüngraue Augen.

Lächelnd entblößte er strahlend weiße Zähne zwischen roten Lippen.

»Die Schwester?«, fragte er Matil, als habe er ein Recht, die Antwort zu erfahren, und sah, nachdem sie genickt hatte, O'Leary an. »Und Sie kennen sich?«, fragte er.

Matil stellte uns mit ein paar gemurmelten Worten vor. Ich verstand nur ›Signor Paggi‹. O'Leary sagte: »Wir kennen uns tatsächlich. In einer kritischen Phase meines Lebens war ich Miss Keates Patient.«

»Ach ja?«, sagte Signor Paggi und betrachtete mich neugierig. »In einer kritischen Phase?«

»Hatten Sie jemals eine Blinddarmentzündung? Zumindest bei Amerikanern passiert das recht häufig«, sagte O'Leary trocken. Paggi schüttelte den Kopf, schien aber Bescheid zu wissen.

O'Leary fügte hinzu: »Miss Keate hat mich damals im Krankenhaus gepflegt.«

»Jo«, rief eine Besitz ergreifende Frauenstimme am anderen Ende des Raums. »Terice sagt, sie möchte gern das Duett versuchen. Singst du es mit ihr?«

Paggis dunkles Gesicht verfinsterte sich noch ein wenig mehr, eine Sekunde lang blitzte etwas ganz und gar nicht Jungenhaftes in seinen Augen auf. Dann jedoch drehte er sich leichtfüßig um und schritt munter durch den Raum.

»Aber gern!«, rief er fröhlich.

»Einen Moment bitte, Jo«, sagte Matil. »Ich will erst die Schlafzimmer verteilen. Wir sind schon seit heute Morgen hier, und noch immer weiß keiner, welches Zimmer er hat.« Den letzten Satz hatte sie lächelnd zu mir gesagt. Aber sie hatte so laut gesprochen, dass alle acht bis zehn Leute in dem langen Raum sie gehört haben mussten.

Jedenfalls schwiegen alle erneut. Der junge Mann, der am Klavier saß, ließ die Hände sinken. »Die Zimmerliste bitte, Brunker«, fuhr Matil immer noch lächelnd fort. »Ich nehme mein altes Eckzimmer.« Sie zeigte auf eine Tür, die an diesem Ende des Wohnzimmers lag, ganz in der Nähe der Eingangstür.

Entlang der Westseite des Wohnzimmers führten Türen zu insgesamt sieben Zimmern. Zwischen den Türen hingen Bilder mit mehr oder weniger gelungenen Jagdmotiven. An den kurzen Seiten des rechteckigen Raums befand sich jeweils ein großer Kamin aus unbehauenem Naturstein. Am südlichen Zimmerende führte rechts neben dem Kamin, über dem über Kreuz ein Paar Skier hing, eine Tür zur Küche. Zur linken Seite des Kamins führte eine schmale Treppe hinauf zur Galerie, die an drei Seiten des Raums entlanglief. Von dort, wo ich stand, sah ich an beiden Enden der Galerie weitere Türen und schloss daraus, dass sich im Obergeschoss weitere Schlafzimmer befanden. Der längste Teil der Galerie verlief an der rauchgeschwärzten Ostwand des Jagdhauses und ragte, wie auch an den anderen Seiten, in den Raum hinein. Fast in der Mitte dieser Längsseite wölbte sich die Galerie nach innen, zu einer Art halbrundem Balkon. Dort endete wahrscheinlich die schmale Treppe. Das Geländer aus jägerzaunartig gekreuzten Schösslingen ähnelte dem der Veranda. Während Matil sich über die Liste beugte, die ihr von dem Dienstboten gereicht worden war, fiel mir auf, dass der rustikale Gesamteindruck offenbar genau geplant worden war. Ich fand, dass das Resultat für meinen Geschmack zu wünschen übrig ließ.

Schon die wackeligen Birkentische waren, ebenso wie die Stühle und Bänke aus grobem Holz, eher geschmacklos, doch als mein Blick auf die Birkenrindenverkleidung des Konzertflügels fiel, der unter der Galerie stand, fühlte ich mich fast persönlich angegriffen. Ich begriff nicht, wie Huber Kingery, der doch sonst durchaus Geschmack gehabt hatte, solche Abscheulichkeiten in einem eigentlich schönen Raum hatte zulassen können. Die Proportionen allerdings waren edel, die Teppiche und die gepolsterten Diwane und Lehnsessel gediegen und luxuriös. Durch die schiere Größe des Wohnzimmers wirkten die zahlreichen Wandbehänge, darunter einige bunte indianische Webteppiche, die über das Geländer der Galerie und an den Wänden hingen, nicht allzu beliebig und kitschig. Die beiden knisternden Kaminfeuer warfen flackerndes Licht und lange Schatten, und außerdem erhellten zahlreiche Lampen in allen Formen und Größen, die von der Decke hingen oder auf den Tischen und Regalen standen – einige an den unerwartetsten Orten – den Raum.

»Zinnlampen«, flüsterte O'Leary. Er hatte meine Gedanken gelesen. »Mr. Kingery hat sie gesammelt. Lassen Sie sich einmal von Miss Matil etwas darüber erzählen. Es ist wirklich amüsant.«

Matil Kingery hatte anscheinend ihre Überlegungen zur Zimmerverteilung abgeschlossen; sie näherte sich langsam der Gruppe am Klavier und nahm O'Leary und mich unauffällig ins Schlepptau, indem sie sich höflich nach meiner Reise erkundigte.

Mit einer Liebenswürdigkeit, die so manche Tochter aus gutem Hause einer einfachen Krankenschwester wie mir verwehrt

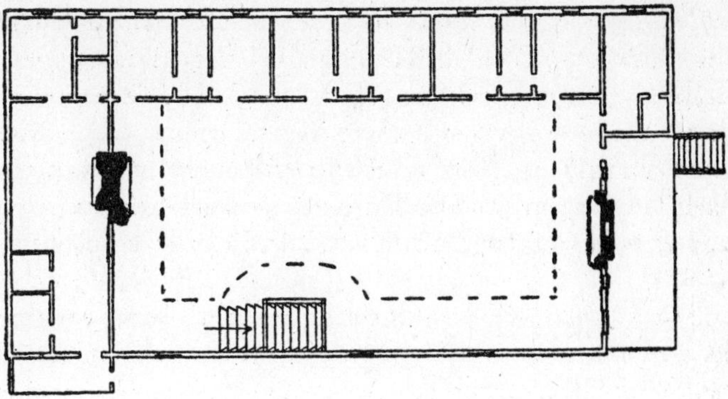

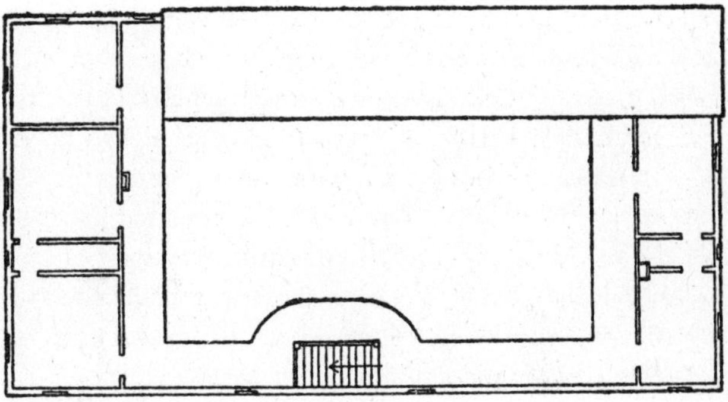

hätte, stellte sie mich den übrigen Gästen vor, wobei ich allerdings nur einen ersten Eindruck gewann. Die im Rollstuhl sitzende Frau mit dem hageren Gesicht und den tief liegenden Augen war Miss Lucy Kingery. Helene war die rundliche Ehegattin von Signor Paggi, die ihren Mann kaum eine Sekunde aus den Augen ließ. Der Mann am Klavier war ein gewisser Lal Killian; er war jung, hoch gewachsen, trug einen schwarzen Schnurrbart und hatte träge graubraune Augen. Die kleine platinblonde Frau war Baronin Terice von Turcum; außerdem waren da noch Gerald

Frawley, ein dünner dunkelhaariger, blasser und auf den ersten Blick sehr gewissenhafter Mann; Newell Morse, blond, untersetzt und mit einem breiten Gesicht; und schließlich Mr. Barre, den Matil Julian rief. Er war ein wenig älter als Morse, hatte dunkle Haare, die an den Schläfen grau wurden, und ein angenehm selbstsicheres Auftreten. Ob es seine gepflegten Umgangsformen oder sein attraktives Äußeres war, konnte ich nicht entscheiden, jedenfalls beeindruckte er mich. Die Anwesenden trugen noch immer ihre Reisekleidung, obwohl sie schon seit dem Morgen hier waren. Das Gepäck lag unberührt auf einem unordentlichen Haufen neben dem Eingang, dabei war es mittlerweile später Nachmittag. Soeben hängte Brunker mein schweres blau-rotes Schwesterncape an die Garderobe, an der auch die Mäntel und Hüte der anderen hingen.

Matils Ankündigung folgte ein kurzes Stimmengewirr, aus dem Helene Paggi schrill herauszuhören war.

»Matil, Terice und ich hätten gern die beiden nördlichen Zimmer im Obergeschoss«, rief sie. »Schließlich müssen wir uns ein Badezimmer teilen. Und außerdem hatten wir immer diese beiden Zimmer … das heißt … zumindest …« Scheinbar grundlos geriet sie ins Stocken. Gerald Frawley bemerkte ruhig:

»Das stimmt. Befindet sich in diesem Haus nicht überall zwischen zwei Schlafzimmern je ein gemeinsames Badezimmer? Wenigstens habe ich es so in Erinnerung.«

Matil nickte. Lal Killian griff in die Tasten und spielte ein, zwei laute Akkorde.

»Genau«, sagte er nüchtern. »Matil, mein einziger Wunsch ist ein Zimmernachbar, der nicht vergisst, meine Badezimmertür wieder zu entriegeln, nachdem er das Bad benutzt hat.« Während seine flinken Finger irgendeine leichte, populäre Melodie anstimmten, fügte er düster hinzu: »Und außerdem darf er nicht länger als eine Stunde zum Rasieren brauchen.«

»Das musst du gerade sagen, Lal«, rief der junge Morse. Sein breites Gesicht und die frische Hautfarbe verliehen ihm ein ungewöhnlich energisches Aussehen. »Du möchtest uns endlich alle unterbringen, nicht wahr, Matil? Lal und mich kannst du ruhig in die beiden ersten Zimmer stecken.« Er nickte zu den Türen neben der Küche hinüber. »Sollen wir eine Münze werfen, wer zuerst ins Bad darf, Lal?«

»In Ordnung«, sagte Matil. »Tante Lucy, du möchtest sicher dein altes Zimmer neben meinem haben, nicht wahr? Dann wäre es allerdings besser, wenn Miss Keate das Zimmer auf der anderen Seite des Bads bekommt.« Sie notierte sich etwas auf der Liste. »Bleiben also noch die zwei mittleren Zimmer und die beiden im Obergeschoss.«

»Matil.« Tante Lucy hatte eine sehr laute, krächzende Stimme. Sie hatte seltsam bedächtig gesprochen. Alle wandten sich zu ihr um. »Matil«, wiederholte sie, »soll das etwa heißen, dass jemand in *Hubers Zimmer* schlafen soll?«

Atemlose Stille folgte auf ihr Krächzen. Killians Hände ruhten auf den Tasten. Ein Kiefernscheit brach im Kamin entzwei, und eine Stichflamme schoss empor. Ein kräftiger Windstoß rüttelte an den Fenstern und ließ die Kiefern knarren. Helenes Gesicht verfärbte sich gelblich, während die Baronin ihre kleinen, harten und ziemlich schmutzigen Finger um die Notenblätter auf ihrem Schoß krallte. Ein Geheimnis lag in der Luft, die vor Spannung still zu stehen schien. Doch dann fiel in der Küche etwas scheppernd zu Boden, und das Geräusch machte unserem Unbehagen ein Ende. Julian Barre trat zu Matil und warf einen Blick auf die Liste. Seine grau melierten Locken waren von der Stirn zurückgekämmt, seine markanten Züge drückten Anteilnahme aus. Sein schmaler, eher harter Mund schien freundlicher, weicher.

»Mein liebes Kind …«, begann er, »liebe …«

»Tut mir Leid, Tante Lucy«, sagte Matil mit hoch gerecktem Kinn. Ihre Augen funkelten schwarz in ihrem weißen Gesicht. »Annette schläft in dem Zimmer neben der Küche und Brunker im westlichen Zimmer an der Südseite der Galerie. Damit bleiben elf Zimmer für uns, und wir sind genau elf Personen. Es tut mir Leid, es lag nicht in meiner Absicht. Ich wollte dir keinen Ärger …«

Schon während sie es sagte, merkte ich, dass es ihr überhaupt nicht Leid tat. Sie hatte genau gewusst, dass es so kommen würde.

»Mein liebes Kind«, wiederholte Barre, »mach dir darüber keine Sorgen. Jeder von uns würde in Hubers Zimmer schlafen. Es macht niemandem etwas aus. Jeder würde sein Zimmer nehmen.«

»Tut mir Leid«, sagte Matil abermals. »Wer ...« Ihre Stimme setzte kurz aus. Lucy Kingery, die unerwartet ins Kaminfeuer starrte, fiel ihr laut und scharf ins Wort:

»Was wer? Ach, *wer* es bekommen soll? Das Zimmer, in dem Huber gestorben ist? In dem Huber gestorben ist. Diesen Monat ist es fünf Jahre her. Damals hatten wir zum letzten Mal Gäste hier. Damals waren wir alle zum letzten Mal hier.« Sie wandte ihren trüben, leeren Blick vom Feuer und schaute auf die versammelte Gesellschaft, von der nicht ein Einziger ihren Blick nicht erwiderte. Das wäre unmöglich gewesen, zumal ihr Auftreten, ganz zu schweigen von ihren Worten, ausgesprochen unangenehm war. Ihre Augen wanderten von einer unbewegten, erschrockenen Miene zur nächsten, bis sie bei mir Halt machten. Sie fuhr sich mit der Zunge über die dicken dunkelroten Lippen. »Er starb an Herzversagen«, sagte sie mit Nachdruck. »Er starb an Herzversagen.«

Wieder schwiegen alle, und in dieser Stille geschah etwas Schreckliches: Der Collie, der bis dahin Matil auf Schritt und Tritt gefolgt war, trottete langsam zu einer der verschlossenen Türen und schnüffelte an dem Spalt über der Schwelle. Wir hielten den Atem an. Niemand rührte sich. Plötzlich winselte er, horchte und winselte noch einmal.

»Terice!«, sagte jemand streng. Ich schaute wieder zu den Umstehenden. Terice von Turcum hatte sich, wie um einen Schrei zu unterdrücken, die Hände vor den Mund geschlagen. Ihre Augen über den geschminkten Wangen waren starr vor Schrecken.

»Terice!«, sagte die Stimme abermals kalt und streng. Sie gehörte dem Mann namens Frawley. Sein hageres, blasses Gesicht unter dem pechschwarzen Haar war hart und kalt, und seine dunklen Augen blickten sie herrisch an. Terice sah von dem Hund fort, begegnete seinem Blick und sank in ihren Sessel zurück.

Plötzlich redeten wieder alle durcheinander. Killian stand neben Matil. Helene bestand verwirrt darauf, es ginge ja nur um das Badezimmer, und es sei sowieso das Zimmer, das sie immer gehabt habe. Barre, Killian und Frawley erboten sich gleichzeitig, Hubers Zimmer zu nehmen. Paggi klimperte auf dem Klavier herum, murmelte etwas von seiner Stimme, und dass es ein Nordzimmer sei, dass es ihm aber nichts ausmache, wenn Matil es so wolle. Tante Lucy starrte mit einem Furcht erregenden Lächeln in das Kaminfeuer. Mir fiel auf, dass O'Leary nichts sagte, sondern geistesabwesend in seinen Hosentaschen kramte, und dass Brunker, der unmittelbar hinter ihm stand, aussah, als hätte er ein Gespenst gesehen: Sein Gesicht war grünlich bleich, und die blassen Augen mit den dunklen Pupillen quollen fast zwischen den wimpernlosen Lidern hervor. Als er bemerkte, dass ich ihn beobachtete, senkten sich die schweren Augenlider augenblicklich, und seine Miene wurde wieder ausdruckslos.

Dann stand die Zimmerordnung fest. Der gute Ton, die perfekten Umgangsformen und das allseits höfliche Lächeln kehrten zurück. Die vielen nützlichen Gesellschaftsregeln griffen wieder. Brunker kümmerte sich um das Gepäck. Einige sagten entschuldigend, sie wollten sich noch ausruhen und müssten sich umziehen, und die Gesellschaft löste sich auf. Tante Lucy ließ ihren Rollstuhl geräuschlos zum anderen Ende des Wohnzimmers rollen und verschwand in dem Raum neben Matils Zimmer. Ich hörte, wie Matil etwas über den Wein zum Abendessen zu Julian Barre sagte, woraufhin dieser mit Brunker in die Küche ging. Baronin von Turcums unglaublich hohe Absätze klickten die Treppe hinauf. Helene blieb oben auf der Galerie stehen und sagte etwas zu Paggi, das dieser nicht gebührend beachtete, da seine ganze Aufmerksamkeit offenbar Matils schwarzem Haarschopf unten im Erdgeschoss galt.

Trotz der Unruhe entging mir nicht, wer in dem Zimmer verschwand, vor dem der Hund gewinselt hatte. Es war Gerald Frawley.

Matil, O'Leary und ich blieben zurück. Ich hatte Anstalten gemacht, Tante Lucy zu folgen, doch ein Blick aus Lance O'Learys hellgrauen Augen hatte mich davon abgehalten. Also wartete ich. Und das kam mir durchaus gelegen, denn ich kann nicht leugnen, dass ich inzwischen ungemein neugierig war.

»Das Wohnzimmer ist groß genug«, sagte O'Leary, nachdem wir Helenes Tür ins Schloss hatten fallen hören. »Wir können uns ungestört unterhalten. Dieser Diwan, der da vorn in der Mitte steht, sieht doch sehr gemütlich aus, oder? Übrigens, Miss Matil, Miss Keate interessiert sich brennend für die Lampensammlung. Sie müssen ihr unbedingt mehr darüber erzählen. Ich hatte ja keine Ahnung, dass Ihre Sammlung so groß ist. Ihr Vater hat sicher eine stolze Summe dafür bezahlt. Nehmen Sie doch bitte hier Platz, Miss Keate. Sitzen Sie bequem, Miss Kingery? Sollte eine von Ihnen erschöpft sein, könnten wir unser Gespräch auch auf morgen vertagen. Nein? Gut. Wären Sie dann bitte so freundlich, Miss Matil, das, was Sie mir gestern in meinem Büro erzählt haben, noch einmal und etwas genauer zu schildern? Erstens möchte ich mein Gedächtnis auffrischen, und zweitens ist Miss Keate, wie ich Ihnen schon sagte, eine unschätzbare Hilfe.«

Matil zögerte. Er beugte sich vor.

»Sagen Sie, Miss Matil, sind die Personen, die hier versammelt sind, dieselben, die vor fünf Jahren hier waren, als Ihr Vater … starb?«

»Ja«, sagte Matil Kingery, »mit Ausnahme von Ihnen und Miss Keate.«

»Auch die Angestellten?«

»Auch die Angestellten. Sogar Jericho war da. Er hat meinem Vater gehört.«

O'Leary lehnte sich zurück. Seine grauen Augen waren klar und aufmerksam. Wie immer war sein Äußeres makellos: ein faltenloses Hemd, ein gut sitzender grauer Kammgarnanzug; das hellbraune Haar war sorgfältig gekämmt. Seine Miene war liebenswürdig und offen. Matil Kingery saß ihm direkt gegenüber. Die Röte war aus ihren Wangen gewichen; sie waren blass, ihre Augen waren dunkel. Der unglückliche Jericho kauerte neben ihr und hob nur ab und zu die Schnauze zu ihrer Hand. Gleichgültig sah er uns mit seinen braunen Augen an, ohne jede Spur der Fröhlichkeit oder Gutmütigkeit, die Collies normalerweise zu Eigen ist.

»Die Angestellten auch ...«, wiederholte O'Leary leise. »Erstaunlich. Wie um alles in der Welt haben Sie sie alle hierher bekommen? Angesichts dessen, was Sie mir erzählt haben, kann doch niemand einen Vergnügungsausflug erwartet haben. Wie kommt es, dass alle der Einladung so bereitwillig gefolgt sind?«

»Ganz einfach«, sagte die junge Frau. »Sie hatten ... Angst abzulehnen.«

»Angst abzulehnen«, murmelte O'Leary. »Nun ... Mmh. Ich will Sie nicht unnötig quälen, Miss Matil, aber würden Sie bitte für Miss Keate wiederholen, was Sie mir erzählt haben?«

»Es quält mich nicht«, erwiderte Matil Kingery mit fester Stimme. »Ich weiß es seit fünf Jahren. Jeder hier im Jagdhaus weiß es seit fünf Jahren. Vor fünf Jahren ist mein Vater in diesem Zimmer dort drüben ermordet worden.«

Ich hatte bereits damit gerechnet. Trotzdem stockte mir der Atem.

»Jemand hat ihn ermordet«, sagte sie scheinbar ungerührt. »Und der Mörder ist hier. Heute Abend. Hinter einer dieser Türen.«

2

Alles ist möglich

In der darauf eintretenden Stille hörte ich wieder, wie der Wind an den dicken Wänden des Jagdhauses rüttelte und die Schneeflocken gegen die Fensterscheiben trieb. Ein Teil von mir dachte: »Es muss kälter geworden sein. Der Schnee hört sich an wie Hagel«, während der andere wiederholte: »Der Mörder ist hier. Heute Abend. Hinter einer dieser Türen.« Wie bedächtig und kühl sie ihre Worte gewählt hatte, wie seltsam es war, dass mir ihre Beherrschung wie ein schlimmes Vorzeichen vorkam! Mein Nacken zuckte. Etwas in mir wollte sich umdrehen und zu den verschlossenen Türen auf der Galerie hinaufblicken. Nur mit Mühe wehrte ich mich gegen den fast unwiderstehlichen Impuls und hielt meinen Kopf mit Gewalt still.

O'Leary sah die junge Frau wortlos an. Sicher fiel ihm, genau wie mir, ihre Blässe auf, und das rasche Pochen der Adern an ihren Schläfen, und wie verkrampft sie sich an die Armlehnen ihres Sessels klammerte. Jericho rührte sich, legte seinen Kopf auf ihre Knie und schaute sie neugierig an.

»Das wird eine schlimme Nacht«, sagte O'Leary. »Schneit es hier oben oft so stark?«

Langsam blickte sie zu ihm hinüber. Ihre samtweichen, schweren Lider hoben und senkten sich.

»Ich glaube schon. Die Alteingesessenen sagen, in den Sandhills ist alles möglich.« Sie hielt inne. Dann flüsterte sie: »Und sie haben Recht.«

Obwohl es im Zimmer brütend heiß war, bekam ich eine Gänsehaut.

»Wenn ich Sie recht verstanden habe«, sagte O'Leary, »verhält es sich folgendermaßen: Ihr Vater und seine … Freunde wollten eine Woche lang jagen. Eines Nachts wurde Ihr Vater erschossen.

Er befand sich in seinem Zimmer und wollte offenbar gerade zu Bett gehen. Das Fenster war von innen verschlossen, und auch alle Türen des Jagdhauses waren von innen verriegelt. Der Schuss war deutlich zu hören …« Er hielt fragend inne. Die Hände der jungen Frau zuckten.

»Ja, *sehr* deutlich«, flüsterte sie. Ihr Mund schien ein wenig trocken zu sein, und in ihren Augen spiegelte sich fünf Jahre altes Entsetzen.

»Gut«, fuhr O'Leary in einem ruhigen Plauderton fort, der meine Nerven spürbar beruhigte. »Mmh. Sehr deutlich zu hören. Alle stürmten aus ihren Zimmern, und man fand Huber Kingery, der auf dem Boden seines Zimmers lag und starb, ohne noch etwas sagen zu können. Entschuldigen Sie, Miss Matil, aber ich muss es so drastisch schildern.«

Sie setzte sich aufrecht hin und blickte kurz zur Galerie hinauf, als wolle sie sichergehen, dass uns niemand beobachtete.

»Wir sollten besser ein wenig lächeln … oder lachen. Vielleicht sieht uns jemand«, sagte sie. »Ich habe Sie hergebeten. Ich habe die Initiative ergriffen. Natürlich ist es schmerzlich …, aber das alles muss endlich ein Ende haben.« O'Leary nickte. Er zog einen schäbigen roten Bleistiftstummel aus seiner Hosentasche, drehte ihn zwischen den Fingern und ließ ihn vor und zurück gleiten. Ich sah ihm zunehmend gereizt zu. Ohne Frage war dies eine seiner harmlosen Angewohnheiten, doch es ging mir unweigerlich auf die Nerven.

»Und dann ließen Sie den Leichenbeschauer kommen … und brachten ihn dazu, Tod durch Herzversagen zu bescheinigen?«

»Ja. Ich war damals erst siebzehn. Tante Lucy hatte einen schweren Schock. Die anderen haben … die ganze Nacht lang geredet. Ich sehe sie noch vor mir, wie sie da drüben am Kamin saßen, während mein Vater tot in seinem Zimmer lag – *und der Mörder hat unter ihnen gesessen.* Ich habe dort hinten gesessen, auf der Bank in der Ecke.« Sie blickte zu dem größeren Kamin, und ich konnte mir die Szene lebhaft vorstellen, wie die Erwachsenen während der langen Nachtstunden redeten und redeten, während der Tote nur wenige Meter entfernt auf dem Zimmerboden lag, und wie die schlanke Siebzehnjährige zusammengekauert auf der kalten Holzbank saß und ihnen zuhörte. »Tante Lucy … konnte keine Entscheidung treffen. Sie hatte einen furchtbaren Schock erlitten. Sie war meinem Vater treu ergeben, seit damals ist sie nicht mehr wie früher. In ihrem Zustand konnte sie nichts dazu sagen, wie wir weiter vorgehen sollten. Julian … Mr. Barre, Sie wissen schon … hat mir gesagt, dass sie den Leichenbeschauer bestechen wollten; dass sie die Tatsache, dass es ein Mord gewesen war, für sich behalten wollten, und dass es besser so sei. Sie müssten an ihre gesellschaftliche Stellung denken, hat er gesagt und mir erzählt, wie sensationsgierig die Presse reagieren würde. Außerdem hat er gesagt … schonend, nehme ich an, und freundlich, denn er war Vaters bester Freund gewesen …, dass … dass das Privatleben meines Vaters von einer Art gewesen wäre, die eine Untersuchung, wie sie ein Mord nach sich ziehen würde, sehr … sehr schmerzhaft für mich und Tante Lucy machen würde. Er sagte, mein Vater habe großes öffentliches Ansehen genossen; alle würden ihn in guter Erinnerung behalten; es sei nun mal geschehen und könne nicht mehr rückgängig gemacht werden und … ich kann es kaum sagen.«

Sie fuhr sich mit der Zunge über die Lippen. Wieder zuckten ihre Hände, die in ihrem Schoß lagen. Der Collie spürte ihr Unbehagen und schmiegte sich enger an sie. »Ich kann es kaum sagen, aber er hat angedeutet, dass der Mord möglicherweise gerechtfertigt war, dass mein Vater vielleicht jemandem einen Grund gegeben hatte, ihn zu töten. Ich weiß nicht, wie ich es geschafft habe, so viel von dem, was er sagte, zu verstehen. Ich war damals so jung. Aber ich habe ihn verstanden. Als Nächstes hat er mir erklärt, dass sofort nach dem Bekanntwerden des Mordes die Zahlungsfähigkeit der Kingery-Treuhandgesellschaft in Frage gestellt würde, dass, ganz gleich wie lückenlos man beweisen könnte, dass dort alles mit rechten Dingen zugegangen war, die Treuhandgesellschaft auf Jahre hinaus in Misskredit geraten würde. Er deutete an, dass solche Dinge … Gerüchte, Verleumdungen … schon manch anderen in den Bankrott getrieben hätten. Immerhin hatte mein Vater sein gesamtes Vermögen in die Gesellschaft gesteckt.«

»Gab es unter den damals Anwesenden noch jemanden, der sein Vermögen in die Kingery-Treuhandgesellschaft investiert hatte?«

»Ja. Julian natürlich. Und die Paggis. Außerdem Lal Killian, Newell Morse und Gerald Frawley; ich glaube, Sie wissen, dass Gerald sogar Vizepräsident ist, zumindest war er es damals. Newell und Gerald haben zwar weniger wichtige Posten, aber soweit ich weiß, sind beide Teilhaber. Jeder hatte also ein persönliches Interesse daran, den Mord zu vertuschen.«

»War denn ein Selbstmord völlig auszuschließen?«, fragte O'Leary leise.

»Ja. Schließlich war kein Revolver zu finden.«

»Sind Sie sicher?«

»Ja, ganz sicher. Ich … ich habe selbst … überall nachgesehen.«

Und das mit siebzehn. Wahrscheinlich war sie zum ersten Mal in ihrem Leben mit dem Tod konfrontiert worden, noch dazu in seiner hässlichsten Form. Zudem musste sie befürchten, dass man den Namen ihres Vaters in den Schmutz ziehen und dass die Firma, für die er seine besten Jahre geopfert hatte, bankrott gehen würde.

Trotzdem hatte sie nach dem Revolver gesucht. Ganz gleich, was Huber Kingery getan oder nicht getan hatte, seine Tochter war von echtem Schrot und Korn.

»Was ist danach passiert?«, fragte O'Leary überaus höflich.

»Dann kam der Leichenbeschauer. Jemand, ich glaube, es war Newell Morse, ist mit ihm in das Zimmer gegangen. Bis heute weiß ich nicht, wie sie die Angelegenheit geregelt haben. Ich habe natürlich zugestimmt. Was blieb mir anderes übrig?«

»Und Sie sind aus dem Jagdhaus abgereist … wann genau?«

»Noch am selben Tag. Ein Leichenbestatter ist gekommen … aus Nettleson.«

»Aha, den könnten wir ausfindig machen.«

Sie schüttelte den Kopf.

»Er ist vor kurzem gestorben. Ich habe die Todesanzeige in der Zeitung gelesen.«

»Dann müssen wir den Leichenbeschauer finden«, schlug O'Leary vor.

»Vermutlich.« Zweifelnd schaute sie ihn an. »Glauben Sie, er würde etwas zugeben? Vor allem, weil … ganz sicher … keiner der Leute hier etwas zugeben würde. Wenn ich ihnen verrate, wer Sie sind und warum Sie hier sind und dass ich Ihnen die Wahrheit gesagt habe, werden sie alles abstreiten. Sie werden sagen, dass ich noch ein Kind war, dass ich den Schock nicht verkraftet habe … und so weiter. Und vergessen Sie nicht, Mr. O'Leary, dass der Mörder unter ihnen ist. Sagt man nicht, wer einmal zum Verbrecher geworden ist …«, sie zögerte und senkte die Stimme zu einem Flüstern, »… der wird es leicht ein zweites Mal?«

Meine Nackenhaare stellten sich auf: Trotz allem sind wir doch ziemlich primitive Säugetiere. Mein Herz raste, meine Haut kribbelte, während mein Verstand mich zu überzeugen suchte, dass keine wirkliche Gefahr drohte.

»Ja«, sagte O'Leary, »so sagt man. Sie glauben also, dass wir mit einer konkreten Bedrohung rechnen müssen?«

Sie nickte. »Wenn Ihre wahre Identität bekannt wird.«

»Sie hoffen, dass ich den Mörder Ihres Vaters erkenne, wenn ich all diese Leute am damaligen Tatort beobachte?«

»Ja, das … hoffe ich.«

»Ich sagte Ihnen bereits gestern in meinem Büro, dass das unmöglich ist.«

»Ja. Trotzdem wollte ich, dass Sie uns begleiten und es wenigstens … versuchen.«

O'Leary sah sie an, stand auf, ging zu einem Tisch in der Nähe, blätterte zerstreut in einem Stapel Zeitschriften und kam zu uns zurück.

»Meine Liebe, es … es ist schlichtweg nicht möglich.«

»Bitte sagen Sie das nicht. Sie verstehen das nicht. Ich muss es einfach wissen.«

Er betrachtete sie eingehend.

»Sie hatten sicher einen guten Grund, Ihr fünfjähriges Schweigen zu brechen und mich aufzusuchen. Aber gewiss bestehen auch die Gründe, den Mord zu vertuschen, seit fünf Jahren unverändert?«

»So ist es.«

»Sie haben Ihr Geld in der Kingery-Treuhandgesellschaft angelegt, nicht wahr?«

»Alles.«

»Ich nehme an, Sie sind ...«, er zögerte und suchte nach Worten, »... Sie haben keinen Anlass, an der Zahlungsfähigkeit der Gesellschaft oder der Integrität des Vorstands zu zweifeln?«

»Nicht den geringsten.«

»Und ... Ihre Sorge um den Ruf Ihres Vaters ist noch ebenso groß wie damals?«

»Größer«, sagte sie fest und sah ihn mit stahlblauen Augen an.

»Dann ... seien Sie bitte offen zu mir, Miss Matil, ... warum haben Sie sich entschlossen, Ihr Schweigen zu brechen?«

Sie antwortete nicht gleich.

»Es war nicht leicht«, sagte sie schließlich. »Und es fällt mir schwer, es Ihnen zu sagen. Aber, verstehen Sie, unter den Männern hier gibt es einen, von dem ich wissen will, ob er unschuldig ist ... oder ...«, heiser stieß sie die fehlenden Worte hervor, »... ein Mörder.«

»Warum, Miss Matil?« O'Leary sprach sehr leise.

»Weil ...«, plötzlich erhob sie sich und stand aufrecht vor ihm. Die grazilen Schultern stolz zurückgeworfen, blickte sie ihn herausfordernd an. Ihre Augen sahen aus wie Glockenblumen unter Wasser ... wie taunasse Veilchen ... wie das unendliche, sanfte Blau eines sommerlichen Abendhimmels, wenn man es durch die Schatten dunkler Äste betrachtet ... ich riss mich zusammen. »Weil ich ihn liebe.«

Ernst hörte O'Leary ihr zu. Wenn sie jemanden liebte, durfte man das nicht unterschätzen.

»Möchten Sie mir seinen Namen nennen?«, fragte er nüchtern.

»Es tut wohl nichts zur Sache, oder?«

Eine lange Pause folgte. Ich hörte leise Schritte in der Küche. Geschirr klapperte. Die Kiefernscheite in den beiden Kaminen setzten ihr knackendes Duell fort.

»Also gut, Miss Matil, ich werde mein Bestes tun. Aber Erfolg kann ich Ihnen nicht versprechen. Es ist ein äußerst schwieriges Unterfangen.«

»Vielen Dank. Sie wissen gar nicht, wie viel mir das bedeutet. Ich muss einfach Gewissheit haben. Aber mir ist klar, dass wir den Schuldigen finden müssen, um die Unschuld eines Einzigen zu beweisen.«

Er blickte sie unbestimmt an, als konzentriere er sich auf einen Punkt weit hinter ihr.

»Also gut, Miss Matil. Sie sagten, niemand habe das Jagdhaus seit damals betreten?«

»Ja.«

»Mir scheint, dass Brunker und Ihre Köchin nach unserer Ankunft heute Morgen nicht sehr lange gebraucht haben, um es auf Vordermann zu bringen. Man sollte doch annehmen, dass sich in fünf Jahren eine Menge Staub, Schmutz und Spinnweben ansammeln.«

»Das Haus ist sehr solide gebaut, Mr. O'Leary. Außerdem gibt es in dieser Gegend zwar viel Sand, aber wenig Staub. Die Luft ist trocken. Weder war das Klavier verstimmt, noch hat Annette in der Küche auch nur einen Rostflecken gefunden. Natürlich müsste man hier einmal ordentlich putzen. Das würde Ihnen jede Haushälterin sagen. Aber es könnte schlimmer sein.«

»Sie haben also den Leichenbeschauer bestochen und … äh … den Leichnam Ihres Vaters direkt nach Barrington gebracht?«

»Ja.« Sie zitterte leicht. »Im selben Zug. Wir sind alle zusammen gefahren. Ich habe das Jagdhaus hinter mir zugeschlossen und seitdem die Schlüssel nicht mehr aus der Hand gegeben.«

»Wer hat mit dem Leichenbeschauer verhandelt?«

»Julian, glaube ich, und Gerald.«

»Gerald? Ach, Gerald Frawley. Das ist der blasse Dunkelhaarige, nicht wahr? Macht einen gewissenhaften, vorsichtigen Eindruck. War es sehr schwierig?«

Sie lächelte bitter.

»Ich habe Ihnen doch gesagt: In den Sandhills ist alles möglich.«

Er sah sie aufmerksam an.

»Das glaube ich Ihnen.«

»Noch etwas anderes, Mr. O'Leary. Ich kann Ihnen beweisen, dass niemand das Haus während der letzten fünf Jahre betreten hat.«

»Wie?«

»Ich war erst siebzehn; ein Kind, das von Erwachsenen unter Druck gesetzt wurde. Aber Kinder haben meist einen sehr wachen Sinn für Gerechtigkeit. Ich hatte zwölf Stunden Zeit nachzudenken, während sie sich besprachen. Mir war genauso klar wie ihnen, dass wir alle Hinweise auf den Täter im Haus zurücklassen würden. Ich dachte mir, falls es wichtige Spuren gab, können sie vielleicht eines Tages von Bedeutung sein. Nun ja, das war nicht unbedingt mein Verdienst. Mein Vater hat sich ziemlich viel Mühe gegeben, mir ... mir etwas beizubringen; er dachte immer sehr logisch. Er hat Tatsachen als Tatsachen gesehen. Jedenfalls habe ich als Letzte das Haus verlassen und bin, während die anderen das Gepäck in den Automobilen verstauten, noch einmal zurückgegangen. Tante Lucy hat sich strikt geweigert abzufahren. Alle waren mit ihr beschäftigt, und niemand hat auf mich geachtet. Und ich, nun ja ... ich habe Mehl aus der Küche geholt und eine feine Schicht auf die Fensterbänke und Türschwellen gestreut. Als wir heute Morgen in Nettleson ankamen, bin ich mit demselben Fahrer gefahren, der auch Sie abgeholt hat, Miss Keate. In seinem kleinen Auto ist nur für eine Person Platz. Die anderen sind uns mit Mietwagen gefolgt. Ich hatte eine Viertelstunde Vorsprung. Die Mehlschicht war unberührt. Alles war so, wie ich es verlassen hatte. Ich schätze, es wäre zwar nicht unmöglich gewesen, in das Haus einzubrechen, ohne Spuren im Mehl zu hinterlassen, aber für wahrscheinlich halte ich es nicht.

Außerdem haben die Leute aus Nettleson das Jagdhaus noch nie gemocht; es wäre der ganzen Stadt aufgefallen, wenn jemand hergekommen wäre.«

»Respekt«, sagte O'Leary. »Wie Sie selbst sagten, ist es zwar kein zwingender Beweis, aber immerhin können wir mit einiger Sicherheit davon ausgehen, dass in der Zwischenzeit niemand das Haus betreten hat.«

Und das als Siebzehnjährige. Ungeachtet seiner möglichen Schwächen musste Huber Kingery ein beachtlicher Mann gewesen sein. Von allein entwickeln Kinder selten solche Eigenschaften.

»Sie sagten, Ihre Tante hätte an den Folgen des Schocks gelitten?«

»Ja. Es hat sie ... ziemlich hart getroffen. Immerhin war sie als Erste in seinem Zimmer gewesen.«

»Als Erste? Demnach lag ihr Zimmer unmittelbar neben seinem?«

»Nein. Nein, Mr. O'Leary. Die heutige Zimmerverteilung ist exakt die gleiche wie damals. Ich erinnere mich noch genau. Deshalb habe ich auch vorhin so viel Aufhebens darum gemacht. Der einzige Unterschied ist, dass jetzt Sie das Zimmer haben, in dem damals Gerald Frawley geschlafen hat, und dass das Zimmer neben dem von Tante Lucy beziehungsweise neben ihrem Badezimmer damals frei war.«

In O'Learys Blick lag offene Bewunderung.

»Gut gemacht«, sagte er. »War Miss Lucy damals noch nicht gelähmt?«

»Nein. Sie ist ... nach dem Schuss ist sie aus ihrem Zimmer gerannt, durch dieses Zimmer, bis zur Tür meines Vaters. Sie sagte, die Tür habe offen gestanden, Vater habe auf dem Boden gelegen, und sie habe sofort gesehen, dass er im Sterben lag.

Er habe noch kurz zu ihr hochgeblickt und sei dann gestorben. Nach ihren Worten trug er seinen Pyjama, aber keine Hausschuhe. Die Bettdecke war zurückgeschlagen, die Lampe über dem Bett brannte und auf dem Nachttisch lag ein Buch. Als wir

Übrigen bei ihr ankamen, stand sie zitternd da. Anschließend ist sie schwer erkrankt und hat nie wieder einen Schritt getan.«

»Ist sie ... Sie wissen, dass ich diese Frage stellen muss ... ist sie vermögend?«

»Nein.« In ihrer Antwort schwang zum ersten Mal so etwas wie Widerwillen mit. »Nein. Früher war sie es einmal. Aber nach dem ... Tod ... meines Vaters stellte sich heraus, dass er in seinem Testament alles mir vermacht hatte.«

»Was ist aus ihrem eigenen Geld geworden?«

»Ich ... weiß es nicht. Sie hat nichts mehr; das heißt, natürlich hat sie freien Zugang zu meinem Konto, aber ... was sie mit ihrem eigenen Geld gemacht hat, weiß ich nicht. Ich habe einmal versucht, sie danach zu fragen, aber sie will nicht darüber reden. Sie hat nur noch ihren Schmuck.«

»Besteht die Möglichkeit, dass sie noch Vermögen hat, von dem Sie nichts wissen?«

»Das wäre möglich«, sagte Matil nachdenklich. »Aber ich glaube, dass ich dann davon wüsste. Immerhin würden Steuern anfallen, Überweisungen müssten in Auftrag gegeben und Geschäfte geregelt werden. Sie ist ziemlich hilflos und geht nie ohne mich aus dem Haus. Und ich weiß genau, dass sie niemals Post bekommt.«

»Was hat sie für Interessen?«

»Nun, die Dinge, die in Barrington passieren. Sie grübelt viel. Die Leute besuchen sie ziemlich regelmäßig, obwohl sie nie ausgeht, hat sie großen Einfluss. Ich denke, das macht ihr Spaß.«

»Ist sie religiös?«

Matil stutzte.

»J-ja.«

»Ja?«

»Gewissermaßen.«

»Können Sie das näher erklären?«

»Nun ja, sie ist nicht streng gläubig. Ich meine, sie geht nicht in die Kirche. Aber, ja, auf ihre Weise ist sie durchaus religiös. Aber ihre Art Glauben ist ziemlich düster, nicht gerade fröhlich.«

»Miss Matil, würden Sie bitte auch Miss Keate bald einmal den Zeitungsausschnitt geben, den Sie mir gestern gezeigt haben? Er wird Ihnen einiges über die übrigen Mitglieder der damaligen Jagdgesellschaft verraten ... und über unsere heutige Gesellschaft.« In seinen letzten Worten schwang ein finsterer Unterton mit – sicher unbeabsichtigt, denn O'Leary besaß Takt und gute Manieren.

»Ja«, versprach sie bereitwillig.

»Ich möchte mich außerdem in dem Zimmer Ihres Vaters umsehen, Miss Matil. Obwohl sich nach dem Leichenbeschauer und all den Leuten, die darin waren, wahrscheinlich nicht mehr viel Aufschlussreiches dort finden lässt. Ich hätte mich zwar selber um das Zimmer bemühen können, aber ich wollte sehen, wer sich am ernsthaftesten dafür interessiert. Und wer ...« Er brach abrupt ab, legte den Bleistiftstummel so behutsam beiseite, als sei er mit Diamanten besetzt, und schaute auf seine Uhr.

»Sie sagten, es gäbe zeitig Abendessen?«

»Um sieben.«

»Dann haben wir vor dem Essen noch genügend Zeit, uns ordentlich auszuruhen. Ich rate Ihnen, davon Gebrauch zu machen, Miss Matil, und Ihnen auch, Miss Keate. Unsere Unterhaltung dauert inzwischen schon verdächtig lange. Wir sollten sie besser beenden.

Nur eines noch, Miss Matil: Was haben Sie den anderen von mir erzählt? Sie kennen Sie so gut, dass sie wissen, dass ich kein guter Freund von Ihnen bin.«

»Ich habe gesagt, ich hätte Sie erst vor kurzem kennen gelernt, und dass ich dachte, sie würden Sie mögen. Mehr nicht.«

»Sie möchten nicht erkannt werden?«, schaltete ich mich erstmals in das Gespräch ein.

»Nein. Jedenfalls nicht zum gegenwärtigen Zeitpunkt.«

»Aber, Mr. O'Leary, Sie sind ein sehr bekannter Mann. Höchstwahrscheinlich wird Sie jemand erkennen.«

»Das glaube ich nicht«, sagte er leichthin. »In der Zeitung taucht mein Name fast ausschließlich im Zusammenhang mit

Gerichtsfällen auf, und nicht in den Gesellschaftsspalten, für die diese Leute sich interessieren.«

Ich sah ihn zweifelnd an. Damals wie heute dachte ich, dass er mit seiner Annahme falsch lag. Er irrte sich zwar selten, aber da er auch nur ein Mensch war, kam es gelegentlich vor, und dieser Irrtum sollte uns teuer zu stehen kommen. Hätte er seine Identität von vornherein offen gelegt, wäre möglicherweise ... aber was nützen Spekulationen? Was geschehen sollte, geschah.

»Es ist doch so«, begann er langsam und unzusammenhängend, als denke er laut – und nicht besonders scharfsinnig. »Die Menschen, die heute Abend hier sind, stehen unter enormer Anspannung. Wie Miss Matil sagte, haben sie sich davor gescheut, *nicht* zu erscheinen, und natürlich ist dies für sie kein Vergnügungsurlaub. Der Mörder wird sich verständlicherweise davon überzeugen wollen, dass er keine Spuren hinterlassen hat. Alle sind nervös, weil sie sich noch lebhaft an ihren letzten Aufenthalt hier erinnern. Es wird auf jeden Fall problematisch für uns, um nicht zu sagen, unmöglich, aber wenn die Anwesenden wüssten, dass ich Detektiv bin, würde das unser Problem nur unnötig verkomplizieren.

Ich will sie zunächst so sehen, wie sie sind. Am besten lassen wir dem ... dem Zufall keine Chance.« Er seufzte. »Aber wir müssen das Gefahrenmoment berücksichtigen. Miss Matils Wort steht gegen das der anderen. Da Sie eine tapfere junge Dame sind, kann ich es Ihnen offen sagen: Falls Gefahr besteht, gilt sie Ihnen, denn Sie waren Augenzeugin.«

»Ich habe keine Angst«, sagte sie tonlos. »Ich will nur ... die Wahrheit wissen.«

»Hoffentlich finden wir sie heraus.«

»Etwas beunruhigt mich.« Stirnrunzelnd blickte sie uns an. »Als ich nach Monaten der Unentschlossenheit endlich diesen Ausflug arrangiert hatte und Sie aufgesucht habe, hatte ich das Gefühl, genau das Richtige getan zu haben. Ich fühlte mich befreit von dieser quälenden Unfähigkeit, mich zu entscheiden; ich war sogar ein bisschen glücklicher. Aber irgendwie, seit ich hier angekommen bin, die Tür aufgeschlossen habe, eingetreten bin ... und ... und all diese Leute um mich versammelt gesehen habe, genau dieselben Leute, die damals ...« Ihre Stimme versagte. Sie ließ den Satz unvollendet im Raum stehen und betrachtete O'Leary ängstlich mit ihren dunklen Augen. »Ich weiß nicht, woran es liegt«, fuhr sie, ein wenig stammelnd, fort. »Aber ich ... ich fürchte, ich habe einen furchtbaren Fehler gemacht. Vielleicht hätte ich alles auf sich beruhen lassen sollen. Vielleicht hätte ich das ... Grauen nicht aus seinem fünfjährigen Schlaf wecken dürfen.«

»Wahrscheinlich liegt das nur an den Assoziationen, die Sie mit diesem Haus verbinden. Eine durchaus verständliche Reaktion.«

Sie schüttelte den Kopf.

»Nein. Nein, es hat tiefere Ursachen. Es kommt mir vor, als hätte ich Kräfte freigesetzt, die ...« Sie hielt den Atem an. Der Collie zu ihren Füßen winselte leise. Sie flüsterte: »... die durch und durch böse sind. Die ich nicht kontrollieren kann.«

Ein kurzes Schweigen trat ein.

»Die Nerven«, sagte O'Leary. Sie sah ihn ein wenig gekränkt an, und er lächelte. Sein Lächeln ist äußerst einnehmend; es lässt sein ganzes Gesicht aufleuchten und hat, obwohl es nur selten und wenn, dann nur kurz vorkommt, große Wirkung auf den Angelächelten. »Das sind die Nerven, Miss Matil. Diese Angelegenheit ist sehr unangenehm, aber wir werden unser Bestes tun.«

»Dann wollen wir mal nach Tante Lucy sehen«, sagte Matil, die sich offenbar wieder gefangen hatte. »Heute ist einer ihrer guten Tage. Ich hatte befürchtet, dass dieser Ort sie sehr durcheinander bringen würde, aber soweit ich sehe, ist das nicht so.«

Ich dachte im Stillen, dass, wenn dies einer von Tante Lucys guten Tagen war, ich keinen schlechten erleben wollte. Die wenigen Bemerkungen der alten Dame klangen noch äußerst unerfreulich in meinen Ohren nach. Jedenfalls stand es mir nicht zu, meine Meinung zum Besten zu geben, also ging ich schweigend neben Matil her. Wir fanden Miss Kingery in aufgeräumter Stimmung vor. Sie sagte, ich solle mir Zeit lassen und mich nach der langen Reise frisch machen. Zudem erörterte sie lebhaft mit Matil die Frage, ob die Speisekammer in der Küche von Ratten heimgesucht worden sein könnte.

»Sag Annette, das Rattengift steht in der Speisekammer. Sie soll auf jeden Fall heute Nacht etwas davon auslegen. Ich will keine einzige Ratte hier sehen – diese ekligen Dinger kriechen überall hinein. Wie geht es Jericho?«

»Ich glaube, ganz gut, Tante Lucy. Zugfahrten stimmen ihn immer traurig.«

Tante Lucy rümpfte hörbar die Nase. Diese Nase war lang, ihr schmallippiger Mund breit; ihre Augen lagen unter den dicken gewölbten Brauen tief in ihren Höhlen. Ihre dunkle Haut war erdfarben, sehr runzlig und schlaff; ihr kräftiges Kingery-Kinn zierten einige wenige, dafür deutlich sichtbare graue Barthaare. Das dichte eisgraue Haar war sorgfältig gelegt und zu einem strengen Dutt aufgesteckt, wodurch ihre dunklen Ohren sichtbar wurden, an deren auffallend langen Läppchen altmodische Amethyst-Ohrringe baumelten. Niemals habe ich Lucy Kingery ohne Ohrringe gesehen.

»Traurig? Wegen der Zugfahrt? Bestimmt nicht. Erinnerst du dich nicht mehr? Huber hat ihn überall mitgenommen, und den Hund hat das nicht im Geringsten gestört. Irgendetwas ängstigt ihn hier. Ich habe ihn noch nie so unruhig gesehen.«

»Er wird alt, Tante Lucy.«

»Alt? Unsinn! Er ist in den besten Jahren.«

Steif und aufrecht saß sie in ihrem Rollstuhl und redete in einem fort mit ihrer schrillen Reibeisenstimme, während Matil ihr unwillig zuhörte und ich durch das Badezimmer in mein Schlafzimmer hinüberging. Während ich meine wenigen Sachen auspackte, hörte ich, wie sie Matil weit ausholend von früher erzählte. Sie schilderte genüsslich, wie sie mit einer kleinen Gruppe vor – in diesem Monat genau – sieben Jahren hier gewesen sei. Es hätte ohne Unterbrechung drei Tage hintereinander geschneit. Selbst unter der Dusche und durch die geschlossene Badezimmertür hindurch hörte ich ihre schweren, gemessenen Worte fort und fort dröhnen.

Das Badezimmer war gut ausgestattet; ich nahm an, dass Huber Kingery sich hier vom Rustikalen verabschiedet hatte und seinen eigenen Ansprüchen gefolgt war. Mein Zimmer, mutmaßte ich richtig, war genau wie die übrigen Schlafzimmer: klein, mit einem Bett aus Birkenholz, einem Frisiertisch aus unlackiertem Holz, einem darüber angebrachten Spiegel, ein paar Stühlen und einem derben Tisch. Die beiden aus kleinen Stämmen gezimmerten Türen waren sehr breit, sie wären sperrig gewesen, wenn sie nicht fachmännisch aufgehängt worden wären und nicht exakt in den Türrahmen gepasst hätten, so aber waren sie recht hübsch anzuschauen. Als ich das kleine Fenster öffnete, stieß ich auf schwere Fensterläden, die Wind, Sand und Schnee abhalten sollten. Sie waren verriegelt, wie sie es seit fünf Jahren gewesen waren. Ein paar feine Schneeflocken verirrten sich durch die bogenförmigen Schlitze, und außerdem wirbelte eine so kalte Brise herein, dass ich mich beeilte, das Fenster wieder zu schließen. Das Schlafzimmer war augenscheinlich unbeheizt, und mir schwante, dass mir einige fröstelige Morgen bevorstanden. Eine altmodische Lampe hing über dem Bett. Ich glaube, es war eine Zinnlaterne aus dem 18. Jahrhundert. Jedenfalls hatte sie eine angenehm schlichte Form. Eine Lampe aus dem gleichen Material, mit einem seltsamen Metallschirm, stand auf dem Frisiertisch.

Als ich gerade eine saubere Schwesternschürze anzog, klopfte Matil an meine Tür und trat auf meine Aufforderung hin ein. Unter den Arm hatte sie lässig eine Zeitschrift geklemmt.

»Sie haben nicht zufällig ein Abendkleid mitgebracht, Miss Keate? Oh, es macht gar nichts aus, wenn Sie nur Dienstkleidung dabei haben. Ich wollte Ihnen nur versichern, dass ich Sie ebenso als Gast betrachte wie als Krankenschwester.« Sie legte die Zeitschrift auf den Tisch. »Hier ist der Zeitungsausschnitt. Brauchen Sie sonst noch etwas?«

Nachdem sie wieder hinausgegangen war und die Tür hinter sich geschlossen hatte, wandte ich mich neugierig der Zeitschrift zu. Ich schüttelte sie, und ein vergilbtes Bild fiel heraus. Doch kaum hatte ich einen flüchtigen Blick darauf geworfen, klopfte es erneut an der Tür. Rasch schob ich das Bild unter die Zeitschrift und rief: »Herein.« Brunker, der Hausdiener, stand auf der Schwelle. Mit einer Hand hielt er mir vorsichtig ein ölbetriebenes kleines Heizgerät hin.

»Ist es in Ihrem Zimmer warm genug, Miss? Dieser Ölofen könnte die Kälte vertreiben.«

»Es ist warm genug, vielen Dank«, gab ich zurück und schickte mich an, die Tür zu schließen.

»Warm genug?«, wiederholte er, während seine blassen, wimpernlosen Augen jeden Winkel meines Zimmers absuchten. Mir schien, als verweilte sein Blick auf dem Tisch und der Zeitschrift, unter der das Foto lag.

»Das sagte ich bereits«, sagte ich schnippisch. Er murmelte: »Sehr wohl, Miss«, machte kehrt, und ich schloss die Tür. Diesmal aber hob ich den unförmigen Holzriegel, der als einfaches, aber wirksames Schloss diente, und legte ihn auf den vom Türrahmen abstehenden Haken. Desgleichen legte ich den Riegel an der Badezimmertür vor, um keinen ungebetenen Besuch von Tante Lucy zu erhalten, befestigte die Manschettenknöpfe an den weißen Ärmeln meiner frisch gestärkten Tracht und setzte mich, den Zeitungsausschnitt auf dem Schoß, auf einen Stuhl.

Es war ein Foto aus einer Barringtoner Tageszeitung. Die Unterschrift lautete:

Auf nach Hunting's End. Huber Kingery und seine Jagdgesellschaft vor ihrem Aufbruch zum berühmten Jagdhaus der Kingerys in Nettleson County. Von links nach rechts …

Neugierig betrachtete ich das gestochen scharfe Foto und bekam allmählich einen deutlicheren Eindruck von den Leuten, denen ich bei meiner Ankunft im Wohnzimmer von Hunting's End vorgestellt worden war. Einen nach dem anderen erkannte ich sie. Zunächst fiel mein Blick auf den großen, gut aussehenden Mann in der Mitte. Die kräftige Nase und das markante Kinn gehörten zweifellos zu Huber Kingery. Hatte Huber Kingery – so energiegeladen und weltgewandt – trotz seines fröhlichen Lächelns geahnt, dass diese Reise seine letzte sein würde? Neben ihm – dessen musste ich mich allerdings erst durch die Bildunterschrift versichern – stand Lucy Kingery: gleichfalls hoch aufgeschossen wie ihr Bruder, wegen ihres länglichen, hageren Gesichts und dem dunkleren Teint gewiss nicht hübsch. Doch auch sie war, modisch gekleidet und lächelnd, auf ihre Weise attraktiv. Vor allem aber umgab sie eine Aura stolzer Autorität. Ich konnte mir gut vorstellen, dass die Damen der Barringtoner High Society ihr Urteil fürchteten und ihre Freundschaft oder ihren Rat suchten. Auf Hubers anderer Seite stand natürlich, die kleine blonde Baronin – doch wie wenig ähnelte sie der Frau, die ich an diesem Nachmittag kennen gelernt hatte! Auch sie lächelte, selbstverständlich, und war so sorgfältig gekleidet, dass sie makellos und unberührbar wirkte. Auf dem Bild war ihr zartes kleines Gesicht so faltenlos wie das eines jungen Mädchens, keine Spur von dem harten, berechnenden Blick, den sie jetzt zur Schau trug. Im Grunde konnte man nur an äußerlichen Gemeinsamkeiten wie Körpergröße, Figur und Haarfarbe erkennen, dass es sich bei der graziösen, stilsicheren Frau, die sich bei Huber Kingery untergehakt hatte, und der grell geschminkten, affektierten Frau namens Terice mit dem verlebten Gesicht, den arglistig funkelnden Augen und den harten, schmutzigen kleinen Händen um ein und dieselbe Person handelte. Was hatte sie nur so verändert? Hatte sie Huber Kingery geliebt? Hatte sie mit seinem Tod alle Hoffnungen auf ein Leben in Wohlstand verloren? Lasteten jetzt finanzielle Sorgen auf ihren drahtigen Schultern? Oder war es am Ende ein ganz anderes, fünf Jahre altes Geheimnis?

Andererseits hatten sich alle verändert: Der lachende, elegante junge Mann, der sich unbeschwert auf seinen Gewehrkoffer stützte und mit seinen dunklen Augen direkt in die Kamera blickte, war Lawrence Killian. Das langbeinige, schlanke Mädchen neben ihm, mit dem energischen Kinn und den ernsten Augen, war Matil. Der Mann mit dem kindlich runden Gesicht, den zerzausten Haaren und dem gestreiften Pullover, der seinen Mantel lässig über dem Arm trug, war Newell Morse. Die Augen hinter seiner spiegelnden Hornbrille schauten fröhlich zu Jericho hinunter, den er an der Leine hielt. Auch an Helene war die Zeit nicht spurlos vorbeigegangen: In den fünf Jahren hatte sie deutlich an Gewicht zugelegt. Auf dem Foto, das sie mit einem Hut in der Hand zeigte, war sie überaus attraktiv: Die glatten schwarzen, in der Mitte gescheitelten Haare waren am Hinterkopf zu einem modischen Knoten zusammengesteckt, ihre feinen schwarzen Brauen wölbten sich über hübschen großen Augen. Schmachtend blickte sie zu Huber Kingery hinüber.

Bei aller Üppigkeit war sie noch schlank und dazu gut gekleidet. Neben ihr stand, im maßgeschneiderten Anzug, Julian Barre mit einem Stapel Bücher unter dem Arm. Selbst aus dieser Gruppe offenkundig wichtiger Leute stach er heraus. Sein schmaler Mund lächelte vornehm, sein Blick war diskret und zurückhaltend, und sein krauses, ganz leicht grau meliertes Haar ließ die edle Stirn frei. Sofort sah ich, dass er und Huber Kingery, obwohl äußerlich durchaus verschieden, zum selben Lebensstil erzogen waren. Julian Barre hatte sich, nach dem wenigen zu urteilen, das ich im Wohnzimmer von ihm gesehen hatte, kaum verändert. Und der zierliche dunkelhaarige Mann, der zwar ebenso groß war wie Huber Kingery, aber wesentlich dünner und feingliedriger als dieser, der auf den Namen Gerald Frawley hörte, hatte sich überhaupt nicht verändert. Auf dem Foto sah er genauso gewissenhaft, kühl und blasiert aus wie heute; sein Haar war ebenso kohlschwarz, die Haut war genauso blass, die hellen Augen so unergründlich und der Mund so verkniffen wie vor wenigen Minuten, als er Terice scharf zur Ordnung gerufen hatte. Auch José Paggi hatte sich, soweit ich sehen konnte, nicht verändert: Rund, massig, die Brust gewölbt, wirkte er schon damals so heiter, lebhaft und schwungvoll wie heute. Auf dem Bild lachte er jungenhaft verschmitzt und entblößte seine makellosen

Zähne. Offensichtlich lachte er über den Hund, der auch damals trübsinnig ausgesehen hatte.

Brunker war nicht auf dem Foto. Ebenso wenig die Köchin namens Annette, die ich bislang noch nicht zu Gesicht bekommen hatte.

Ich weiß noch, wie ich dasaß und ihre – mit Ausnahme von Matil – lachenden und erwartungsfrohen Gesichter studierte. Sie gingen einer Tragödie entgegen. Hatte denn keiner von ihnen geahnt, dass ein Mörder unter ihnen weilte, dass sich ein unsichtbarer, kalter Gast in die fröhliche Jagdgesellschaft eingeschlichen hatte? Eines dieser Gesichter verbarg schon in jenem Augenblick ein Geheimnis, das es für weitere fünf Jahre verbergen sollte.

Gewiss hatte dieses Geheimnis Spuren hinterlassen. Welches Gesicht hatte es am deutlichsten verändert? Auf welchem Gesicht hatte der Mord seine hässlichen Spuren hinterlassen?

3

Das Ende aller erfolgreichen Jagden

Plötzlich schreckte ich aus meinen Gedanken auf und erinnerte mich daran, dass ich mich um eine Patientin kümmern musste. Ich steckte das Bild wieder zwischen die Seiten der Zeitschrift. Als ich das Wohnzimmer betrat, bemerkte ich, dass es vollends Nacht geworden war. Hinter allen Fenstern war es schwarz. Brunker legte Holzscheite nach, und ein langer, schmaler Tisch war am südlichen Ende des Raums, unweit der Küchentür, aufgestellt worden. Heiter funkelten die Kristallgläser, das Tafelsilber glänzte, und die hohen Kerzen warteten darauf, angezündet zu werden. Der Flackern beider Kaminfeuer fiel rosig auf die Filetspitze des Tischtuchs, die Zinnlaternen verbreiteten ihr sanftes Licht. Trotzdem erschien der Raum seltsamerweise insgesamt nicht festlich, vielmehr herrschte eine gedämpfte, abwartende Stimmung; mysteriös und bedrohlich.

Mühelos fand ich Matils im rechten Winkel zu den übrigen gelegenes Eckzimmer. Sie nahm die Zeitschrift, und wortlos ging ich zu meiner Patientin.

Miss Lucy Kingery war noch immer bester Laune. Sie plapperte voll harter, unangenehmer Fröhlichkeit über den Schmuck, den sie mitgebracht hatte. Beim Anziehen des Abendkleids brauche sie keine Hilfe, sagte sie, aber ob ich wohl in die Küche gehen und ihr ein Glas lauwarmes Leitungswasser mit einem Teelöffel kohlensaurem Natrium bringen könne?

Sie nahm es sehr genau mit ihren Instruktionen, und ich musste mir verkneifen, ihr mitzuteilen, dass ich wahrscheinlich ebenso viele Gläser Wasser mit kohlensaurem Natrium hergerichtet hatte, wie sie Haare auf dem Kopf hatte.

Wie vermutet, lag die Küche am Südende des Gemeinschaftszimmers. Der geräumige Raum war finster und unheimlich, obwohl zwei mächtige Öllampen von der niedrigen Decke hingen. Auch hier gab es einen großen Kamin, gewissermaßen Rücken an Rücken mit dem Kamin am Südende des Wohnzimmers, und dazu einen enormen Kohleherd, von dem die verschiedensten Wohlgerüche aufstiegen. Brunker stand müßig vor einem der Fenster und drückte sich die Nase an der Scheibe platt. Am Küchentisch stand eine große Frau in einem blauen Kleid mit weißer Schürze, die augenscheinlich einen Salat zubereitete und mit hoher, fast kindlicher Stimme ein seltsames Liedchen trällerte, das hauptsächlich aus *La-La-Las* bestand. ›Das muss Annette sein‹, dachte ich. Im gleichen Moment bemerkte sie mich, brach mitten im Lied ab und fuhr zu mir herum und musterte mich misstrauisch mit scharfen hellblauen Augen.

»Wer sind Sie denn?«, fragte sie ziemlich unverschämt. In ihrem »r« schwang ein Kehllaut mit, ein leichter Akzent, den ich nicht gleich zuordnen konnte. Später fand ich heraus, dass sich zu Annettes ansonsten tadellosem Englisch ab und zu, in Momenten größerer Erregung, eine kuriose Mischung aus pariserischem, akadianischem und kreolischem Französisch gesellte, die ich hier nicht wiederzugeben gedenke – abgesehen davon, dass dies wahrscheinlich auch gar nicht möglich wäre. Zusätzlich zu ihrer Körpergröße war sie auch noch massig, hatte rosige, dicke Wangen, einen schlaffen Mund, listige Augen mit kleinen Tränensäcken und angegrautes Haar, dass sie früher offenbar kurz getragen hatte. Jetzt ließ sie es anscheinend wachsen, die drahtigen Strähnen wurden von drei mit bunten Strass-Steinen besetzten Kämmen gebändigt.

»Könnte ich bitte etwas Wasser und Back-Soda bekommen?«, fragte ich würdevoll. Doch sie rührte sich nicht und starrte mich weiter an.

»Sie sind die Schwester.« Sie hatte Schwierigkeiten mit dem »sind«, es klang wie »sing«. »Sie sind die Schwester!« Sie stemmte ihre großen Hände in die breiten Hüften und betrachtete mich lässig und herausfordernd, während auch Brunker sich vom Fenster ab- und mir zuwandte. Dann warf sie den Kopf in den

Nacken und brach in lautes Gelächter aus, was mich etwas aus der Fassung brachte. »Sie ist die Schwester«, prustete sie und blickte von mir zu Brunker. »Die Schwester für Miss Lucy.« Schlagartig hörte sie auf zu lachen, trat an mich heran und streckte den Kopf vor. Ihr Atem stank nach Alkohol. »Seien Sie bloß vorsichtig, Schwester, seien Sie vorsichtig, sonst beißt Ihnen die gute Miss Lucy – schnapp! – den Kopf ab. Wie die Spinne der Fliege.« Sie schnalzte dicht unter meiner Nase mit den Fingern und wiederholte: »Wie die Spinne der Fliege. Hören Sie, ich verrate Ihnen ein Geheimnis: Ihre Kiefer sind aus Metall.«

»Sie sind betrunken«, sagte ich kühl. »Geben Sie mir bitte das Soda.«

»Ha! Betrunken? Aber ja! *Certainement.* Wer würde hier nicht trinken? Hören Sie, Schwester.« Das »r« rollte. »Ich trinke. Ja, und warum? Weil ... man in diesem Haus einfach trinken muss. Ein Schlückchen Wein wärmt den Magen, lässt meine Hände weniger zittern, lenkt meinen Blick von den Schatten ab, die herumhuschen, und verscheucht alle bösen Geister. Was schauen Sie mich denn so an? Glauben Sie etwa, ich wüsste nicht Bescheid?« Sie trat noch näher an mich heran, so dass ich zurückwich, um ihrem heißen Atem zu entgehen.

Die Köchin steigerte sich in einen Wutanfall hinein. Die Augen in ihrem fetten Gesicht waren kleine Schlitze, wie Schweinsäuglein. »Ich, Annette, weiß es *genau.* Ganz genau. Etwas in diesem Haus hat auf uns gewartet. Gewartet. Seit fünf Jahren wartet es auf uns. Heute Nacht ...« Mit einem Male wurde sie fatalistisch. Sie zog ihre spärlichen Augenbrauen in die Höhe und zuckte die üppigen, bebenden Schultern. »Sie werden schon sehen. Heute Nacht.«

»Aber, aber, Annette«, beschwichtigte sie Brunker. Seine gesenkten, wimpernlosen Lider verbargen seine teilnahmslosen Augen. »Kümmern Sie sich nicht um sie, Miss. Sie hat Hunting's End noch nie leiden können.«

»Wie soll ich es auch mögen? Ich hasse es. Ich verachte es. Ich spucke darauf. Schaut her!« Mit beachtlicher Präzision spuckte sie mitten in die Flammen. Dann lächelte sie. »Soda? Aber sicher. Soda.« Und damit wabbelte sie wie eine blaue Geleemasse zur Speisekammer und suchte nach dem kohlensauren Natrium, wobei sie wieder ihr absurdes Liedchen vor sich hin trällerte. Schon während ich das Soda mit Wasser mischte, schien sie mich wieder vergessen und nur Augen für ihren Salat zu haben … eine Vernachlässigung, die mir außerordentlich angenehm war. Missmutig wandte Brunker sich wieder der Fensterscheibe zu.

Als ich ins Wohnzimmer zurückkam, erblickte ich Julian Barre. Er stand an der Tür von Gerald Frawleys Zimmer, dem Zimmer, in dem Huber Kingery gestorben war. Während die Küchentür geräuschlos hinter mir zufiel und ich über einen dicken Läufer schritt, sagte er:

»… macht mir überhaupt nichts aus. Du kriegst mein Zimmer und ich nehme deins. Matil braucht ja nichts von unserem Tausch zu wissen.«

Dann trat Gerald Frawley in mein Blickfeld, in einem braunen Flanellhausmantel, der sein blasses Gesicht noch blasser, seinen gewissenhaften Mund noch gewissenhafter und die adlerartigen Züge noch adlerartiger erscheinen ließ.

»Ach was, das geht schon in Ordnung, Julian«, sagte er salopp. »Der arme alte Huber wird schon nicht spuken kommen.« In eigenartigem Tonfall fügte er hinzu: »Irgendjemanden wird er bestimmt heimsuchen, Julian, aber nicht … mich. Nicht mich!« Er lachte unangenehm. Dann bemerkten die beiden mich, drehten sich zu mir um und schwiegen, während ich an ihnen vorüberging. Das Rascheln meiner Schwesternschürze war das einzige Geräusch im Raum. Auf dem ganzen Weg zu Tante Lucys Zimmer spürte ich, wie mich ihre Blicke verfolgten.

Pünktlich um sieben verkündete Miss Lucy, sie sei fertig fürs Abendessen. Sie trug ein dunkelgraues Kleid aus Chiffon und Spitze, in dem sie keinen besonders erfreulichen Anblick bot. Sie sah eher aus wie eine große Spinne, die in ihrem Netz darauf wartet, dass eine achtlose Fliege darin zappelt – ein Bild, dachte ich, während ich die Tür für ihren Rollstuhl aufhielt, das sich mir bestimmt aufgrund von Annettes extrem respektlosen Andeutungen aufdrängte.

Aus der Unmenge altmodischen Schmucks, den sie mitgebracht hatte und dessen Einfassungen vor Schmutz starrten, hatte sie für den heutigen Abend ein ganz besonders hässliches Ensemble aus Sardonyx gewählt, ein Edelstein, den ich noch nie gemocht habe. An ihrem mageren Hals hing eine schwere Kette, Armreifen schmückten ihre hageren, grobknochigen Handgelenke, und an ihren Ohren baumelten riesige Ohrringe. Als sie diese durch die winzigen Löcher in den langen, schlaffen Ohrläppchen gesteckt hatte, hatte sich in meinem Magen ein Gefühl bemerkbar gemacht, das fast an Seekrankheit grenzte. Die gelbbraunen Edelsteine hatten erstaunliche Ähnlichkeit mit den rotbräunlichen Flecken und Streifen, die man bei bestimmten schwarzen und äußerst haarigen Giftspinnen findet.

All dies verstärkte den unliebsamen Eindruck, den ich bereits erwähnte.

Ein helles Feuer knisterte und fauchte im Kamin am Nordende des Wohnraums, um den herum in einem gemütlichen Halbkreis mehrere Sessel und Diwane standen. Am entgegengesetzten Ende des Raums lief Brunker mit funkelnden Silbertabletts und Schüsseln zwischen Küche und Esstisch hin und her. Ich folgte Tante Lucy zum Nordkamin. Dabei sah ich, wie Newell Morse, bereits fertig angezogen, aus Gerald Frawleys Tür schlüpfte und in seinem eigenen, direkt neben der Küche gelegenen Zimmer verschwand. Helene Paggi stand an einem der Fenster und blickte in die pechschwarze Nacht hinaus. Unter dem runden balkonartigen Vorsprung der Galerie saß Lal Killian am Flügel und ließ die Finger leicht über die Tasten gleiten. O'Leary, gepflegt und elegant, der in seinem Dinnerjackett wesentlich mehr hermachte als in seinem grauen Alltagsanzug, saß gegenüber der Galerie in einem Sessel und rauchte genüsslich eine Zigarette. Kurz darauf trat Newell Morse wieder aus seinem Zimmer, kam zu uns herüber und ließ seinen stämmigen Körper schlaff in den Sessel neben O'Leary sacken. Auf seinem rötlichen Gesicht lag ein erschöpfter Ausdruck. Sein helles Haar und die blank polierten Brillengläser leuchteten auf, als er zum Feuer blickte und die von O'Leary angebotene Zigarette nahm. Zufällig beobachtete ich, wie er sie anzündete, und war überrascht, seine rosigen, gesunden Finger zittern zu sehen. Jäh wandte Helene sich vom Fenster ab.

»Schnee, Schnee, Schnee«, sagte sie verdrießlich. »Ein richtiger Schneesturm. Warum um alles in der Welt wollte Matil ausgerechnet um diese Jahreszeit mit uns hier herausfahren? Sie hätte sich doch denken können, dass das Wetter so sein würde.«

Beide Männer erhoben sich, als sie zu uns trat, doch sie entschied sich für einen Platz auf dem Diwan unmittelbar vor dem Kamin. Sie trug ein hautfarbenes Spitzenkleid, das über ihren weichen, üppigen Schultern sehr tief ausgeschnitten war und dessen Farbton so sehr ihrer Hautfarbe glich, dass ich ein paar Sekunden brauchte, um zu entscheiden, wo ihre Haut endete und das Kleid begann. Der Spitzensaum reichte fast bis auf den Boden, und um die Hüftgegend entdeckte man bei genauerem Hinsehen den Abdruck eines fest geschnürten Korsetts. Eine breite smaragdgrüne Samtschärpe verlief auf der Vorderseite des Kleids von der Schulter bis unterhalb der Taille und bildete einen leuchtenden Farbtupfer. Ihr schwarzes, kräftiges Haar hatte sie, wie auf dem Foto, zu einem Knoten über dem kräftigen Nacken zusammengesteckt. Vor fünf Jahren war sie eine außergewöhnlich attraktive Frau gewesen, und bis zu einem gewissen Grad war sie es noch immer.

»Wir hätten ihre Einladung ablehnen können«, sagte O'Leary leichthin. Sie griff zu der Zigarette, die er ihr anbot. Tante Lucy schüttelte angesichts des dargebotenen Zigarettenetuis angewidert den Kopf. Helene beugte sich zu Newell Morse herab, der ihr Feuer anbot; mit der für sie charakteristischen leicht gereizten Ungeduld blies sie den Rauch aus.

O'Leary lehnte sich zurück.

»Es stimmt doch«, wiederholte er scheinbar beiläufig. »Wir hätten die Einladung ablehnen können.«

»Das ist es ja«, sagte Helene. »Das ist es ja gerade. Wir konnten nicht ablehnen.«

Ich sah, wie Newell Morse ihr einen missbilligenden Blick zuwarf, aber sie schien außerordentlich verstimmt zu sein und fuhr unbeirrt fort:

»Das ist genau das, was wir nicht tun konnten«, wiederholte sie und schaute Morse trotzig ins Gesicht, als wolle sie ihm sagen: ›Ich sag, was mir gefällt.‹

Er schwieg, während O'Leary ungezwungen lachte.

»Aber ich bitte Sie, Signora Paggi. Der Mensch ist doch frei.«

Ihre grünen Augen verdunkelten sich.

»Nicht immer«, sagte sie.

Lal Killian stand vom Klavierhocker auf und gesellte sich zu uns. Er stand auf dem Kaminvorleger. Das Licht des Feuers beleuchtete die weiße Vorderseite seines Hemds und spiegelte sich in seinen Pupillen. Er war ein außerordentlich attraktiver Bursche, feingliedrig, gut gebaut, das glatte Haar über der ebenmäßigen Stirn nach hinten gekämmt, mit gut geschnittenen Gesichtszügen und vollen, sinnlichen Lippen unter einem dunklen Schnurrbart. Er hatte etwas Sauberes, Gepflegtes an sich, das auf Frauen immer anziehend wirkt.

Killian betrachtete die Buchstaben, die auf den breiten Kaminsims eingemeißelt waren, und fuhr mit den Fingern darüber.

»DAS ENDE ALLER ERFOLGREICHEN JAGDEN«, las er langsam, »KOMMT SCHNELLER, ALS DU DIR ERTRÄUMST.« Er stockte und las rasch noch mal: »DAS ENDE ALLER ERFOLGREICHEN JAGDEN KOMMT SCHNELLER, ALS DU DIR ERTRÄUMST.« Betroffen sah er uns an. »Wie schrecklich! Das hatte ich ganz vergessen. Warum hat Huber ...« Er hielt inne. Helene lachte. Ein dünnes, schadenfrohes Lachen.

»Richtig, warum hat Huber diesen Satz hier einmeißeln lassen? *Ich* hatte ihn nicht vergessen.« Sie zuckte die Achseln, schnippte ihren Zigarettenstummel ins Feuer und strich ihre grüne Samtschärpe glatt.

Ihre Pupillen weiteten sich, als sie ins Feuer starrte. Leise fügte sie hinzu:

»*Ich* hatte ihn nicht vergessen. Ich habe ... *nichts* vergessen.«

»Helene«, sagte Newell Morse warnend. Lal Killian schob ihre Zigarette, die ihr Ziel nicht erreicht hatte, mit dem Fuß ins Feuer. Ein unbehagliches Schweigen trat ein. Wie um es zu füllen, summte Killian eine leise Melodie, die ich, nebenbei gesagt, während der nächsten Tage noch unzählige Male aus seinem Munde hörte. Vom Text schnappte ich nur ein paar undeutliche Worte auf, in etwa: »Fahrt aus der Haut und tanzt mit mir den Knochentanz.« Obwohl dies in jenem Jahr ein allseits beliebtes Tanzlied war, ließ Killians Taktgefühl unter diesen Umständen für meinen Geschmack sehr zu wünschen übrig.

Während er noch summte, schlug oben auf der Galerie eine Tür zu. Helene blickte rasch auf. Jo Paggi kam leichtfüßig die Treppe hinabgelaufen. Er rieb sich freudig die Hände und schnupperte, als er das Abendessen roch. Er trat zu Helene, gab ihr einen flüchtigen Kuss auf die Wange, der ihr ein kleines Lächeln entlockte, wandte sich jedoch gleich wieder von ihr ab, um Matil mit einer tiefen Verbeugung, tiefer als ich es ihm mit seiner eng zugeknöpften Weste zugetraut hätte, zu begrüßen. Seine olivgrünen Augen blitzten dunkel auf, als er Matil ansah. Lal Killian sagte ruhig: »Hallo, Matil«; Newell Morse kämpfte sich abermals aus seinem Sessel empor, das Lächeln auf Helenes Lippen erstarb, und zu meiner großen Überraschung lag auf Lance O'Learys Miene etwas Weiches, das ich in diesem Ausmaß bei ihm noch nie gesehen hatte – und all das, noch bevor ich einen Blick auf Matil geworfen hatte.

Mir wurde klar, dass Matil Kingery eine jener seltenen Frauen war, die sich einer Gruppe nicht nähern können, ohne die eine oder andere deutliche Reaktion auszulösen.

Es gibt Leute, wie beispielsweise Helene, die man beiläufig zur Kenntnis nimmt, passiv, deren Ankunft die Atmosphäre eines Raums nicht im Geringsten verändert, die nicht das leiseste Zucken in den Gesichtern der Anwesenden verursachen. Und dann gibt es Frauen, die unweigerlich auf eine Gruppe von Menschen wirken: Eine Art elektrisches Kribbeln läuft über die Gesichter, die sich ihnen zuwenden, gleichgültig, ob diese Gesichter Freude, Unbehagen, Bewunderung oder Ablehnung ausdrücken – in jedem Fall ist es eine entschiedene Reaktion. Zufällig war Matil schön, aber ich denke, das war nicht entscheidend, denn vor allem besaß sie jenen starken, an Magie grenzenden Funken Vitalität, dem sich, einmal an ihm entzündet, kein Beobachter entziehen konnte.

So stand sie vor uns, gertenschlank und aufrecht, in einem silbernen Kleid, das sich ihren Konturen geschmeidig anpasste. An einem Bändchen um ihr Handgelenk baumelte ein bordeauxroter Straußenfeder-Fächer und bot einen großartigen Kontrast zu dem Silber ihres Kleides. Ihre Augen funkelten wie Saphire. Ihre weichen dunkelroten Lippen waren fest geschlossen, die schwarzen Brauen leicht zusammengezogen.

»Sitzt du bequem, Tante Lucy?«, fragte sie. Miss Lucy streckte eine ihrer mageren Hände aus ihren Spinnweben hervor. Matil trat näher.

»Hübsches Kleid, Matil«, krächzte Miss Lucy. »Von Hanet? Hat dich bestimmt ein Vermögen gekostet, oder?«

»Es geht«, antwortete Matil. Lal Killian, der ins Feuer blickte, schmunzelte.

»Bin ich die Letzte?«

Es war Terice: glänzende platinblonde Locken, funkelnde Augen hinter pechschwarzen, langen, verklebten Wimpern, dick geschminkte Haut über einem tief ausgeschnittenen schwarzen Glitzerkleid, und im Haar ein schwarzer Federschmuck, der aussah wie eine umgedrehte Haarbürste.

Dann kamen Frawley, ruhig, ernst und gepflegt, und Julian Barre, der ungeheuer elegant wirkte. Es gibt Männer, denen Abendanzüge ausgezeichnet stehen. Julian Barre gehörte ganz sicher dazu. Selbst das schwarze Band an seiner Brille wirkte distinguiert und nicht affektiert. Am Revers trug er ein rotes Etwas, das ich für eine Anstecknadel oder etwas Ähnliches hielt, obwohl ich es nicht genau erkennen konnte. Außerdem, das muss ich wohl an dieser Stelle zugeben, hätte ich es auch aus nächster Nähe nicht erkannt, da sich mein Erfahrungshorizont mehr oder weniger auf Fieberthermometer und Wärmflaschen beschränkt.

Als Brunker mir ein Tablett mit Cocktails hinhielt, schüttelte ich den Kopf, da ich, wie vielleicht schon angedeutet, ein Alter erreicht hatte, in dem man seinen Verdauungsapparat pfleglich behandeln sollte. Missbilligend verfolgte ich, wie Tante Lucy rasch drei Cocktails hintereinander trank. Dann fand ich mich zwischen Morse und Tante Lucy am Tisch wieder.

Das Abendessen war hervorragend; ein Glücksfall, da es die einzige gute, reichliche Mahlzeit während jener furchtbaren Tage auf Hunting's End bleiben sollte. Während dieses Festmahls gerieten gewisse moralische Vorbehalte meinerseits ins Wanken, und ich ertappte mich sogar bei dem Gedanken, dass, wenn Annette unter Alkoholeinfluss so hervorragend kochen konnte, man ihr Laster großzügig betrachten könnte.

Brunker trug schweigend auf. Die zitternden Flammen der Kerzen warfen unruhige Schatten, wenn hin und wieder ein leichter Luftzug durch den Raum wehte.

Die Kiefernscheite knackten, und kleine Flammen züngelten empor. Das Essen war, wie gesagt, ausgezeichnet, und es hätte ein ausgesprochen angenehmer Abend sein können, wäre da nicht eine gewisse Tür in der Mitte des Raums gewesen. Es trug nicht gerade zur Erbauung der Gesellschaft bei, dass Jericho irgendwann im Laufe des Essens, wie schon ein paar Stunden zuvor, langsam, mit gesenkter Schnauze und traurig herabhängendem Schwanz, zur Türschwelle seines toten Herrn schlich, am Türspalt schnüffelte, sich ausstreckte, den Kopf auf die weißen Voderpfoten legte und uns aus unendlich traurigen Augen anblickte.

Julian Barre, Matil und O'Leary schafften es, eine halbwegs mühelose Konversation in Gang zu halten, obwohl Tante Lucy es ihnen nicht leicht machte. Sie war nach den Cocktails in ein ehernes Schweigen verfallen, saß kerzengerade auf ihrem Stuhl, starrte finster geradeaus und weigerte sich, auch nur einen Bissen zu essen. Terice plapperte in einem fort, verfiel hin und wieder in eine gespenstische Babysprache, gestikulierte mit ihren harten kleinen Händen, tätschelte Julian Barres elegante Schulter und legte auch einmal die Hand auf Lal Killians Unterarm, was dieser mit Nichtachtung quittierte, Barre hingegen mit nachsichtigem Lächeln. Ihre Hände waren immer noch schmutzig und außerdem schmuckbeladen. Sogar an beiden Zeigefingern glitzerten große Ringe – und dabei hat uns die Vorsehung meiner Ansicht nach diese Finger nicht für das Tragen von Ringen gegeben.

»... all das führt uns zu ...«, sagte Terice gerade, als ich mich schließlich auf den Inhalt ihrer Worte konzentrierte, »... der Frage: Wie schnell kann man in einem Notfall denken?«

Paggi gluckste.

»Notfall. Das größte Problem ist doch, dass man ihn nicht vorhersehen kann. Erinnert ihr euch noch an den *Bajazzo* letztes Jahr?« Mehrere Köpfe, darunter meiner, nickten, denn dieses Juwel ging mir zu Herzen wie kaum eine zweite Oper. »Wusstet ihr, dass Novello den ganzen Part an meiner Stelle gesungen hat?«

»Ach, Jo! Erzähl doch nicht davon!«, rief Helene und sah ihn vorwurfsvoll an. »Das spielt doch jetzt keine Rolle.«

»Ich wollte nur ...«

»Es hat nichts zu bedeuten«, unterbrach Helene ihn streng. »Er ist über die Stufe vor der Garderobe gestolpert und dachte, sein Bein sei gebrochen. Rimini Novello, die Zweitbesetzung, hat den gesamten Part übernommen.« Sie lächelte etwas verächtlich. »Es war ein Sonntagnachmittag. Höchstens ein oder zwei Kritiker waren da, die nur gekommen waren, um ...«

»Sie haben später geschrieben, ich sei an jenem Nachmittag nicht bei Stimme gewesen«, sagte Paggi, während er seinen Salat salzte.

»Das stimmt nicht! Sie haben geschrieben, dass du außergewöhnlich gut gesungen hättest.«

Signor Paggi warf seiner allzu wahrheitsliebenden Frau einen unfreundlichen Blick zu. Terice ließ ein blechernes Kichern vernehmen.

»Aber dein Bein war nicht gebrochen, nehme ich an«, bemerkte Lal Killian auf eine Weise, die durchblicken ließ, dass er es nicht sonderlich tragisch gefunden hätte.

»Nein, mein Freund, ganz und gar nicht. Ich habe das hier nur erzählt, um zu zeigen, wie schnell man in einem Notfall handelt.«

»Und wie unklug dazu«, sagte Terice bissig. »Siehst du, Jo, wenn du dir mehr Zeit gelassen hättest, hättest du bemerkt, dass deine Knochen heil geblieben waren.«

Helenes grüne Augen flammten auf. »Das musst du gerade sagen, Terice. Gerade du, die immer einen kühlen Kopf bewahrt und nie Fehler macht.«

Terice lachte herzlich.

»Ach, Liebes, natürlich mache ich Fehler, aber zwischen uns gibt es einen entscheidenden Unterschied: Ich bereue sie nie.«

»Man kann nur schwerlich vorhersagen, wie man in einem Notfall reagiert«, sagte Julian Barre ruhig. »Notfälle treten zufällig ein, und den Zufall können weder wir noch sonst wer beeinflussen.«

»Aber«, sagte Gerald Frawley, »... nein, keine Brötchen mehr, danke ..., aber man kann sich gegen Notfälle wappnen.«

»Wie meinst du das?«, fragte Morse. »Salz, Miss Keate?«

»Nun, ich, der ich in einer Position bin, in der ich mit meinem Privatleben kein Schindluder treiben kann, fühle mich gewissermaßen verpflichtet, mich gegen ...«, er hielt inne und leerte beinahe ein ganzes Glas Wasser, bevor er fortfuhr: »... Zufälle zu wappnen.«

»Zufälle?«, hakte Matil nach und beugte sich vor. »Was meinst du damit, Gerald? Du bist Zufällen nicht mehr ausgeliefert ...«, sie zögerte bei dem Wort, »... als jeder andere von uns.«

Er hob seine dünnen, präzisen Brauen. Sein kalter Blick ruhte ungeniert auf ihren blauen Augen.

»Möchtest du, dass ich das näher erläutere?«

»Aber ja, natürlich.«

»Ich meine nur, dass ich mich gegen die Unordnung, die einem Notfall folgen würde, der mich ... äh ... von der Bühne verschwinden lassen könnte, gewappnet habe, indem ich über all meine Transaktionen, seien sie privater oder geschäftlicher Natur, genauestens Buch geführt habe und diese Aufzeichnungen an einem ...«, er zögerte, »... sicheren Ort aufbewahre.«

»Gerald! Was für eine seltsame Idee!« Matil verstummte und zuckte ein wenig abschätzig die Achseln.

»Wahrscheinlich an einem so sicheren Ort, dass niemand sie finden und die Unordnung dieselbe bleiben würde«, sagte O'Leary unbekümmert.

»Durchaus nicht«, antwortete Gerald Frawley mit Nachdruck. »An einem Ort, wo jeder sie finden könnte.«

Ich glaube, genau in diesem Moment ließ Brunker beim Abräumen eine Salatplatte fallen. Mit lautem Gepolter fiel sie zu Boden. Er errötete, während er sich bückte.

»War das eine Platte von Spode?«, fragte Helene und schaute sich interessiert um, ohne Matils leichtes Stirnrunzeln zu bemerken.

»Schlimmer«, murmelte Matil. »Irisches Beleek-Porzellan. Eigentlich hatte sie hier nichts verloren. Sie gehört seit ...«, sie führte ihren Satz nicht zu Ende, weil Morse sich räusperte.

»Das müssen ja ziemlich wichtige Aufzeichnungen sein«, sagte er bedächtig. Er saß Frawley direkt gegenüber, und sie sahen sich lange in die Augen.

»Sie sind sehr wichtig«, erwiderte Frawley gewissenhaft. Seine Finger lagen reglos am Stiel seines Kelches. Er verzog keine Miene, sogar die schwarze Linie seines Haaransatzes sah so gerade, glatt und unbeweglich aus, als könne sie kein Wirbelsturm der Welt in Unordnung bringen.

Ein Windstoß pfiff durch den Kamin.

»Eine schreckliche Nacht«, sagte Helene zitternd – wozu sie auch guten Grund hatte. »Warum hast du uns nur um diese Jahreszeit hergebeten, Matil? Wenn es so weitergeht, sind wir morgen früh eingeschneit. Schrecklich.« Wieder schauderte sie. Ihr üppiges Fleisch sah weiß und teigig aus. Mir schien, dass, wenn ich die Finger auf ihren dicken Oberarm gedrückt hätte, die Dellen nicht wieder verschwunden wären.

»Warum ziehst du dir nicht mehr an?«, fragte José Paggi barsch. Seine olivgrünen Augen betrachteten ihre fülligen Schultern.

Fleckige Röte bedeckte Helenes Hals und Gesicht; ihre Augen wurden schmal, feine Falten bildeten sich an ihren Augenwinkeln; ihre dünnen Lippen öffneten sich leicht und ließen die aufeinander gepressten Zähne sehen.

»Ich bitte dich, Jo«, beeilte Morse sich zu sagen. »Dein Kleid ist umwerfend, Helene. Also, mir gefällt es.«

Sie schwankte zwischen Wut und Eitelkeit. In unserem abwartenden Schweigen lag ein Hauch von Furcht. Dann entschied sie sich zu lächeln. Die roten Flecken verschwanden, und Matil warf Morse einen dankbaren Blick zu. Nur Terice war, glaube ich, ein wenig enttäuscht.

»Kaffee, Madame?«, fragte Brunker, der neben mir auftauchte.

»Singst du nach dem Essen für uns, Helene?«, fragte Barre, worauf Killian stirnrunzelnd seine Kaffeetasse anstarrte. Helene fragte Julian kokett, was er denn gern hören wollte.

»Brunker!« Tante Lucy brach ihr langes Schweigen so scharf und abrupt, dass alle am Tisch in die Höhe fuhren.

Brunkers Finger verkrampften sich an dem Tablett, das er trug.

»Gift.«

Ruckartig sahen alle zu ihr hin.

»G … Gift, Madame?«, fragte Brunker. Seine wimpernlosen Augen weiteten sich ungläubig. Terice stieß einen kleinen Schrei aus. Sogar Lal Killian sah verwirrt aus.

»Gift«, sagte Tante Lucy grimmig. Ihr trüber, hohläugiger Blick glitt langsam über die versammelte Gesellschaft. Nachdem sie schweigend vor sich hin gebrütet und jeden einzelnen Gang unberührt gelassen hatte, schien sie schlagartig zu begreifen, dass das Abendessen vorüber war. »Wo ist mein Essen?«, sagte sie wie zu sich selbst. »Hmm!« Sie richtete sich auf und zwinkerte heftig mit den Augen. »Natürlich!«, rief sie schrill. »Gift.« Erneut schaute sie uns mit offenbar grausiger Genugtuung an. Auf unseren Gesichtern zeigte sich wohl eine gewisse Furcht. Dann stieß sie, mit demselben Charme, mit dem man eine Schrotflinte abfeuert, hervor: »Ratten. In der Speisekammer.«

»Sagen Sie bitte Annette, sie soll Rattengift auslegen, Brunker«, sagte Matil ruhig, obwohl ihre Finger krampfhaft den Henkel ihrer kleinen Tasse umklammerten. »Tante Lucy glaubt, dass sich im Haus Ratten herumtreiben.«

»Sehr wohl, Miss«, murmelte Brunker und verschwand eilfertiger in der Küche, als die Anweisung es erfordert hätte.

»Es treiben sich immer ein paar Ratten herum«, bemerkte Tante Lucy. »Sag ihm, es steht ganz unten im Regal.

Hast du ihm das gesagt, Matil? Ich habe noch kein Jagdhaus erlebt, in dem es keine Ratten gibt. Das Abendessen ist vorbei. Was sitzen wir hier noch herum?« Sie schob sich von der Tischkante fort. Jo Paggi, der neben ihr saß, stand auf, um ihr mit dem Rollstuhl zu helfen, allerdings nicht ohne sie zuvor äußerst verächtlich von der Seite anzusehen. Während sie langsam durch den Raum auf den gegenüberliegenden Kamin zusteuerte und ein wenig Unruhe entstand, da auch wir unsere Stühle vom Tisch abrückten, war ich mir sicher, dass er etwas wie ›Du schreckliche alte Hexe, du!‹ vor sich hin murmelte.

Dann jedoch fiel sein leicht verstörter Blick auf Matil, und seine Miene hellte sich schlagartig auf, als entzünde ihr Anblick ein Feuer in den Tiefen seiner olivgrünen Augen.

4

Vier schlafen nicht

Brunker hatte ein paar Kartentische aufgestellt, um die sich ein kleines Grüppchen scharte, während Helene und Lal Killian am Flügel saßen und stapelweise Notenblätter durchsahen, von denen kleine Staubwolken aufstiegen. Ich hörte Helenes wortreichen Protest: So kurz nach dem Essen könne sie noch nicht singen. Mir fiel auf, dass sich daraufhin die Atmosphäre im Raum spürbar entspannte. Niemand widersprach ihr.

Tante Lucy nahm ihren Platz schräg vor dem Kamin ein. Von dort beobachtete sie uns, und da sich das Feuer rubinrot in ihren Pupillen spiegelte, sah sie mehr denn je aus wie eine große schwarze Spinne. Barre mischte die Karten, die auf einem der Tische lagen, und begann sie automatisch auszuteilen. Frawley und Morse nahmen sie auf. Nachdem O'Leary auf Barres fragenden Gesichtsausdruck hin den Kopf geschüttelt hatte, nahm Terice den vierten Platz ein, griff gierig nach den Karten, überflog sie hastig und sortierte sie mit raschen Handgriffen. Matil, eine schlanke silberne Gestalt, saß in einem Lehnsessel und sah ihnen zu. In einer Hand hielt sie den riesigen dunkelroten Fächer, den sie öffnete, um ihr Gesicht vor der Hitze zu schützen. Sie sah, ich kann es nicht anders sagen, umwerfend schön aus, obwohl sie diese Pose wahrscheinlich unbewusst eingenommen hatte. Paggi, der neben dem Serviertisch stand, setzte schnell sein Glas ab und kam herbei, um sich auf die Rückenlehne von Matils Sessel zu lehnen und von dort aus seine Kommentare zu der Bridgepartie abzugeben.

O'Leary saß in seiner Rolle des Zuschauers unweit von Matil und rauchte in aller Ruhe eine Zigarette. Zweifellos entging seinen grauen Augen, trotz der Rauchschwaden, die ihn sanft umnebelten, nicht das kleinste Detail. Ich selbst hatte es mir in einem Sessel in der Nähe von Tante Lucy gemütlich gemacht. Nicht zu nah. Ich kann an dieser Stelle ruhig zugeben, dass ich in meinem Berufsleben zwar einige seltsame Patienten betreut habe – von dem Mann, der Löffel verschluckte und den man an den Füßen hochheben und schütteln musste, bis zu dem Baby, dem ich mitten in der Hauptverkehrszeit in der Hochbahn, auf dem Sitz gegenüber, auf die Welt half –, dass aber keiner von ihnen auch nur annähernd mit Miss Lucy Kingery vergleichbar war. Gott sei Dank.

Vom Klavier her drangen gelegentlich ein paar Worte Helenes und Killians zu uns, gefolgt von ein paar Akkorden und Helenes leisem Summen. Geräuschlos fielen die Karten auf den Tisch. Ab und zu machte einer der Bridgespieler eine Bemerkung. Die Kommentare, die Paggi Matil zuflüsterte, wurden leiser und leiser, und einmal, als er nach ihrer Hand griff und sie umdrehte, so dass ihre Handflächen sich kurz berührten, ehe sie sie fortzog, schien mir, als erröte sie. Ja, die Röte wollte gar nicht mehr verschwinden. Matils Augen glänzten fiebrig.

War Paggi also der Auserwählte? Hatte sie aus Liebe zu ihm beschlossen, uns das fünf Jahre alte Geheimnis zu verraten? Ich wäre weder menschlich noch weiblich gewesen, wenn ich keine ausführlichen Spekulationen über die Identität des Mannes angestellt hätte, den sie liebte. Das Problem war: Theoretisch konnte es jeder der anwesenden Männer sein. Alle waren jung, mit Ausnahme von Julian Barre vielleicht – aber auch der war in einem Alter, das die meisten Frauen überaus reizvoll finden.

Soweit ich sah, kamen Killian, Morse und Frawley etwa gleichermaßen in Frage, obwohl ich persönlich mir nicht Frawley ausgesucht hätte, denn dessen zurückhaltende, berechnende Art – als plane er jedes Wort, jede Bewegung im Voraus – stieß mich ab. Andererseits zählte ja nur Matils Geschmack und nicht meiner. Und obwohl Paggi bereits verheiratet war, schien ihn dieser Umstand nicht davon abzuhalten, seine Zuneigung zu Matil auffallend offen zur Schau zu tragen.

An Matils Verhalten jedenfalls konnte ich es nicht ablesen. Sie benahm sich jedem gegenüber gleich. Heute weiß ich zwar, dass sie unter furchtbarer Anspannung stand, doch damals hatte ich keine Ahnung, wie verbittert sie tief in ihrem Inneren war, welch schwere Gedanken sich hinter ihren ruhigen blauen Augen verbargen.

Während des Essens, und immer eindringlicher, je weiter der Abend voranschritt, musterte ich die Gesichter der Anwesenden und verglich sie mit dem Foto, das vor fünf Jahren entstanden war. Wer hatte sich verändert? Auf welche Weise? Helene war dicker geworden; war das der Grund, weshalb ihre Augen weniger schmachtend und dafür listiger aussahen? Hinter der zierlichen Baronin lagen möglicherweise fünf Jahre voller finanzieller Engpässe; war das der Grund, weshalb sie sich so stark schminkte und ihre Haare so schreiend blond färbte, weshalb ihre derben kurzen Finger so zupackend und habgierig aussahen? Lag es nur an diesen fünf Jahren, dass Julian Barres schöne Augen diskreter aussahen denn je, oder verbarg sein undurchdringlicher Blick ein gewisses Geheimnis? Wodurch hatte Lal Killian die jugendliche Unbekümmertheit, die er in dem Bild zur Schau getragen hatte, eingebüßt, und warum war er so zurückhaltend und ein wenig zynisch geworden?

Was hatte Newell Morse, dem vormals hellwachen, fröhlichen Jungen, diese sorgenvollen, hartnäckigen Falten ins Gesicht gezeichnet; woher stammten die Vorsicht und Berechnung in seinen Augen hinter den dicken Brillengläsern; warum zitterten seine Hände, obgleich er augenscheinlich bei bester Gesundheit war? Lag es nur daran, dass fünf Jahre verstrichen waren, oder war der Grund viel finsterer? Newell Morse – was wusste er, was ahnte er, was befürchtete er?

Tante Lucy, eine modische, ausgeglichene und weltgewandte Frau, die vielleicht ein wenig zu sehr von ihrer eigenen Meinung überzeugt, sicher niemals hübsch und dennoch mit ihrem stolzen Lächeln durchaus Ehrfurcht gebietend gewesen war, hatte sich, um Paggi zu zitieren, in eine schreckliche alte Hexe verwandelt – mit einem Bart. Und Huber Kingery, der auf dem Foto lebhaft und optimistisch lachte, war inzwischen zu Staub zerfallen.

Ich fröstelte, als ich den Collie sah, der wie ein weiß-goldenes Häuflein Elend vor jener geschlossenen Tür kauerte.

»Zwei Pik«, sagte Barre mit der monotonen, selbstsicheren Stimme eines eingefleischten Spielers. Terice überflog nochmals eifrig und etwas ängstlich ihr Blatt, blinzelte durch die falschen Wimpern, um schnell einen Blick auf den Spielstand zu werfen, und sagte atemlos: »Drei Herzen.«

Woraufhin Morse, Barres Mitspieler, etwas geistesabwesend passte und sich einen bösen Blick von Barre einhandelte. Auch Frawley passte. Barre legte prompt, aber vorsichtig, wie mir schien, eine dritte Pikkarte in seine Reihe. Sofort antwortete Terice mit einem vierten Herz, nachdem sie neugierig auf Frawleys Karten gestarrt hatte, als wolle sie die gemusterte Rückseite mit ihren Augen durchbohren. Morse schien sich mühsam dazu durchzuringen, sein Blatt zu betrachten. Barre beobachtete ihn gelassen. Terice knabberte am Lippenstift ihrer Unterlippe, und er verdoppelte.

Frawley, Barre und Terice passten erneut. Frawley deckte sein Blatt auf und lehnte sich auf seinem Stuhl zurück. Kühl betrachtete er Terice. Seine Augen waren wie zwei harte, glänzende Kohlestücke. Terice spielte schnell, warf Blicke nach beiden Seiten, um zu sehen, welche Karten ihre Gegner spielten, bearbeitete ihre Unterlippe mit den Zähnen und nahm ihre Stiche, als könnte sie es kaum erwarten, die Karten in die Finger zu bekommen. Der Einsatz lag schon bei einem Penny pro Punkt. Im Verlauf des Spiels wurde Terice immer nervöser. In ihrem kleinen, geschminkten Gesicht bildeten sich tiefe Falten, als sie zu verlieren begann. Nach gut einer Stunde, während der Helene und Killian sich der Gruppe der Zuschauer zugesellt hatten, warf sie wütend ihre Karten hin, rief mit gezwungener Fröhlichkeit ziemlich schrill, das Schicksal habe sich gegen sie verschworen, kündigte an, ihre Schulden am nächsten Tag zu zahlen … »Kein Grund, nur deshalb nach oben zu gehen!« …, und verließ den Tisch. Mit seinem typischen kalten, bemessenden Blick bezahlte Frawley sowohl seine als auch ihre Schulden, und das Spiel war vorbei.

»Wie wär's mit einer Partie, Lal?«, fragte Frawley.

»Wie wär's mit ein wenig Musik?«, schlug Lal Killian vor. »Was meinst du, Jo?«

Paggi zuckte die Schultern.

»Ich singe nur, wenn meine Frau mich begleitet«, sagte er. »Dich will ich nicht, Lal.«

»Woher willst du wissen, dass ich mich angeboten hätte?«, fragte Lal Killian seelenruhig. Er stand neben Matils Sessel und starrte auf ihren Straußenfeder-Fächer, der über ihrem Arm lag. Durch den Kontrast sah ihre weiche Haut weißer denn je aus.

»Tatsächlich hatte ich das nämlich nicht vor. Obwohl es dir nicht geschadet hätte.«

»Aber auch kaum genutzt«, sagte Paggi unwirsch. »Bei dir klingt alles wie Tanzmusik, Lal. Du bist wie ... wie ein Drehorgelspieler, der den *Troubadour* verhunzt.«

»Diese Oper«, murmelte Lal, gerade laut genug, dass Paggi ihn hören konnte, »gehört zu denen, die von einer Drehorgel mit einem hübschen kleinen Affen eindeutig profitieren würden. Meinst du nicht auch, Matil?« Seine trägen Augen sahen grinsend auf Paggis Rücken.

Helene setzte sich ans Klavier und sagte: »Amerika kennt eben keine Ehrfurcht.« Behände glitten ihre Finger über die Tasten.

Es ist schon merkwürdig, an wie viele Details dieses Abends ich mich erinnere: Paggi begann mit ein, zwei Opernarien. Seine leuchtenden Augen ruhten ständig auf Matil. Dann ging er zu sentimentalen Liedern über; Helene begleitete ihn feinfühlig. Sie sah seltsam massig und stark aus, wie sie sich so über das Klavier beugte.

»Sie hat einen Rücken wie eine Bäuerin«, murmelte Tante Lucy lauter, als es angebracht gewesen wäre. »Ich habe nie begriffen, was Huber an dieser Frau gefunden hat oder was er an irgendeiner seiner Weiber gefunden hat«, fuhr sie zu mir gewandt fort, was mich peinlich berührte. »Und diese Terice – jede Frau würde sie sofort durchschauen. Dieses durchtriebene Flittchen. Kann nur blöde grinsen, lügen und sich herausputzen. Die taugt nichts. Die brauchte Geld und war nur hinter Hubers Brieftasche her. Aber am Ende hat er sie durchschaut und sich geweigert, sie zu heiraten.« Sie hielt inne, zu meiner großen Erleichterung, denn Terice saß auf dem Diwan ganz in unserer Nähe, und ich war mir ziemlich sicher, dass Tante Lucy mit ihrer tiefen, dröhnenden Stimme weitergeredet hätte, wenn die Musik plötzlich, wie so oft, ausgesetzt hätte. Julian Barre betrachtete sie etwas besorgt, er saß neben mir und hörte wahrscheinlich jedes Wort, das diese furchtbare Frau sagte.

Paggis Lieder wurden immer sentimentaler. Während des Vorspiels zu einem Lied, das von blassen Händen, die das Leben zerdrücken, oder ähnlichem Firlefanz handelte, trat Gerald Frawley unauffällig zu Matil und flüsterte ihr etwas ins Ohr. Lal Killians träge Augen erwachten schlagartig zu zornigem Leben. Ich denke, auch er hatte die Besitz ergreifende Art bemerkt, die Gerald Frawley gegenüber der jungen Frau an den Tag legte. Ich habe noch vor Augen, wie Frawley ihren bordeauxroten Fächer aufhob, damit spielte und die weichen Federn mit seinen schlanken, kühlen Fingern glatt strich. Darin lag Besitzerstolz. War also Gerald Frawley ihr Auserwählter?

In diesem Moment hörte Paggi auf zu singen.

»Das war's für heute«, sagte er. Er hatte mitten im Lied aufgehört. Helene spielte automatisch weiter und sah ihn erstaunt an.

»Aber, Jo ...«, rief Terice.

»Nein, nein«, wiederholte er. »Das war's für heute. Wir haben genug Musik gehört. Vielleicht zu viel.« Er war sichtlich verstimmt.

»Und was ist mit Helene?«, fragte Killian. Seine Augen waren undurchdringlich, seine Züge hatten wieder den alten Ausdruck träger Gutmütigkeit angenommen.

»Komm schon, Helene«, drängte Morse sie, der bis jetzt nachdenklich geschwiegen hatte. »Sing für uns.«

»Nein!«, sagte Jo Paggi. »Ich sagte, Schluss für heute.«

»Du brauchst mich ja nicht zu begleiten«, sagte Helene. »Das kann Lal ...«

»Nein, nein, nein! Wenn ich sage, Schluss für heute, meine ich auch Schluss für heute.« Er legte es offenbar darauf an, Ärger zu machen.

Helene schlug die Noten zusammen und warf sie auf den Klavierdeckel.

»Also gut«, sagte sie mit bebender Stimme. »Also gut. Wenn du mich nicht hören willst ...«

»Helene, so beruhige dich doch«, beschwichtigte Morse sie nervös. Paggi zuckte die Achseln, ging zum Kamin und stellte sich mit dem Rücken zum Feuer davor auf. Seine mächtige Sängergestalt war Ehrfurcht gebietend.

»Diese Hütte ist sowieso ein grauenhafter Ort. Ich verstehe nicht, warum du unbedingt wolltest, dass wir herkommen, Matil. Hier ist es kalt wie in einer Scheune. Wahrscheinlich hole ich mir eine Grippe und bin für den Rest des Winters nicht bei Stimme. Draußen tobt ein richtiger Schneesturm.«

Helene, die offenbar entschieden hatte, doch keine Szene zu machen, schloss sich ihm an. Auch sie sah durchfroren und ein wenig verkniffen aus. Ihre kräftigen, geschmeidigen Finger waren rot.

»Ihr könnt euch nicht vorstellen, wie kalt es da drüben unter dem Balkon ist. Irgendwo zieht es hier ganz gewaltig.«

Terice wandte ihren grübelnden Blick vom Feuer ab.

»Ich hasse dieses Haus«, sagte sie böse.

Barre rührte sich.

»Mr. O'Leary wird uns für sehr undankbare Gäste halten«, bemerkte er.

Terice musterte O'Leary rasch von Kopf bis Fuß. Es war klar, dass sie nicht wusste, was sie von ihm halten sollte. Mir schien, als trete so etwas wie Berechnung in ihre Augen.

Tante Lucy meldete sich zu Wort.

»Früher hat es dir hier sehr gut gefallen«, sagte sie zu Terice. Ihre Stimme klang wie zwei Reibeisen, die sich aneinander rieben.

Terice warf ihr einen giftigen Blick zu. Sie wollte gerade etwas erwidern, als Helene die Hand hob.

»Was war das?«, schrie sie.

Für einen Moment hörte man nur das wilde Brausen des Sturms und das seufzende Knistern des Kaminfeuers.

Aber dann vernahmen wir eindeutig ein klägliches Wimmern, das sich über dem Tosen des Schneesturms erhob. Der leise Ton wurde höher und höher, bis er schließlich im Nichts verklang. Alle waren auf den Füßen, bis auf Tante Lucy, die die Armlehnen ihres Rollstuhls umklammerte. Ihr Gesicht war grau; sie krächzte: »Was war das?«

Wir warteten, ob das Geräusch sich wiederholen würde. Jericho stand auf, kam zu uns getrottet und spitzte unruhig und aufmerksam die Ohren.

Der Laut erklang erneut. Diesmal hörten wir ihn deutlicher, weil der Sturm eine kurze Atempause machte. Plötzlich brach Lance O'Leary in ein etwas gekünsteltes Gelächter aus. »Das ist eine Katze«, sagte er.

Keiner von uns rührte sich. Ich nehme an, niemand glaubte ihm, bis er zu der massiven Eingangstür ging und sie mit viel Mühe gegen den Wind aufstemmte. Ein paar Schneeflocken wehten herein.

Und tatsächlich kam eine Katze durch den Schnee zur Tür hereingetappt. Erbärmlich dünn und ausgehungert sah sie aus, unter dem triefend nassen gesprenkelten Fell zeichneten sich die Knochen ab. Mit gierigen, wilden Augen sah das Tier uns an.

O'Leary drückte die Tür zu und legte den Riegel vor.

»Puh, ist das eine Nacht!« Schlotternd ging er zurück zum Kamin. »Ich kann gut verstehen, dass sie hineinwollte. Hier, Kätzchen, komm her. Komm her, wärm dich auf.« Die Katze weigerte sich jedoch, weiter in den Raum zu kommen. Sie setzte sich auf ihr ausgemergeltes Hinterteil und fing an, sich mit ihrer langen roten Zunge zu putzen. Jericho betrachtete das Geschöpf ohne übermäßiges Interesse, was mich überraschte; ich hatte erwartet, dass er sich sofort auf sie stürzen würde. Stattdessen legte der Collie sich mit einem unglücklichen Seufzer wieder hin.

Wir saßen schätzungsweise noch eine gute Stunde um den Kamin herum. Das allgemeine Unbehagen wuchs. Ein- oder zweimal trat Brunker schweigend in unsere Mitte und legte Holz nach. Die Gespräche verliefen stockend, und ich bemerkte eine wachsende Bereitschaft, schnelle, verstohlene Blicke auf die geschlossenen Türen, zur Galerie hinauf und in die Ecken des Zimmers zu werfen. Mindestens einmal sagte Matil, es sei spät geworden, woraufhin sich jedoch niemand rührte. Die Spannung wuchs. Mir gefiel das Verhalten des Hundes nicht: Obwohl Collies außergewöhnlich sensible Hunde sind, die freudig auf jedes Lächeln und traurig auf jedes Stirnrunzeln reagieren, konnte ich mir nicht vorstellen, dass es der fünf Jahre zurückliegende Verlust seines Herrn war, der den Hund derart unglücklich und nervös machte. Er war sehr unruhig. Mal lag er still da und starrte ängstlich in den Raum hinein, dann wieder erhob er sich, um ein paar Schritte umherzugehen und an den Türen zu schnüffeln, ohne auf die Katze zu achten, dann wiederum legte er sich Matil zu Füßen, jaulte leise und blickte sie furchtsam als, als bräuchte er ihren Trost.

Ich muss sagen, dass seine Rastlosigkeit auf mich nicht den besten Eindruck machte.

»Herrje, was für eine Nacht!«, sagte Lal Killian und schauderte, als ein Windstoß durch den Kamin pfiff. Die Flammen loderten kurz auf und wurden anschließend wieder in den Kamin gesogen. »Hört sich an, als seien alle Hexen des Mittelalters heute Nacht unterwegs.« Er schaute zu der Katze hinüber. »Ich wette, die verdammte Katze ist vom Besen gefallen.« Alle sahen die Katze an.

Unglücklicherweise hörte sie in ebenjenem Moment auf, eines ihrer ungelenk langen Hinterbeine zu putzen, stand auf, hob die Nase witternd in die Luft und marschierte in Richtung Küche los. Doch genau vor Gerald Frawleys Tür blieb das Tier stehen, richtete den Schwanz auf und legte die Ohren an. Dann steuerte es in Seelenruhe um etwas herum, *das gar nicht da war,* und setzte seinen Weg in die Küche fort.

Terice schrie. Es war ein grässlicher, hoher Schrei, der uns aus unseren Sesseln auffahren und Brunker durch die Küchentür spähen ließ. Später erfuhr ich, dass Annette sich bei ebenjenem Schrei in ihrem Zimmer eingeschlossen und ihre zweite Flasche trockenen französischen Rotweins entkorkt hatte.

Im Wohnzimmer entstand ein Tumult. Terice schrie, als könne sie nie wieder aufhören. Helenes Zähne klapperten. Sie stand zitternd da, starrte und klapperte wie wild mit den Zähnen. Als hätte Terices Schrei eine rostige Sprungfeder in ihr ausgelöst, wiederholte Tante Lucy mit ihrer lauten Reibeisenstimme wieder und wieder: »Es ist Huber. Er ist hier. Es ist Huber. Er ist hier. Huber! Huber!«

Die Männer, wie immer hilflos im Angesicht der Hysterie, rannten kopflos umher, boten Terice ein Glas Wasser, Brandy, einen Sessel oder die Feuerzange an. Ich erfuhr nie, wozu die Feuerzange gut sein sollte, und bin der Ansicht, Morse, der sie ihr hinhielt, wusste es auch nicht.

Dann war ich bei Terice, stieß die zusammengedrängten Herrenschultern beiseite und legte ihr schlicht und einfach die Hand auf den Mund. Sie wand sich und zappelte, um sich von mir loszureißen, rollte wie wild mit den Augen und starrte mich zwischen ihren falschen Wimpern hervor wütend an. Ich glaube, sie wollte mich beißen, aber jeder weiß, wie schwer und extrem unangenehm es ist, in eine Handfläche zu beißen. Ihre Haut war fettig und fühlte sich an wie warmer Kitt. Allmählich ebbte ihr Widerstand ab. Sie keuchte noch ein wenig, und als sie sich schließlich entspannte, lockerte auch ich meinen Griff um ihre drahtigen Schultern. Als ich einen Schritt zurücktrat, blieb der Duft ihres schweren Parfüms an meiner weißen Schürze haften.

Matil, die zwar sehr blass um die Lippen geworden war, sich jedoch um Haltung bemühte, übernahm die Führung.

»Wir sind alle übermüdet«, sagte sie mit ruhiger Stimme. »Wir sollten uns lieber hinlegen.« Nach einer Pause fügte sie so sachlich wie möglich hinzu: »Tante Lucy, soll ich Brunker bitten, dir noch dein Gute-Nacht-Sandwich zu bringen?«

Tante Lucy, die seit dem Ende von Terices Schrei in düsteres

Schweigen versunken war, riss ihren Blick von Hubers ehemaligem Zimmer los und antwortete Matil so sanftmütig, wie ich sie bis dahin noch nicht erlebt hatte: »Ja, bitte, Matil.« Dann musterte sie grimmig die Umstehenden, bis sie bei Terice ankam. Sie starrte sie an.

»Du ... du hast Huber in den Tod getrieben«, krächzte sie, plötzlich wieder laut und scharf. Ihr breiter dunkler Mund sah hungrig aus; ihre Augen waren unbeschreiblich hässlich. »Wegen dir musste er ... musste er sterben. Wegen dir und deinen Drohungen! Wegen dir und deinen Hoffnungen! Er hätte dich niemals geheiratet.«

Von Helene kam ein ersticktes Geräusch, irgendetwas zwischen einem Lachen, einem Schluchzen und einem Schrei. Die alte Frau fuhr zu ihr herum.

»Und dich auch nicht«, giftete sie. »Ihr wart für ihn nur Spielzeuge. Ihr hättet gar nicht so eifersüchtig aufeinander sein müssen. Spielzeuge! Ha!«

So vehement waren ihre Verachtung und ihr Hass, dass einen furchtbaren Augenblick lang niemand wagte, sich zu rühren oder zu sprechen. Dann griff O'Leary nach dem Messingglöckchen, das auf dem Tisch stand, und läutete. Der helle, klare Ton stand in seltsamem Kontrast zu Tante Lucys lautem Wutausbruch. Brunker erschien so schnell, dass ich annahm, dass er sich die Nase schon vorher an der Küchentür platt gedrückt hatte.

»Das Sandwich für Miss Lucy bitte, Brunker«, presste Matil mühsam hervor.

»Ihr wollt mich wohl unbedingt zu Bett schicken, wie?«, fragte Tante Lucy. »Nun, ich gehe. Ich bin eine müde alte Frau und gehe zu Bett.« Geschickt setzte sie ihren Rollstuhl in Bewegung. Wir traten schweigend beiseite, um sie vorbeizulassen. Vor ihrer Zimmertür blieb sie stehen und wandte sich um. Hager, schwarz und bedrohlich sah sie aus in ihren grauen Spinnenweben.

»Ich bin jetzt stärker als ihr alle«, prahlte sie und sagte noch etwas, das mir noch heute in den Ohren klingt:

»Und was Huber betrifft, so merkt euch eines: Er hatte den

Tod verdient. Er hatte den Tod sehr wohl verdient.« Dann schüttelte sie ihren ergrauten Haarschopf und die grauen Barthaare mit einer grässlichen triumphierenden Grimasse und verschwand.

Ich weiß nur noch ungefähr, wie wir auseinander gingen. Da wir von den hässlichen Vorfällen wie benommen waren, und da die Furcht, die den ganzen Abend um uns herumgeschlichen war, mutig näher gekommen war und uns gepackt hatte, fielen die Gutenachtwünsche, das Bedauern, den warmen Platz am Kamin zu verlassen, Brunkers Erscheinen mit zusätzlichen Decken, Matils höflicher Wunsch, dass wir gut schlafen mögen – all jene kleinen Höflichkeitsbekundungen, die der Anstand verlangt –, seltsam distanziert und geheuchelt aus. Nichts schien wirklich zu sein, mit Ausnahme des Sturms, des rastlos umherwandernden Hundes und der hasserfüllten Tirade, die wir uns soeben hatten anhören müssen. Ich weiß noch, wie die Katze aus der Küche zurückkam. Sie war so voll gefressen, dass ihre Flanken sich wölbten, und ließ sich auf dem Kaminvorleger nieder, von wo sie mit einem unergründlichen Blick zum Fenster hinaus in die schwarze Nacht starrte.

Als ich nach meiner Patientin sah, saß sie gemütlich mit einem Tablett auf dem Schoß im Bett. Ihre Enthaltsamkeit bei Tisch fand eine schlagartige Erklärung, denn das asketisch klingende ›Gute-Nacht-Sandwich‹ entpuppte sich als Mythos: mit gesundem Appetit machte sie sich über Unmengen von mit Fleisch und Käse dick belegten Broten her; ihre eisenharten Kiefer arbeiteten unablässig. Und vor ihr stand noch eine überaus fette Nachspeise, die sie bereits gierig ins Auge fasste.

»Ich klopfe einfach mit meinem Stock gegen die Wand, wenn ich Sie brauche«, sagte sie, als ich ging. Mit einem Kopfnicken deutete sie auf einen Stock, der am Kopfende des Bettes lehnte. Ein dicker schwarzer Krückstock, der ungemein stabil aussah. Ich schloss die Fensterläden und sah, bevor ich die Badezimmertür hinter mir zuzog, noch ein letztes Mal zu Tante Lucy hinüber. Sie sah so spinnenartig aus wie immer. Ihr dunkles erdfarbenes Gesicht auf dem weißen Kissen und ihr grauweiß gestreiftes, unsagbar hässliches Flanell-Nachthemd bestärkten den Eindruck, dass sie von dichten Spinnweben umgeben war. Ihre Augen starrten aus dunklen Löchern in die Luft.

»Verriegeln Sie heute Nacht die Tür, Miss Keate«, krächzte sie plötzlich. »Dieser Ort …«, sie senkte ihre Stimme zu einem röchelnden Flüstern, das mir einen kalten Schauer über den Rücken jagte, »dieser Ort ist böse, abgrundtief böse. Der Leibhaftige geht hier um.«

Ich beeilte mich, die beiden Badezimmertüren, die uns trennten, zu schließen. Aber den Nachhall ihres heiseren Flüsterns konnte ich nicht aussperren.

Während der nächsten Stunde wälzte ich mich schlaflos hin und her. Die hier auf Hunting's End versammelte Gesellschaft wollte mir nicht aus dem Kopf gehen: Tante Lucys unerfreuliche Konversationsversuche hallten in all ihrer verdrehten Monotonie in meinem Kopf wider und wider, Matils weißes Gesicht stand vor mir, ihre fiebrigen Augen sahen mich an.

Schließlich taten mir vom Herumwälzen die Knochen weh, so dass ich schließlich den verzweifelten Entschluss fasste aufzustehen. Ich zitterte, als meine Füße den eiskalten Boden berührten, schlüpfte in meine Pantoffeln und warf mir meinen dicken, gesteppten grünen Morgenrock über. Ich bin nie besonders ängstlich gewesen, aber in jener Nacht hatte ich im Schlafzimmer Licht brennen lassen. Nur eine der Laternen natürlich, deren Docht ich weit heruntergedreht hatte. Ich nahm sie an ihrem Henkel vom Haken und ging ins Wohnzimmer.

Ich wollte mir etwas Milch heiß machen, um meine Nerven zu beruhigen und endlich Schlaf zu finden, den ich so dringend benötigte. Ich ahnte ja nicht, dass ich in jener Nacht kein Auge zutun sollte.

Zwei Lampen, eine über der Treppe und eine, die etwa in der Mitte des langen Raums hing, sorgten für schwaches Licht. Die Holzscheite in den Kaminen waren zu rötlich grauer Asche heruntergebrannt. Die Katze schlummerte. Ihre Schultern, ihre

Beine und die gespitzten Ohren warfen grotesk schräge Schatten auf den Kaminvorleger. Von Jericho war nichts zu sehen. Das leere Wohnzimmer dehnte sich vor mir aus. Ich fragte mich, wo Annette die Milch verstaut haben mochte – wahrscheinlich in der Speisekammer, da sie bestimmt nur Dosenmilch mitgebracht hatte.

Ich überlegte gerade, dass ich hoffentlich auch einen Dosenöffner finden würde, als ich an Gerald Frawleys Tür vorbeikam. Abrupt blieb ich stehen. Auf der anderen Seite der Tür waren eindeutig leise Stimmen zu vernehmen.

Ich weiß nicht, welcher Impuls mich dazu trieb, meinen Weg in die Küche nicht fortzusetzen und stattdessen im Wohnzimmer zu bleiben, um zu sehen, wer das Zimmer verlassen würde. Natürlich war die Tatsache, dass es Gerald Frawley und ein anderes Mitglied unserer kleinen Gesellschaft nach einer Privatunterhaltung verlangte, nicht ungewöhnlich oder gar absonderlich. Führen Sie es zurück, auf was Sie wollen – meine Neugier, meinen Mangel an Anstand, meine Rastlosigkeit, meine Aufdringlichkeit oder was auch immer –, Tatsache ist, dass ich schlicht kehrtmachte und zu dem Kamin am Nordende des Raums hinüberging, in dem die Asche hellrot glühte.

Als ich mich dem Kamin näherte, sah ich, dass ich nicht allein im Wohnzimmer war. Signor Paggi fuhr aus einem tiefen Lehnsessel auf, den er dicht an das spärliche Feuer geschoben hatte, erblickte mich, ließ sich wieder zurücksinken und murmelte etwas vor sich hin.

In seinem bunten Seidenmantel sah er dick und fett aus. Seine weiße Hemdbrust schimmerte im dämmrigen Zwielicht.

»Ach, Sie sind es«, sagte er. »Konnten Sie auch nicht schlafen?«

»Nein«, antwortete ich knapp, stellte die Lampe auf den Tisch, ging zum Kamin und setzte mich unweit von Paggi in einen Sessel. Wir saßen im Dunkeln, aber die Tür von Gerald Frawleys Zimmer wurde von einer der beiden Lampen schwach beleuchtet. Der lange Raum war kalt. In allen Ecken, vor allem unter dem Galerievorsprung und unter der Treppe, war es stockfinster.

Wenigstens eine Viertelstunde verstrich, ohne dass jemand aus Frawleys Zimmer trat. José Paggi schaute auf sein Handgelenk, wo sich im Glas seiner Armbanduhr das Rot der Glut im Kamin spiegelte. Da ich nichts sagte und sich die Minuten schier endlos ausdehnten, wurde Paggi unruhig. Er rutschte auf seinem Sessel hin und her, spielte mit einer nicht angezündeten Zigarette, schlug seinen seidenen Kragen hoch und anschließend wieder herunter. Mir schien, als warte er auf etwas – ein völlig unbegründeter Gedanke, den mir nur seine auffällige Unruhe eingegeben haben konnte.

Es war genau in jenem Moment, glaube ich, dass ich ein leises Geräusch hörte. Ich setzte mich auf. Paggi fuhr in seinem Sessel zusammen.

Ich sah ihn fragend an, und er sagte: »Mir war, als ... hätte ich etwas gehört.«

Ich jedoch war überzeugt, etwas gehört zu haben. Ein seltsames kleines Rascheln. Konnten das heimliche Schritte über unseren Köpfen gewesen sein? Auf der Galerie?

Ich wollte gerade zum Geländer der Galerie hochschauen. Doch plötzlich und ohne jede Vorwarnung hob ein lauter Krach die Welt aus den Angeln.

Der Knall zerriss die Stille von Hunting's End. Und inmitten des Nachhalls ertönte ein dumpfes Plumpsen, als fiele etwas Träges, Schweres zu Boden.

Paggi und ich sprangen auf. Wie erstarrt sahen wir uns an. Er fuhr sich mit der Zunge über die Lippen. In seinen Augen spiegelte sich blankes Entsetzen. Dann drehten wir uns zu den Schlafzimmertüren um.

Die Tür zu Gerald Frawleys Zimmer stand offen. Wir liefen los.

Gerald Frawley lag mit dem Gesicht nach unten auf dem Boden. Eine lächerlich schlaffe Figur in einem gelb gestreiften Pyjama, die Arme und Beine von sich streckte. Seine Füße waren nackt. Am Kopfende des Betts brannte eine Lampe.

Paggi hockte sich hin und drehte ihn herum. Er röchelte noch etwas, das wie »Kil …« klang, und starb. Der Schuss hatte ihn genau ins Herz getroffen. Die Gesichtszüge waren unverkennbar die von Gerald Frawley. Aber der Schädel, der auf Paggis Arm ruhte, glänzte weiß und kahl. Ein Toupet, aus dicken schwarzen Haaren, lag auf dem Frisiertisch.

5

Auf der Galerie

Das Ganze war ein schrecklicher Anblick, so schrecklich, dass ich mich nicht dazu durchringen kann, ihn zu schildern – obwohl ich noch jedes Detail vor mir sehe. So sehr ich an grausige Bilder gewöhnt war – unnötig zu erwähnen, wie viele Jahre ich in Operationssälen verbracht hatte –, wurde mir bei diesem Anblick doch ein wenig flau, und ich musste mich auf dem Frisiertisch abstützen. Ich wollte mich abwenden, aber ich konnte meine Augen nicht von dem leblosen Etwas lösen, das Paggi vor mir in den Armen hielt.

Ein leises Rascheln unter meinen Fingern lenkte mich ab. ›Matil, mein Liebling‹, begann der Brief, der auf dem Frisiertisch lag.

Es ist seltsam, wie der Verstand in Krisensituationen funktioniert. Wenn der Brief für Matil bestimmt ist, dachte ich, soll sie ihn lieber von mir bekommen, ehe er durch die Hände der gesamten Gesellschaft geht. Denn schon erklangen Stimmen und ängstliche Rufe in den Schlafzimmern, im Wohnzimmer und auf der Galerie; Schritte kamen näher. Meine Finger umschlossen die zwei Seiten und stopften sie gerade in die große Tasche meines Morgenmantels, als Julian Barre ins Zimmer stürzte. Ich war mir sicher, dass weder er noch Paggi meine Tat bemerkten.

Auch Barre trug einen Morgenrock. Morse, der ihm auf dem Fuße folgte, hatte sich in eine Decke gehüllt.

Beide knieten neben Paggi und starrten auf das, was in dessen Armen lag, als O'Leary erschien. Auch er hatte eine Decke über seinen Pyjama geworfen. Mir fiel auf, dass er trotz der unübersichtlichen Lage einen Hauch von distanzierter Abgeklärtheit bewahrte. Er blickte kurz auf die gekrümmte Gestalt auf dem Boden, dann sah er Paggi, Barre, Morse und mich an. Dann machte er einen großen Schritt über den zwischen Bett und Frisiertisch liegenden Leichnam und ging zum Fenster, wo er ein paar Sekunden lang stehen blieb, ohne etwas anzufassen. Als Nächstes ging er zur Badezimmertür. Sie war fest geschlossen und zusätzlich von Frawleys Seite her verriegelt. »Was war das? Was ist passiert?« Frauengesichter, die man kaum erkannte, weil der Schrecken sie entstellt hatte, erschienen an der Tür. Irgendwo erklang ein lautes, dumpfes Pochen. Brunker, dessen Miene noch unbeteiligter war als sonst, hielt seinen Hosenbund fest und spähte über Helenes Schulter.

Dann kam Matil. Sie schob erst Terice, die sich an ihr festkrallen wollte, und dann die dicke Helene beiseite. Ihr weißes Seiden-Negligé betonte ihre aufrechte, schlanke Gestalt. Ihre Augen suchten nach dem, was Paggi noch immer festhielt, als könne er es nicht freigeben.

Das Pochen wurde ungestümer.

»Was ist passiert?« Killian drängte sich an den vielen Gesichtern in der Tür vorbei.

»Frawley ist ermordet worden«, sagte O'Leary. Seine klaren Worte brachten Ordnung in das Durcheinander. Plötzlich waren die Dinge weniger verschwommen. Das Kaleidoskop formte auf einmal ein scharfes Bild.

»Frawley ist ermordet worden«, wiederholte O'Leary. »Und zwar von einem von uns.«

Terice öffnete den Mund zu einem Schrei, doch vielleicht war ihre Kehle ausgetrocknet. In der Stille heulte ein Hund. Es war ein langes, in Halbtönen absteigendes seltsames Heulen, das uns frösteln ließ.

Meine Knie zitterten. Ich lehnte am Frisiertisch. Hätte ich doch bloß diesen glänzenden Schädel mit dem schwarzen Toupet bedecken dürfen – vielleicht wäre mir weniger übel gewesen. Dann begriff ich: Natürlich, das Pochen kam von Tante Lucys Stock, und der heulende Hund war Jericho.

»Miss Lucy«, stammelte ich. Meine Lippen waren taub. Die anderen traten wie hypnotisiert zur Seite und ließen mich vorbei.

»Helfen Sie mir in meinen Stuhl«, befahl Tante Lucy mit

krächzender, zittriger Stimme. Sie schien zu wissen, was passiert war. Ich gehorchte und hatte mich sogar so weit im Griff, dass ich ihr eine Decke um die Füße wickelte. Es war eiskalt.

»Geben Sie mir meinen Schal. Wer ist es?«

»Frawley. Gerald Frawley.«

»Ist er tot?«

»Ja.«

»Ich habe den Schuss gehört. Wer hat es getan?«

Ich schüttelte den Kopf. Ihre hageren Hände zitterten. Ihr dunkelroter Mund bewegte sich und formte lautlose Worte.

Sie zeigte zum Wohnzimmer, und ich schob den Stuhl durch die Tür. Dann griff sie, wie immer, selbst in die Reifen und rollte langsam auf die dicht gedrängte Gruppe vor Frawleys Tür zu.

Wieder heulte der Hund, und zwar so hoch und lang gezogen, dass mir das Herz stehen blieb. Er konnte nicht weit sein, wahrscheinlich war er in Matils Zimmer. Ich öffnete ihre Tür und ließ ihn ins Wohnzimmer, obwohl er nicht darauf versessen schien. Mit hängendem Kopf trottete er an mir vorbei. Ihr Fenster stand offen. Der Sturm ließ die Läden klappern und wehte Schnee herein. Ich trat in das Zimmer, schloss die Fensterläden, verriegelte sie und zog das Fenster herab. Die silbernen Schuhe, die Matil am Abend getragen hatte, waren bereits völlig durchnässt.

Jericho folgte mir zu Frawleys Zimmer. Tante Lucy stand mit ihrem Rollstuhl mitten im Eingang. Alle schienen ihre Sprache wieder gefunden zu haben und redeten aufgeregt und ängstlich durcheinander. Als ich bei der Tür ankam, hörte ich Lance O'Learys ruhige Stimme.

»Da Sie mich darum bitten, Miss Matil, werde ich es tun. Es war kein Selbstmord. So viel steht fest. Ich sehe keinen Revolver. Aber jemand muss es tun, und, wie Sie selbst sagen, am besten ein Fremder.«

»Genau das ist ja das Problem«, sagte Killian. »Sie sind ein Fremder. Der einzige Fremde. Ihr bisheriges Benehmen …«

»Bitte, Lal«, flehte Matil ihn an. Killian erwiderte ihren Blick kühl, ausdruckslos, fast so, als hätte sie gar nichts gesagt. Dann musste Paggi niesen, einmal und noch einmal. Es war schrecklich, denn die Leiche verrutschte ein wenig. Terice stieß einen halb erstickten Schrei aus.

»Wir lassen ihn hier auf dem Boden liegen«, sagte O'Leary. »Ich helfe Ihnen, Paggi. Vorsichtig. So ist es besser.« Paggi stand ungelenk auf, ohne die Augen von Frawley zu wenden.

»Auf dem Boden?«, protestierte Morse. »Das ist doch grausam. Lassen Sie uns den armen Kerl wenigstens aufs Bett legen.«

Er sah furchtbar mitgenommen aus. In der Eile hatte er seine Brille nicht aufgesetzt, wodurch sein Gesicht schmaler, fast hager wirkte. Er war wie weggetreten.

»Würden Sie mir bitte ein Handtuch geben ...«, sagte ich. O'Leary, glaube ich, reichte es mir. Meine Finger zitterten, als ich es um Frawleys Kiefer band und über dem glänzenden, kahlen Schädel verknotete. Nur über den Ohren und am Hinterkopf hatte er noch einen schmalen Kranz schwarzer Haare.

»Miss Matil«, sagte O'Leary abrupt, »Sie sagen ganz richtig, dass jemand sich dieser Angelegenheit annehmen muss, bis die Polizei hier ist. Sie haben mich gebeten, das zu tun. Wollen Sie Ihre Meinung ändern?«

»Nein«, sagte Matil und sah O'Leary fest in die Augen.

»Also gut. Hören Sie ...« O'Leary trat ans Fenster. Draußen tobte der Schneesturm. »Niemand würde länger als zehn Minuten in diesem Sturm überleben. Wir können unmöglich vor morgen früh Hilfe holen. Deshalb müssen Sie mir gestatten, zu tun, was ich für das Beste halte – wenigstens so lange, bis wir jemanden um Hilfe schicken können.«

»Matil ...«, rief Killian.

»Matil, mein liebes Kind ...«, begann Barre.

Sie bedeutete ihnen mit einer Geste zu schweigen. Tante Lucys Mund war hart und verkniffen.

»Ich kann euch ebenso gut verraten«, sagte Matil entschlossen, »dass Mr. O'Leary ein ... Detektiv ist.« Ich konnte O'Leary nicht ansehen, ob er mit ihrer Bekanntmachung einverstanden war oder nicht. Seine grauen Augen verrieten keinerlei Gemütsregung.

Aber ohne Zweifel waren die anderen ganz und gar nicht einverstanden.

»Was soll das heißen?«, rief Killian.

»Ein Detektiv? Warum hast du einen Detektiv mitgebracht?«, fuhr Helene sie an. Sie war kreidebleich. Ihre grünen Augen verengten sich zu schmalen Schlitzen. Alle sahen von O'Leary zu Matil und wieder zurück. Ihre blassen Gesichter drückten Zorn, Mutmaßungen, Misstrauen, vor allem jedoch nackte Angst aus.

»Meine liebe Matil«, protestierte Barre, »du hättest es mir sagen sollen. Du hättest dich von mir beraten lassen sollen.« Die Worte kamen etwas zischend und undeutlich aus seinem Mund. Überhaupt wirkten seine Lippen seltsam eingefallen. Ich sah näher hin: In der oberen Zahnreihe klafften ein paar Lücken. Der Gentleman trug anscheinend etwas, das man neuerdings eine Teilprothese nannte, und hatte diese in der Eile und bei dem Durcheinander einzusetzen vergessen. Ich dachte bei mir, dass nur Julian Barre auch ohne Zähne so würdig und stattlich aussehen konnte. Doch dann stieg O'Leary über den gekrümmten Leichnam am Boden, und mein Entsetzen meldete sich zurück.

»Warum hast du einen Detektiv mitgebracht?«, rief Terice schwach. »Matil Kingery, warum hast du einen Detektiv *hierher* gebracht?«

»Huber«, stammelte Tante Lucy. »Er wurde auch hier ermordet. In genau diesem Zimmer. Er hatte seinen Pyjama an. Seine Füße waren nackt. Ich habe ihn gefunden. Er lag genauso da.«

Hysterie drohte uns zu ergreifen. Selbst die Luft zitterte.

Matil zeigte auf Frawleys Leiche.

»Du fragst, warum ich einen Detektiv mitgebracht habe?«, sagte sie. Ihre Stimme war so kalt und brüchig, dass ich fürchtete, sie könne in tausend Schreie zerspringen.

»*Das* ist doch wohl Grund genug.« Mühsam riss sie sich zusammen und ging uns voran aus dem Zimmer.

Unsere Prozession muss seltsam ausgesehen haben. O'Leary verließ als Letzter das Zimmer. Vorsichtig zog er die schwere Tür hinter sich zu.

Wir drängten uns zum nördlichen Kamin, vor dem die Sessel noch immer so gruppiert waren, wie wir sie nach dem langen Abend verlassen hatten. Brunker kümmerte sich um das Feuer. Wir zitterten, sahen ihm zu, wie er ab und zu innehielt, um seine Hose hochzuziehen, und rückten enger zusammen.

Unbewusst starrte ich lange auf die über dem Kaminsims eingemeißelte Inschrift: »DAS ENDE ALLER ERFOLGREICHEN JAGDEN KOMMT SCHNELLER, ALS DU DIR ERTRÄUMST.« Für Gerald Frawley war das Ende der Jagd gekommen. Hätte er sich erträumt, dass es so schnell kommen würde? Vor wenigen Stunden noch hatte er hier gesessen, geraucht, geredet, Karten gemischt … Hatte er nichts geahnt, hatte er keine Angst gehabt?

»Holen Sie Annette«, sagte O'Leary leise zu Brunker. »Sofort. Der Rest bleibt bitte hier. Ich bin in einer Sekunde wieder da.« Er verschwand in der Küche, kam schnell wieder heraus, ging von Schlafzimmer zu Schlafzimmer und schließlich die Treppe hinauf zur Galerie. Dann kehrte er zu der schweigenden Kaminrunde zurück. In seinem Zimmer musste er etwas länger geblieben sein, denn als er zurückkam, trug er eine Hose und einen Mantel über seinem Pyjama. Niemand hatte etwas gesagt. Das erschien mir merkwürdig, bis mir einfiel, dass wahrscheinlich der Geist jenes anderen, fünf Jahre zurückliegenden Mordes, jenes Geheimnisses, in allen Köpfen herumspukte.

Der Hund hatte sich in die entfernteste Ecke des Raums zurückgezogen, wo er zusammengerollt lag und ohne zu blinzeln auf jene verschlossene Tür starrte.

Plötzlich wurde die Tür zur Küche aufgestoßen. Annette und Brunker kamen heraus. In ihrem ausgeblichenen blauen Kimono sah sie äußerst schlampig aus; dass sie ihre Bettdecke hinter sich her schleifte, verstärkte diesen Eindruck noch. Die grauen Haare fielen ihr ständig in das rote, aufgedunsene Gesicht. Ihre Augen waren verschwollen und glasig, und die Tränensäcke darunter gerötet. Sie bot keinen schönen Anblick. Aber wer von uns bot den schon? Brunker musste ihr erzählt haben, was vorgefallen war, denn sie stellte keine Fragen. Der Hausdiener zündete weitere Lampen an. Der Raum wurde heller, im Kamin züngelten die ersten Flammen.

»Es gibt eine Möglichkeit, uns viel Ärger und Mühen zu ersparen«, fing O'Leary mit seiner klaren, ruhigen Stimme an. »Niemand würde, wie gesagt, den Sturm da draußen heute Nacht überleben. Vielleicht können bei Tagesanbruch ein paar von uns versuchen, nach Nettleson durchzukommen. Die Person, die Gerald Frawley erschossen hat, sitzt hier unter uns. Im gesamten Jagdhaushalt hält sich niemand versteckt. Alle Türen, Fensterläden und Fenster sind geschlossen und ordentlich verriegelt. Darüber hinaus ist durch den Sturm die Möglichkeit, dass sich jemand dem Jagdhaus nähern oder es verlassen könnte, so gut wie ausgeschlossen. Der Mörder sitzt hier.« Er schaute langsam in jedes der blutleeren Gesichter, die sich im Halbkreis vor ihm befanden. Seine Augen waren sehr klar, so seltsam klar und leuchtend, dass man glauben konnte, er schaue einem direkt ins Herz. »Ich rede mit Ihnen, dem Mörder von Gerald Frawley. Gestehen Sie?«

Das Herz schlug mir bis zum Hals. Würde er – würde irgendjemand – sprechen? Würde eines dieser gezeichneten, gespenstischen Gesichter das Schweigen brechen und Worte von sich geben? Lance O'Leary zückte seine Taschenuhr.

»Ich gebe Ihnen drei Minuten Zeit, um sich zu entscheiden«, sagte er langsam und ruhig. »Überlegen Sie es sich gut. Und vergessen Sie nicht: Sich selbst können Sie niemals entkommen.«

Ruhig schaute er auf das spiegelnde Glas seiner kleinen Uhr.

Im Leben jedes Menschen gibt es kritische Momente, Momente unerträglicher Anspannung und Furcht, und auch ich habe meinen Teil erlebt. Aber niemals habe ich derartige drei Minuten erlebt, und ich bete inständig, sie niemals wieder erleben zu müssen. Zu wissen, dass ein Mörder mitten in unserer gedrängten kleinen Runde saß; zu wissen, dass eines dieser unbewegten Gesichter eine furchtbare Blutschuld verbarg; zu wissen, während eine Sekunde nach der anderen langsam verstrich, dass jeden Augenblick das Geständnis erfolgen konnte – all dies machte jene schicksalhaften drei Minuten, in denen wir atemlos warteten, *horchten* und schwiegen, gespenstischer und unaussprechlich grässlicher, als jeder, der nicht dabei war, es sich vorstellen könnte. Ich glaube, diese drei Minuten waren eine Zäsur in unser aller Leben.

Gerade, als die Spannung nicht mehr auszuhalten war, als ich spürte, dass meine Nerven im nächsten Moment zerreißen und ich lauthals aufschreien würde, obwohl ich natürlich wusste, dass ich unschuldig war, schaute O'Leary auf, steckte die Uhr weg und ließ seinen Blick langsam über die Gruppe schweifen. Ich sehe sie noch vor mir: die Männer mit angespannten, gezeichneten Gesichtern, verzweifelt um Haltung bemüht, Matil, blass und kühl, Terice, die auf ihren Fingernägeln herumkaute, Helene, ein fetter gelber, in schwarze Seide gehüllter Mehlklumpen, und Tante Lucy, die hässlich und finster in ihrem Rollstuhl saß. Annettes Züge verloren allmählich ihre Stumpfheit, ihre Augen wirkten weniger verschwommen und blickten etwas wacher in die Welt.

Ihnen allen jedoch, so verschieden sie im Einzelnen waren, stand die Furcht ins Gesicht geschrieben.

»Also gut. Wie Sie wollen.« O'Learys Augen waren so grau und kalt wie die Nordsee.

»Wer war als Erster in dem Zimmer?«

Ich sah Paggi an, er sah mich an; wir sagten gleichzeitig, wie es gewesen war.

»Sie haben hier am Kamin gesessen?«, fragte O'Leary.

»Ja«, erwiderte Paggi. »Mir war kalt in meinem Zimmer, und ich war nicht müde. Ich bin hierher gekommen, um mich gründlich aufzuwärmen. Ich habe in diesem Sessel gesessen, als Miss Keate aus ihrem Zimmer kam, in Richtung Küche ging, plötzlich vor Frawleys Tür stehen blieb und sich in den Sessel da vorn setzte.«

O'Leary schaute mich fragend an.

»Ich wollte mir ein Glas Milch aus der Küche holen. Als ich an Gerald Frawleys Tür vorbeikam, habe ich … Stimmen gehört.«

»Stimmen!«, rief Tante Lucy und beugte sich vor.

»Stimmen?«, fragte O'Leary ruhig. »Und dann – wer kam aus dem Zimmer?«

»Niemand.«

»Ich verstehe nicht ganz, Miss Keate«, sagte O'Leary nach einer Weile.

»Es ist so, wie ich sagte. Ich habe Stimmen gehört. Ich habe beschlossen, mich für einen Moment vor den Kamin zu setzen; es war sehr kalt. Dieser Gentleman ... Mr. Paggi ... saß bereits hier. Aber niemand ist aus dem Zimmer gekommen, weder vor noch nach dem Schuss.«

O'Leary sah mich nachdenklich an.

»Wie haben Sie gesessen? Stellen Sie bitte die Sessel so, wie sie standen.«

»Mein Sessel zeigte zum Kamin. Nicht direkt; mehr in ... diesem Winkel.« Helene stand ein wenig unwillig aus dem fraglichen Sessel auf und setzte sich in den nächsten.

O'Leary musterte den Sessel, drehte sich um und prüfte, welchen Bereich des Wohnzimmers mein Blick erfasst haben konnte.

»Ohne sich den Hals verrenken zu müssen, hatten Sie alle Schlafzimmer von Miss Matils bis zu Mr. Barres Tür im Blick. Frawleys Zimmer befand sich am Rande Ihres Blickfelds, richtig?«

»J-ja«, stimmte ich zögernd zu. »Das heißt, Mr. Frawleys Zimmer war zwar am Rand meines Blickfelds, aber ich bin ziemlich sicher, dass ich jede Bewegung bei seiner Tür gesehen hätte.«

»Können Sie das beschwören, Miss Keate?«, fragte O'Leary sanft.

»Nein«, sagte ich und ärgerte mich über mich selbst. »Nein, beschwören kann ich das nicht. Aber eines *kann* ich beschwören: Wir haben hier gesessen, als der Schuss fiel. Wir sind aufgesprungen. Es sind höchstens ein oder zwei Sekunden vergangen, bevor wir zu seiner Tür schauten. Und ich bin mir sicher, dass dort niemand war.«

O'Leary dachte einen Moment nach.

»Und Frawleys Zimmertür war natürlich geschlossen«, sagte er.

»Nein«, sagte Paggi. »Sie war offen.«

Ich nickte.

»Sie war offen. Ich glaube, deshalb sind wir auch sofort zu seinem Zimmer gelaufen.«

»Sie konnten nicht sagen, wo der Schuss gefallen war?« O'Leary sah mich an, und ich antwortete:

»Nein. Nein. Es schien ... es schien im ganzen Haus zu knallen.«

»Und die Schlafzimmertür stand offen?«, wiederholte O'Leary grübelnd.

»Ja.«

»Und außer Paggi haben Sie niemanden im Wohnzimmer gesehen?«

»Da war niemand«, sagte ich bestimmt.

»Wie viel Zeit ist zwischen dem Schuss und dem Moment vergangen, als Sie zu Frawleys Tür blickten? Sie haben angedeutet, dass Sie sich nicht sofort umgedreht haben.«

Ich rief mir jene ein oder zwei erstarrten Sekunden ins Gedächtnis, während derer Paggi und ich uns angesehen hatten, und schaute betreten zu Paggi hinüber.

»Nicht mehr als ein oder zwei Sekunden«, sagte er stirnrunzelnd. »Um die Wahrheit zu sagen, kommt es mir vor, als hätten wir uns sofort umgedreht. Ich bin sicher, dass da niemand war.«

»Und Sie, Miss Keate?«

»Ich ... ich kann es nicht wirklich sagen. Sehen Sie, wir haben den Schuss gehört. Er war unglaublich laut und völlig unerwartet. Wir sind aufgesprungen, haben uns angeschaut, und wahrscheinlich standen wir ein oder zwei Sekunden reglos da, dann haben wir uns umgedreht. Das Zimmer war leer. Die Tür stand offen.«

»Hätte nicht jemand das Zimmer verlassen und aus Ihrem Blickfeld verschwinden können, bevor Sie sich umgedreht haben?«

Ich schüttelte entschieden den Kopf.

»Ich bin mir sicher, dass ich das bemerkt hätte. Ich glaube fest, dass dort niemand war.«

»War es im Wohnzimmer hell genug?«

»Mehrere Lampen brannten, drei, denke ich: Eine hatte ich auf den Tisch gestellt, dann die in der Mitte des Zimmers und eine am Fuß der Treppe. Hier am Kamin war es dunkel, aber die Tür von Frawleys Zimmer lag nicht im Schatten.«

O'Leary blickte grübelnd auf Frawleys Tür.

»Ihr Zimmer ist das erste rechts neben Frawleys Zimmer, nicht wahr, Barre? Und Ihres das erste links, Killian? Aber Killians Zimmer liegt näher. Also, Miss Keate, hätte nicht jemand zu Killians Tür rennen können, ehe Sie …«

»Moment mal, was soll das heißen?«, fiel ihm Killian ins Wort.

»… ehe Sie sich umgedreht haben?«, führte O'Leary seine Frage in Ruhe zu Ende.

»Ich war allein in meinem Zimmer«, sagte Killian.

»Das bezweifle ich nicht«, entgegnete O'Leary. »Was meinen Sie, Miss Keate?«

Normalerweise ist es nicht O'Learys Art, die Aussage eines unbeteiligten Zeugen in Zweifel zu ziehen. Es überraschte mich, dass er auf diesem Punkt beharrte. Allerdings wusste ich zu diesem Zeitpunkt noch nicht, was O'Leary wusste.

Abermals schüttelte ich den Kopf. Langsam wurde ich ärgerlich. Ich hatte weiß Gott nicht darum gebeten, den besten Aussichtsplatz vor jener schrecklichen Tür einzunehmen, als dahinter ein Mord geschah. Im Stillen verfluchte ich mein Verlangen nach heißer Milch.

»In diesem Raum war niemand außer Mr. Paggi und mir«, sagte ich stur. »Nichts hat sich gerührt, es war kein Geräusch …« Schlagartig hielt ich inne. Die Sekunden, bevor der krachende Schuss die Stille von Hunting's End zerrissen hatte, kehrten in mein Gedächtnis zurück; und mit ihnen jenes leise Rascheln, das wie verstohlene Schritte auf der Galerie geklungen hatte.

»Was ist los, Miss Keate?«, fragte O'Leary. Seine Augen glänzten ein wenig, als hätte er geahnt, dass schließlich doch etwas zum Vorschein kommen würde.

Ich drehte mich zu Paggi um.

»Das Geräusch auf der Galerie!«, rief ich. »Da oben war jemand.«

Paggi sah mich beunruhigt an. Auf seiner dunklen Stirn glitzerte es, obwohl es immer noch kalt im Wohnzimmer war. »Erinnern Sie sich nicht mehr?« Mein Zorn wuchs, denn er glotzte mich nur dümmlich an. »Kurz vor dem Schuss haben Sie gesagt, Sie hätten etwas gehört, und wir beide haben gelauscht und leise Schritte auf der Galerie gehört.« Ich blickte fragend zu Terice und Helene hinüber, sicher würde gleich eine von ihnen zugeben, ihr Zimmer verlassen zu haben und auf der Galerie gewesen zu sein. Terice, die um Jahre gealtert zu sein schien, kaute an ihrem derben Zeigefinger, während Helene wie ein gelb-weißer Haufen Entsetzen dasaß und mich anstarrte.

Paggi blickte verwirrt von mir zu O'Leary.

»Ich weiß nicht, wovon sie redet«, sagte er. »Ich habe kein Geräusch gehört.«

Natürlich ahnte er nicht, dass Lance O'Leary mich zufällig sehr gut kannte. Und obwohl ich sicher einige andere Fehler habe, nehme ich zumindest nie ein Blatt vor den Mund. Auch jetzt hatte ich keine Bedenken.

»Doch, das haben Sie«, fuhr ich ihn an. »Ich weiß nicht, warum Sie jetzt lügen. Ich habe ein sehr gutes Gedächtnis. Sie sagten: ›Ich habe etwas gehört‹, worauf wir beide gehorcht haben und etwas auf der Galerie hörten. Ich wollte gerade nach oben sehen, als ... der Schuss fiel.«

Tante Lucy öffnete den Mund, wie um einen Bissen zu essen, und ließ ihn, während sie mich mit einer Art grimmigem Wohlwollen beäugte, wieder zuschnappen.

O'Leary kramte geistesabwesend in seinen Taschen. Ich wusste, dass gleich sein alberner abgewetzter Bleistiftstummel zum Vorschein kommen würde, und so war es auch. Es war die einzige Exzentrizität, die sich O'Leary gestattete, und ich hatte gerade noch Zeit für den flüchtigen Wunsch, dass er diesen elenden Bleistift verlieren möge, ehe Paggi mich abermals überraschte. Er blickte Lance O'Leary geradewegs in die Augen und beteuerte mit der aufrichtigsten Stimme der Welt seine vollständige Unkenntnis bezüglich irgendwelcher Geräusche oder Schritte.

O'Leary war offensichtlich fasziniert von dem kurzen roten Bleistift, den er zwischen seinen Fingern vor und zurück gleiten ließ.

»Sie dachten, es sei eine Frau?«, fragte er mich ruhig, ohne Paggis Leugnen zu beachten. Der Sänger lief dunkelrot an. Terice rutschte nervös hin und her. Offenbar war O'Leary mein fragender Blick zu Helene und Terice nicht entgangen. Die beiden waren die einzigen Frauen, deren Zimmer auf der Galerie lagen.

»Ja. Ich meine, es war eine Art Rascheln, wie von ... Seide.« Ich zögerte; es fiel mir schwer, jenes flüchtige, kurze Geräusch, das kurz danach von dem schrecklichen Krach ausgelöscht worden war, zu beschreiben oder zu identifizieren. Kurz danach! Ich sprang auf und schaute zur Galerie hinauf. Der kleine, halbrunde Vorsprung, an dem die Treppe endete, lag genau gegenüber von Gerald Frawleys Tür – der Tür, *die offen gestanden hatte!*

Lance O'Leary warf mir einen warnenden Blick zu. Ich schluckte die Worte, die mir auf den Lippen lagen, hinunter und sank in meinen Sessel zurück, was mir nicht schwer fiel, da meine Knie wieder zitterten. War es Terice gewesen? Hatte sie auf dem Vorsprung gestanden? Lag Frawleys Zimmer nicht zu weit entfernt, um einen Revolver mit tödlicher Präzision abzufeuern? Hätte es Helene sein können? Was hatte es mit jenem fast unhörbaren Rascheln auf sich gehabt, das mir eindeutig von einer Frau herzurühren schien?

O'Leary schien meinen Gedanken gefolgt zu sein.

»Sie sagten, das, was Sie gehört haben, habe sich wie leise Schritte und das Rascheln von Seide angehört«, sagte er sacht. »Haben Sie eine genaue Vorstellung davon, wann sich die Tür zu Gerald Frawleys Zimmer geöffnet hat?«

Seine Frage klang so ruhig und überlegt, dass mir klar war, wie wichtig sie war.

»Ich weiß nur, dass sie offen stand, als ich mich umgedreht habe«, sagte ich langsam. Ich bedachte jedes Wort. »Ich weiß nicht, wann sie geöffnet wurde. Ich habe niemanden aus dem Zimmer kommen hören, aber ich bin überzeugt, dass ich es gehört hätte, weil ich genau darauf …« Ich stockte einigermaßen verwirrt.

»Weil Sie genau darauf gewartet haben?«, beendete Tante Lucy meinen Satz grimmig. Allerdings sah sie mich anerkennend an.

»Aber, Miss Keate«, sagte O'Leary, »wenn Sie in dem Zimmer Stimmen gehört haben und, als Sie es betraten, niemand außer dem Toten darin war, dann *muss* jemand durch die Tür herausgekommen sein.«

»Was ist mit dem Fenster?«, wagte ich unsicher zu fragen.

»Als ich ins Zimmer kam, war es geschlossen und die Läden verriegelt«, sagte O'Leary. »Und ich nehme an, dass weder Sie noch Paggi sie verriegelt haben, nachdem Sie die Leiche entdeckt hatten.«

»Nein«, bestätigte ich. »Aber es gibt doch noch das Badezimmer, das von seinem Zimmer ins Nachbarzimmer führt, nicht wahr?«

»Es führt in mein Zimmer«, sagte Julian Barre unaufgefordert und ein wenig nervös.

»Auch Frawleys Badezimmertür war von innen verriegelt«, sagte O'Leary. »Zum Glück für Sie, Barre.«

Barre sah tatsächlich erleichtert aus. Ich gebe zu, dass ich ihm das nicht verübelte. Sogar ich, die ich wusste, dass ich unschuldig war, wiegte mich in der angenehmen Gewissheit, dass José Paggis Augen auf mir geruht hatten, als der Schuss fiel, und ich damit ein unanfechtbares Alibi besaß. Das war natürlich ein außerordentlich albernes Gefühl, denn trotz der Schrecken jener Nacht und der allgemeinen Hysterie hatte ich genügend gesunden Menschenverstand bewahrt, um zu wissen, dass niemand mich verdächtigen würde. Wenigstens hoffte ich das.

Dann konzentrierte ich mich wieder auf O'Learys Worte. Paggi schien sich angesichts seiner bohrenden Fragen von Minute zu Minute unwohler zu fühlen. Er wischte sich die Stirn mit dem Ärmel seines bunten Seidenmorgenrocks ab und wich ihm zunächst aus, um schließlich anzudeuten, dass vielleicht doch jemand ohne unser Wissen durch die Tür gekommen sein könnte.

Ich blieb bei meiner ursprünglichen Aussage, obwohl sie mir einiges Kopfzerbrechen bereitete und ich noch nie in meinem Leben so nah daran gewesen war, meinen eigenen Augen und Ohren zu misstrauen.

»Lassen Sie mich zusammenfassen, Miss Keate«, sagte O'Leary. »Sie sagen, Sie hätten in Frawleys Zimmer Stimmen gehört, aber niemand habe das Zimmer verlassen. Dann fanden Sie nur den Toten vor, als Sie in sein Zimmer kamen. Trotzdem wurde er ermordet, während alle übrigen Ausgänge verschlossen und verriegelt waren. Das … nun, das passt einfach nicht zusammen.«

6

Der Tod wohnt in diesem Haus

»Das ist nicht meine Schuld«, sagte ich spitz. »Das Zusammenpassen ist Ihre Sache. Ich weiß nur, was ich gehört und gesehen habe. Und das weiß ich bestimmt.«

O'Leary warf mir einen ärgerlichen Blick zu, entschloss sich jedoch offenbar, die Frage bis auf weiteres fallen zu lassen; jedenfalls begann er mit der Befragung der anderen, von denen er sehr detailliert wissen wollte, wie sie den Schuss erlebt hatten, wo sie zur betreffenden Zeit waren, wie sie zum Zimmer des Ermordeten gelangt waren und was genau sie dort bei ihrem Eintreten gesehen hatten. Auf den letzten Punkt legte er besonderen Wert, obwohl alle etwas konfuse Angaben machten. Helene wusste nur noch, dass sie Terice vor ihrem Zimmer auf der Galerie getroffen hatte und dass sie beide nur wenige Schritte hinter O'Leary die Treppe hinabgelaufen waren. Morse sagte, er und Barre seien im Wohnzimmer zusammengestoßen und hätten beide keuchend »Was war das?« gefragt, ehe sie uns in Frawleys Zimmer gesehen hätten und hineingegangen seien. Brunker sagte mit kalter, unangenehmer Stimme, er habe geschlafen, erst der Schuss habe ihn aufgeweckt, dann habe er den allgemeinen Aufruhr gehört und sei den anderen zu Frawleys Zimmer gefolgt. Auch Lal Killian bestand darauf, fest geschlafen zu haben, und obwohl ihn der Schuss wahrscheinlich geweckt hätte, habe er erst begriffen, was vor sich ging, als er die aufgeregten Stimmen im Nachbarzimmer gehört habe.

Alle außer Paggi erklärten, das Geräusch des Revolverschusses habe sie aus dem Tiefschlaf gerissen. Keiner von ihnen hatte wach gelegen!

O'Leary zeigte besonderes Interesse an Killians Aussage. Er befragte den jungen Mann sehr ausführlich. Auch ich fand es merkwürdig, dass Killian, den nur eine Wand von Frawley getrennt hatte, als Letzter am Tatort aufgetaucht war. Nein, er habe vor dem Schuss keine Stimmen gehört, fügte Killian sehr entschieden hinzu und wiederholte seine Aussage noch einmal mit einem trotzigen Blick auf mich. Plötzlich wurde Paggi unruhig und räusperte sich.

»Mir ist gerade etwas eingefallen«, sagte er entschuldigend, obwohl seine Entschuldigung nicht aufrichtig klang. »Ich … es hat natürlich nichts zu bedeuten, aber wie Sie wissen, ist Gerald Frawley … in meinen Armen gestorben. Als wir bei ihm ankamen, lag er im Sterben.« Er geriet ein wenig ins Stocken, bewahrte aber die Fassung; mir schien sogar, als ob in seiner Stimme und dem Seitenblick, den er Killian zuwarf, so etwas wie Genugtuung läge. »Ehe er gestorben ist, hat er noch etwas gesagt.« Wieder stockte er.

Killian betrachtete ihn gelassen. Aber seine Gelassenheit kam mir gezwungen vor. O'Leary fragte ruhig:

»Nun?«

»Es war nur eine Silbe. Er starb, bevor er das Wort vollständig aussprechen konnte. Er hat ›Kil …‹ geröchelt und ist gestorben.« Paggi zog seinen leuchtenden Morgenmantel enger um die mächtige Brust und strich die Rockaufschläge glatt. Dann ergänzte er beiläufig: »Wahrscheinlich wollte er sagen, dass jemand ihn gekillt hat, der arme Kerl.«

Killian war hochrot angelaufen. Wütend sprang er auf und machte einen Schritt auf Paggi zu, trat aber dabei auf den Rand der Decke, die er sich umgelegt hatte. Während O'Leary schnell »Können Sie das bestätigen, Miss Keate?« einwarf, setzte sich Killian – etwas plötzlicher, denke ich, als er beabsichtigt hatte – wieder hin und starrte verdattert und zornig die Decke an.

»Können Sie das bestätigen, Miss Keate?«, wiederholte O'Leary.

»Ja«, sagte ich knapp. Ich wünschte mir, Paggis Worte abstreiten zu können, wie er es mit meinen getan hatte, aber das war nicht möglich. Mein Ärger wuchs noch, als ich ein selbstgefälliges Lächeln auf Paggis volle rote Lippen treten sah.

»Was war Ihr erster Gedanke?«

»Ich war nicht in der Verfassung, einen klaren Gedanken zu fassen«, sagte ich bissig. »*Ich* war völlig überrascht und entsetzt.«

»Und trotzdem haben Sie eine ganze Menge gesehen«, murmelte Paggi hämisch. »Zum Beispiel gewisse Zettel auf dem Frisiertisch.« Zufrieden lächelnd betrachtete er seine Fingernägel. Er machte mich rasend. Obwohl mir Mordgelüste normalerweise fremd sind, hätte ich den Sänger in jenem Moment mit dem größten Vergnügen erwürgen können. Es juckte mir in den Fingern, vor allem da ich die tiefe Stille bemerkte, die seinen Worten gefolgt war. Alle sahen mich an – das heißt, alle außer Annette, die ins Feuer starrte, und Paggi. Mir schien, als beinhalte dieser kollektive Blick eine schweigende Vermutung. Mehr, als dass diese Vermutung von den Anwesenden geteilt wurde, begriff ich nicht. Haben Sie jemals Ihren Fuß auf scheinbar festen Boden gesetzt und festgestellt, dass Sie in Wirklichkeit in einen Sumpf geraten sind und dass sich der Druck Ihrer Schritte in seltsamen Schwingungen und Wellen fortpflanzt, als sei Treibsand zum Leben erwacht?

Nun, das kommt in etwa meinem Gefühl in jenem Moment nahe, obwohl ich für gewöhnlich nicht zu einer übersteigerten Fantasie neige.

»Zettel«, sagte Newell Morse langsam, während er mich besorgt musterte. »Haben Sie ... lagen da ... was ...« Er wandte sich an Paggi. »Was meinst du damit, Jo?«

»Frag doch die Schwester«, riet ihm Paggi und zuckte die kräftigen Schultern.

Terices harte kleine Hände öffneten und schlossen sich gierig; Matil beugte sich vor, ihre blauen Augen durchbohrten die meinen wie Schwerter; Killian blickte plötzlich von mir zu Morses besorgtem Gesicht, und seine Augen wurden schmal; Tante Lucy streckte einen langen flanellumhüllten Arm nach mir aus – zum Glück war ich knapp außer Reichweite – und krächzte:

»Was für Zettel? Wo sind sie?«

Unschlüssig sah ich Lance O'Leary an. Sollte ich ihm den Brief auf der Stelle übergeben oder den Fragen ausweichen?

»Haben Sie irgendwelche Zettel gesehen?«, fragte er ruhig.

»Ja. Auf dem Frisiertisch lag ein Brief. Hier ist er.« Ich griff in meine Tasche, zog ein Blatt Papier hervor und gab es ihm. Dabei merkte ich, dass ich ihm von den zwei Seiten nur eine gegeben hatte, die er bereits überflog. Offensichtlich schauten alle gespannt auf O'Leary, und ich tastete heimlich in meiner Tasche, ob die andere Seite noch da war, wovon mich ein leises Rascheln überzeugte.

Ich beschloss, sie ihm später zu geben. Für meinen Geschmack lag in all diesen übermüdeten, ängstlichen Gesichtern viel zu viel Neugier.

Niemand rührte sich, solange O'Leary die Zeilen las. Tante Lucy atmete schwer. Auch Paggi beobachtete O'Leary klammheimlich, trotz seiner Selbstzufriedenheit. Morse stand auf und trat ein paar Schritte auf O'Leary zu. Bisher hatte er auf mich eigentlich nicht den Eindruck gemacht, ein ungeduldiger Mensch zu sein.

»Was steht darin?«, fragte er. Vor Spannung war er ganz heiser. »Ist ... ist das für mich?«

»Ja«, antwortete O'Leary ruhig. »Es scheint sich auf eine Unterhaltung zu beziehen, die Sie gestern vor dem Abendessen mit Frawley geführt haben.«

»Dann geben Sie ...« Er beherrschte sich und sagte etwas milder, aber nicht weniger ungeduldig: »Dürfte ich ihn dann bitte haben?«

»Aber natürlich.« O'Leary reichte ihm den Zettel. Es muss ein sehr kurzes Schreiben gewesen sein, denn Morse erfasste den Inhalt mit einem Blick. Dann verweilten seine Augen auf einem Absatz. Seine Lippen bewegten sich geräuschlos, als lerne er einen Teil des Textes auswendig.

Plötzlich ging er zum Kamin, warf den Zettel in die Flammen und drehte sich trotzig zu uns um. Er spannte die Muskeln, ballte die Fäuste und streckte sie uns ein wenig entgegen, als erwarte er aktiven Widerstand. Aber der einzige Widerstand kam überraschenderweise von Tante Lucy, die mit einem Ruck ihren Rollstuhl vorwärts schob.

»Newell, was machst du da? Gib das her! Schnell! Es verbrennt!«, rief sie schrill.

Terice keuchte. Matil erhob sich, verkrallte die Hände ineinander und sah Hilfe suchend zu O'Leary hinüber.

»Nein, Miss Lucy«, sagte Morse entschieden. »Das gehört mir, und ich ...«

»Aus dem Weg. Du bist verrückt! Schnell! Es brennt!« Eine winzige Flamme hatte den Zettel erfasst und schien auch Lucy Kingery entflammt zu haben; mit ihren hageren Händen packte sie Morse und schüttelte ihn wild. »Du hast den Verstand verloren!«, brüllte sie. »Begreifst du denn nicht? Ich muss wissen, was mit Huber war! Ich muss die Wahrheit über Huber wissen. Irgendjemand weiß Bescheid. Es könnte doch ... es könnte doch ...« Sie brach keuchend ab. Newell Morse hatte einige Mühe, sich ihres eisernen Griffs zu erwehren. Das Ganze war extrem unangenehm, so schrecklich, dass ich den Anblick nicht länger ertrug. Ich griff nach der Stange an der Rückenlehne ihres Rollstuhls und zog einfach den Stuhl, Miss Lucy und alles andere rückwärts vom Feuer weg. Sie schleifte Morse noch ein oder zwei Schritte mit sich, aber schließlich löste sich ihr Griff, und er richtete sich auf. Ihm war sichtlich unbehaglich zumute, und er sah mich dankbar an.

Der Zettel des Anstoßes war inzwischen braun und verkohlt. Den kläglichen Rest schob O'Leary mit der Spitze seines Pantoffels in die Flammen, so dass er zerbröselte und zwischen den brennenden Scheiten verschwand. Der Geruch von angesengtem Leder schwebte im Raum.

Tante Lucy reckte ihren langen Hals, warf mir einen giftigen Blick zu und knurrte: »Ach, Sie sind es!« Schnell sagte O'Leary: »Setzen Sie sich, Miss Matil.«

Ich sah mich um. Alle starrten wie gebannt dahin, wo der Zettel verbrannt war. Ich hätte gern in diesen Augenpaaren, diesen merkwürdig gespannten Gesichtern, etwas gelesen, aber es gelang mir nicht. Sie waren zu verschlossen, zu geheimnisvoll. Sie wussten, dass sie beobachtet wurden.

Plötzlich seufzte Terice auf, lehnte sich zurück und schlug ein Bein über das andere; die nackten Knöchel, die unter dem etwas schlaffen rosa Satin-Negligé, das sie trug, zum Vorschein kamen, sahen kalt und fest und nicht sonderlich hübsch aus; an einem ihrer Füße baumelte ein fleckiger rosa Pantoffel, ansonsten waren ihre kleinen nackten Füße eher dick und plump. Offensichtlich hatte sie ihr Gesicht vor dem Schlafengehen nicht gewaschen: An ihren Wangen, die alt und eingefallen aussahen, klebten noch Reste von Schminke und leuchtende Rouge-Tupfer. Etwas mehr Kleidung hätte ihr nicht schlecht zu Gesicht gestanden, das Negligé gereichte ihr nicht gerade zum Vorteil – andererseits steht es mir nicht zu, so etwas zu sagen.

»Nun«, sagte sie spitz, »das hätten wir also. Newell lässt uns also nicht wissen, was auf diesem kostbaren Zettel gestanden hat. Wie wäre es mit Ihnen, Mr. O'Leary? Sie haben ihn gelesen. Ich denke, es geht uns genauso viel an wie Newell, was Gerald Frawley geschrieben hat. Wollen Sie es uns nicht verraten?«

O'Leary betrachtete nachdenklich den kleinen roten Bleistift in seinen Händen. Würde er es ihnen sagen? Mit Sicherheit erinnerte er sich an jedes Wort auf dem Zettel; sonst hätte er nicht zugelassen, dass Morse ihn verbrannte.

»Es stand nichts Geheimnisvolles darin«, sagte er leichthin. »Bloß ein Hinweis auf ein Gespräch zwischen Frawley und Morse, und eine Zahl. Wie lautete die Zahl noch mal, Morse? Ich kann mich nicht genau erinnern.«

Atemlose Stille – die Luft vibrierte vor Spannung.

Hätten wir doch nur schon gewusst, was wir später erfahren sollten! Morse räusperte sich.

»Gerald hat mich um ... um einen Gefallen gebeten, für den Fall ...« Er stockte, räusperte sich abermals und fuhr fort: »Bloß ein Gefallen. Aber er hat mir gesagt, ich solle niemandem davon erzählen. Niemandem.« Erneut geriet er ins Stocken.

O'Learys Blick heftete sich wieder auf den Bleistift. Was hätte ich darum gegeben zu wissen, was hinter diesen klaren, reglosen Augen und diesen nachdenklichen, markanten Zügen vor sich ging.

Doch statt die Sache mit dem Zettel zu vertiefen, fragte er uns nochmals, wo genau wir zu dem Zeitpunkt, als der Schuss fiel, gewesen waren. Matil befahl Brunker, die Zimmerliste zu holen, und gab sie O'Leary, der während der Vernehmung ab und zu einen Blick darauf warf, obwohl sich zweifellos die Lage jedes Zimmers, jeder Tür und jedes Fensters im Jagdhaus so tief in sein Gedächtnis eingegraben hatten, als hätte er Jahre seines Lebens auf Hunting's End verlebt.

Er befragte uns so ausführlich, dass ich ungeduldig wurde und mich unwohl fühlte. Den Übrigen erging es nicht anders: Helenes grüne Augen funkelten zornig, ihre geschmeidigen, kräftigen Finger zuckten; Killian rauchte hastig eine Zigarette nach der anderen; Julian Barre fuhr sich unablässig mit einer Hand über seine Haartolle, betupfte seinen Mund mit einem Taschentuch, änderte nervös seine Sitzposition, steckte sich eine Zigarette an, warf sie sofort wieder weg und schaute sorgenvoll zu Matil hinüber, als befürchte er, sie könne zusammenbrechen. Matil wurde jedoch lediglich immer blasser und sah allmählich aus wie ein gefrorenes Abbild der Angst. Als der Zusammenbruch sich schließlich ereignete, kam er aus einer unerwarteten Richtung.

Obwohl wir alle kurz vor einem Kollaps standen. In all den Jahren hatte ich Lance O'Leary noch nie so hart erlebt. Ständig wiederholte er seine Fragen, ständig bohrte er nach. Erst später begriff ich, dass er hoffte, so ein Geständnis zu erzwingen, aber damals erschienen mir seine Verhöre unnötig grausam und brutal. Selbst die listige Annette verlor die Beherrschung und verfiel in hysterisches, abgehacktes Französisch. Wieder und wieder betonte sie, dass sie sich in ihr Zimmer zurückgezogen hatte, nachdem sie und Brunker den Tisch abgeräumt hatten. Aber O'Leary ließ nicht locker. Sie gab zu, zwei Flaschen Wein getrunken zu haben. Dann habe sie ihre Tür verriegelt, sei zu Bett gegangen und habe tief und fest geschlafen, bis der Schuss gefallen war. Große Angst habe sie gehabt, sagte sie. Deshalb habe sie ihr Zimmer nicht verlassen. Mit einem Seitenblick auf Tante Lucy raunte sie schließlich, dass sie etwas in der Art erwartet hätte.

»Was meinen Sie damit«, fragte O'Leary kühl. »Soll das heißen, Sie haben einen Mord erwartet? Warum? Was wissen Sie?«

»Nichts. Nichts. Ich weiß überhaupt nichts«, rief Annette. Ihre blauen Augen, die aussahen wie zwei matte Murmeln, schossen hierhin und dorthin, um immer wieder zu O'Leary zurückzukehren.

»Warum haben Sie mit einem Mord gerechnet?«

»Ich ... ich ...« Sie ruderte hilflos mit ihren breiten Händen. *»Je ne sais pas.«*

»Sie sollten es aber wissen. Sie haben gesagt, das Sie etwas in der Art erwartet haben. Na los, was haben Sie damit gemeint?«, drängte O'Leary. »Oder ... haben Sie das etwa nur so dahingesagt?«

Die riesige, in eine Bettdecke gehüllte Annette richtete sich stolz auf und sah O'Leary herausfordernd und Tante Lucy etwas weniger herausfordernd an. Plötzlich sank sie wieder in sich zusammen, ließ die Schultern hängen und begann heftig zu zittern.

»Ich wusste, dass es passiert. Ich wusste es. Ich wusste es, weil ... weil ...« Sie versuchte, ihre zitternde Stimme unter Kontrolle zu bringen. Als sie jedoch sprach, waren ihre heiseren Worte wohl überlegt und schienen von einer seltsamen, schicksalhaften Bedeutung erfüllt zu sein. »Der Tod wohnt in diesem Haus. Er hat fünf Jahre lang gewartet. Der Tod wohnt in diesem Haus.«

Der Tod wohnt in diesem Haus.

Jetzt kam der Zusammenbruch, und zwar traf es, obwohl wir alle kurz davor standen, Terice. Sie gab ein merkwürdiges Geräusch von sich, irgendetwas zwischen Kichern, Kreischen und Husten, und bekam einen hysterischen Anfall, der uns alle anzustecken drohte, denn unsere Nerven waren zum Zerreißen gespannt. Tante Lucy klammerte sich an die Armlehnen ihres Rollstuhls, starrte auf Gerald Frawleys Tür und brummelte vor sich hin, Helene begann laut zu schluchzen, Matil und ich versuchten mit kalten, zittrigen Händen Terice von ihrem Weinkrampf zu erlösen und Annette schlang, mit bebenden Lippen, schaudernd ihre Decke um sich.

Selbst auf Brunkers sonst so ausdrucksloses Gesicht war ein Ausdruck von Fassungslosigkeit getreten. Seine großen schwarzen Pupillen glitzerten unter den wimpernlosen Lidern. Barre, Killian und Morse redeten wild durcheinander. In dem Tumult verstand ich kein Wort von dem, was sie sagten.

Dann beendete O'Learys klare, unaufgeregte Stimme das Chaos.

»Schauen Sie«, sagte er. Er trat zu einem der Fenster, hob den Haken aus der Öse, öffnete es, entriegelte die Läden, stieß sie auf und beugte sich hinaus. Terice beruhigte sich, Helenes gequältes Schluchzen verstummte. Das kalte graue Licht des frühen Morgens flutete in den Raum, und zugleich wirbelten Schneeflocken herein.

»Es schneit immer noch«, sagte O'Leary. »Durch den Sturm gibt es schon riesige Schneeverwehungen. Niemand kann da draußen länger als zehn Minuten überleben. Wir können heute nicht nach Nettleson zurück.«

Im Jagdhaus war es totenstill. Langsam begriffen wir die Tragweite seiner Worte.

»Heißt das – *wir müssen hier bleiben*?«, kreischte Helene.

»Nicht nur das«, sagte O'Leary grimmig. Morse schien als Erster den Grund für diese Verstimmung zu erfassen. Kreidebleich trat er auf O'Leary zu.

»Aber, wenn wir nicht weg können … dann bleibt er … dann bleibt Frawley …« Er blieb mitten im Satz stecken.

»Sie meinen, wir können nichts tun?«, fragte Barre mit zittriger Stimme.

»Nichts außer warten«, sagte O'Leary langsam.

Lal Killian hatte seine Decke eng um sich geschlungen, sein Haar war immer noch völlig zerzaust. Er trat neben O'Leary, blickte in das Schneegestöber hinaus und schauderte. Eiskalte Zugluft kroch vom offenen Fenster her über den Boden.

»C'est faire le diable à quatre«, murmelte Annette und zitterte unter ihrer Decke.

»Das kann noch drei oder vier Tage so weitergehen«, sagte Killian. »In den Sandhills ... ist alles möglich.«

»Drei oder vier Tage?«, wiederholte Tante Lucy, die mit ihren langen Ohren alles mitbekam. »Drei oder vier Tage«, sagte sie. Sie starrte weiterhin auf Frawleys Zimmer; ein schrecklicher Gedanke schien in ihren tief liegenden Augen aufzublitzen, und sie krächzte: »Ein Glück, dass es in dem Zimmer so kalt ist.«

Lähmendes Entsetzen hielt uns einen Augenblick lang umfangen.

»Tante Lucy!«, stieß Matil hervor.

Terice schrie erneut los. Helene schluchzte hysterisch.

»Ruhe!«, befahl O'Leary. Terice starrte ihn mit offenem Mund an. Helene erstickte beinahe an einem Schluchzer.

»Hören Sie«, sagte er, »wir befinden uns in einer ziemlich schrecklichen Lage. Aber wir können nichts daran ändern. Wir müssen das Beste daraus machen. Es ist gut möglich, dass der Schneesturm, wie Killian sagt, noch zwei, drei Tage oder länger andauert. Jedenfalls ist nicht auszuschließen, dass wir vorerst nicht nach Nettleson kommen, um den Leichenbeschauer zu holen ...«, er zögerte, »... damit er tut, was nötig ist. Das Warten wird nicht angenehm sein.«

»Angenehm!«, wimmerte Helene.

O'Leary sah sie streng an.

»Tränen und Hysterie machen die Sache nur schlimmer. Jeder von uns muss so viel Selbstbeherrschung wie möglich an den Tag legen. Ich sagte schon, es wird nicht leicht oder angenehm werden ..., aber daran können wir nichts ändern.«

»Nichts ist schwerer zu ertragen als eine Reihe von guten Tagen«, krächzte Tante Lucy sentenziös. Ihre Stimme zerrte an meinen Nerven. »So haben Sie immerhin jede Menge Zeit, uns alle auf Herz und Nieren zu prüfen, Herr Detektiv.«

»Ja«, sagte O'Leary unbeeindruckt. »Aber im Moment möchte ich Ihnen allen vorschlagen, auf Ihre Zimmer zu gehen, sich etwas Wärmeres anzuziehen und sich auszuruhen.«

»Ausruhen?«, stöhnte Helene. »Ausruhen? Mit ... *dem* ..., was da drüben im Zimmer liegt, und einem ...«

»Schweigen Sie!« O'Learys Augen funkelten zwar, aber er sprach beherrscht. »Brunker, würden Sie und Annette uns bitte Kaffee kochen? Das würde uns bestimmt gut tun«, fügte er hinzu. Annette stand auf und ging zur Küchentür. Trotz ihrer Körperfülle bewegte sie sich leicht wie eine Feder, Brunker hingegen, der ihr folgte, wirkte ungemein schwerfällig und unbeholfen.

O'Leary sah entschuldigend zu Matil hinüber.

»Sie haben vollkommen Recht, Mr. O'Leary«, sagte sie mit einem schwachen Lächeln. »Zögern Sie nicht, alles zu tun, was Sie für richtig halten.«

»Danke.«

Morse, der O'Leary schon länger unwillig betrachtet hatte, wandte sich an Matil:

»Matil, warum hast du einen Detektiv mitgebracht? Ich dachte, wir wären nur für ein nettes Beisammensein nach Hunting's End gekommen. Jagen wollte sowieso keiner. Ich dachte, du hättest uns eingeladen, weil du ... du dich davor gefürchtet hast, das Jagdhaus allein zu betreten, und deine besten Freunde um dich haben wolltest. Oder hattest du einen anderen Grund?«

Alle warteten gespannt auf ihre Antwort.

»Wenn ihr meine besten Freunde seid ...«, fing Matil an, aber ihre Stimme versagte, und Tränen traten in ihre stahlblauen Augen. Sie schloss die samtweichen Lider, atmete tief durch und sagte dann mit festerer Stimme: »Ich kann es dir nicht sagen, Newell.«

»Nicht? Warum nicht, Matil? Ich verstehe das nicht. Was meinst du damit?«

Julian Barre ließ die junge Frau nicht aus den Augen.

»Sie ist sehr müde«, sagte er zu Newell. »Können wir die Angelegenheit nicht für eine Weile auf sich beruhen lassen? Mach dir keine Sorgen, Matil, alles wird gut.« Er sah O'Leary an. »Ich glaube auch, dass wir ein wenig Ruhe vertragen könnten«, sagte er fast im Befehlston, dessen Wirkung allerdings von seinem Lispeln abgeschwächt wurde.

Plötzlich schien ihm aufzufallen, dass er seine Zähne vergessen hatte. Er machte ein erstauntes Gesicht, hob eine Hand vor den Mund, sagte etwas, das ich nicht verstand, und erhob sich. O'Leary machte keine Anstalten, ihn aufzuhalten. Schnellen Schrittes, jedoch unvermindert beherrscht und elegant, suchte er sein Zimmer auf. Die Tür stand offen.

Daneben, nur eine Badezimmerbreite entfernt, lag die geschlossene Tür zu Gerald Frawleys Zimmer. Die Wandvertäfelung zwischen den Zimmern zierte ein Bild von Enten, Schilf und See in Blau- und Grautönen. Barre kam zurück. Seine Wangen hatten wieder ihre natürliche Form, seine Zähne erstrahlten in lückenlosem Weiß. Ich weiß noch, dass ich dachte, nur ein Julian Barre könnte angesichts dieser Peinlichkeit, die einen labileren Mann ohne weiteres aus der Fassung gebracht hätte, so ungerührt bleiben. Andererseits, um es vorwegzunehmen: Das, was uns bevorstand, stellte solch kleinliche Ängste bei weitem in den Schatten.

»Das finde ich auch«, sagte O'Leary, als Barre wieder bei uns war. »Trinken wir unseren Kaffee und versuchen, noch ein wenig zu schlafen. Das haben wir alle bitter nötig.«

Schweigend warteten wir, bis Brunker mit einem Tablett auftauchte, von dem köstlich duftender Dampf aufstieg. Schnell griff ich nach einer Tasse. Der Kaffee war heiß und sehr gut.

Wahrscheinlich hatte der Anblick der Kaffeetassen bei Tante Lucy eine Erinnerung geweckt. Sie sagte schlürfend:

»Das Gift, Brunker. Habt ihr das Rattengift ausgelegt?«

Brunkers Schulter zuckte. Ein wenig Kaffee schwappte auf das Tablett.

»Ich bin nicht sicher, Madame. Ich werde Annette fragen.«

»Na los, fragen Sie sie«, sagte Tante Lucy ungeduldig. »Nimm deinen Kaffee, Julian, und lass den Mann gehen.« Julian Barre griff nach seiner Tasse, und Brunker verschwand. Während Tante Lucy geräuschvoll ihren Kaffee trank, blickte O'Leary eher nachdenklich in seine Tasse.

Nach einer Weile kam Brunker zurück. Annettes listige kobaltblaue Augen lugten hinter der Küchentür hervor. Die namenlose Katze, die ich völlig vergessen hatte, schlich wie ein dünner schwarzer Schatten hinter Brunker her und legte sich vor Tante Lucys Füße.

Brunker sagte nichts. Ich betrachtete sein Gesicht. Die Haut war gelb wie Wachs, die glänzenden schwarzen Pupillen starrten zwischen den wimpernlosen Lidern hervor ins Leere, während es in seinem derben Gesicht seltsam arbeitete.

»Gott, erbarme dich!«, rasselte Tante Lucy. »Was ist los mit dem Mann? Nun reden Sie schon!«

»Verzeihung, Madam«, sagte Brunker endlich stockend, aber einigermaßen verständlich. »Entschuldigen Sie …« Er stutzte.

»Nun, was ist denn?«, drängte Tante Lucy. Sie nahm einen großen Schluck Kaffee und hielt ihm ihre Tasse hin. »Noch mehr Kaffee, bitte«, sagte sie. »Was ist denn los mit Ihnen, Brunker?«

»Das Rattengift, Madame«, sagte Brunker. »Das Rattengift. Es … es ist weg.«

Tante Lucy sah den Mann erstaunt an. Von irgendwoher drang ein leises Klirren an mein Ohr, als ob jemand seine Tasse zu hastig auf die Untertasse gestellt hätte.

»Ja, und?«, fragte die alte Frau schließlich.

Brunker sah betroffener aus als jemals während dieser gesamten entsetzlichen Nacht.

»Es ist …«, er schluckte mit sichtlicher Mühe, »es ist so: Gestern, als ich die Vorräte ausgeladen habe, war es noch da. Sie selbst haben es auf ein Regal in der Speisekammer gestellt, Madame. Ich habe es mit eigenen Augen gesehen. Und jetzt … jetzt ist es weg. Ich möchte nur wissen, Madame«, fuhr Brunker allmählich etwas mutiger fort: »Wo ist das Gift jetzt?«

Lange sprach niemand.

Dann begann Tante Lucys Hand, mit der sie ihm ihre Tasse

entgegenhielt, zu zittern. Die Tasse klapperte auf der Untertasse. Sie sah von Brunkers wimpernlosen, argwöhnischen Augen zu ihrer Tasse, als habe sie so etwas noch nie gesehen, zog sie langsam zurück und stellte sie auf die Armlehne ihres Rollstuhls.

»Ich … ich glaube, ich möchte keinen Kaffee mehr«, nuschelte sie.

7

Ein schwarzes Toupet

Es ist schon seltsam, wie eng Tragik und Komik beieinander liegen. Eine Woge wilden Gelächters stieg in mir auf, während auch ich meine Tasse etwas schneller absetzte als nötig. Helene sprang auf. Sie ließ ihre Tasse einfach fallen, die mit einem hohen Klirren auf dem Boden zerschellte. Der restliche Kaffee verteilte sich auf dem Boden.

»Ich halte das nicht mehr aus«, schluchzte sie. »Es ist so schrecklich. Warum bin ich überhaupt hergekommen? Warum hast du uns eingeladen, Matil? Das ist alles deine Schuld. Ich weiß, warum du diesen Detektiv mitgebracht hast. Du willst wissen, wie dein Vater gestorben ist. Aber das wirst du niemals erfahren. Nie, nie, nie!«

»Helene, hör auf.« Es war ihr Mann, der gesprochen hatte. Sein Gesicht war zornesrot.

»Nie, nie, nie«, wiederholte sie mit einer tiefen Befriedigung. Ihre schmalen Mundwinkel waren nach unten gezogen und entblößten ihre Zähne. Ihre grünen Augen waren zu zwei Schlitzen geworden, und ihre geschmeidigen Finger zuckten unablässig. »Ich will fort von hier. Ich kann hier nicht bleiben. Dies ist ein furchtbarer Ort. Mit der Leiche da im Nebenzimmer … und das womöglich tagelang. Ich will fort von hier.«

»Das können Sie nicht«, sagte O'Leary, ohne auf ihre Stimmung einzugehen.

Helene wirbelte zu ihm herum. In dem weiten schwarzen Seiden-Negligé sah ihr breiter Rücken geradezu riesig aus. Als sie sich umdrehte, verrutschte eine Falte des schwarzen Stoffs. Darunter sah ich deutlich cremefarbene Spitze und etwas leuchtend Grünes: Sie trug also noch immer das Kleid vom Vorabend. Ich bemerkte es lediglich und dachte mir zunächst nichts dabei.

»Ich kann gehen, und ich werde gehen«, schrie sie wütend. »Sie können mich hier nicht einsperren.«

»Sie würden den Sturm nicht überleben«, sagte O'Leary auf seine ungerührte Art, die wesentlich wirkungsvoller war als ihr Geschrei. »Nach zwei Minuten hätten Sie sich verlaufen. Wir könnten Sie nicht mehr retten. Aber gehen Sie nur, wenn Sie wollen.«

Sie sah ihm einen Moment lang in die Augen, dann wich sie seinem Blick aus und schaute zu der geschlossenen Tür auf der anderen Seite des Raums. Ihre kurz zuvor noch entschlossene Miene fiel in sich zusammen, auf ihrer Haut bildeten sich rote Flecken, ihrem Mund entrang sich ein hässliches, würgendes Schluchzen.

»Kommen Sie«, sagte O'Leary aufmunternd. »Wir werden uns etwas ausruhen. Ich bin ziemlich sicher, dass mit dem Kaffee alles in Ordnung war. Es gibt keinen Grund zur Beunruhigung. Wahrscheinlich hat jemand das Rattengift schlicht und einfach verlegt. Außerdem ist es leider offensichtlich, dass der Mann dort drinnen mit einem Revolverschuss getötet wurde, und nicht mit Rattengift. Unter diesen Umständen auf Hilfe zu warten wird nicht leicht sein, aber wir haben keine andere Wahl. Immerhin, eines steht fest: Der Mörder kann nicht entkommen.«

Helene schluchzte lauter. Das Geräusch zerrte an meinen ohnehin überreizten Nerven. Ich stand auf.

»Hören Sie auf damit«, rief ich. »Die Lage ist schrecklich genug, auch ohne dass Sie alles noch schlimmer machen. Wenn einer von uns die Nerven verliert, verlieren wir sie alle. Es ist sowieso schon ein Albtraum, auch ohne dass Sie hier alles in ein … ein Tollhaus verwandeln«, schloss ich mehr schlecht als recht, aber mit Nachdruck. Matil sah mich dankbar an, und Signora Helene hörte – vor Überraschung, wie ich annahm – tatsächlich auf zu schluchzen und richtete ihre grünen Augen auf mich, bevor sie ihr fleckiges, tränenverschmiertes Gesicht und ihre geschwollenen Augen mit ihrem schwarzen Seidenärmel abwischte.

»Die Schwester hat Recht«, sagte Terice plötzlich. Hin und wieder zeigte sich ein Rest von gesundem Menschenverstand unter Terices Oberflächlichkeit, möglicherweise ein Resultat jahrelangen Unglücks. »Ich lege mich wieder hin. Und verriegele meine Tür. Und falls ...«, ihre harten, mit Ringen überladenen Finger umklammerten mit einer Geste des Trotzes die Rückenlehne eines Sessels, »... falls es jemand wagt, mich zu stören, schreie ich das ganze Haus zusammen.«

Das war an den Mörder gerichtet. Der Mörder saß in unserer Mitte, war einer von uns, womöglich Terice selbst. Und tatsächlich: Mit den Resten von Schminke auf ihren Wangen, den funkelnden Augen und ihrem fleckigen rosa Satinmorgenrock sah sie aus wie die Jezabel des Alten Testaments.

Ich bewegte ungeduldig meine Schultern und versuchte, die Last abzuschütteln, die der Revolverschuss ihnen aufgebürdet hatte.

»Darf ich Ihnen behilflich sein?«, fragte ich Tante Lucy.

Sie reagierte nicht. Ich glaube, sie hörte mich nicht. Ihre starren Augen lagen so weit aufgerissen in den dunklen, tiefen Höhlen, dass hässliche weiße Ränder zu sehen waren. Sie saß kerzengerade und wandte sich weder um, noch stellte sie eine Frage, als ich meine Hände auf den Griff ihres Rollstuhls legte.

Irgendwie schaffte ich es, sie ins Bett zu bringen. Ich deckte sie mit mehreren Decken zu und legte eine Wärmflasche auf ihre eiskalten Füße. Als ich in die Küche ging, um heißes Wasser zu holen, sah ich, dass sich die verstörte, albtraumhafte Kaminrunde weitgehend aufgelöst hatte. Nur Barre, Morse und Killian standen noch vor dem Feuer und unterhielten sich leise.

Brunker ging mechanisch seinen Aufgaben nach. In der Küche war Annette damit beschäftigt, das Frühstück vorzubereiten, wie sie mir mürrisch mitteilte. Doch während ich darauf wartete, dass das Wasser heiß wurde, schien es mir, als hätte sie eine Menge damit zu tun, in verschiedenen Schränken und Abstellkammern zu wühlen, aus denen sie hin und wieder mit hochrotem Kopf, bloßen Unterarmen und sorgenvollem Blick auftauchte, um sofort im nächsten Schrank zu verschwinden. Der schlaffe Zug um ihren Mund war einem energischen Ausdruck gewichen, doch ihren listigen Augen sah man nicht an, was sich hinter ihnen verbarg.

Zu den unangenehmsten Dingen der Tage auf Hunting's End gehörte zweifellos, dass mein Weg mich jedes Mal, wenn ich etwas in der Küche zu tun hatte, an der geschlossenen Tür des Zimmers vorbeiführte, hinter der jene tragische, grässliche Gestalt lag. Jedes Mal hatte ich das Gefühl, dass sich die Tür öffnen und irgendetwas – ich weiß nicht, was – geräuschlos herausschweben könnte. Es war nur ein Gefühl, und ein absurdes dazu, ich weiß; dennoch hatte ich das starke Bedürfnis, einen Bogen um die Tür zu machen, wie es die Katze am Vorabend getan hatte. Apropos Katze: Auch ihr gegenüber hatte ich ein irrationales, sehr unangenehmes Gefühl. Natürlich wusste ich, dass es sich nur um eine halb verhungerte und erfrorene Katze handelte, deren Instinkt sie zu Futter und Wärme geführt hatte. Doch in meinen Augen besaß das Tier eine Art hellseherischer Aura, sie kam mir kaltblütig und heimtückisch vor. Mir gefiel die Art und Weise nicht, wie sie vor dem Kamin saß, nicht weit von der Stelle, wo Helene ihren Kaffee verschüttet hatte, ihren voll gefressenen Bauch mit ihrer kleinen roten Zunge leckte und dabei Jericho aus ihren Schlitzaugen teilnahmslos beobachtete. Sie schien zu wissen, dass der Collie sich elend fühlte, aber nicht nur das, sie schien auch, was selbstverständlich unmöglich war, den Grund für seine elende Verfassung zu kennen. Killians Andeutung über die mögliche Herkunft der Katze schoss mir durch den Kopf. Endlich fiel mir auf, wie aberwitzig meine Gedanken waren, und ich beschloss, meiner Wege zu gehen. Trotzdem: Die Katze war mir unsympathisch.

Jericho trottete hinter mir her. Als ich die Tür zu Tante Lucys Zimmer aufstieß, stubste er mit seiner warmen, feuchten Nase gegen meine Handfläche. Seine braunen Augen blickten sorgenvoll zu mir auf.

»Armer alter Junge«, sagte ich. Seine zierlichen Ohren hingen ebenso traurig herab wie sein buschiger Schwanz. Er machte kehrt, sah desinteressiert zu der Katze hinüber und schlich von dannen, um sich auf einem Läufer einzurollen. Dann legte er seine schmale Schnauze auf die weißen Vorderpfoten, und seine tieftraurigen Augen hefteten sich auf die Tür von Gerald Frawleys Zimmer.

Wie gesagt, brachte ich Tante Lucy zu Bett. Die Wärmflasche auf ihren Füßen schien sie schläfrig zu machen. Ich ging hinaus.

In meinem Zimmer war es dunkel und bitterkalt. Ich öffnete die Läden, um das graue Tageslicht hereinzulassen. Das Bett sah genauso aus, wie ich es verlassen hatte – warum gleich? – ach ja, um mir ein Glas heiße Milch zu machen. Stattdessen hatte ich einen Toten entdeckt.

Ich schäme mich nicht zuzugeben, dass ich erst unter mein Bett blickte und dann die Tür verriegelte, ehe ich mich auf die Bettkante setzte, mir langsam das Haar aus der Stirn strich und meine müden Augen rieb.

Dann erwachte ich allmählich aus der fatalistischen Stimmung, in die mich der Schock versetzt hatte. Bis jetzt, vom Krachen des Schusses bis zum Verriegeln der Tür, hatte mich der Wirbel der Ereignisse in seinen Bann geschlagen. Dumpf hatte ich mich ihm ergeben. Jetzt erst gewann das, was die letzte Nacht für uns bereitgehalten hatte, an Bedeutung und wurde erschreckend wirklich. Mir war, als erwachte ich aus einem besonders schrecklichen Albtraum, nur um festzustellen, dass die Wirklichkeit noch viel grauenerregender war.

Zwei Zimmer weiter lag ein Toter, ermordet von einem seiner angeblichen Freunde. Der Mörder war noch in der Nähe, er musste in der Nähe sein, er musste einer jener lachenden Menschen sein, die vor so kurzer Zeit noch miteinander gegessen und getrunken, sich bei Musik und Kartenspiel amüsiert und einander immer wieder angelächelt hatten. Die ganze Zeit über war ein Mörder unerkannt zwischen ihnen umgegangen und hatte wie sie geredet und gelacht.

Zudem verfolgte mich das Bild von Gerald Frawleys unerwartet kahlem, glänzendem Schädel. Hätte ich doch das Toupet vom Frisiertisch genommen und es ihm wieder aufgesetzt.

Etwas raschelte bei der ungeduldigen Geste, mit der ich den letzten Gedanken begleitete. Es war der Zettel, der sich noch in der Tasche meines Morgenmantels befand. Ich zog ihn hervor, und schlagartig klang meine aufkeimende Hysterie ab. Wahrscheinlich hätte ich den Brief nicht lesen dürfen, aber die wenigen Worte starrten mir so klar und deutlich geschrieben entgegen, dass ich nicht anders konnte, als ihren Sinn zu erfassen.

Matil, mein Liebling (las ich), *bitte erlaube mir, während unseres Aufenthalts auf Hunting's End unsere Verlobung bekannt zu geben. Ungeachtet deiner Antwort muss ich darauf bestehen.*

Gezeichnet, schlicht und einfach, mit ›Gerald F.‹

Ich starrte das Papier eine Weile lang an. Gerald Frawley also war es, den Matil hatte heiraten wollen.

Er war derjenige, den sie von jedem Verdacht hatte reinwaschen wollen. Jetzt war er tot – ermordet.

Kein Wunder, dass sie so gelähmt vor Entsetzen, so still und verzweifelt und keiner Regung fähig gewesen war.

Dennoch: War es wirklich Trauer gewesen, die sich hinter ihren undurchdringlichen dunkelblauen Augen verborgen hatte?

Ich weiß nicht, wie lange ich weiter auf den Zettel schaute, ehe sich mir die Frage stellte, was ich mit ihm anfangen sollte. Mein erster Impuls war, ihn auf der Stelle Matil Kingery zu geben. Doch dann tauchten andere Überlegungen auf, wie immer, wenn uns kleinere und größere Katastrophen von den Zwängen des Anstands entbinden.

Erstens hatte sich die Situation, seit dieser Brief geschrieben wurde, dramatisch verändert. Korrekterweise hätte ich O'Leary den Zettel aushändigen sollen, der ihn natürlich an Matil weitergeleitet hätte. Andererseits war Matil selbst nicht willens gewesen, O'Leary den Namen des Mannes zu nennen, den sie liebte.

Urplötzlich fielen mir ihre nassen silberfarbenen Schuhe ein sowie das geöffnete Fenster und die offenen Fensterläden in ihrem Zimmer, die ich geschlossen hatte. Frawleys Fenster war von innen verriegelt gewesen … vor allem jedoch war ich überzeugt, dass Matil ihn nicht umgebracht hatte. Sie war mit ihm verlobt gewesen, und Matil Kingery war keine Frau, die sich mit jemandem verlobte, den sie nicht liebte. Außerdem, um eine beliebte Ballade zu zitieren: Was man liebt, will man ehren und bewahren und niemals auf so unwürdige Weise wegwerfen. Dennoch beschloss ich nach Minuten des Zweifels, den Zettel zu behalten; wenigstens so lange, bis ich wusste, was mit ihm zu tun meine Pflicht war.

Ich steckte das unselige Stück Papier in die Tasche der frischen Schürze, die ich nach einer ungemütlich kalten Dusche übergestreift hatte. Hätte doch bloß die Möglichkeit bestanden, dass ein Fremder mit dieser Sache zu tun hatte, irgendein Unbeteiligter, der sich Zugang zum Jagdhaus verschafft hatte! Diese Möglichkeit würde das aus der Welt schaffen, was, wie ich schon ahnte, die nächsten Tage so unerträglich nervenaufreibend machen sollte: die Gewissheit, dass der Mörder einer von uns war, dass er kommen und gehen, essen und – vielleicht – schlafen, jeden Aspekt des finsteren Alltags auf Hunting's End mit uns teilen würde. Mit Ausnahme unserer entsetzlichen Ungewissheit, unserer gegenseitigen Verdächtigungen und Zweifel sowie der grausamen Unsicherheit, nicht zu wissen, was als Nächstes passieren würde.

Aber dank des Schneesturms, der zur denkbar ungünstigsten Zeit losgebrochen war, hatten wir keine andere Wahl. Ich erinnere mich, wie ich erschöpft im Kopf die Liste der Personen durchging, die hier versammelt waren; sie war so unerträglich kurz.

Zunächst einmal waren da O'Leary und ich; ich wusste, dass ich Gerald Frawley nicht erschossen hatte, und ich wusste, dass O'Leary es nicht getan hatte. Das Gleiche galt für José Paggi, weil ich ihn, als der Schuss fiel, gesehen hatte. Doch damit hörte die Gewissheit auch schon auf. Lucy Kingery, eine halb gelähmte alte Frau; Annette, betrunken; Terice, berechnend und aufgetakelt; Julian Barre, nervös und zahnlos; Morse, verwirrt, ängstlich, er hatte Frawleys Zettel verbrannt. Meine müden Gedanken gingen von einem zum anderen. Hatte sich Helene Paggi auf dem Galerievorsprung übers Geländer gebeugt und mit tödlicher Präzision einen Revolver abgefeuert – und wenn ja, aus welchem Grund?

Waren Killians träge, verschleierte Augen die eines Mörders? Wenn dem so war, was für ein Motiv hatte er gehabt? Und schließlich Brunker, dessen Sturheit bei der Frage nach dem Verbleib des Rattengifts ins Wanken geraten war – ich konnte mir einfach nicht vorstellen, dass ihn andere Gefühle beherrschten als die wenigen, die ihm der pure Selbsterhaltungstrieb diktierte. Ich hatte schon von Robotern gehört, aber Brunker war der erste Mensch in meinem Leben, der dieser Definition annähernd entsprach. Obwohl mir nichts anderes übrig blieb, als ihn in meine Liste der Verdächtigen aufzunehmen, stellte sich trotzdem wieder die Frage nach seinem möglichen Motiv.

Diese letzte Frage drängte sich mir wieder und wieder auf. Langsam ging mir auf, dass sie von nicht unwesentlicher Bedeutung war.

Sofort drängte ein neuer Gedanke in mein Hirn: Was immer das Motiv des Mörders gewesen sein mochte, ich musste hoffen, dass er sein Ziel erreicht hatte und somit nicht von neuem im Jagdhaus auf die Pirsch gehen würde.

Das vertraute Rascheln meiner gestärkten weißen Schürze lenkte meine Aufmerksamkeit auf alltäglichere Dinge. Ich schaute auf die Uhr; stellte erschrocken fest, dass ich erst vor achtzehn Stunden auf Hunting's End angekommen war, und setzte mir eine saubere weiße Haube auf, die ich sorgfältig zurechtrückte, damit man die graue Strähne zwischen meinen recht hübschen roten Haaren nicht sah. Ich sah zwar blass aus, unter meinen Augen hatten sich dunkle Ränder gebildet, aber um meinen Mund lag wieder ein entschlossener Zug. Außerdem, dachte ich, wenn durch einen bösen Zufall tatsächlich Gift in meinem Kaffee gewesen wäre, hätte es mittlerweile sicher gewirkt. Meine Stimmung hob sich etwas. Was nicht heißen soll, dass ich überschäumend fröhlich gewesen wäre.

Als ich das Wohnzimmer betrat, stellte ich fest, dass sich anscheinend niemand gründlich ausgeruht hatte. Matil, O'Leary und Paggi standen am Kamin und unterhielten sich. Matil trug ein blaues Wollkleid mit einem weichen weißen Seidenkragen, aus dem ihr schöner Kopf sich stolz erhob. Helene und Terice saßen auf dem Diwan. Sie waren vollständig angekleidet, rauchten schweigend und bliesen nervös Rauchkringel in die Luft. Killian, Morse und Barre standen an einem der Fenster und betrachteten das dichte Schneegestöber, das alles auszulöschen schien.

Das Tageslicht, die ordentliche Kleidung und Brunker, der hin- und herging, um den Frühstückstisch zu decken, sorgten dafür, dass die Dinge ihren albtraumartigen Charakter etwas verloren, dem Anschein nach war die Szene sogar fast gewöhnlich und natürlich. Aber nur dem Anschein nach, wie eine dünne Oberfläche, die bei der leisesten Erschütterung Risse bekommt und bricht. Das spürte man, wenn man in die um Fassung bemühten Augen blickte oder den beherrschten Stimmen lauschte, oder wenn man sich einen Gedanken an jene geschlossene Tür und das, was dahinter lag, gestattete.

Das Frühstück war gespenstisch. Erstens, weil meine Augen unvermeidlich immer wieder zu dem freien Stuhl wanderten, auf dem Gerald Frawley am Vorabend gesessen hatte. Zweitens hatte ich zwar großen Hunger, bekam jedoch kaum einen Bissen hinunter. Dankend lehnte ich den Orangensaft, den Grapefruitsaft, die Muffins und den Haferbrei ab, trank etwas widerwillig meinen Kaffee und aß eine trockene Scheibe Brot dazu. Dann brachte Brunker eine große Schüssel hart gekochter Eier, von denen ich, glaube ich, drei Stück aß – obwohl ich hart gekochte Eier normalerweise verabscheue, besonders zum Frühstück.

Beunruhigenderweise schienen die anderen meine Vorliebe an jenem Morgen zu teilen. Während alles Übrige nahezu unberührt blieb, verschwanden die Eier in erstaunlich kurzer Zeit.

Ich weiß noch, dass ich O'Leary verstohlen beobachtete, und

erst, als er seine Tasse Kaffee mit sichtbarem Wohlbehagen geleert hatte, setzte ich meine an die Lippen.

Gespräche fanden so gut wie gar nicht statt. Helene starrte auf den Tisch. Ihr Gesicht war immer noch ein kalter, gelblicher Klumpen Angst. Terice rauchte nach jeder Tasse Kaffee hastig eine Zigarette. Sie zwinkerte seltsam oft mit ihren verklebten schwarzen Wimpern. Ihr orange und schwarz gestreiftes Kleid wirkte schreiend bunt neben Matils strengem, schlichtem Äußeren.

Alle wirkten ausgezehrt, als wäre ihnen alle Farbe, alle Energie und Lebendigkeit entzogen worden, und zeigten eine wachsende Neigung, bei plötzlichen Geräuschen herumzufahren, rasch und verstohlen umherzublicken oder die müden Augen, unter denen tiefe Ringe lagen, auf das Schneetreiben draußen zu richten. Die Männer rauchten unablässig, mit Ausnahme von Paggi, dessen größte Aufmerksamkeit auch jetzt seiner Stimme zu gelten schien und der in diesem frühen Morgenlicht äußerst elend aussah. Und alle verschlangen die Eier.

In meiner Erinnerung ist das Auffälligste an diesem Tag die langsam und eintönig verstreichende Zeit. So viel ich weiß, ereignete sich nichts Ungewöhnliches. Allerdings ging Lance O'Leary weiterhin gründlich seiner Arbeit nach, denn dann und wann sah ich seine schlanke graue Gestalt hier und da scheinbar gelassen im Jagdhaus herumgehen, und mehrfach fiel mir auf, dass er sich leise mit diesem oder jenem Mitglied unserer kleinen Gesellschaft unterhielt.

Tante Lucy blieb unter meiner ständigen Aufsicht bis zum späten Nachmittag im Bett. Die Übrigen kamen ab und zu ins Wohnzimmer, blätterten in Zeitschriften, rauchten nervös, beäugten einander, sagten wenig und beobachteten den Schneesturm.

Ich glaube, ich habe in meinem ganzen Leben noch nie so viel Schnee gesehen. Dies war kein gewöhnlicher Schneesturm, der sich zusammenbraut, fröhlich seine weiße Pracht abwirft und wieder verschwindet. Dieses erbarmungslose, dichte, sturmgepeitschte Schneetreiben und die bittere Kälte hatten etwas unglaublich Bösartiges an sich. Der Schnee umgab uns auf allen Seiten, hielt uns hilflos gefangen, drohte uns unter seinen weißen Massen zu ersticken. Als die Abenddämmerung sich herabsenkte und die himmlische Attacke sich gnadenlos fortsetzte, entstand in mir das Gefühl, als sei das Leben selbst nichts weiter als ein ewig dumpfes und zugleich verwirrend gespanntes Warten in einem Schwindel erregend weißen Nebel.

Dieser Gedanke ängstigte mich ein wenig. Solche Vorstellungen kommen bei mir – und nicht nur bei mir, nehme ich an – nur dann vor, wenn ich etwas besonders schwer Verdauliches gegessen habe. Ich befand mich gerade im Wohnzimmer, um mir eine Atempause von der bedrückenden Atmosphäre in Tante Lucys Zimmer zu gönnen. Brunker hatte einen kleinen tragbaren Heizofen in ihr Zimmer gestellt, der einen fürchterlichen Gestank verbreitete. Abrupt stand ich auf, um mein Strickzeug zu holen. Nicht dass ich gern stricke, ganz im Gegenteil, aber manchmal brauche ich etwas, um meine Hände zu beschäftigen. Als ich wieder vor dem Kamin saß, klang das metallische Klappern meiner langen Stricknadeln fast heiter, verglichen mit den anderen Geräuschen – dem einen oder anderen leisen Wort unter den Männern, dem zischenden Anreiben von Terices Streichhölzern und Helenes gelegentlichen Seufzern.

Brunker entzündete die Lampen sehr früh, was sehr aufmerksam von ihm war, denn wir hatten schon begonnen, in die dunkleren Ecken zu spähen. Matil musste eine leichte Auseinandersetzung mit Annette gehabt haben, denn sie kam mit düster gerunzelter Stirn und dunkelroten Wangen aus der Küche. Ihr Kingery-Kinn vorgestreckt, verschwand sie in ihrem Zimmer, um kurz darauf mit einem Schlüsselbund in der Hand zurückzukommen und wieder in die Küche zu gehen. Aber falls sie damit den Schrank, in dem sich die Weinflaschen befanden, abgeschlossen hatte, war Annette ihr zuvorgekommen, denn als ich selbst in die Küche ging, um Tante Lucys Sodawasser zu holen, fand ich die Köchin wieder mit gerötetem Gesicht vor. Aus ihrem schlaffen

Mund erklang ihr albernes Liedchen, und sie tappte unsicher herum. Ich glaube, an jenem Nachmittag hatte sie mit Brunker angestoßen, denn auch sein Gesicht war leicht gerötet, seine Bewegungen weniger roboterartig, und außerdem vermied er es, mir in die Augen zu blicken.

Nach dem Tee stand Tante Lucy auf und zog mit meiner Hilfe wieder das graue Spitzengewand an. Sie leerte das Glas Sodawasser in einem Zug, legte Geschmeide aus schweren Jettsteinen an und fuhr mit ihrem Rollstuhl in eine Ecke in der Nähe des Kamins. Von dort aus sah sie zu, wie die anderen lustlos dünne Sandwiches und rasch abkühlenden Tee vertilgten. Ihre Miene war noch finsterer geworden, ihre Augen lagen noch tiefer in den dunklen Höhlen, doch ansonsten schien der Schock der letzten Nacht bei ihr keine Spuren hinterlassen zu haben.

Allmählich leerte sich das Wohnzimmer. Einer nach dem anderen ging auf sein Zimmer, um sich fürs Abendessen umzuziehen. Merkwürdig, wie fest sich alle Anwesenden an die Riten des Alltags klammerten. Da waren wir – gestrandet in einer Welt aus Schnee, Kälte und Angst, untrennbar verbunden mit jenem leblosen Etwas, das ganz in der Nähe in jenem Zimmer lag, und dem blanken Entsetzen, das jede Wand, jeden Teppich, ja die Luft selbst durchdrang, und trotzdem mussten Bärte gestutzt, Manschettenknöpfe an frischen weißen Hemdsärmeln angebracht und Dinnerjacketts angezogen werden, die Duschen mussten prasseln, Samt und Seide musste sich über schauderndes Fleisch legen, Schultern und Rücken mussten gepudert und trotz der Kälte entblößt werden, Rouge musste auf blasse Wangen aufgetragen und dunkle Ringe unter müden Augen mussten sorgfältig abgedeckt werden. Aber vor allem musste gelächelt werden, mussten der Strom oberflächlicher Worte fließen und ein guter Appetit vorgetäuscht werden. Nun, so ist das Leben, nehme ich an. Ich darf jedoch nicht den beunruhigenden Zwischenfall vergessen, der sich zuvor ereignete, in der Stunde, als ich mit Tante Lucy und, gelegentlich, Brunker, allein im Wohnzimmer war.

Die Dämmerung war weit vorangeschritten. Es war bereits so dunkel, dass die Lampen brannten, aber doch noch so hell, dass ich sah, wie die Schneeflocken vor den offenen Fensterläden tanzten. Plötzlich stand O'Leary neben mir, der während des ganzen Tages kaum ein Wort mit mir gewechselt hatte.

»Sind Sie beschäftigt, Miss Keate?«, fragte er und fügte, als ich zu ihm aufsah, schnell und wahrscheinlich für Tante Lucys Ohren bestimmt, hinzu: »Hätten Sie etwas dagegen, mich für ein, zwei Minuten in Gerald Frawleys Zimmer zu begleiten? Ich brauche Ihre Hilfe.«

Sofort legte ich mein Strickzeug auf den Diwan und ging mit ihm. Mein Herz klopfte, als er die dicke Tür öffnete und wir das Zimmer betraten.

Er schloss die Tür sofort wieder hinter uns. Die Fensterläden waren irgendwann im Laufe des Tages geöffnet worden. Es war sehr kalt und still. Das letzte Tageslicht fiel ins Zimmer. Ich war darauf gefasst gewesen, eine zusammengekrümmte Gestalt auf dem Boden liegen zu sehen, aber sie lag, gnädigerweise mit einem Laken zugedeckt, auf dem Bett. Ein weißer Kreidestrich umschloss die Stelle, wo sie gelegen hatte.

»Ich möchte unter vier Augen mit Ihnen reden, Miss Keate«, sagte O'Leary rasch. Er hatte offenbar das Entsetzen bemerkt, das sich auf meinem Gesicht abgezeichnet haben musste. »Ich hatte heute noch keine Gelegenheit dazu. Aber ich habe nicht das Geringste erreicht! Dieser Fall ist nicht einfach. Wenn ich doch nur ein paar von ihnen zum Reden bringen könnte, aber es will mir einfach nicht gelingen. Sie sind stumm wie die Fische. Natürlich liegt der Grund auf der Hand: Es ist Huber Kingerys Tod, der alles überschattet. Sie fürchten, nicht nur mit dem Mord von letzter Nacht, sondern auch mit dem von vor fünf Jahren in Verbindung gebracht zu werden. Komisch – aber mir scheint, sie mögen sich nicht sonderlich.«

»Was sie verbindet, ist nicht Sympathie«, sagte ich nüchtern. »Das sieht man mit geschlossenen Augen. Es ist eine Art von ›Wenn du nichts sagst, sage ich auch nichts.‹«

»Richtig«, sagte O'Leary. »Mit Ihrem Scharfsinn haben Sie den Nagel wie immer auf den Kopf getroffen.«

»Aber haben Sie denn wirklich gar keine Fortschritte gemacht?«, fragte ich etwas enttäuscht.

»Sehr wenige. Eigentlich keine bedeutsamen. Es sei denn, Sie halten es für bedeutsam, dass ... es im ganzen Haus nur diesen einen Revolver gibt.« Er zog ein glänzendes Ding aus der Tasche. »Und der gehört mir! Man sollte doch vermuten, bei einer Jagdgesellschaft alle möglichen Schusswaffen zu finden, aber Miss Matil hat gesagt, dass niemand vorhatte zu jagen. Eigenartig, nicht wahr, Miss Keate? Sieht aus wie ein ... Schusswaffenkomplex.« Er hielt inne und betrachtete den Revolver, der auf seiner Handfläche lag. »Ich habe als Einziger einen Revolver, und ich habe Gerald Frawley nicht erschossen.«

»Wo ist die Waffe, mit der ...«, ich blickte zum Bett hinüber, und irgendetwas ließ mich meine Stimme senken, »... mit der er erschossen wurde?«

O'Leary zuckte die Schultern, sah mich jedoch ernst an.

»Weiß der Himmel ... wahrscheinlich liegt sie irgendwo im Schnee. Noch etwas ...« Er zögerte. »Wie steht es um Ihre Nerven, Miss Keate? Können Sie noch mehr aushalten? Denn was ich Ihnen sagen will, ist recht abscheulich.«

»Ja, Sie können«, presste ich hervor. Mein Herz tat einen beunruhigenden Sprung. »Reden Sie schon.«

Er musterte mich kurz, bevor er sehr langsam sagte:

»Es geht ... um das Toupet. Das Toupet, das da auf dem Frisiertisch lag. Irgendwann zwischen heute Mittag und gerade eben ist es verschwunden.«

Unwillkürlich drehte ich mich zu dem Frisiertisch um und erblickte mich in dem Spiegel darüber. Mein Gesicht und meine Haube schimmerten gespenstisch weiß im Dämmerlicht. Meine Augen kamen mir fremd und unvertraut vor. Ich spürte, wie mein Herz klopfte. Der Wind drückte gegen die Fensterscheibe und strich seufzend um eine Ecke des Jagdhauses. Ich atmete tief durch. Das Toupet lag tatsächlich nicht mehr auf dem Frisiertisch. Ich weiß nicht, warum sein Verschwinden mich so aus der Fassung brachte, aber so war es.

»Ich habe mir den Inhalt seiner Taschen angesehen«, sagte O'Leary. »Nichts Besonderes. Auch das Toupet hatte ich untersucht, aber soweit ich sehen konnte, war es nichts als ein Bündel schwarzer Haare. Übrigens stellt uns die Tatsache, dass er es bei oder nach seiner Ermordung nicht trug, vor ein kleines Problem, Miss Keate. Wissen Sie, die Zahl der Personen, denen er sich ohne Toupet gezeigt hätte, ist äußerst begrenzt. Wer immer sich hier im Zimmer mit ihm unterhalten hat, muss auf sehr vertrautem Fuß mit ihm gestanden haben. Trotzdem«, er zögerte stirnrunzelnd, »... trotzdem ergibt das alles keinen rechten Sinn. Ob ein Mann ein Toupet trägt oder nicht, macht sicher einen großen Unterschied, was sein Äußeres betrifft«, fuhr er fort und betrachtete nachdenklich die starren Konturen unter dem Laken. »Man hätte ihn kaum wiedererkannt, wenn ... Entschuldigen Sie, Miss Keate. Belaste ich Sie zu sehr mit ...«

Ich hörte den Rest des Satzes nicht mehr. Ich starrte über seine Schulter hinweg. Irgendetwas bewegte sich draußen vor dem Fenster ... etwas Weißes vor dem Halbdunkel, etwas griff ... ganz sicher eine Hand ... sie griff nach dem Fenster.

Anders als damit, dass meine Nerven ein wenig angegriffen waren, habe ich meine nun folgende Tat nie zu begründen versucht. Ohne ein weiteres Wort zu sagen oder auch nur nachzudenken, riss ich O'Leary den Revolver aus den Fingern, richtete ihn auf die Hand und drückte ab.

Es gab einen Höllenkrach, Glas zersplitterte, ein ungläubiger Ausruf von O'Leary, die Hand war fort, und der Wind trieb Schnee durch die zerbrochene Scheibe herein.

O'Leary war herumgefahren, hatte jedoch nichts gesehen. Er drehte sich wieder zu mir um, nahm mir sanft den Revolver aus der Hand, sah ihn befremdet an, steckte ihn in seine Tasche und sagte auf tröstende Weise, die mich fast rasend machte:

»Glauben Sie nicht, es wäre besser, wenn Sie sich vor dem Essen noch ein wenig ausruhen würden?«

Meine Lippen waren taub, meine Zunge versuchte vergeblich, sich zu bewegen, Furcht und Zorn brodelten so heftig in mir, dass ich ihn nur anstarren konnte. Ich versuchte trotz des klopfenden Dings in meiner Brust zu Atem zu kommen.

»War da wirklich etwas am Fenster?«, fragte er rasch.

»Ja«, stammelte ich. »Eine Hand hat nach der Scheibe gegriffen …« Bevor ich zu Ende gesprochen hatte, war er schon am Fenster.

»Da ist nichts … Schneegestöber, Sturm … es ist zu dunkel, man sieht nicht weit. Ich werde draußen …« An der Tür blieb er stehen und warf mir einen Blick zu, in dem teils Bewunderung, teils ängstliche Besorgnis lagen. »Sie sind erstaunlich tatkräftig«, sagte er und war fort.

Ich folgte ihm auf dem Fuße, ohne auch nur einen Moment länger in dem kalten Totenzimmer zu verweilen. Zwei Männer waren dort ums Leben gekommen. Sehr sorgfältig schloss ich die Tür hinter mir.

Als ich in den Wohnraum trat und langsam zu Tante Lucy ging, die neben dem Kamin saß, ereignete sich einer der seltsamsten Vorfälle der ganzen Geschichte.

Besser gesagt, er geschah nicht; das war das Seltsame.

Niemand fragte nach dem Revolverschuss!

Keine Tür öffnete sich. Niemand schrie auf. Im ganzen Jagdhaus war kein einziges Geräusch zu hören. Stattdessen herrschte eine unbeschreibliche, atemlose, wie eingefrorene Stille, ein absolutes Fehlen jeglicher Regung, jeden Lauts. Und doch lag die Frage fast greifbar in der zitternden, flirrenden Luft. Es war, als würde das ganze Jagdhaus zu einer schweigenden Frage und schrecke gleichzeitig vor einer Antwort zurück. Tante Lucy beugte sich aus ihrem Rollstuhl, heftete ihre riesigen Augen angestrengt auf O'Leary und formte mit ihrem eisenharten Mund lautlose Worte, zweifellos, um ebendiese Frage zu stellen.

O'Leary rief ihr von der Küchentür her über die Schulter zu: »Ein Unfall … es war nichts. Niemand ist verletzt« und verschwand. Ich ließ mich ermattet auf den Diwan sinken. Tante

Lucy lehnte sich langsam zurück und schloss den Mund wieder. Der Bann, der auf dem Jagdhaus lag, schien noch eine Sekunde zu verharren, um sich schließlich in Luft aufzulösen. Jemand ging rasch durch eines der oberen Zimmer, eine Tür fiel leise ins Schloss, eine Dusche rauschte: Überall hörte man wieder das Leben.

Tante Lucy starrte mich schweigend an, während ich meinerseits ins Feuer starrte und an die Hand dachte. Ich konnte mich einfach nicht geirrt haben, denn ich habe gute Augen und bin kein übernervöser Mensch. Das heißt, normalerweise. Doch wessen Hand konnte es gewesen sein? Wer konnte da draußen im Schneegestöber gestanden haben? Und warum?

O'Leary kam nach kurzer Zeit zurück, doch er machte ein finsteres Gesicht und schwieg, was meine drängende Ungeduld noch steigerte. Die anderen strömten in den Raum. Tante Lucy trank schweigend ihre drei Cocktails und wurde dabei immer mürrischer. Das Abendessen wurde aufgetragen. Es war eine schreckliche Mahlzeit, vor allem, weil alle Versuche, eine Konversation in Gang zu bringen, fehlschlugen und niemand Appetit zu haben schien. Die Suppe, eine klare Suppe, die köstlich duftete, ging unangetastet zurück. Allein dem Gemüsesalat, glaube ich, wurde etwas Aufmerksamkeit zuteil. Am schlimmsten war, dass wir alle einen Bärenhunger hatten. Paggi starrte gierig auf die Pilzsoße, schüttelte jedoch energisch den Kopf, als jemand sie ihm anbot. O'Leary aß als Einziger mit sichtlichem Appetit, obwohl ich annahm, dass dies aus der Todesverachtung heraus geschah, zu der O'Leary, jung wie er ist, manchmal fähig ist. Während des gesamten Essens war ich in Gedanken versunken. Ich hatte noch nie in meinem Leben einen Revolver auf ein lebendiges Ziel gerichtet und abgedrückt, und ich kann sagen, dass es keine außerordentlich angenehme Erfahrung ist. Ich betrachtete alle Hände am Tisch – war eine von ihnen verbunden? – zeigte sich irgendwo Blut? Es schien mir unmöglich, dass die Anzahl der Hände der Personen, die an dem langen, schmalen Tisch saßen, nicht um eine verringert war, aber es war so. Ich schaute sogar verstohlen auf Brunkers Gliedmaßen und ging nach dem Essen, unter dem Vorwand, etwas besorgen zu müssen, in die Küche, aus der ich körperlich und geistig erschüttert zurückkehrte. Auch Annettes breite, rosig glänzende Hände waren anscheinend unversehrt.

Doch kurz bevor wir uns zur Nachtruhe begaben – was früh geschah und sich, nehme ich an, zu gleichen Teilen auf die Furcht, die zwischen uns umging und jedes Gesicht in eine starre weiße Maske verwandelte, und auf unsere verständliche Erschöpfung zurückführen ließ –, passierte etwas, das die Hand aus meinen Gedanken verscheuchte.

Ich fand das Toupet.

Jawohl, ich fand es.

Jemand hatte es zwischen die Kissen des Sessels gestopft, in dem ich saß. Ich hatte eine Stricknadel verloren und griff in die Ritze, in die sie gefallen war. Und fand das Toupet. Ich werde mich ewig wundern, dass ich in jenem Moment nicht aufschrie, und dass ich keinen einzigen Blick dieser schweigsamen Runde auf mich zog. Es gelang mir, das Ding herauszuziehen – die Haare fühlten sich trocken und tot an – und es unter dem Schal, an dem ich strickte, zu verbergen. Dann schaffte ich es auf mein Zimmer.

Als ich Tante Lucy nach ihrem ungesunden Gute-Nacht-Sandwich zu Bett gebracht hatte, verriegelte ich meine Tür und untersuchte das Toupet, obwohl meine Finger instinktiv davor zurückschreckten. Es war unangenehm, es anzufassen. Ich entdeckte nichts Ungewöhnliches. Trotzdem legte ich es, bevor ich schlafen ging, zusammen mit dem an Matil adressierten Zettel, der sich immer noch in meinem Besitz befand, unter mein Kopfkissen. Es war mehr als unerfreulich, diese Dinge unter meinem Kopf zu wissen, und so war es auch kein Wunder, dass ich nicht einschlafen konnte, doch in meinem Zimmer gab es nun einmal keinen sichereren Platz als diesen.

Endlich, nachdem ich tausend über Zäune springende Schafe gezählt und alle Strophen, die ich von Rabbi Ben Ezras Lied kannte, rückwärts aufgesagt hatte, fiel ich in einen unruhigen Schlaf.

Ich weiß bis heute nicht, wovon ich erwachte.

Vielleicht war es ein Luftzug, der über mein Gesicht strich. Vielleicht war es ein Rascheln oder ein Gefühl, als bewege sich etwas in der Nähe. Was immer es war, schlagartig war ich hellwach. Mein Herz stand erst still, dann raste es wie wild.

Jemand war in meinem Zimmer. Jemand stand neben meinem Bett. Unter meinem Kissen bewegte sich etwas.

Ich war wie gelähmt. Ich konnte meinen Kopf nicht bewegen. Ich konnte nicht schreien.

Die Hand, auf die ich geschossen hatte, bewegte sich unter meinem Kopfkissen. Ich war mir sicher – es konnte nicht anders sein. Und ich glaube auch, meine Hand griff unter das Kissen, denn plötzlich wusste ich, dass die andere Hand heiß und – eigenartig klebrig und feucht war.

8

Ein Stück Spitze

Dann war sie fort. Ich hörte immer noch nichts.

Ein paar fassungslose Augenblicke lang war ich starr vor Angst; ich weiß noch, dass ich in einem fort dachte: ›Ich träume nur ... ich träume nur ... ich muss aufwachen‹ und doch zur gleichen Zeit wusste, dass ich nicht träumte. Ich konnte keinen Finger rühren, ich konnte nicht schreien. Aber ich wusste, ich musste etwas tun.

Ich widerstand dem Bedürfnis, mir die Decke über den Kopf zu ziehen, einfach liegen zu bleiben und aus vollem Herzen zu beten, dass, wer immer sich in meinem Zimmer befand, mich verschonen möge. Vorsichtig drehte ich den Kopf und lauschte.

Nicht das geringste Geräusch, kein Atmen, nichts regte sich. Um mich herum war es pechschwarz; offenbar war die Lampe, die ich hatte brennen lassen, gelöscht worden. Allmählich wuchs die Überzeugung in mir, dass mein Besucher so heimlich, still und leise, wie er gekommen war, auch wieder verschwunden war.

Und doch setzte ich mich sehr, sehr vorsichtig in meinem Bett auf. Mein Herz raste, mir standen die Haare zu Berge.

Nichts regte sich; keine Hand packte mich an der Kehle; kein Revolverschuss peitschte durch die Nacht. Ich atmete tief durch und setzte mich auf die Bettkante. Als nichts nach mir griff, stand ich mutig auf und tastete nach einem Streichholz. Jeden Augenblick rechnete ich damit, dass mich die heiße, feuchte Hand packen würde.

Flackernd stieg die kleine Flamme empor.

In meinem Zimmer war niemand außer mir. Aber die Tür zum Wohnzimmer, die ich fest verriegelt hatte, stand sperrangelweit offen. Ich blickte in eine bedrohliche Finsternis. Wenn Brunker ein paar Lampen hatte brennen lassen, war ihnen inzwischen das

Öl ausgegangen. Nichts rührte sich, keine finstere Gestalt war zu sehen.

Hatte ich am Ende doch nur geträumt?

Ich ging zum Bett zurück, ergriff das Kissen und drehte es um.

Das Toupet war fort. Der Zettel war fort. Das Laken war schneeweiß, glatt und leer.

Ich hätte den Zettel sofort Matil oder O'Leary geben sollen, so viel war klar. Um es kurz zu machen: Ich beschloss, O'Leary unverzüglich Bericht zu erstatten. Ich zündete die Lampe an – keine leichte Aufgabe mit zitterigen Händen – und schlüpfte in meinen Morgenrock und die Pantoffeln.

Das Wohnzimmer war wie eine rabenschwarze Höhle. Meine Schritte verhallten in der Finsternis. Die Lampe gab nur einen kleinen Lichtkreis um mich herum ab, zitternde, geisterhafte Schatten, die mein verschrecktes Herz noch mehr quälten. Ich meisterte die schmale Treppe und fand ohne Probleme O'Learys Tür, die mittlere am südlichen Ende der Galerie. Sie war verschlossen. Leise klopfte ich an.

O'Leary hatte entweder wach gelegen oder einen sehr leichten Schlaf, denn ehe ich ein zweites Mal klopfen konnte, war er an der Tür. Ich hörte, wie er den Riegel zurücklegte. Er stand vor mir.

»Was ist los?«, zischte er.

»Ich … mir ist etwas passiert …«

»Kommen Sie herein.« Er zog mich ins Zimmer und schloss die Tür. »Geben Sie mir die Lampe. Was ist passiert? Warum zittern Sie?«

Ich brauchte nicht lang, um es ihm zu erzählen.

»Der Brief … an Matil«, begann ich. Meine Zähne wollten nicht aufhören, vor Kälte zu klappern. Mit so wenigen Worten wie möglich berichtete ich ihm von dem Zettel und davon, was darauf stand und warum ich ihn einen Tag lang behalten hatte … Der Grund schien ihn nicht zu überzeugen, doch er warf mir lediglich einen strengen Blick zu, schlang eine Decke um sich und sagte nur:

»Sie sollten mich mittlerweile kennen, Miss Keate. Guter Gott, ist das kalt hier! Fahren Sie fort. Frawley war also derjenige, den sie heiraten wollte. Man hat Ihnen den Zettel unter dem Kopf fortgezogen?«

»Und das Toupet.«

Er starrte mich an. Der vorwurfsvolle Blick wich aus seinem Gesicht.

»Das Toupet?«, rief er. »Sie wollen doch nicht etwa behaupten, Sie hätten das Toupet gefunden?«

»Doch, das habe ich«, erwiderte ich. »Es war kein schöner Fund. Was soll's … auch das Toupet ist weg.«

»Und Sie haben nicht geschrien?«

»Ich konnte nicht«, gab ich offen zu.

»Sie sind wirklich eine erstaunliche Frau«, sagte er. »Sagen Sie, sind Sie müde?«

»Müde?«, rief ich empört. »Für wie wahrscheinlich halten Sie das?«

Er schaute auf die Uhr.

»Ein Uhr«, sagte er, griff nach einem kleinen, flachen, ordentlich in ein Taschentuch gewickelten Gegenstand und ließ ihn in eine Tasche seines Morgenmantels gleiten. »Eine ziemlich übliche Zeit für Hände, die unter Kopfkissen herumtasten. Hören Sie, ich wollte schon seit längerem ungestört mit Ihnen reden. Gestern wurden wir unterbrochen. Was halten Sie davon, wenn wir nach unten gehen und uns ein bisschen im Warmen unterhalten?«

Wenn ich an Hunting's End denke, fallen mir immer die folgenden ein, zwei Stunden ein: Das geheimnisvolle nächtliche Schweigen des Jagdhauses lag um uns herum, ab und zu knackte ein Holzscheit, draußen heulte der Sturm.

Wir gingen in die Küche. O'Leary flüsterte, im Wohnzimmer könne man uns leicht von allen Zimmertüren aus beobachten, wogegen wir in der Küche nur auf Annettes Tür achten müssten. Im Grunde sei nichts dabei, flüsterte er, während er die Küchentür aufstieß und ich ihm folgte, aber man könnte allzu leicht merken, dass wir uns bereits seit längerem kannten.

»Und so lange niemand ahnt, über was für eine ... mmh ... außerordentliche Beobachtungsgabe Sie verfügen, besteht kein Grund, ihnen diese Vermutung nahe zu legen«, schloss er geheimnisvoll und schob einen Stuhl vor den Kamin, in dem ein paar Kohlen rötlich glommen.

»Ich lege noch ein paar Holzscheite dazu«, fuhr er fort. »Möchten Sie Kaffee oder Tee? Sie sehen ein bisschen blass aus ...«

»Wer täte das nicht!«, fiel ich ihm bitter ins Wort. »Ich bin nicht in diese Einöde gekommen, Mr. O'Leary, um fast Augenzeugin eines Mordes zu werden, oder damit sich mir Toupets aufdrängen und ich durch Fensterscheiben auf irgendwelche Hände schieße, die am Ende zurückkommen und mir im Schlaf unters Kopfkissen greifen. Ich bin hergekommen, um eine kranke Frau zu pflegen.«

Vorsichtig legte er einen Holzscheit auf die Kohlen und griff zur Feuerzange. Er lächelte. Sein Haar war zerzaust. Es war das erste Mal, dass ich es so sah, glaube ich, und da zudem der Kragen seines dicken grauen Morgenmantels verdreht war, sah er aus wie ein kleiner Junge.

»Aber, ich bitte Sie«, sagte er freundlich. »Sie wissen doch genau, dass Sie nicht hergekommen sind, um eine kranke Frau zu pflegen. Sie sind hier ..., weil Sie sich ein wenig Abwechslung versprochen haben.«

»Ich habe aber nicht mit einem ... Mord gerechnet«, sagte ich entschieden.

Er wurde ernster.

»Nein«, stimmte er mir zu. »Damit habe auch ich nicht gerechnet.« Er stocherte in dem Feuer, das nicht richtig brennen wollte.

»Schöne Stühle, und so bequem«, sagte er, indem er einen zweiten zum Kamin schob. »Glauben Sie, Küchenstühle sind so hart, damit das Personal sich nicht zu oft hinsetzt? Wenigstens wird es langsam ein bisschen wärmer. Haben Sie gestern Abend Ihre Tür verriegelt?«

»Selbstverständlich.«

»Zwischen Ihnen und dem Zimmer von Miss Lucy Kingery liegt ein Badezimmer. War Ihre Zugangstür ebenfalls verriegelt?«

»Nein, natürlich nicht. Meine Patientin hätte mich ja rufen können.«

»Und Ihr Fenster?«

»Ich hatte die Läden verriegelt, das Fenster allerdings stand ein paar Zentimeter offen. Aber mehr nicht, denn trotz der geschlossenen Läden war es in meinem Zimmer kalt.«

»Das glaube ich Ihnen aufs Wort«, sagte O'Leary zitternd. »Glauben Sie, dieses Stück Holz fängt irgendwann an zu brennen?« Er nahm die Feuerzange, um das Scheit zurechtzurücken, und sagte ruhig über seine Schulter:

»Sieht ganz so aus, als hätte Ihre Patientin ein besonderes Interesse an dem Toupet gehabt.«

»Meine Patientin? Sie vergessen, dass sie nicht laufen kann.«

»Ach, wirklich nicht?«, fragte er beiläufig und lehnte sich wieder zurück. Seine klaren grauen Augen blickten auf die Kohlen, aus denen kleine Flammen züngelten, die er ins Leben gerufen hatte. »Sind Sie sich da sicher, Miss Keate?«

»Ja … natürlich. Das heißt … was meinen Sie damit?«

»Nichts. Alles ist nur eine Frage der Zweckmäßigkeit. War Miss Kingerys Tür zum Wohnzimmer auch verriegelt?«

»Ich … ich glaube schon. Bestimmt war sie verriegelt.«

»Wissen Sie noch, ob Sie sie selbst verriegelt haben?«

Ich zögerte. »Nein, ich kann mich nicht erinnern. Aber sie hat sie bestimmt verriegelt, bevor ich ihr aus dem Stuhl geholfen habe.«

»Ist sie eine schwierige Patientin, Miss Keate?«

»Ich hatte schon schwierigere –, aber auch einfachere Patienten«, sagte ich mürrisch.

»Sehen Sie, Miss Keate«, sagte O'Leary und wechselte plötzlich das Thema. »Ich habe schon einige merkwürdige Fälle erlebt, und ich würde nur ungern zugeben, wie oft ich mit meinem Latein am Ende gewesen bin, aber so schlimm wie dieses Mal war es noch nie.

Ich glaube, ich habe mich bisher zu sehr auf die vielen Zuarbeiter verlassen, die der Polizei zur Verfügung stehen, auf die enorm wichtige Routinearbeit, die sie einem abnehmen. Ganz zu schweigen von den technischen Hilfsmitteln – Sie wissen schon, die Labors und so weiter. Ja, und heute habe ich den ganzen Tag damit verbracht, ein paar Leute routinemäßig zu befragen, vergeblich nach einem Revolver zu suchen und nach einem Päckchen Rattengift zu fahnden, das ganz offensichtlich vom Erdboden verschwunden ist.« Er rieb sich ärgerlich mit den Händen übers Gesicht. Dann ließ er sie tief in den Taschen seines Morgenmantels verschwinden. »Wie sehr werde ich nach dieser Geschichte die Männer in Uniform zu schätzen wissen«, sagte er melancholisch. »Und was würde ich erst geben, um ein paar von ihnen jetzt und hier vor Ort zu haben! Na ja, ein Gutes hat die Sache wenigstens«, fügte er etwas munterer hinzu. »Dieser eine Tag hat gereicht, um mir eine Menge Arroganz auszutreiben.«

»Sie waren doch noch nie ...«, fing ich an und unterbrach mich. Ich habe noch nie einem Mann geschmeichelt und hoffe, dass das auch in alle Zukunft so bleiben wird. »Da würde ich mir keine Sorgen machen«, sagte ich trocken.

»Ich glaube, ich habe die Tatumstände recht klar rekonstruiert. Genauer, die Umstände, unter denen die Leiche entdeckt wurde. Das allein hat schon viel Zeit gekostet. Ich sehe es so: Sie und Paggi saßen allein im Wohnzimmer und waren als Erste in Frawleys Zimmer. Barre und Morse kamen fast gleichzeitig aus ihren Zimmern gelaufen, stießen in der Eile vor der Tür zu Frawleys Zimmer zusammen und gingen hinein. Ich selbst habe Madame Paggi und die kleine Baronin auf die Galerie treten sehen. Miss Matil war eine der Letzten. Sie hat Brunker oben aus dem Zimmer neben meinem kommen sehen. Dann kam Killian, Sie sind Miss Lucy holen gegangen, und danach riefen wir Annette. So viel dürfte klar sein ..., aber soweit ich sehe, blieb dabei niemandem die Gelegenheit, einen Revolver sorgfältig zu verstecken. Trotzdem hat sich jemand des Revolvers entledigt – und zwar gründlich. Natürlich haben alle behauptet, keinen Revolver zu besitzen, aber das war ja auch zu erwarten.« Er machte eine ungeduldige Handbewegung. »Dieser verdammte Schnee bringt alles durcheinander«, sagte er. »Ich glaube, der Revolver liegt irgendwo da draußen im Schnee. Am leichtesten wäre es gewesen, das Ding einfach aus dem Fenster zu werfen. Aber derjenige musste wissen, dass der Revolver mit Sicherheit irgendwann gefunden werden würde. Übrigens, Miss Keate, als wir davon sprachen, dass alle Türen und Fensterläden im Haus von innen verriegelt waren – dazu kommt, dass die Riegel ziemlich schwergängig sind – haben Sie ein Gesicht gemacht, das mir – nun ja, bekannt vorkam. Was hatte das zu bedeuten? Wissen Sie etwas anderes?«

»Mmh ... Ja, Mr. O'Leary, so ist es tatsächlich. Sehen Sie, kurz nachdem der Mord entdeckt wurde, als ich zu meiner Patientin ging, hat der Hund geheult. Offenbar war er in Matils Zimmer eingesperrt, also habe ich die Tür geöffnet und ihn hinausgelassen. Ihre Fensterläden standen weit offen, und das Fenster auch ein wenig. Ich habe beide zugemacht. Aber mir ist nicht klar, was das zu bedeuten haben könnte«, fuhr ich fort. Langsam war ich wieder mehr bei der Sache. Ich erinnerte ihn daran, dass Matil als eine der Letzten bei Frawley gewesen war und dass deshalb niemand unbemerkt durch ihr Zimmer ins Wohnzimmer hätte gelangen können.

»Aber mit ihrem Wissen schon«, entgegnete O'Leary leise. Als ich protestieren wollte, lächelte er. »Aber, aber, Miss Keate. Ich gehe durchaus davon aus, dass Sie Recht haben und das Fenster nur versehentlich offen war. Dafür spricht auch noch etwas anderes«, ergänzte er. »Wissen Sie noch, wer als Letzter in Frawleys Zimmer kam und fragte, was passiert sei? Dieser junge Bursche, Killian. Allerdings erinnert sich Signora Paggi daran, ihn gesehen zu haben, wie er aus seinem eigenen Zimmer kam, und das schließt ihn als Täter aus. Trotzdem, wir stolpern ein ums andere Mal über die Tatsache, dass Frawleys Fensterläden eindeutig verriegelt und das Fenster geschlossen war. Falls jemand draußen gewesen sein sollte, würde uns das auch nicht weiterbringen. Der Schuss muss von innen gekommen sein.«

Er wühlte in seinen Taschen, griff gedankenverloren unter seinen Morgenmantel, als suche er eine Westentasche, fand aber anscheinend nur den Stoff seines Pyjamas, denn er brummte enttäuscht vor sich hin.

»Suchen Sie Ihren albernen kleinen Bleistift?«, fragte ich scharf. »Wenn ja, Mr. O'Leary, würde ich es als persönlichen Gefallen betrachten, wenn Sie sich diesen kleinen Tick abgewöhnen würden.«

Er sah mich verblüfft an, was mich noch mehr reizte.

»Ja, ich weiß, das ist unhöflich von mir«, stieß ich hervor. »Aber ich bin es gründlich leid, Sie mit diesem Bleistift herumhantieren zu sehen. Ich werde Ihnen einen Füllfederhalter schenken.«

»Aber ... aber, Miss Keate!« Er schien immer noch überrascht, doch als er sich zu mir herüberbeugte und seine Hand auf meine legte, wurden seine Augen sanft. »Es tut mir Leid, dass ich Sie in all das hineingezogen habe, Miss Keate«, sagte er. »Aber Sie sind so verflixt unerschütterlich und zuverlässig und ...«

In diesem Moment, glaube ich, öffnete sich Annettes Tür.

Die Franzosen sind ein unmoralisches Volk. Ich habe es zwar schon immer geahnt, aber es war mir noch nie so klar wie in jenem Augenblick, als ich mich umdrehte und Annettes anzügliches Grinsen sah. Ihr Haar war zu zwei kurzen grauen Zöpfen geflochten, ihr Blick hinterlistig und verschlagen.

O'Leary zeigte sich der Situation durchaus gewachsen. Er ließ seine Hand weiter auf meiner ruhen, sagte ziemlich befehlend: »Kochen Sie uns bitte etwas Kaffee, Annette« und führte seinen an mich gerichteten Satz zu Ende: »... und überhaupt eine sehr feine Person ...« Dann nahm er seine Hand wieder fort, lehnte sich zurück und schaute ins Feuer. Seine grauen Augen funkelten vor Belustigung. Ich für meinen Teil war so sehr zwischen zwei Gefühlen hin- und hergerissen, dass ich schließlich gar nichts tat. Das eine war das Bedürfnis, O'Leary eine saftige Ohrfeige zu verpassen, das andere, Annette klipp und klar zu sagen, was ich von ihr, ihrem zerschlissenen blauen Baumwollkimono und ihrer

Nation im Allgemeinen hielt. Zugleich aber verspürte ich ein zugegebenermaßen angenehmes Gefühl im Innern. Ich bin nicht an Komplimente gewöhnt.

Annette brauchte nicht lange, um den Kaffee zu kochen, der sehr gut schmeckte. Sie steigerte mein Unbehagen noch, indem sie in ihr Zimmer ging und mit einer fast vollen Flasche eines durchsichtigen, wahrscheinlich alkoholischen Getränks zurückkam, die sie auf den Tisch stellte, als tue sie uns einen Gefallen. O'Leary schickte sie ziemlich barsch fort, obwohl er dabei verstohlen lächelte. Sie verschwand in ihrem Zimmer, wo sie zweifellos noch eine Weile lang ihr wollüstiges Ohr an die Tür drückte. Wenigstens kann sie davon nicht viel gehabt haben, denn die Küche war groß und wir unterhielten uns sehr leise.

Danach ging es etwas unpoetischer zu.

»Also, Miss Keate«, fasste O'Leary zusammen, »da wir davon ausgehen müssen, dass von innen geschossen wurde, und da Sie sicher sind, dass niemand aus Frawleys Zimmer herausgekommen ist …«, hier zögerte er mit einem fragenden Blick und fuhr, nachdem ich energisch den Kopf geschüttelt hatte, fort, »… befinden wir uns in einer ziemlich schwierigen Lage. Noch einmal zur Galerie, Miss Keate. Sie sagten, Sie hätten eindeutig jemanden auf der Galerie gehört. Nun, wie Sie zweifellos bemerkt haben, ragt der Vorsprung, an dem die Treppe endet, ein gutes Stück in den Raum hinein. Zudem liegt er direkt gegenüber von Gerald Frawleys Zimmer.«

Ich nickte.

»Ja, das ist mir auch aufgefallen. Aber können Sie denn etwas über die Distanz sagen, aus der geschossen wurde?«

»Etwas schon«, sagte er nachdenklich. »Aber egal, es wird Sie vielleicht interessieren, dass tatsächlich jemand auf dem Vorsprung gestanden hat.« Er sah kurz zu Annettes Tür hinüber, wo sich nichts rührte, und zog das flache, in ein Taschentuch gewickelte Päckchen aus seiner Tasche. Ich sah ihm beim Auswickeln zu. Zum Vorschein kamen zwei kleine Gegenstände. Zum einen ein feines, fleischfarbenes Stück Spitze. Zum anderen – mir stockte der Atem, als ich mich vorbeugte – zum anderen das Ende einer schmalen dunkelroten Straußenfeder, die sich nach dem Abbrechen gekräuselt hatte. Daran klebte, fleckig, getrocknet und hässlich, ein noch dunkleres Rot, dass ich nur zu gut kannte.

»Blut!«, flüsterte ich. Und ergänzte: »Das ist die Spitze einer Feder von Matils Fächer.«

O'Leary nickte ernst.

»Wo haben Sie das gefunden?«

»Unter Frawleys Leiche, als ich sie umdrehte«, sagte O'Leary langsam. »Ja, das ist Blut. Frawleys Blut. Aber fragen Sie mich nicht, wie die Feder dahin gekommen ist. Das Stück Spitze, nun, dazu kann ich Ihnen etwas mehr sagen. Es hing an einem der Holzbalken des Geländers oben auf dem Vorsprung. Es scheint von Signora Paggis Abendkleid zu stammen. Vielmehr stammt es ganz sicher von ihrem Kleid. Ich habe ein Loch oberhalb der rechten Hüfte gesehen.« Nach einer Weile fügte er langsam hinzu: »Vielleicht hat sie sich an das Geländer gelehnt – vielleicht aber auch nicht. Aber eins ist sicher: Sie muss in jenem Moment so aufgeregt gewesen sein, dass sie nicht bemerkt hat, dass ihr Kleid hängen blieb und zerrissen ist. Sie hat es wahrscheinlich noch immer nicht gemerkt, sonst hätte sie das Kleid heute Abend nicht wieder angezogen. Gehe ich recht in dieser Annahme, Miss Keate?«

Eine Erinnerung tauchte vor meinem geistigen Auge auf.

»Sie hatte das Kleid unter ihrem Negligé an, und zwar unmittelbar nach dem Mord. Das weiß ich genau, weil, als wir alle zusammensaßen und Sie uns Ihre Fragen stellten, ihr Negligé sich einen Moment lang geöffnet hat und ich gesehen habe, dass sie noch immer das Kleid vom Vorabend trug. Offenbar hatte sie sich also nicht hingelegt und geschlafen.«

»Sehr gut, Miss Keate. Das beweist natürlich gar nichts – ich meine, das abgerissene Stück Spitze –, da wir nicht wissen, wann genau sie sich über das Geländer gebeugt hat. Trotzdem lohnt es sich, darüber nachzudenken. Aber selbst wenn wir annehmen, dass jemand auf der Galerie war – und vergessen Sie nicht, dass unseres Wissens nur Brunker, Signora Paggi, die Baronin und ich uns zu der Zeit in den oberen Zimmern aufhielten –, zu dem Vorsprung gegangen ist und Frawley erschossen hat, warum um alles in der Welt hat Frawley in genau diesem Augenblick seine Tür geöffnet und eine perfekte Zielscheibe abgegeben? Und, wenn Sie sich so sicher sind, dass niemand das Zimmer verlassen hat, warum können Sie dann nicht sagen, wann die Tür aufgegangen ist?«

Er sah mich offen an, seine grauen Augen funkelten.

»Ich … ich weiß es nicht«, stammelte ich und bemühte mich verzweifelt, mir die Sekunden vor dem Schuss vor Augen zu führen. »Ich … Mr. O'Leary, ich kann Ihnen schlicht und einfach nicht sagen, wann die Tür sich geöffnet hat. Mein Gefühl sagt mir, dass es in dem Moment war, als der Schuss gefallen ist, obwohl … ich habe es schlicht und einfach nicht gesehen, mehr kann ich dazu nicht sagen. Aber ich bin mir, auch wenn es Ihnen widersprüchlich erscheinen mag, hundertprozentig sicher, dass, wenn jemand durch diese Tür gegangen wäre – sei es zur Treppe, also zur anderen Seite, sei es zur Küchentür, also gute sechs Meter weit, oder sei es zu einem der anderen Schlafzimmer –, ich ihn gesehen hätte.«

Er musterte mich eine ganze Weile.

»Trotzdem haben Sie Stimmen in Frawleys Zimmer gehört und danach einen Schuss. Jemand muss das Zimmer durch die Tür verlassen haben. Killians Tür liegt direkt nebenan, auf der anderen Seite ist, nur eine Badezimmerbreite entfernt, Julian Barres Tür. Sie aber bestehen darauf, dass weder Killian noch Barre durch Frawleys Tür gekommen und in sein eigenes Zimmer gegangen ist. Bedenken Sie, wie kurz die Entfernungen sind.«

»Ich bin mir absolut sicher«, sagte ich mit fester Stimme. »Keiner von beiden hätte das tun können.«

Ich glaube, er war ein wenig enttäuscht, denn er fuhr sich mit den Fingern durchs Haar, tastete abermals unbewusst in seiner Schlafanzugtasche und warf mir, als er die Hände sinken ließ, einen betretenen Blick zu.

»Barre käme am ehesten in Frage«, sagte er grübelnd. »Aber die Tür von Frawleys Zimmer zum Badezimmer war auf Frawleys Seite fest verriegelt. Wenn es eine Möglichkeit gäbe, den Riegel vom Badezimmer aus vorzulegen … aber die gibt es nicht. Nicht bei so dicken Türen und schweren Riegeln wie hier. Es ist sowieso verhext«, fügte er seufzend hinzu. »Winzige Haken und Ösen auf der Außenseite der Türen und schwere Holzriegel von innen. Ich kann nicht einmal Frawleys Zimmer abschließen, von außen gibt es keine Möglichkeit.«

»Ich glaube nicht, dass Sie sich deshalb Sorgen machen müssen«, bemerkte ich etwas bissig. »Soweit ich sehe, ist sein Zimmer das unbeliebteste im ganzen Jagdhaus. Niemand will da nur zum Vergnügen hinein. Selbst der Hund hält sich davon fern.«

»Aber er beobachtet es«, sagte O'Leary leise. »Wissen Sie, dass es mir eine Gänsehaut verursacht, an diesen Hund zu denken, Miss Keate? Und dabei bekomme ich nicht allzu oft eine Gänsehaut. Aber er … das ist doch nicht normal … oder, vielleicht ist es doch normal. Er spürt zu viel von dem, was hier vorgeht.«

»So ist das bei Hunden«, sagte ich, »besonders bei Collies. Sie sind außerordentlich sensibel für … für Dinge, von denen wir glauben, dass sie jenseits ihres Verstandes liegen. Manchmal frage ich mich …«

O'Leary zuckte unwirsch die Schultern.

»Unsinn, Miss Keate. Hunde wissen nichts von solchen Dingen. Lassen Sie uns zum Thema zurückkommen. Wir kennen die ungefähren Umstände der Tat: die offene Tür, niemand hat das Zimmer verlassen, die Fensterläden und die Badezimmertür waren verriegelt, jemand war auf dem Galerievorsprung, es gibt keinen Revolver …«, er zählte die einzelnen Punkte an den Fingern ab, »… alle außer Ihnen und Paggi behaupten, geschlafen zu haben, wir haben die Spitze einer Feder gefunden, Matil war mit dem Ermordeten verlobt, irgendjemand im Haus wollte unbedingt das Toupet haben und hat auch den Zettel, auf den Sie … äh … aufgepasst haben …«, er sah mich eigenartig an, sagte aber weiter nichts zu dem Vorfall, wegen dem ich mich noch immer unbehaglich fühlte, obwohl ich nach bestem Wissen und Gewissen gehandelt hatte, »... Signora Paggi hat an der Stelle, wo der Mörder gestanden haben könnte, ein Stück Spitze verloren und ... und das war's soweit. Außer dass der Ermordete im Sterben noch eine Silbe von sich gegeben hat, die alles Mögliche bedeuten kann. Wie haben Sie das erlebt, Miss Keate? Nach was hat es sich angehört?«

»Er hat etwas geröchelt, in etwa so: ›Kil ...‹. Ich weiß nicht, was er uns sagen wollte.« Mich fror, und ich zog den Stuhl näher an den Kamin heran. »Vielleicht wollte er ›Killian‹ sagen, wie Paggi angedeutet hat, vielleicht aber auch etwas anderes. Es war nicht allzu deutlich. Das ist alles.«

»Wahrscheinlich hat es nichts zu bedeuten«, sagte O'Leary. »Wir können es nicht mehr herausfinden. Trotzdem ...« Was immer er trotzdem dachte, behielt er für sich.

Ein kurzes Schweigen folgte. Der grässliche Anblick des Toten stand mir vor Augen. O'Leary starrte grübelnd vor sich hin.

»Übrigens.« Ich folgte einer plötzlichen Eingebung. »Ich habe ein paar Worte aufgeschnappt, die Frawley unmittelbar vor dem Abendessen mit Julian Barre gewechselt hat. Es muss aber nichts heißen«, sagte ich, als er erwartungsvoll aufblickte. »Barre hat Frawley lediglich angeboten, die Zimmer zu tauschen.« So knapp wie möglich wiederholte ich die wenigen Satzfetzen, die ich aufgeschnappt hatte. O'Leary blickte nachdenklich ins Feuer.

»Danke, Miss Keate«, sagte er nach einer Weile.

»Komisch, dass Killian gelogen hat, als es darum ging, ob er die Stimmen in Frawleys Zimmer unmittelbar vor dem Mord gehört hat«, fuhr er schließlich fort. »Wenn Sie die Stimmen durch die Tür hören konnten, dann hätte Killian sie auch durch die Wand hören müssen, die zwischen ihm und Frawleys Zimmer liegt.«

»Wenn er nicht geschlafen hat.«

O'Leary warf mir einen raschen Blick zu.

»Was halten Sie von diesem Killian?«

»Er scheint ein netter junger Mann zu sein«, sagte ich langsam. »Aber um die Wahrheit zu sagen: Ich kann nicht sagen, dass ich irgendjemanden von den Leuten hier besonders mag. Killian ... sieht sehr gut aus und hat eine ziemlich einnehmende Art. Ich halte ihn durchaus für fähig, seine Gedanken für sich zu behalten. Andererseits können das alle hier sehr gut. Mr. O'Leary, Sie haben in Ihrer Aufzählung den Zettel vergessen, den Morse gelesen und verbrannt hat.«

Ich sah ihn fragend an, und er lächelte.

»Möchten Sie wissen, was darauf stand?«

»Wenn es Ihnen nichts ausmacht«, sagte ich. Ich wollte nicht zu neugierig erscheinen.

»Folgendes:

MORSE: Hier ist die Nummer, damit du sie nicht vergisst: 30 A 594. Denk daran, worum ich dich heute Nachmittag gebeten habe.«

»Aber das klingt ja, als hätte Frawley sich umgebracht!«

O'Leary verneinte kopfschüttelnd.

»Nein. Ich glaube, dass er lediglich geahnt hat, in welcher Gefahr er schwebte. Ich konnte aus Morse nicht mehr zu diesem Thema herausbekommen. Die Nummer gehört wahrscheinlich zu einem Safe oder einem Schließfach. Erinnern Sie sich an die Andeutung, die Frawley beim Essen machte, darüber, wie er seine Angelegenheiten geregelt hätte? Mir fiel auf, dass er das viel ernster vorbrachte, als das Gespräch es erfordert hätte. Jetzt weiß ich, dass er ... jemanden warnen wollte. Stattdessen hat er damit sein Todesurteil besiegelt. Der arme Kerl.«

»Dann ... dann war das das Motiv?«, fragte ich etwas zerstreut.

»Das Motiv, Miss Keate, ist das Einzige, was klar auf der Hand liegt: Frawley hat etwas gewusst. Er hat irgendwo schriftlich niedergelegt, dass jemand in diesem Jagdhaus einen Mord begangen hat, um irgendein Geheimnis zu bewahren. Morse schwebt womöglich in großer Gefahr. Das Gleiche gilt für mich, es sei denn – und das hoffe ich inständig –, dass alle glauben, dass ich die Zahlen auf dem Zettel bei dem flüchtigen Blick, den ich darauf geworfen habe, unmöglich behalten haben kann. Glücklicherweise habe ich das aber, und wenn wir in die Stadt zurückkehren könnten, würde ich diese Spur sofort weiterverfolgen. So aber sind mir die Hände gebunden, weil Morse sich weigert, mir zu sagen, was Frawley ihm mitgeteilt hat.«

Irgendetwas ... eine Formulierung, die er benutzt hatte, klang seltsam in mir nach. Was war es nur gewesen? Ach ja!

»Warum sagen Sie, Morse schwebe ›womöglich‹ in großer Gefahr? Haben Sie ihn denn nicht vor dieser Gefahr gewarnt?«

»Selbstverständlich habe ich ihn gewarnt, aber er hat den Grund nicht recht einsehen wollen. Und ich sagte ›womöglich‹, weil er genauso gut der Mörder sein kann wie jeder andere. Er hat am späten Nachmittag mit Frawley gesprochen und war vor dem Essen eine Weile in seinem Zimmer. Er war sehr nervös und hatte kaum Augen für das, was um ihn herum vorging. Ich habe noch nie jemanden gesehen, der so gleichgültig ein gutes Blatt verspielt. Vielleicht ist er nur eigensinnig; vielleicht aber hat er einen guten Grund, keine Angst zu haben.«

»Was genau hat Frawley gewusst?«

O'Leary rutschte unruhig auf seinem Stuhl hin und her, stand auf, stocherte in den Flammen und drehte sich zu mir um.

»Ich weiß es nicht. Vielleicht die Wahrheit über Huber Kingerys Tod. Diese Geschichte scheint über allem zu hängen wie ein Damokles-Schwert. Aber vielleicht war es auch etwas ganz anderes. Wenn wir endlich in die Stadt zurück können, werden wir es herausfinden. Falls uns niemand zuvorkommt. Würde doch bloß dieser infernalische Schneesturm aufhören!«

»Ich habe mich auch gefragt, ob zwischen diesem Mord und dem von vor fünf Jahren eine Verbindung besteht. Ich hatte den ganzen Tag lang nichts Besseres zu tun, als Miss Lucy zu massieren, dem Schnee zuzusehen und nachzudenken. Und dabei habe ich natürlich an alles Mögliche gedacht«, fügte ich entschuldigend hinzu.

»Ich weiß nicht«, sagte O'Leary langsam. »Ich persönlich vermute, warum, kann ich Ihnen nicht sagen, dass, wenn – oder falls – wir eines der beiden Verbrechen aufklären, wir auch das andere aufklären. Natürlich bin ich verpflichtet, mich zuerst um den Mann zu kümmern, dessen Leiche noch in diesem Haus liegt. Dennoch nehme ich an, dass die beiden Verbrechen ... zusammenhängen. Wir stehen vor einem interessanten Problem, nicht wahr, Miss Keate?«

»Ich würde es nicht gerade interessant nennen«, sagte ich schroff. »Es ist nicht eben das, was ich unter amüsanter Unterhaltung verstehe.«

»Selbstverständlich nicht«, entgegnete O'Leary beschwichtigend. »Das würde auch niemand bestreiten. Was ich noch sagen wollte: Die Stimmen, die Sie in Frawleys Zimmer gehört haben ... sind Sie sicher, dass es zwei Stimmen waren?«

»Ja, zumindest kam es mir so vor.«

»Zwei Männerstimmen?«

»Das weiß ich nicht genau. Es war ein undeutliches Gemurmel, aber es war eine ... Unterhaltung, kein Monolog.«

»Er hat also keine Selbstgespräche geführt«, sagte O'Leary, weniger salopp, als es sich anhört. »Sie sind erschöpft, Miss Keate. Ich halte Sie von Ihrer Nachtruhe ab.«

»Ich bin wirklich müde«, gab ich zu.

»Glauben Sie, dass Sie wieder einschlafen können?«, fragte er.

»Sicher«, erwiderte ich würdevoll. »Ich bin überhaupt nicht nervös.«

»Das ist gut«, sagte er höflich, so als wüsste er nicht ganz genau, dass ich schreckliche Angst hatte. »Ich begleite Sie zu Ihrem Zimmer, um sicherzugehen, dass Sie nicht noch einmal belästigt werden.«

Er nahm meine Lampe, drehte den Docht herunter, und wir verließen die warme Küche.

»Übrigens«, flüsterte er, als wir hinausgingen, »haben Sie schon mal jemanden stenografieren sehen?«

»Ja, ich glaube schon. Sie meinen doch diese kleinen krakeligen Zeichen?«

»Genau«, sagte er. »Also, passen Sie …« Plötzlich hielt er inne. »Was hat denn der Hund?«, zischte er. Ich glaube, O'Leary hielt den Atem an, ganz sicher tat ich es.

Das weiß-goldene Fell des Hundes tauchte im Licht meiner Lampe auf und bildete einen scharfen Kontrast zur tiefen Dunkelheit dahinter. Er stand vor Frawleys Zimmer.

Er stand völlig still mit gesenktem Kopf und gespitzten Ohren – sein Nackenhaar stand aufrecht, jedes Haar war elektrisiert. Er schien uns nicht zu bemerken. Urplötzlich wirbelte er herum und flüchtete, den Körper flach über dem Boden, in die Dunkelheit. ›Flüchten‹ ist das einzig passende Wort. Aber Collies fürchten keine Menschen.

Ich zitterte. Ich glaube, auch O'Leary eilte nicht ganz ungerührt zu jener Tür und riss sie auf.

Er hielt die Laterne hoch. Ich spähte über seine Schulter. In dem Zimmer herrschte Eiseskälte. Vor der zerbrochenen Fensterscheibe hing nur ein Bettlaken. Der Schnee daran war gefroren. Es war stocksteif.

Auf dem Bett zeichnete sich die reglose Gestalt ab.

O'Leary ging zum Bett und zog das Laken weg.

Ich starrte auf das Bett, beugte mich vor und presste die Hände vor den Mund, um nicht zu schreien.

Das schwarze Toupet krönte Frawleys Haupt. Das Handtuch war sorgsam wieder über den künstlichen Haaren verknotet worden.

Wir sagten lange nichts. Ich hörte, wie mein Herz klopfte und O'Leary stoßweise atmete. Dann deckte er Frawley wieder zu und seufzte.

»Verdammt!«, sagte er. »Wenn das so weitergeht, muss ich demnächst auf einem Sessel vor diesem Zimmer übernachten!«

9

Schon wieder das Gift

Der Rest der Nacht verstrich langsam und nicht allzu erholsam. Zweimal stand ich unruhig auf, horchte ängstlich in die Dunkelheit, zwang mich, wieder ins Bett zu gehen, und fiel in einen leichten Schlaf. Einmal glaubte ich, den Hund im Wohnzimmer knurren zu hören. Wie dem auch sei, schließlich brach der Morgen doch an, der uns noch mehr Schnee und eine düstere Gemütsverfassung bescherte. Ich erinnere mich noch, dass meine Patientin an diesem Morgen extrem mürrisch war. Wie schon tags zuvor wollte sie im Bett bleiben, starrte mit ihren finsteren, tief in den Höhlen liegenden Augen in das Grau vor dem Fenster und schilderte mir lang und breit ihre Symptome – die, wenn ich mich nicht irre, unter anderem aus einer Migräne, stechenden Schmerzen im linken Arm, einem Rasseln in der Brust und einem Druck unterhalb der Herzgegend bestanden. Ich schichtete rings um sie herum Wärmflaschen auf, verkniff mir, sie auf einen Zusammenhang zwischen dem Druck unterhalb der Herzgegend und ihrem späten Abendessen aus Käse und Fleisch hinzuweisen, und schickte Brunker zu ihr, der ihr auf einem Tablett das Frühstück servierte.

Ich weiß nicht, ob O'Leary sein Versprechen, auf einem Sessel vor Frawleys Zimmer zu übernachten, sofort wahr gemacht hatte. Ich schätze, eher nicht, obwohl er bereits da war, als ich zum Frühstückstisch kam – grau, makellos, unerschütterlich, mit dem denkbar klarsten aller Blicke. Meine Augen hingegen waren müde und schwer.

Als die anderen sich zum Aufwärmen an den Kamin setzten, es vermieden, einander anzusehen, ihre müden Gesichter den Fenstern zuwandten und hohläugig hinausstarrten, sprach seltsamerweise keiner vom Wetter. Niemand erwähnte den unvermindert andauernden Schneesturm; keiner zeigte sich erstaunt, keiner äußerte den Wunsch, dass er endlich aufhören solle. Trotzdem zweifelte ich nicht daran, dass das endlose Schneetreiben und unsere erzwungene Isolation der beherrschende Gedanke in allen Köpfen war. Es war nicht schön, all die Blicke zu sehen, die verstohlen ein ums andere Mal zu jener Tür huschten und hastig wieder davon fortglitten.

Der Appetit schien an diesem Morgen größer zu sein; ich glaube, der Hunger hatte allmählich unsere Vorbehalte besiegt. Als die gekochten Eier zur Neige gingen, wandte man sich, zunächst etwas schleppend und mit manch heimlichem Blick auf die anderen, den Muffins und dem Haferbrei zu. Ich glaube, Matil bat Brunker, mehr Eier zu kochen, denn er schüttelte den Kopf und brummte etwas von Vorräten und dem Mann aus Nettleson. Nach dem Frühstück ging sie sofort in die Küche und sprach lange mit Annette. Als sie zurückkam, wirkte sie nervös und sagte leise zu Helene Paggi, dass die Vorräte nicht mehr lange reichen würden.

»Für einen Tag oder so ist noch genug da, wenn wir nicht allzu wählerisch sind«, fügte sie hinzu.

»Matil Kingery, du willst doch nicht behaupten, dass du uns hierher gebracht hast, ohne genügend Lebensmittel mitzunehmen?«, fuhr Helene sie an.

»Es tut mir wirklich schrecklich Leid«, erwiderte Matil. »Ich hatte Anweisungen gegeben, frisches Obst und Gemüse von Barrington nach Nettleson bringen zu lassen, von wo sie ein Mann nach Hunting's End bringen sollte. Aber wer hätte denn mit so einem Schneesturm gerechnet? Ich hätte im Leben nicht gedacht, dass es – egal, wo – überhaupt solche Schneestürme gibt.«

»Du hättest aber besser damit rechnen sollen«, giftete Helene, die meiner Ansicht nach ohnehin ungebührlich viel Wert aufs Essen legte. In ihren Augen standen Tränen. »Jo«, beschwerte sie sich bei ihrem Ehemann. »Matil sagt, wir haben nur noch Vorräte für ein oder zwei Mahlzeiten. Aber dieser schreckliche Schneesturm kann uns doch noch für viele Tage hier festhalten. Ist es nicht schon furchtbar genug, in einem Haus eingesperrt zu sein, in dem ein Toter liegt? Müssen wir auch noch verhungern?«

»Helene«, rief Jo Paggi streng. Seine olivgrünen Augen hatten einen gehässigen Ausdruck. »Sei nicht albern. Matil kann nichts daran ändern.«

»Sie hätte aber vorher etwas ändern können«, fauchte Helene, die sich in einen richtigen Wutanfall hineinsteigerte. »Sie hatte keinen Grund, uns hierher zu locken. Sie hätte wissen müssen, dass etwas Furchtbares passieren würde. Auf diesem Haus liegt ein Fluch!« Sie warf sich dramatisch in einen Sessel und ließ den Tränen, die ihre zornroten Wangen hinabfließen wollten, freien Lauf. »Hier geht der Teufel um. Sieh mich nicht so an, Jo. Ich habe keine Angst vor dir. Ich sage, was mir gefällt. Und ich sage dir, der Teufel geht in diesem Haus um. Wer weiß, was als Nächstes passiert!«

»Helene!« Paggi beugte sich über ihren Sessel. Sein Gesicht war rot vor Zorn, und wenn, wie seine Frau behauptete, der Teufel in diesem Haus umging, dann blickte er jetzt einen Moment lang ganz sicher aus Paggis Augen. Er krallte seine Finger so fest in den dicken Arm seiner Frau, dass sie inmitten eines Schluchzers mit offenem Mund zu ihm aufblickte. Ihre Augen zuckten und rollten, hielten dann jedoch eine ganze Weile seinem Blick stand.

»Ich entschuldige mich für alles, was Helene gesagt hat, Matil«, sagte Paggi. Dann fand er mit einem Male seine Leutseligkeit wieder und lächelte. Seine weißen Zähne blitzten auf. »Sie ist nur ein wenig erregt, denke ich, und hat sich einen Moment lang vergessen.«

Killian war zu ihnen getreten und stand neben dem Sessel, hoch gewachsen und gelassen. Tief in seinen trägen Augen glomm ein Funke.

»So machst du es auch nicht besser, Jo«, sagte er ruhig und lächelte schwach. »Matil, möchtest du, dass ich versuche, in die Stadt durchzukommen?«

»Oh ...« Ihr Atem ging rascher. Auch in Paggis Augen blitzte etwas auf. *»Aber, Lal ... das kannst du nicht tun!«* Nach einer kleinen Pause sagte sie weniger heftig: »Niemand würde das schaffen. Nicht bei diesem Schneesturm.«

Killian sah der jungen Frau tief in die Augen. Paggis Lächeln wurde starr.

»Man könnte es zumindest versuchen«, sagte Killian. Morse war zu der kleinen Gruppe getreten und hatte die letzten Worte aufgeschnappt.

»Was könnte man versuchen?«, fragte er sofort.

»Zur Stadt durchzukommen«, sagte Killian ausdruckslos.

»Das schafft keiner«, wiederholte Matil: »Es wäre ... der Tod. Ein langsamer, grausamer Tod.« Ihre schlanken Hände schlangen sich ineinander. Killian sah sie an. Er streckte kurz seine eigene Hand aus, zog sie jedoch rasch wieder zurück und holte stattdessen eine Zigarette aus seiner Tasche. Sein Feuerzeug funktionierte nicht sofort, und er fluchte leise vor sich hin. Seine Miene allerdings war wieder so unbewegt und seine Augen so träge wie eh und je.

»Nun«, sagte er kurzerhand, »es gibt keinen Grund, warum sich einer von uns der Kälte opfern sollte. Das Schneetreiben wird in ein, zwei Tagen aufhören. Es kann ja nicht ewig so weiterschneien. Die meisten von uns gehen doch recht vernünftig damit um, nicht wahr? So muss es auch sein. Und was dich betrifft, Helene ...« Erst jetzt, als ich sah, wie abschätzig er sie mit seinen graubraunen Augen langsam von Kopf bis Fuß musterte, wurde mir klar, wie aufgebracht, wie wütend er unter seiner lässigen Oberfläche war. »An Helene ist sowieso zu viel dran«, sagte er grausam, aber wie nebenbei und schlenderte davon. Seine Schultern bewegten sich elegant unter seinem braunen Tweedjackett, sein dunkelhaariger Kopf war arrogant erhoben.

»Schwein!«, kreischte Helene. »Du Schwein! Jo, hast du das gehört? Er ist ein Unmensch!«

»Du bist selbst daran schuld«, sagte Jo nicht übermäßig mitfühlend.

Morse nahm seine Hornbrille ab und fing an, sie nervös zu

putzen. Matil blickte Killian einen Moment lang aus ihren dunkelblauen Augen nach. Ihre Hände zuckten immer noch. Ihr Gesicht war blass.

»Mach dir nichts draus, Matil«, sagte Morse unbeholfen. »Warum machst du denn so ein Gesicht, Liebes. Dich trifft doch keine Schuld. Mach dir keine Vorwürfe.«

Sie wandte sich langsam zu Morse um, bis sie ihm direkt in die Augen blickte. Er hielt ihrem Blick stand. Ich sehe ihn noch vor mir: seine stämmige Gestalt, die glatten hellen Haare und ein gehetzter, trübsinniger Blick. In nur einem Tag und zwei Nächten hatte sein Gesicht vollständig die gesunde rosige Farbe verloren; an jenem Morgen war er so blass wie wir alle; um seine Augen und seinen recht hübschen Mund zeigten sich nervöse Fältchen.

»Du hast Recht, Newell«, sagte Matil plötzlich sehr kalt und gefasst. »Wer immer die Schuld an dem Ganzen trägt, ich bin es jedenfalls nicht. Und ich bin wahrscheinlich die Einzige von uns, die das ehrlich von sich behaupten kann.«

»Aber ... aber, Matil«, sagte Morse verblüfft. Er blieb unverändert freundlich. »Das meinst du doch sicher nicht ernst, nicht wahr, Matil?«

Sie zuckte ungeduldig die Achseln.

»Ja, vielleicht nicht. Ich weiß selbst nicht, was ich wirklich meine.«

Sie klang erschöpft. Doch dann stieß sie plötzlich mit einem seltsamen Anflug ungestümer Wut hervor: »Aber, Helene, wenn ich es recht bedenke, dann ist es mir gleich, ob du verhungerst. Nur zu, verhungere ruhig!«

Ihr Ton ließ keinen Zweifel an der Ernsthaftigkeit ihrer Worte, und sie ging davon. Erst jetzt wurde mir bewusst, dass Tante Lucy schon seit einer ganzen Weile mit ihrem Stock klopfte. Also verließ auch ich die kleine Runde am Kamin.

Als ich Tante Lucys Tür öffnete, warf ich einen Blick zurück. O'Leary betrachtete den kleinen roten Bleistift in seinen Fingern, Helene zog mit rot geflecktem Gesicht und zittrigen Händen eine Zigarette aus ihrem Etui, Killian saß auf der Klavierbank und kraulte Jericho, der zu seinen Füßen lag und trotz des Zigarettenrauchs wachsam im Raum umherblickte, hinter den Ohren. Paggi machte zunächst Anstalten, Matil zu folgen, überlegte es sich dann jedoch anders. Morse schien tief in Gedanken versunken, und Terice, die am Tisch eine Patience legte und im Zigarettenqualm blinzelte, hatte ein schadenfrohes Lächeln auf den Lippen.

Obwohl dieser Tag ähnlich langsam und monoton verstrich wie der erste, schien er uns doch allmählich aus unserer Starre zu befreien. Man spürte so etwas wie den Versuch eines Alltagslebens. Der Schrecken darüber, mit einem Ermordeten, und vor allem mit dem Mörder selbst eingeschlossen zu sein, nahm zwar nicht ab – ja, er wuchs sogar mit jeder Sekunde, die wir warteten –, dennoch lösten wir uns offensichtlich ein wenig von der hypnotisierenden Wirkung des Schocks. Nichtsdestotrotz war dieser Tag um nichts angenehmer als der vorherige, denn einmal von der Lähmung befreit, wurden unsere Nerven anfälliger, gereizter, empfänglicher für jede Kleinigkeit. Außerdem hielt uns eine primitive Todesfurcht gefangen: die Furcht vor dem eigenen Tod, die tief im Inneren eines jeden menschlichen Herzens lauert, und die Furcht vor den Toten. Jedes Mal, wenn der Sturm ums Haus heulte, ein Holzscheit knackte oder jemand eine unerwartete Bewegung machte, fiel sie uns von neuem an und erschütterte uns bis ins Mark. Die ganze Gesellschaft, O'Leary eingeschlossen, fuhr auf, wenn ein Stuhl über den Boden kratzte; mit angstgeweiteten Augen und überreizten Nerven schossen wir in die Höhe, nur um anschließend langsam zurückzusinken und Zuflucht zu einer Zigarette, einem Gespräch oder einem unruhigen Auf-und-ab-Gehen in dem langen Raum zu nehmen. Und immer wieder blickten wir wie gebannt auf das Schneegestöber.

Es war noch Vormittag, als O'Leary vor Tante Lucys Tür erschien und sie ihm krächzend erlaubte einzutreten.

»Bleiben Sie ruhig hier, Miss Keate«, sagte er, als ich halbherzig Anstalten machte zu gehen. »Vielleicht braucht Ihre Patientin Sie.«

Ich hatte natürlich nichts dagegen und setzte mich mit meinem Strickzeug ans Fußende des Bettes.

»Nehmen Sie Platz, junger Mann«, sagte Tante Lucy. »Gut sehen Sie aus heute Morgen. Sie sind also Detektiv? Also dann, wer hat Frawley erschossen?«

»Das weiß ich nicht, Miss Kingery«, sagte O'Leary ruhig. »Wie geht es Ihnen denn heute Morgen?«

»Es geht so«, entgegnete Tante Lucy und zählte prompt detailliert ihre Wehwehchen auf. O'Leary hörte mit geheuchelter Anteilnahme zu und sagte, nachdem sie fertig war, dass sie vielleicht nicht genug zu Abend gegessen habe. Worauf Tante Lucy mir einen viel sagenden Blick zuwarf, die Ärmel ihrer grauen Bettjacke herunterkrempelte und sofort in trotziges Schweigen verfiel.

Ich glaube, O'Leary wusste nicht, wie genau er die Ursache ihres Unwohlseins getroffen hatte, sonst hätte er nicht so unbefangen weitergesprochen.

»Gestern fürchtete ich, dass Sie zu aufgeregt wären, und habe Sie deshalb nicht belästigt. Lässt Ihr Gesundheitszustand es heute zu, dass Sie mir helfen?«

»Wie genau stellen Sie sich das vor?«, fragte die alte Frau und senkte misstrauisch ihre buschigen Augenbrauen.

»Dass Sie mir ein paar Fragen beantworten.«

»Was für Fragen?«

»Nun, zum einen ...«, O'Leary ließ eine Hand in seine Tasche gleiten, zog sie jedoch hastig ohne den Bleistift wieder hervor, »... zum einen: Wer ist diese kleine blonde Frau, die sich Baronin von Turcum nennt?«

»Sie *ist* die Baronin von Turcum«, entgegnete Tante Lucy, als müsse sie sich rechtfertigen. Sie senkte ihre Stimme zu einem rasselnden Flüstern und sagte böse: »Wenn Sie mich fragen, ist sie ein angemaltes Flittchen.«

O'Leary räusperte sich vernehmlich, ehe er fortfuhr:

»Kennen Sie sie schon lange?«

»Viel zu lange«, sagte Tante Lucy stirnrunzelnd. Dann ließ sie sich zu einer Erklärung herab. »Ich glaube, sie kam vor ungefähr sechs Jahren nach Barrington. Sie war eine gute Freundin von Helene Paggi, bis sie sich ... mit ihr überworfen hat. Wenn sie sich sehen, gibt's noch immer Küsschen links und rechts, aber wenn es nach ihnen ginge, würden sie sich am liebsten beißen. O ja, ich kenne Terice von Turcum nur zu gut, und zwar in jeder Hinsicht. Aber was sollte ich machen, solange ...« Misstrauisch zögerte sie und schloss dann langsam: »... solange Huber noch gelebt hat?«

»Huber ... war Ihr Bruder?«, fragte O'Leary.

»Natürlich. Das wissen Sie doch.«

»Und er ist ... hier gestorben?«

»Selbstverständlich. Tun Sie bloß nicht so. Deshalb hat Matil Sie doch mitgenommen. Damit Sie herausfinden, wie Huber gestorben ist. Habe ich Recht?« Sie hatte sich ein wenig vorgebeugt, jetzt sank sie auf ihr Kissen zurück. Ihre selbstzufriedenen Züge wirkten vor dem weißen Stoff wie aus Ton geformt. »Aber das werden Sie nie schaffen.«

»Vielleicht nicht«, sagte O'Leary ruhig. Eine Weile schaute er aus dem Fenster ins Weiß hinaus. Dann fragte er überraschend: »Was halten Sie von dieser Geschichte, Miss Kingery? Sie haben doch sicher eine Erklärung.«

Sie beäugte ihn argwöhnisch, als wolle sie im nächsten Moment in ihr Spinnennetz zurückkrabbeln und sich verstecken.

»Ich weiß gar nichts, junger Mann. Merken Sie sich das. Ich weiß gar nichts.« Sie hielt inne, als wollte sie kein einziges Wort mehr sagen. Aber unversehens fuhr sie fort: »Jeder Mann, der lebt wie Huber, muss mit einem plötzlichen Abgang rechnen.«

Ich gebe zu, dass mich dieser Satz erschreckte. Immerhin war sie seine Schwester, und darüber hinaus eine Schwester, deren Zuneigung zu ihm so groß gewesen war, dass der Schock seines tragischen Todes sie seit fünf Jahren zur Invalidin gemacht hatte.

Entweder der Schock – sagte ich mir – oder der hemmungslose Appetit auf fettes Essen.

»Waren Sie mit der Lebensweise Ihres Bruders nicht einverstanden?«, fragte O'Leary sehr ruhig, sehr sanft.

»Einverstanden?« Die alte Frau schnaubte. Es war ein höchst

vulgäres Schnauben, wie es sich nur der Adel erlauben kann, und sie schien es für Antwort genug zu halten, auch ohne es näher auszuführen. Womit sie durchaus Recht hatte.

»Sie erwähnten, dass Signora Paggi und die Baronin nicht länger miteinander befreundet sind. Kennen Sie den Grund?«

Tante Lucy nickte heftig mit ihrem grauhaarigen Haupt, sagte jedoch nichts.

»Ein Streit wegen Paggi, nehme ich an«, sagte O'Leary.

Ihre Augen funkelten.

»Paggi? Von wegen!«, sagte sie. »Ein Streit wegen Huber. Das war es. Terice hat gedacht, sie hätte ihn schon am Haken, als Helene ihr einen Strich durch die Rechnung gemacht hat. Helene war damals viel hübscher als heute, und Huber war völlig verrückt nach ihr. Zumindest eine Zeit lang. Es hätte aber nicht gehalten. Jawohl«, bekräftigte die schreckliche, selbstzufriedene alte Frau. »Huber hatte nämlich einen guten Geschmack, was Frauen betraf. Er sagte immer, Schönheit und Geist gehörten nicht zusammen, und er zöge die Schönheit vor. Die ließe sich nämlich leichter handhaben«, fügte sie mit einem abscheulichen Kichern hinzu.

»Und wie groß war sein … mmh … Interesse an Madame Paggi, als er starb?«

»Es war auf seinem Höhepunkt«, antwortete Lucy Kingery mit einer Unbefangenheit, die mir außerordentlich geschmacklos schien. »Ja, Helene sah damals sehr gut aus. Terice war schon immer zu dürr; ich würde sagen, das war einer der Gründe, warum Huber sie so schnell leid wurde. Außerdem wollte sie ihn heiraten; sie wollte keine arme Witwe mehr sein. Aber Huber dachte nicht im Traum ans Heiraten, nicht, nachdem er Matil gehabt hatte. Ich spreche natürlich von Matils Mutter. Wenn sie noch gelebt hätte, wäre wahrscheinlich alles ganz anders gekommen.« Ein trauriger Ausdruck legte sich über ihr runzeliges Gesicht. Dann sagte sie schlicht: »Ja, wahrscheinlich wäre alles ganz anders gekommen. Bei ihrem Tod ist etwas in Huber zerbrochen; es war, als hätte er seine Seele verloren.« Ihr Gesicht verfinsterte sich. »Aber vergessen Sie nicht: Huber war schlecht. Huber war sehr schlecht.«

»Aber er war ein guter Bruder«, sagte O'Leary ziemlich gewagt.

Sie sah ihn aufmerksam an.

»Nein«, sagte sie langsam. »Er war kein guter Bruder. Ich dachte immer, er wäre es, jedenfalls bis er ...« Sie verstummte, als sei sie kurz davor, sich zu verplappern. Ihre harten Lippen schnappten zu.

»War Paggi eifersüchtig?«, fragte O'Leary nach einer Weile.

»Paggi?« Tante Lucy lachte. »Wenn er damals eifersüchtig war, ist es heute genau umgekehrt.«

»Genau umgekehrt?«, wiederholte O'Leary.

Ich glaube, Tante Lucy war sich zwar bewusst, wie unklug ihre Enthüllungen waren, aber die fieberhafte Redseligkeit, die sich ihrer bemächtigt hatte, behielt die Oberhand. Später, da war ich mir sicher, würde sie noch lange finster darüber nachgrübeln, aber jetzt musste sie einfach reden.

»Das ist doch klar«, sagte sie unwirsch. »Helene merkt, dass sie älter wird und nicht mehr so hübsch ist wie früher. Und sie weiß auch, dass die Frauen Paggi nachlaufen. Sie lieben Opernsänger. Er verdient eine Menge Geld, und er ist ihrer allmählich müde ... die Situation ist doch völlig eindeutig. Helene hat Angst, ihn zu verlieren.«

»War Signor Paggi denn eifersüchtig auf seine Frau und Ihren Bruder?«

Wieder nickte sie heftig, sagte jedoch nichts, obwohl in ihren Augen geschrieben stand, dass sie eine Menge hätte erzählen können, wenn sie gewollt hätte.

»Ist Miss Matil Paggi ... äh ... zugeneigt?«

Tante Lucy sah O'Leary strafend an.

»Sie sind nicht gerade zurückhaltend mit Ihren Fragen, was?«, sagte sie auf eine abstoßende Weise. »Aber ich kann Ihnen sagen, dass Matil ...« Sie ließ ihren Satz einen Moment lang in der Luft hängen, da sie abrupt umschwenkte: »Fragen Sie Matil doch selbst, wenn Sie so neugierig sind. Paggi ist ein netter Mann. Er kommt bei Frauen gut an. Das liegt an seinem Gesang. Außerdem ist er sehr berühmt, fragen Sie, wen Sie wollen; die Leute sind verrückt nach ihm.«

»Miss Lucy«, sagte O'Leary plötzlich und beugte sich vor, »was wollten Sie mit Frawleys Toupet?«

Wenn er gehofft hatte, die alte Frau auf dem falschen Fuß zu erwischen, erwies sie sich ihm mindestens ebenbürtig. Ihre Augen musterten ihn ausdruckslos.

»Frawleys Toupet?«, wiederholte sie. »Ich will das Ding nicht. Warum sollte ich? Wovon reden Sie überhaupt?«

»Ich rede davon«, sagte O'Leary, offenbar ebenso unbeeindruckt, »dass Gerald Frawleys Toupet verschwunden ist. Jemand muss es gestohlen haben und ...«

»Und Sie glauben, ich war es?« Ihr graues Gesicht wurde dunkel vor Zorn. »Merken Sie sich eines, junger Mann: Ich habe genug eigene Haare auf dem Kopf. Ich brauche kein Toupet zu stehlen, schon gar nicht vom Kopf eines Toten. Außerdem«, sagte sie schlau und lehnte sich wieder in die Kissen zurück, »außerdem bin ich gebrechlich. Ich kann nicht mehr gehen.«

»Ach ja«, sagte O'Leary. »Sie sind schon seit einiger Zeit krank, nicht wahr?«

Sie nickte.

»Ich bin seit Hubers Tod nicht mehr gelaufen. Das wissen alle. Der Grund war der Schock, den ich dabei erlitten habe. Es gibt nicht viele Schwestern, die ihre Brüder so lieben wie ich. Nicht viele, die sich nie wieder vom Schock beim Tod ihres Bruders erholen. Ja, seitdem bin ich gelähmt.«

O'Leary sah sie ruhig an. Meine eigenen Gedanken waren alles andere als respektvoll. Ihren Bruder geliebt, dass ich nicht lache! Entweder sie hatte ihn abgrundtief gehasst, oder ich kannte die Menschen schlecht.

O'Leary stand auf.

»Darf ich Sie bald wieder besuchen, Miss Lucy?«, fragte er, indem er kurz sein gewinnendes Lächeln aufsetzte.

»Natürlich«, sagte sie. »Ich mag junge Männer. Aber falls Sie glauben, etwas über Hubers Tod herausfinden zu können, sind Sie bei mir an der falschen Adresse. Es ist zwecklos.«

»Aber, Miss Lucy, so viel ich weiß, starb er doch an Herzversagen«, sagte O'Leary.

»Hmm!«, grunzte sie laut und verächtlich. »Versuchen Sie nicht, mich zu täuschen. Ich weiß genau, warum Sie hier sind. Ich bin müde, Miss Keate. Würden Sie mir bitte die Kissen aufschütteln?«

»Ach, Miss Keate«, sagte O'Leary, »Sie können doch stenografieren, nicht wahr?« Und als ich eine überraschte Geste machte, die alles Mögliche bedeuten konnte, sagte er zu Miss Lucy: »Darf ich mir Ihre Schwester für eine Weile ausleihen, Miss Kingery?«

»Natürlich. Ich will ohnehin schlafen. Gehen Sie nur, Miss Keate. Ich klopfe mit dem Stock, wenn ich Sie brauche.«

Ich war dem Vorschlag nicht abgeneigt, legte mein Strickzeug auf Tante Lucys Stuhl, schüttelte ihre Kissen auf, stellte ein Glas Wasser auf ihren Nachttisch und folgte O'Leary ins Wohnzimmer.

»Ich glaube trotzdem, dass sie das Toupet gestohlen hat«, sagte O'Leary leise. »Und sie hat auch den Brief an Matil. Sie hätte uns fast gesagt, dass Matil mit Gerald Frawley verlobt war. Ist Ihnen aufgefallen, wie sehr sie betont, dass der Tod ihres Bruders sie schwer mitgenommen hat? Nun, wir wollen sehen. Da drüben am Fenster steht Julian Barre. Ich schlage vor, wir unterhalten uns ein wenig mit ihm. Hier haben Sie etwas Papier, Miss Keate, und einen Bleistift.«

Vor nicht allzu langer Zeit habe ich in meinem Sekretär zufällig jenen gelben Zettel mit den kreuz und quer verlaufenden, windschiefen, winzigen Haken und Kurven gefunden, die sich nicht im Geringsten von den Schreibversuchen eines Kleinkinds oder eines Wahnsinnigen unterschieden. Als ich ihn ansah, erinnerte ich mich lebhaft an jenen verschneiten Tag, an das Knistern der Flammen, das eintönige Weiß vor dem Fenster, an den riesigen Raum mit seiner Stille und seinen Geheimnissen, an die blassen Gesichter und verstohlenen Blicke – und schließlich an mich selbst, wie ich in meiner weißen Schürze mit einer Zeitschrift und dem gelben Zettel auf dem Schoß dasaß, O'Leary mit der größten Aufmerksamkeit zuhörte und lächerliche kleine Zeichen machte, um seine unausgesprochene Behauptung, ich schriebe die Befragung in Kurzschrift mit, zu rechtfertigen. Niemand protestierte, obwohl Julian Barre mich recht misstrauisch beäugte und bemerkte, dass O'Leary zwar, abgeschnitten und fern jeder Hilfe von außen, wie wir waren, tun und lassen könne, was er wolle, dass die Dinge jedoch ganz anders lägen, wären wir in Barrington gewesen. Womit er Recht hatte, wenn auch in einem anderen Sinn, als Mr. Barre dachte.

Er gab sich durchaus kooperativ und beantwortete widerspruchslos und ausführlich jede von O'Learys Fragen, obwohl es mir schien, dass er eher bereit war, über den jetzigen Aufenthalt auf Hunting's End zu sprechen als über den vor fünf Jahren. Ich musterte den Mann sehr genau und vergaß darüber ein oder zwei Mal meine nichts sagenden Bleistiftstriche, so dass O'Leary mich mit einem strengen Blick zur Ordnung rufen musste.

Julian Barre gab ohne Umschweife zu, dass Huber Kingery nicht an Herzversagen gestorben war.

»Ja, er wurde erschossen. Dort drüben, in demselben Zimmer, in dem Gerald Frawley gestorben ist. Warum soll ich es Ihnen verschweigen? Ich nehme an, dass Matil Ihnen bereits alles erzählt hat.« Er hob seine ruhige, angenehme Stimme am Ende des Satzes fragend an, als wüsste er gern genauer, was Matil O'Leary erzählt hatte, aber O'Leary tat so, als habe er die implizite Frage nicht gehört.

»Sehen Sie, Mr. Barre«, sagte O'Leary in seiner scheinbar offenherzigen Art, die ihm so viele Freunde einbrachte und die er so häufig benutzte, um ganz andere Gedanken zu verbergen. »Sie waren doch auch hier, als Kingery ermordet wurde, nicht wahr?«

Julian Barre kniff die Augen ein wenig zusammen. Er hatte zwar recht hübsche Augen, dennoch überdeckte sein tolerantes und weltgewandtes Gehabe jede Form von Aufrichtigkeit, zu der er möglicherweise in der Lage war, und ließ mich an seinen Worten zweifeln.

»Ja«, antwortete er.

»Welchen Eindruck hatten Sie von der Sache?«

»Nun, ich will ganz ehrlich zu Ihnen sein, Mr. O'Leary. Ich war wahrscheinlich Hubers bester Freund, sein tragisches Ende war ein schwerer Schlag für mich. Aber ich hielt und halte es noch immer für das Beste in jeder Hinsicht, die Sache auf sich beruhen zu lassen. Wissen Sie, Huber genoss damals in Barrington ein hohes Ansehen und – nun, um es in aller Offenheit zu sagen – eine detaillierte Untersuchung der Umstände seines Todes würde recht unerfreuliche Episoden seines Lebens an die Öffentlichkeit bringen. Unerfreulich ist noch gelinde ausgedrückt.«

»Aber Sie haben doch sicherlich den Drang verspürt, Ihren Freund zu rächen?« O'Learys klare graue Augen beobachteten das gleichmäßige Schneegestöber vor dem Fenster. »Den Mörder Ihres Freundes zu stellen und vor Gericht zu bringen?«

»Nein«, sagte Julian Barre, als wäre es die selbstverständlichste Sache der Welt. »Ich hatte keine Rachegelüste. Mir lag mehr daran, den Ruf meines Freundes zu wahren. Und seiner Tochter so viel wie möglich zu ersparen.«

»Sie gingen also davon aus, dass Kingerys Ermordung … äh … gerechtfertigt war?«

»Das ist eine schreckliche Frage, Mr. O'Leary, und noch schrecklicher ist es für mich, darauf zu antworten. Aber: Ja, ich gebe zu, seine Ermordung war vielleicht gerechtfertigt.«

»Wenn Sie dieser Meinung sind, Mr. Barre, bleibt mir nur noch eine Frage: Welcher der Anwesenden hatte eine dermaßen tiefe und erbitterte Abneigung gegen Huber Kingery?«

Barre sagte lange nichts. In seinem gut geschnittenen Gesicht zeigte sich keine Regung. Nachdenklich blickte er vor sich hin. Er fuhr sich mit einer großen, feingliedrigen Hand durchs Haar, verlagerte sein Gewicht ein wenig, griff nach einem Zigarettenetui und bot mir und O'Leary eine Zigarette an. Ich, die ich in einer

Zeit aufgewachsen bin, als Seidenstrümpfe verrufen, Rouge anrüchig und eine Zigarette in der Hand einer Frau ein unzweideutiges Zeichen waren, lehnte dankend ab, O'Leary aber nahm an, und während er sich über das Feuerzeug beugte, studierte ich das Gesicht seines Gegenübers.

Seine gerade Nase, das markante Kinn, der energische Mund, sein unerschütterliches Selbstbewusstsein und sein galantes Auftreten waren zweifellos sehr attraktiv, so dass ich mich fragte, warum Matil sich nicht in ihn verliebt hatte. Er war zwar ein Freund ihres Vaters, aber schon andere Töchter vor ihr hatten die Freunde ihrer Väter geheiratet – und sogar geliebt. Ich selbst hätte ihn jedenfalls Gerald Frawley bei weitem vorgezogen.

»Diese Frage kann ich unmöglich beantworten«, sagte er nachdenklich. Er blinzelte, um seine Augen vor einer kleinen Rauchwolke zu schützen. »All diese Leute sind meine Freunde. Ich will keinen von ihnen unnötig in Verdacht bringen. Bitte haben Sie Verständnis dafür. Nebenbei, wie ich trotz meiner Zuneigung zu Huber gesagt habe, war seine Ermordung vielleicht ... *vielleicht!* ... gerechtfertigt.«

»Heißt das, dass Sie einen konkreten Verdacht haben?«

»Nein ... nein. Das kann ich nicht behaupten.«

»Heißt das demnach, dass jeder der Anwesenden ein Motiv gehabt hätte?«

Julian Barre betrachtete O'Leary ernst, bevor er sagte:

»Sie wollen mich unbedingt auf eine Antwort festlegen, nicht wahr? Nun, zumindest so viel will ich sagen: Ich selbst hatte kein Motiv, und ich weiß, dass auch Matil keins hatte. Falls einer der Angestellten ein Motiv hatte, weiß ich nicht, was es gewesen sein könnte. Reicht Ihnen das?«

»Soll das heißen, Paggi, seine Frau und die Baronin von Turcum – alle hatten ein Motiv, Huber Kingery zu ermorden? Diese drei jungen Burschen, Morse, Killian und ... ach ja, Frawley, jeder von ihnen hatte ein Motiv? Sogar Miss Lucy Kingery, Huber Kingerys eigene Schwester, hatte einen Grund, ihn zu ermorden?«

»Nein«, sagte Barre entschieden. »Nein, so habe ich das nicht gemeint. Glauben Sie denn, dass eine Verbindung zwischen Gerald Frawleys Tod und dem fünf lange Jahre zurückliegenden Mord besteht?«, fragte er.

»Was glauben Sie?«

»Ich … weiß es nicht«, antwortete Barre trocken. »Ich wüsste nicht, welche. Wenn ich es wüsste … hören Sie, O'Leary. Sie sind ein anständiger Kerl. Warum machen Sie uns alle mit Hubers Tod verrückt? Sie bereiten uns damit nur Scherereien. Er ist begraben, seine Fehler sind vergessen, sein Andenken wird respektiert. Und seine Tochter ist …« Er unterbrach sich. O'Leary sagte leise:

»Unglücklich, Barre.«

»Nun, vielleicht ist sie unglücklich«, gab Barre bedächtig zu. »Aber bestimmt glücklicher, als sie es wäre, wenn die ganze Wahrheit vor Gericht und in der Presse ausgebreitet würde.«

»Zudem würde das, wie Sie sagten, Ihnen allen Scherereien bereiten«, bemerkte O'Leary sanft.

Barre machte eine unwirsche Handbewegung.

»Natürlich hätten wir Scherereien. Ich könnte mir wahrlich etwas Angenehmeres vorstellen, als die Neugier der Öffentlichkeit, die zermürbenden Verhöre, die zähen Prozeduren des Gerichts, das so blind sein kann. Ich glaube, dass noch nie jemand ein Verfahren wegen Mordes unbeschadet überstanden hat. So etwas hinterlässt Narben … einen bitteren Nachgeschmack … das Gefühl, beschmutzt worden zu sein.«

»Denken Sie dabei noch immer in erster Linie an Miss Matil?«

Barres Wangen röteten sich leicht.

»Nein, ich denke auch an mich: an mein Ansehen in Barrington, die Treuhandgesellschaft, deren Präsident ich bin, die Verantwortung, die ich trage. Aber ich bin nicht der Einzige, dem es schaden würde. Nicht nur ich muss mein gesellschaftliches und berufliches Ansehen verteidigen. Paggi beispielsweise wäre ruiniert, wenn alles ans Tageslicht käme. Und das weiß er sehr gut.«

»Ich dachte, diese Art Publicity wäre für einen Sänger eher förderlich?«, bemerkte O'Leary.

»Nicht, wenn er so weit gekommen ist wie Paggi«, sagte Barre.

»Ich hatte den Eindruck, dass die Paggis ziemlich gut situiert sind. Dass Signor Paggi nicht mehr unbedingt auf die Gunst des Publikums angewiesen ist. Besitzt er nicht Anteile an der Kingery-Treuhandgesellschaft?«

Julian Barre blickte lange auf seine Zigarette, bevor er antwortete.

»Nun«, sagte er endlich. »Ja. Er hält ein paar Anteile. Und ich verrate Ihnen auch, dass ... er seine Anteile von ...«, er nahm seine Augen nicht von der Zigarettenspitze, »... von Huber Kingery überschrieben bekommen hat.«

O'Leary schwieg. Dann sagte er mit ausdrucksloser Stimme: »Sie deuten damit an – und ich nehme an, bewusst –, dass diese ... äh ... Zuwendung in Wirklichkeit eine Art Belohnung war?«

Barre zuckte die Schultern.

»Ich will nichts dergleichen andeuten. Ich habe Ihnen schon zu viel gesagt. Im Grunde weiß ich nichts darüber. Aber ... Sie verstehen jetzt wahrscheinlich besser, warum niemand von uns eine Untersuchung von Hubers Tod begrüßen würde.«

»Meinen Sie damit, dass Sie Gerald Frawleys Ermordung für eine direkte Folge des Mordes an Kingery halten? Dass die Untersuchung des einen zwangsläufig eine Untersuchung des anderen Falls nach sich ziehen würde?«

»Das habe ich nicht gesagt«, sagte Barre tonlos. »Aber da Sie mich schon fragen ... ja, ich halte es für möglich.«

»Hätten Sie etwas dagegen, mir zu sagen, warum Sie das glauben?«

»Nein, durchaus nicht. Sie sind wahrscheinlich schon selbst darauf gekommen: Frawley muss in den Besitz irgendwelcher ... gefährlicher Informationen gelangt sein.«

»Sie müssen sogar extrem gefährlich gewesen sein«, sagte O'Leary. »Frawley war Vizepräsident der Kingery-Treuhandgesellschaft, stimmt's?«

»Ja. Der erste.«

»Und auch Killian und Morse arbeiten dort, nicht wahr?«

»Ja. Seit einiger Zeit.«

»Haben sie wichtige Positionen inne?«

»Ja. Sie gehören beide zur Investment-Abteilung. Ausgezeichnete junge Burschen, alle beide.«

»Wie steht es um die Finanzen der Gesellschaft?«

»Wie meinen Sie das? Sie gehen zu weit, O'Leary. Es gibt keine Firma, die so gut organisiert ist wie die Kingery-Treuhandgesellschaft. Ich habe mein ganzes Geld in sie investiert und immer darauf geachtet, dass nur saubere Geschäfte getätigt werden. Nein, ein Fehlverhalten werden Sie bei der Kingery-Treuhand vergeblich suchen. Diese Morde, davon bin ich fest überzeugt, sind aus privaten und sehr persönlichen Gründen verübt worden.«

Plötzlich stand Brunker neben O'Leary. Er hatte sich auf so leisen Sohlen genähert, dass ich erschrocken hochblickte, als ich seine Stimme hörte. Er sprach mit mir, allerdings begriff ich nicht gleich, was er wollte.

»Der Hund«, sagte er. »Der Hund ... vielleicht könnte die Schwester sich ihn mal ansehen.«

»Warum? Was ist mit dem Hund?«, fragte Barre. »Ist er krank?«

»Der Hund ... ich glaube, jemand hat ihn vergiftet«, sagte Brunker.

10

Ich betrete ein Zimmer

Brunker hatte Recht. Jemand hatte den Hund vergiftet, und zwar gründlich. Alle viere von sich gestreckt, lag er auf dem Boden eines kleinen Lagerraums, in dem hauptsächlich Holz und Kohle aufbewahrt wurden. Seine Augen waren glasig, seine Beine bereits taub. Jemand holte Matil herbei. Als sie hereinkam, versuchte Jericho aufzustehen und zu ihr zu gehen, aber seine Beine gehorchten nicht. Er schleifte seine Hinterläufe hilflos ein paar Schritte weit hinter sich her, brach zusammen und schloss die Augen.

»Strychnin, glaube ich«, sagte ich. »Machen Sie etwas Schweinefett heiß, Annette, schnell.«

Wir mühten uns nach Kräften, den Hund zu retten. Alle außer Tante Lucy strömten in die kleine Kammer, um ihre Hilfe anzubieten oder herumzustehen und Vorschläge zu machen. Wir verbrauchten alles Schweinefett, das Annette auftreiben konnte, und gegen Mittag ging es dem Hund deutlich besser. Er war noch einmal davongekommen. Wenn er nur ein bisschen mehr oder auch weniger Strychnin bekommen hätte, hätten wir nichts mehr tun können, doch wir ließen unbeirrt das warme Schweinefett durch seine Kehle rinnen. Als wir ihn schließlich, erschöpft und schwach, allein ließen, weil Brunker zum Mittagessen rief, starrte sein Fell zwar vor Fett, aber seine Augen waren wieder weit offen und klar, und als Matil sich über ihn beugte, wedelte er sogar ein wenig mit dem Schwanz.

Gleich nach dem angespannten, schweigsamen Mahl kamen wir zurück. Dem Hund ging es erheblich besser. Ich war sicher, dass er sich erholen würde.

»Sind Sie sicher, dass es Strychnin war, Miss Keate?«, fragte O'Leary leise. Wir hockten vor dem Collie. Ich nickte. Er wandte sich an Annette.

Ich war mir sicher, dass sie damit gerechnet hatte, befragt zu werden, denn sie schien sich innerlich zu wappnen. Ihre listigen blauen Augen blickten uns scharf an.

»Was können Sie uns dazu sagen?«, fragte er.

Brunker sah von dem Tafelsilber auf, das er gerade putzte, und beobachtete uns mit seinen kalten, teilnahmslosen Augen. Matil, die vom Mittagstisch zusammen mit uns in die Küche gegangen war, nahm auf einem der unbequemen Stühle Platz und schaute zwischen dem Hund, Annette und O'Leary hin und her.

»Nichts«, sagte Annette. »Das Erste, was ich gehört habe, war, dass Brunker sagte: ›Der Hund. Es geht ihm schlecht.‹«

»Natürlich«, sagte O'Leary. »Aber ... was haben Sie ihm heute zu fressen gegeben?«

»Heute?«, fragte sie, als fiele es ihr schwer, sich zu erinnern. »Ich glaube, er hat heute nicht viel gefressen. Allerdings hat in der Speisekammer heute Morgen ein großes Stück vom Schweinebraten gefehlt. Vielleicht hat man ihm damit das Gift gegeben.«

»Sie glauben also, das er während der Nacht vergiftet wurde? Was halten Sie davon, Miss Keate? Hätte das Gift in dem Fall nicht schneller gewirkt?«

»Nicht, wenn er das vergiftete Fleisch erst früh morgens gefressen hat. Es ist schwer zu sagen, wie schnell es bei einem Hund wirkt; es hängt viel von seiner Konstitution ab und davon, wieviel Gift es war. Strychnin wirkt sehr schnell. Natürlich kann es sich auch um ein Gemisch aus unterschiedlichen Stoffen gehandelt haben. Es könnte ...« Ich hielt plötzlich inne.

O'Leary beendete den Satz für mich:

»Es könnte auch Rattengift gewesen sein? Genau das ist es gewesen; man hat es ihm offenbar irgendwann im Laufe der Nacht gegeben.«

»Oh!«, rief Brunker. »Ich glaube ... ich glaube, jemand ist in der Nacht im Haus herumgeschlichen.« Er wandte sich an O'Leary. »Heute Morgen habe ich gesehen, dass jemand hier Feuer gemacht hat. Außerdem standen zwei Tassen auf dem Tisch. Sie waren leer, aber sie haben noch nach Kaffee gerochen.«

»Aha«, sagte O'Leary ernst. Annette warf mir einen so verschwörerischen und anerkennenden Blick zu, dass ich abrupt aufstand.

»Ich denke, der Hund kommt jetzt auch ohne mich zurecht«, sagte ich und trat so würdevoll wie möglich den Rückzug an.

Ich ging geradewegs zu meiner Patientin, die sofort und in aller Ausführlichkeit informiert zu werden wünschte, warum wir uns alle so lange in der Kohlenkammer aufgehalten hatten. Nach meiner Auskunft verfiel sie in ein rätselhaftes Schweigen.

Ich glaube, O'Leary sprach noch eine Weile mit Brunker und Annette in der Küche, ohne jedoch konkrete Erkenntnisse zu gewinnen, wie er mir später berichtete. Aber er hatte das Gefühl, dass die beiden Angestellten mehr über die Vorgänge im Haus wussten, als sie zugaben. Das sei ja auch nur natürlich, fügte er hinzu.

»Das Verteufelte daran ist«, sagte er plötzlich, »dass ich das Gift nicht finden kann, obwohl ich hier jeden Stein einzeln umgedreht habe. Haben Sie noch einen Moment Zeit, Miss Keate? Übrigens, als Stenografin machen Sie sich ausgezeichnet. Welchen Eindruck hatten Sie vorhin von Barre?«

»Schwer zu sagen«, sagte ich langsam. Wir standen vor dem Nordkamin. O'Leary beugte sich herab, um mit der Feuerzange ein Holzscheit zurechtzurücken. Ich hielt mein Strickzeug in der Hand. Tante Lucy hatte gesagt, sie wolle etwas schlafen, so dass ich für den Augenblick ungebunden war. Am Tisch neben uns wurde eine lustlose Partie Bridge gespielt. Barre und Matil spielten gegen Helene und Morse. Terice saß auf der Armlehne von Barres Sessel und lehnte sich, offenbar absichtlich, gegen Barres Schulter. Paggi saß neben Matil. Seine olivgrünen Augen folgten dem Kartenspiel, während Killian in einem Sessel am Fenster saß und in einer Zeitschrift las. Er hielt sie verkehrt herum – wenigstens zeigte das Deckblatt, wie ich deutlich sehen konnte, den Kopf eines Mädchens in einem äußerst unnatürlichen Winkel.

»Das Problem ist«, sagte ich, »dass man Barre logischerweise verdächtigen muss, da man nur von seinem Zimmer aus in Frawleys Zimmer kommt.«

»Beziehungsweise damals in Huber Kingerys Zimmer«, sagte O'Leary finster.

»Gibt es keine andere Möglichkeit, den Riegel von außen zurückzuschieben?«, fragte ich.

O'Leary lächelte.

»Wollen Sie Barre die Schuld an beiden Morden anhängen?«, fragte er und lächelte weiter. »Nun, tut mir Leid. Er mag der Täter sein, aber ebenso gut kann es jeder andere sein. Der Riegel lässt sich von außen keinen Zentimeter weit bewegen. Sicher, auf den, der durchs Badezimmer Zugang zu Frawleys Zimmer hätte, fällt der erste Verdacht – das ändert aber nichts daran, dass Frawley selbst den Riegel vorgeschoben haben muss.«

Ich nickte desinteressiert. Meine Aufmerksamkeit galt den Gesichtern am Kartentisch. Zweifellos hatte ich in meinem Leben niemals zuvor vier Personen gesehen, die sich so sehr bemühten, Spass an einem Spiel zu demonstrieren.

Ausnahmslos hager und von den Ereignissen gezeichnet täuschten sie auf gespenstische Weise Natürlichkeit vor: farblose Lippen, die sich zu einem Lächeln verzerrten, und Blicke, die nur schlecht die Angst im Inneren dieser Menschen verbargen. Morse trommelte unablässig mit den Fingern auf dem Tisch und starrte seine Karten an, ohne sie zu sehen; Barre beobachtete verstohlen Matil und Paggi; Helene schaute sich ständig nervös um, als fürchte sie, etwas könne sich an sie heranschleichen; Terices kalte Augen, unter denen tiefe Ringe lagen, blinzelten. Sie kniff ihre dick geschminkten Lippen ständig zusammen und entspannte sie wieder, wie in einer Art Krampf.

»Das ist der richtige Moment, um festzustellen, ob Killian inzwischen ein wenig gesprächiger ist«, murmelte O'Leary. Auf dem Weg zu dem betreffenden Herrn flüsterte er: »Ich bin kein nervöser Mensch, aber wenn ich dieser Bridgepartie noch eine Minute länger zusehen muss, bin ich reif fürs Sanatorium. Haben Sie kurz Zeit, Killian? Miss Keate hat mir verraten, dass sie stenografieren kann. Sie haben doch nichts dagegen, wenn sie uns eine Kostprobe davon gibt.«

Lal Killian begrüßte mich mit einem wenig herzlichen Blick.

»Sie kann gern alles aufschreiben, was ich zu sagen habe«, sagte er mürrisch. »Ich habe Ihnen schon einmal gesagt, O'Leary, dass ich schlicht und einfach nichts über diese ganze Sache weiß.«

»Vielleicht wissen Sie etwas, dessen Bedeutung Ihnen nicht bewusst ist«, gab O'Leary ruhig zurück. »Ist der Artikel gut?«

Killian sah in die Zeitschrift und merkte, wie er das Ding hielt, und warf es auf den Boden.

»Also, worum geht es?«, fragte er herausfordernd.

»Dieser Zettel, den Frawley an Morse geschrieben hat und den er ihm offensichtlich selbst geben wollte ... haben Sie eine Ahnung, was er bedeutet?«

»Nicht mehr als beim letzten Mal, als wir darüber gesprochen haben«, sagte Killian. »Ich glaube immer noch, dass es die Nummer von einem Schließfach oder etwas Ähnlichem ist. Nach Frawleys Bemerkungen bei Tisch zu urteilen – dass er seine Geschäfte geregelt habe für den Fall, dass ihm etwas zustoßen sollte – würde ich sagen, es handelt sich um den Ort, an dem sich seine Geschäftsunterlagen befinden. Falls Morse allerdings Näheres weiß, wovon ich ausgehe, hat er mich bislang nicht ins Vertrauen gezogen.«

»Glauben Sie, Frawley hat damit gerechnet, dass so etwas passiert?«

Killians träge Augen blitzten plötzlich auf. Dann senkte er die Lider.

»Dann hätte er doch sicher Vorsichtsmaßnahmen getroffen«, erwiderte er schlicht.

»Trotzdem ist es doch merkwürdig, dass er bei Tisch diesen Satz fallen gelassen hat, oder nicht?«

»Sehr merkwürdig«, stimmte Killian ungerührt zu.

»Sie haben einen hohen Posten bei der Kingery-Treuhandgesellschaft, nicht wahr?«

Killian nickte knapp.

»Was für eine … äh … Stellung haben Sie?«

»Nun, ich glaube, offiziell bin ich der dritte oder vierte stellvertretende Vizepräsident. Aber die Bezeichnung ist nicht so wichtig. Ich kümmere mich um ein paar der Investitionsgeschäfte.«

»Ich hoffe, Sie werden mir ehrlich auf diese Frage antworten, Killian: Halten Sie die Geschäfte der Kingery-Treuhand für durch und durch einwandfrei oder nicht?«

Killian öffnete den Mund und schloss ihn wieder. Dann sagte er langsam:

»Nach allem, was ich weiß, sind sie absolut einwandfrei.«

»Wüssten Sie es, wenn … in dieser Hinsicht Zweifel angebracht wären?«

»Ja. Mein ganzes Vermögen steckt in der Gesellschaft, also beobachte ich alle Transaktionen natürlich genau. Morse könnte Ihnen mehr darüber erzählen. Oder Frawley …«, er hielt verwirrt inne, als wäre ihm kurzzeitig entfallen, dass Frawley nicht mehr lebte. »Warum fragen Sie?«

O'Leary zuckte die Schultern.

»Oh, ich habe nichts Gegenteiliges gehört«, sagte er. »Aber Sie arbeiten alle bei der gleichen Gesellschaft – und bei Fällen wie diesen stellt man sich nun mal die Frage nach dem Motiv.« O'Leary ließ den kleinen roten Bleistift zwischen seinen Fingern vor- und zurückgleiten. »Nebenbei gesagt, Killian, ist es nicht seltsam, dass Sie keine Stimmen in Frawleys Zimmer gehört haben, obwohl Miss Keate hier sie gehört hat? Sind Sie absolut sicher, dass Sie nichts gehört haben?«

»Absolut«, entgegnete Killian teilnahmslos. Seine dunklen Augen waren unergründlich und ein wenig wachsam.

»Mir scheint, wenn Miss Keate die Stimmen durch die dicke Tür hindurch gehört hat, hätten Sie sie durch die Wand doch auch hören müssen.«

»Scheint so«, bemerkte Killian gelassen. Sein undurchdringlicher Blick wandte sich mir zu. »Stimmt. *Wenn* Miss Keate Stimmen gehört hat, hätte ich sie wohl auch hören müssen.«

Meine Wangen wurden warm.

»Sie haben die Stimmen wahrscheinlich auch gehört«, stieß ich hervor. »Sie hätten gar nichts anders gekonnt. Und ich würde sehr gern wissen, warum Sie es jetzt nicht zugeben. Es sei denn ... Sie waren selbst bei Frawley!«

Seine dunklen Augen blickten mich an. Ihr Ausdruck war vorsichtig und herausfordernd zugleich.

»Vielleicht war ich das«, sagte er gelassen. »Dann könnten Sie mich aber von Ihrer Liste streichen, O'Leary, denn in dem Moment, als Frawley erschossen wurde, war ich definitiv aus seinem Zimmer ausgesperrt.«

»Was sagst du da, Lal?«

Es war Matil, die leise und ernst gefragt hatte. Ihre Stimme überschlug sich wieder auf jene faszinierende Weise. Sie war zu uns getreten, ohne dass ich es gemerkt hatte. O'Leary allerdings hatte sich schon von seinem Platz erhoben, ehe sie etwas gesagt hatte.

»Hier ist ein Sessel, Matil«, sagte Killian. »Ich habe nur gesagt, dass ich möglicherweise bei Frawley war, als unsere Schwester hier Stimmen gehört hat, und zwar passenderweise kurz bevor er erschossen wurde.«

Matil blieb stehen und legte eine Hand auf seine Sessellehne. Ihre Augen ruhten einen langen, viel sagenden Moment lang auf denen von Killian, obwohl ich nicht erriet, welche Bedeutung dieser Blick hatte. Ihr junges Gesicht sah blass und sorgenvoll aus, blaue Schatten zeigten sich unter ihren langen schwarzen Wimpern, um ihren weichen Mund lag ein Zug von Verzweiflung. Doch ihr energisches Kinn und die durchgedrückten, schlanken Schultern sprachen eine andere Sprache.

»Ich verstehe nicht, Lal«, sagte sie schließlich.

Er zuckte ungeduldig die Schultern und schob die Hände in die Taschen seines feinen Tweedjacketts. Sein Blick blieb unverändert finster.

»Wenn es stimmt, kann man mich von der Liste der Verdächtigen streichen«, erklärte er. »Denn es ist völlig eindeutig, dass ich aus Frawleys Zimmer ausgesperrt war, als er erschossen wurde.«

Mit Sicherheit schwang etwas in diesen harmlosen Sätzen mit, das mir nicht verborgen blieb. Ich blickte vom einen zur anderen, kritzelte meine albernen Bleistiftzeichen aufs Papier und fragte mich, was diese Sätze wohl insgeheim bedeuten mochten.

Plötzlich lachte Killian. Es war ein bitteres, ein ganz und gar nicht fröhliches Lachen; dann machte er auf dem Absatz kehrt.

»Es ist natürlich Vertrauenssache«, sagte er im Fortgehen ziemlich unfreundlich zu Matil. »Aber ... so ist das nun mal. Alles kommt einmal auf einen zurück.«

»Aber ... aber, Lal«, stammelte Matil. Er jedoch hörte es nicht mehr oder wollte es nicht mehr hören. Er war auf halbem Weg zum Kartentisch, wo er Karten aufnahm und mit großem und offensichtlich übertriebenem Eifer die nächste Partie mitspielte.

Matils blaue Augen waren ihm gefolgt. Sie sah verwirrt und zutiefst besorgt aus.

»Miss Matil«, sagte O'Leary sanft, »warum waren Sie in Frawleys Zimmer? Oh, ich weiß, dass Sie dort waren«, fuhr er ruhig fort, als sich ihr besorgter Blick zu ihm wandte. Sie griff sich flüchtig an den schlanken, blassen Hals. »Ich weiß, dass Sie dort waren. Sie sind durch den Schneesturm gegangen, so groß war Ihr Wunsch, ungestört mit ihm zu reden. Er hat Ihnen durchs Fenster hereingeholfen. Ich nehme an, Ihre Unterhaltung hat nicht lange gedauert. Dann haben Sie den gleichen Weg zurück in Ihr Zimmer genommen – durch den Schnee, der Ihre Hausschuhe durchnässte, weil Sie in der Eile kein passendes Schuhwerk zur Hand hatten. Als Sie in Ihr Zimmer zurückkamen, waren Sie sehr erregt. Sie haben die Läden nicht geschlossen und das Fenster nur zur Hälfte heruntergezogen. Weiter ... vermute ich, dass Sie Ihren Entschluss, zu ihm zu gehen, sehr impulsiv gefasst hatten. Sie haben sogar vergessen, Ihren Fächer in Ihrem Zimmer zu lassen. Er hing immer noch an Ihrem Handgelenk. Dabei ...«. Die junge Frau starrte ihn mit großen dunkelblauen Augen an. Ihr Mund stand halb offen, ihr Gesicht war weiß wie der Schnee vorm Fenster. »Dabei hat sich aus irgendeinem Grund eine Feder aus Ihrem Fächer gelöst. Die Spitze ist zu Boden gefallen, ohne dass Sie es bemerkten. Sie brauchen mich nicht so anzusehen, Miss Matil. Sagen Sie mir einfach die Wahrheit und ...«, er lächelte sein warmes Lächeln, »... und bitte vertrauen Sie mir.«

Sie brauchte mehrere vergebliche Anläufe, ehe sie antwortete. Ihre schlanken Finger wanden sich umeinander.

»Ich weiß nicht, wie Sie das alles herausgefunden haben«, sagte sie schließlich heiser. »Aber es stimmt. Ich habe genau das getan. Ich war bei ihm, ungefähr fünf Minuten lang. Ich musste unbedingt mit ihm sprechen. Es ... es war sehr wichtig. Ich wollte ihn bitten, ...« Sie hielt den Atem an, ihr hilfloses, blasses Gesicht zeigte den Schrecken, den die Erinnerung an jene Nacht mit sich brachte.

»Um was, Miss Matil?«, fragte O'Leary sanft.

»Er sollte mir zuliebe ... etwas tun. Aber ich habe ihn nicht erschossen.« Ein Schluchzen bahnte sich seinen Weg durch ihre Kehle. Sie erstickte es, indem sie die Lippen zusammenpresste.

»Ich weiß«, sagte O'Leary. »Ich weiß, dass Sie ihn nicht erschossen haben.«

Es bereitete ihr sichtlich die allergrößte Mühe, einen Hauch von Fassung zu bewahren. Wie wir alle während jener Tage auf Hunting's End war sie sich dessen bewusst, pausenlos von den anderen beobachtet zu werden; sie wusste um ihre aufgesperrten Ohren und ihre flüchtigen, aufmerksamen Blicke. Sie schaute kurz zum Kartentisch hinüber, um sich zu vergewissern, dass niemand ihre Erregung bemerkte.

Dann beugte sie sich zu O'Leary.

»Wer hat ihn erschossen?«, flüsterte sie. »Ich muss es wissen, Mr. O'Leary. Ich flehe Sie an, bitte, sagen Sie es mir!« Ihre Bitte glich einem gequälten Wehklagen.

Er schüttelte nachdenklich den Kopf.

»Tut mir Leid. Ich weiß es nicht. Noch nicht. Aber ich weiß, dass Sie es nicht waren. Wer immer ihn erschossen hat, muss durch seine Tür ins Wohnzimmer geflohen sein. Sie aber hätten nicht aus seinem Zimmer hinaus und in Ihr eigenes laufen können, aus dem Sie mehrere Personen unmittelbar nach dem Schuss haben herauskommen sehen, ohne dass Miss Keate oder Paggi Sie gesehen hätten.«

Sie ließ sich müde in den Sessel sinken, als könne sie nicht mehr stehen.

»All das ist ganz allein meine Schuld, Mr. O'Leary. Ich hätte alles auf sich beruhen lassen sollen. Ich hätte die schlafenden Hunde nicht wecken dürfen.« Sie schauderte. »Könnte ich doch die letzten vier Tage ungeschehen machen! Ich würde nie, niemals wieder nach Hunting's End fahren.« Wie ein Magnet zog Gerald Frawleys Tür ihren gequälten Blick an. »Es ist meine Schuld, dass er tot ist«, sagte sie stockend. Ich fröstelte.

»Unsinn! Ihre Verlobung hatte nichts mit seinem Tod zu tun.«

»Woher wissen Sie von unserer Verlobung?«

»Er hat Ihnen einen kurzen Brief hinterlassen. Wahrscheinlich hat er ihn noch in der Nacht geschrieben, nachdem Sie sein Zimmer verlassen hatten. Er erwähnte darin Ihre Verlobung und bat Sie um die Erlaubnis, sie bekannt geben zu dürfen.«

O'Leary hielt inne. Sie starrte ihn an, als könne sie ihren Blick nicht von ihm losreißen, und nickte wie betäubt.

»Mir ist noch aufgefallen«, fuhr O'Leary ruhig fort, »dass er seine Bitte ziemlich entschieden formuliert hat. Wie dem auch sei – der Brief ist durch ein ... Missgeschick ... verloren gegangen.« Ich kritzelte wie besessen Zeichen auf meinen Block. »Ich muss Sie fragen, Miss Matil, in welcher Verfassung Ihr Verlobter war, als Sie ihn verlassen haben – war er ängstlich oder besorgt? Glauben Sie, er hat geahnt, was ihm bevorstand?«

»Nein«, sagte sie. »Nein, das glaube ich nicht.«

»Wissen Sie noch«, sagte O'Leary langsam und musterte sehr interessiert die Spitze seines schäbigen Bleistifts, »wissen Sie noch, ob er sein Toupet getragen hat oder nicht, als Sie ihn verließen?«

Die junge Frau errötete und riss die Augen auf, doch ihr Blick war fest.

»Ja, er hatte es auf«, sagte sie. »Ich wusste gar nicht, dass er überhaupt ein Toupet trug, bis wir ihn ... tot ... daliegen sahen. Er ... ich glaube, er hat gerade gelesen, als ich an sein Fenster klopfte. Er hat es hochgeschoben und mir geholfen, über die Fensterbank zu klettern. Es war sehr kalt. Er hatte noch sein Dinnerjackett an und rauchte Pfeife ... Dieser Brief, Mr. O'Leary, wo ist er? Warum hat man ihn mir nicht gegeben?«

In diesem Moment hörte ich zu meiner großen Erleichterung Tante Lucy, die mit ihrem Stock einen regelrechten Trommelwirbel veranstaltete. Sofort erhob ich mich, während O'Leary, in dessen klaren Augen ein versteckter Funke glomm, Matil mit ausweichenden Worten den Verbleib des Briefes erklärte. Tante Lucys Stock war nicht nur ein Fluch. Manchmal war er auch ein Segen.

Sie beanspruchte mich den Großteil des Nachmittags. Ich musste ihr aus der Bibel vorlesen, sie massieren und ihr regelmäßig den Wetterbericht liefern. Ich erinnere mich noch, dass sie heftig über den Schneesturm schimpfte und mich einmal in die Küche schickte, um nachzusehen, wie es dem Hund ging. Als ich ihr mitgeteilt hatte, dass er sich so weit erholt habe, dass er ein wenig von Annettes Suppe trinken konnte, murmelte sie etwas davon, dass, wenn das ihn nicht umbrächte, ihn gar nichts umbringen könnte. Dann verfiel sie wieder einmal in ihr grüblerisches Schweigen. Ich nahm mein Strickzeug zur Hand, stellte jedoch fest, dass ich eine der Nadeln verloren hatte und außerdem ein paar Maschen hinuntergefallen waren. Also blickte ich zum Fenster in den Schnee hinaus, schauderte, glaubte, in der stickigen Luft ersticken zu müssen, die der kleine Ölofen verbreitete, und sehnte mich in meine hübsche kleine Wohnung in Barrington zurück, wo es keinen Schnee, keine Angst und keine kalte Leiche gab, die darauf wartete, dass ihr Gerechtigkeit widerfuhr.

Brunker brachte den Tee. Er war sehr stark. Die kleinen dünnen Kekse waren feucht; es waren nicht sehr viele. Tante Lucy sah das Tablett verächtlich an und verlangte Käse. Er kam, und sie schlang ihn gierig herunter, während sie ihre Augen nicht von dem gnadenlosen Schneegestöber abwandte. Es dämmerte. Mechanisch setzte sie ihre Tasse an den Mund, trank mit großen Schlucken und kaute jeden Bissen, als sei dies ihre letzte Mahlzeit. Was, um die Wahrheit zu sagen, gar nicht so unwahrscheinlich war, und zwar aus mehreren Gründen: Die Lebensmittel waren knapp und wurden stündlich knapper, der Schneesturm schien sich in alle Ewigkeit fortzusetzen, und mir war klar, dass, auch wenn es aufhörte zu schneien, es noch eine Weile dauern würde, bis sich einer von uns nach Nettleson aufmachen könnte. Auch wenn uns die Vergiftung des Hundes für den Moment den Appetit geraubt hatte, die Natur würde schon bald ihr Recht fordern.

Deshalb aß ich die Kekse, die Brunker mir zugeteilt hatte, bis auf den letzten Krümel auf.

Nach dem Tee schlief Tante Lucy wieder ein, so dass ich aus ihrem Zimmer schlüpfte, um die frische Luft im Wohnzimmer zu genießen.

Anscheinend hatten sich alle zur Ruhe begeben oder zogen sich gerade fürs Abendessen um. Der lange Raum war leer. Die Kaminfeuer waren herabgebrannt, hier und da war eine Lampe angezündet. Unter der Treppe, dem Vorsprung und dort, wo das Klavier stand, war es finster. Nur die Klavierbank aus Birkenholz schimmerte gespenstisch hell.

Eine Tür in der Nähe der Küche ging auf. Morse trat heraus und klopfte, ohne mich zu bemerken, an Killians Tür. Killian öffnete, und seine Silhouette erschien vor der Lampe in seinem Zimmer. Morse trat ein, und die Tür schloss sich.

Offensichtlich hatten sie etwas zu bereden. Und plötzlich kam ich auf die Idee, die akustischen Eigenschaften der Wand zwischen Killians Zimmer und dem Zimmer des Toten zu testen.

Es war ein spontaner Einfall, schreiben Sie ihn meinem unseligen Temperament zu. Kaum hatte ich die Tür zu Frawleys Zimmer geöffnet, bereute ich mein unüberlegtes Tun auch schon. Die Luft war so kalt und feucht, dass ich unbeschreiblich fror. Es war fast dunkel, ich konnte außer den nackten Umrissen der Möbel und der zugedeckten Gestalt auf dem Bett kaum etwas erkennen.

Die zugedeckte Gestalt auf dem Bett. Mein Blick blieb an ihr hängen. Sie sah aus wie beim letzten Mal; natürlich sah sie so aus. Aber ... wirkte sie nicht irgendwie klumpiger? Fehlten den Umrissen nicht die scharfen Linien, die Konturen der Totenstarre?

Ich weiß nicht, wie es mir möglich war, an das Bett zu treten. Ich nahm das Laken zwischen zwei Finger und zog es langsam zurück.

Auf dem Bett lagen zwei weiße Kopfkissen. Jemand hatte sie so geformt, dass sie einer menschlichen Gestalt ähnelten, und wieder mit dem Laken zugedeckt. Am Kopfende lag etwas Schwarzes, Eingerolltes. Es war die namenlose Katze, die dort wohlig schlummerte. Sie hob ihren Kopf, sah mich böse mit ihren großen, leuchtenden Augen an, öffnete ihren roten Rachen und gähnte. Sie lag genau an der Stelle, an der Gerald Frawleys Kopf gelegen hatte.

Doch die Leiche war fort.

11

Leichen wandeln umher

Ich glaube, ich schrie auf. Ich schrie ganz sicher, stolperte rückwärts aus dem Zimmer und ließ die Tür sperrangelweit offen. Unverwandt starrte ich auf das Bett, wo die Kissen und die Katze und sonst nichts lagen. Das war ja das Entsetzliche: sonst nichts.

Jedenfalls liefen die anderen herbei. Ihre Blicke folgten meiner ausgestreckten Hand. Auch sie schrien und stießen Fragen über Fragen hervor. Erst gut zwanzig Minuten später hatte O'Leary so etwas wie Ordnung hergestellt. Auch wenn meine Erinnerung an jene zwanzig Minuten sehr lückenhaft und durcheinander ist, weiß ich noch, dass sich irgendwann ein tiefes Schweigen über uns legte, das wahrscheinlich das Ende des ungläubigen Staunens und den Beginn der Verdächtigungen bedeutete. Wie ein gespenstischer Gast schlich der Verdacht ins Haus.

Ich verkroch mich auf eine der grob gezimmerten Bänke am Kamin, beugte mich vor, um meine zitternden, eiskalten Hände zu wärmen und den Schrecken, der mir in die Knochen gefahren war, zu besänftigen. Ich erinnere mich verschwommen an Matils wie aus Marmor gehauenes Gesicht, an die Decke, die Tante Lucy sich über die Schultern gelegt hatte; daran, dass ich mich undeutlich fragte, wie sie ohne meine Hilfe aus dem Bett und in den Rollstuhl gekommen war, an ihre dunkelroten Lippen, die sich in endlosen Selbstgesprächen bewegten, und an die entsetzten, ungläubigen Gesichter der anderen. Etwas deutlicher erinnere ich mich daran, dass Lance O'Leary die Katze, die ihr warmes Bett offenbar nur ungern verlassen wollte, mit einem Fußtritt aus Gerald Frawleys Zimmer hinausbeförderte, die Tür zumachte und mit Barre und Lal Killian zu mir kam. Auch Morse erhob sich aus seinem Sessel und folgte ihnen. Als O'Leary vor mir stand, sah ich die Wut in seinen Augen. Er war weiß vor Zorn.

»Es gibt auf dieser Welt so etwas wie *Anstand*«, sagte er leise in das stumme Entsetzen hinein. Ich setzte mich gerade hin, rückte meine Haube zurecht, die mir übers rechte Ohr gerutscht war, und tat einen langen, bebenden Atemzug.

»Ich habe von Ihnen wenigstens einen Hauch von Respekt und Anstand erwartet. Ich habe gedacht, Ihre gute Kinderstube würde sich bemerkbar machen. Einer von Ihnen ist ein Mörder – Sie wissen es, wir alle wissen es. Jemand, ob Mann oder Frau, der zu einem Mord fähig ist, ist wahrscheinlich zu allem fähig, aber mit einer derart brutalen Kaltblütigkeit habe ich nicht gerechnet. Sie hätten diese unglückselige Leiche in Frieden ruhen lassen können. Sie hätten Ihre Achtung vor den Toten beweisen können. Einer von Ihnen hat es nicht getan. Ich weiß nicht, warum, aber ich werde es herausfinden. Bis jetzt hatte ich auf Ihre Hilfe gerechnet, auf Ihre Fairness. Ich weiß, dass niemand unter Ihnen – mit Ausnahme von Miss Matil, die mich hergebeten hat – ein Interesse daran hat, die Wahrheit ans Licht zu bringen. Aber trotzdem hatte ich mit Ihrem … nun … Entgegenkommen und vor allem mit den Resten einer guten Kinderstube gerechnet. Aber wie ich sehe, war das dumm von mir. Wie ich sehe, gibt es keine größeren Feiglinge als Menschen, die wohl behütet aufgewachsen sind. Nun gut, Sie wollen Krieg? Sie können ihn haben. Der Tote ist nicht auferstanden und zu Fuß fortgegangen. Einer von Ihnen …«

»Woher wollen Sie das wissen? Woher wollen Sie das wissen?«, schrie Annette. Sie war aufgesprungen: eine massige blaue Gestalt am Rande einer kleinen Gruppe. Ihre Augen funkelten wie blaue Murmeln in ihrem gelblichen Gesicht. In ihrer feisten Hand lag ein blitzblankes Fleischermesser mit gebogener Klinge. Falls sie wie üblich betrunken war, hatte sie der Anblick des leeren Bettes ernüchtert. Ein Schwall französischer Worte ergoss sich über uns. Wir lauschten gespannt. Und sie krönte ihren Ausbruch mit einem Satz in unserer Sprache, der uns seltsam beeindruckte: »Leichen wandeln umher.« Und ergänzte: »Es ist nicht das erste Mal! Ich, ich habe es schon mal erlebt.«

»O … o … o … o …« Helenes krampfartiges Schluchzen steigerte sich zu einem furiosen Crescendo.

»Aber nicht nüchtern, meine liebe Annette«, kam es von Paggi. Seine Gesichtsfarbe ähnelte der einer überreifen Tomate. »Ich bitte Sie, kommen Sie uns doch nicht mit so was!«

»Annette«, sagte Matil. »Legen Sie das Messer weg.«

Barre war mit einem Schritt bei ihr, packte ihr Handgelenk, entwand ihr das Messer und kam damit zu seinem Platz zurück.

Der Zorn wich aus den schweren Zügen der Köchin; die glitzernden blauen Murmeln verschwanden, als sie mürrisch die Lider senkte. Sie trat einen Schritt zurück.

»Der Teufel«, sagte sie finster, »der Teufel wohnt in diesem Haus. Und … hört mir gut zu, ihr kaltblütigen Amerikaner … ein Mord liegt in der Luft. Noch vor dem Morgengrauen wird noch einer von euch sein kaltes Blut vergießen.«

»Annette!«, keuchte Matil. Ich spürte, wie sich meine Nackenhaare aufrichteten.

O'Leary betrachtete die Köchin mit ernster Miene. Etwas von seiner Wut war zwar verraucht, dennoch war er bei weitem noch nicht wieder der höfliche O'Leary, den nichts aus der Ruhe bringen konnte.

»Es hat keinen Sinn, solche Reden zu schwingen«, sagte er ruhig zu Annette. »Überhaupt keinen Sinn. Allerdings denke ich … dass Sie wahrscheinlich Recht haben.«

Seine deutlichen Sätze wirkten auf die schweigende Runde, als hätte er Steine in einen stillen See geworfen. Die Kreise wurden größer und größer, bis schließlich alle entsetzt begriffen.

»Aber … Mr. O'Leary …«, stammelte Morse ungläubig.

»Mord! Mord!«, brachte Terice in einem dumpfen Flüstern hervor und starrte O'Leary entgeistert an.

»Das meinen Sie doch nicht ernst«, entrüstete sich Barre. »Aber … wenn Sie es ernst meinen, müssen wir … müssen wir uns schützen. Uns gegenseitig schützen. Uns …«

»Uns vor *wem* schützen?«, fragte O'Leary, woraufhin … nun, es war eigenartig, äußerst gespenstisch anzusehen … alle Augen zugleich überall hinblickten, jeder blickte jeden an, lauernd, verdächtigend, ängstlich, auch ich. Einer von ihnen … vor einem von ihnen mussten wir uns schützen. Aber vor wem?

»Es hat wenig Sinn, die Leiche im Jagdhaus zu suchen«, fuhr O'Leary kühl fort. »Selbstverständlich besteht die Möglichkeit, dass sie im Haus versteckt worden ist, aber für viel wahrscheinlicher halte ich es, dass sie draußen, vielleicht gar nicht weit vom Haus, im Schnee liegt. Ich werde sie trotzdem suchen. Und ich verspreche Ihnen: Ich finde die Leiche Gerald Frawleys. Spätestens, wenn der Schnee schmilzt.«

Ich sah zu Matil hinüber. In ihren dunkelblauen Augen stand nur stummes Entsetzen. Keine Spur von erbitterter oder verzweifelter Trauer wegen einer verlorenen Liebe.

»Und was wandelnde Leichen betrifft«, fuhr O'Leary lebhafter fort, »die gibt's nicht. Oder, Miss Keate?«

»Ich … ich weiß nicht«, sagte ich völlig überrumpelt.

»Was?«, rief O'Leary.

»Nein … ganz bestimmt nicht. *Auf gar keinen Fall.*«

Sogar mir selbst kamen meine Worte wenig überzeugend vor. Annette nickte, als zollte sie mir ein grausiges Lob.

»Also noch mal: So etwas gibt es nicht«, sagte O'Leary. »Ich versichere Ihnen, dass Tote schlicht und einfach nicht auferstehen. Heute Morgen um zehn war ich in dem Zimmer dort drüben. Frawleys Leiche war noch da. Irgendwann zwischen zehn Uhr und gerade eben ist jemand in das Zimmer gegangen, hat Frawleys Leiche entfernt und das Zimmer wieder verlassen. Ich nehme an, dass die … äh … Katze sich dabei unbemerkt eingeschlichen hat und nicht wieder herauskonnte. Ich habe mir das Zimmer genau angesehen. Alles war verriegelt wie noch um zehn Uhr. Der einzige Weg in das Zimmer führt durch dieses Wohnzimmer. Aber ich halte es für sehr unwahrscheinlich, dass es einen Zeitpunkt zwischen zehn Uhr und vorhin gab, wo dieser Raum völlig leer und alle Schlafzimmertüren zu gewesen sind, woraus folgt …«

Er zögerte. »Doch, es *gab* einen Moment. Und zwar, als wir uns alle in der Kohlenkammer um den Hund gekümmert haben.

Ich hatte den Eindruck, dass jeder von Ihnen zumindest ein Mal dort vorbeigeschaut hat. Möglicherweise war das Wohnzimmer währenddessen ein paar Minuten leer. Ich könnte Sie jetzt alle ausgiebig befragen, wann im Einzelnen Sie zu uns in die Kohlenkammer gekommen und wann Sie wieder hinausgegangen sind. Es würde die Sache jedoch erheblich abkürzen, wenn …«

»Ich werde es Ihnen sagen«, sagte Terice plötzlich. »Ich war bis vorhin ununterbrochen im Wohnzimmer. Ich habe in dem Sessel da vorn am Fenster gesessen und gelesen. In meinem Zimmer ist es kalt wie in einem Kühlschrank. Einfach unerträglich. Und als Sie alle nach dem Hund gesehen haben … bin ich hier geblieben.« Nervös bewegten sich ihre drahtigen kleinen Schultern. »Ich mag kranke Hunde nicht. Das war der einzige Moment, an dem außer mir niemand hier war. Sehen Sie … ich habe da drüben in dem Sessel gesessen … und ich sage Ihnen, Mr. O'Leary: Niemand ist in das Zimmer des Toten gegangen. Niemand. Niemand.« Sie lehnte sich im Sessel zurück und sah O'Leary forsch an. Ihre verkniffenen Lippen bebten.

An ihrem Verhalten war etwas, das ich nicht begriff. Wollte sie O'Leary etwa sagen, dass sie die Leiche fortgeschafft hatte? Genoss sie einen stillen Triumph? Hatte sie Angst? Was bezweckte sie mit ihrem Spiel? Warum war ihr Blick so herausfordernd und trotzig, ihr Mund jedoch so starr, ihre Kiefermuskulatur so angespannt?

Ich glaube, O'Leary war genauso verblüfft. Mehrere Sekunden lang musterte er Terice mit seinen kühlen grauen Augen.

Sie hielt seinem Blick ohne weiteres stand, und es wirkte sehr überzeugend, als sie schließlich sagte:

»Und wenn es so weit kommen sollte, kann und werde ich das beschwören.«

»So weit wird es nicht kommen, wenn … keine Leiche vorhanden ist«, murmelte Julian Barre. Er musste niesen, hustete und trat näher an den Kamin heran. Seine Augen hefteten sich zuerst auf Paggi, dann auf Morse und Killian. Seine nächsten Worte sprach er so beiläufig und gelassen aus, dass uns ihre Bedeutung zunächst entging. »Wenn keine Leiche da ist, wie sollen wir dann beweisen, dass ein Mord geschehen ist?«

O'Leary fuhr zu ihm herum.

»Wie meinen Sie das?«, fuhr er ihn an. »Mir gefällt es nicht, wie Sie das gesagt haben, Barre. Erklären Sie sich genauer.«

»Ich meine es genau so, wie ich es gesagt habe«, sagte Julian Barre. »Wie wollen wir ... wie wollen *Sie* ohne Leiche beweisen, dass ein Mord geschehen ist?«

O'Learys Augen wurden schmaler, seine markanten Züge verhärteten sich.

»So ... Sie wollen uns also auf den offensichtlichen Vorteil unserer Lage hinweisen?«, fragte er bissig.

Barre nickte feierlich mit seinem noblen Kopf.

»So ist es«, sagte er ruhig. »Sie mischen sich hier in fremde Angelegenheiten ein, O'Leary. Matil hat Sie zwar zweifellos mit den besten Absichten hierher gebracht ... bitte, lass mich ausreden, meine Liebe«, warf er ein, als Matil etwas sagen wollte, »... dennoch glaube ich, dass sie mit Ihnen ... schlecht beraten war. Durch Ihre Anwesenheit ist schon ein Mord geschehen. Wer weiß, was noch alles passiert, wenn wir die Sache noch weiter hochspielen. Gerald Frawley würde dadurch nicht wieder lebendig. Aber denen, die hier im Jagdhaus sind, würden wir ... unermesslichen Schaden zufügen.«

»Ich verstehe«, sagte O'Leary. »Sie alle werden die Angelegenheit also einfach totschweigen. Und was ist mit meiner Aussage?«

Barre blickte O'Leary fest in die Augen. »Was einmal geschehen ist ... kann wieder geschehen«, deutete er unmissverständlich an.

»Sie meinen, mein Wort stünde gegen das Ihre ... gegen die gemeinsame Aussage von Ihnen allen?«

»Ja«, sagte Barre ruhig.

»Und für mich würde eine ... kleine Zuwendung herausspringen, wenn ich mich Ihnen anschlösse?«

Barre zeigte sich unbeeindruckt von dem extremen Sarkasmus, der in O'Learys bedrohlich sanfter Stimme mitschwang.

»Was das betrifft, stehe ich Ihnen gern zu Diensten, O'Leary«, sagte er. »Ich gestehe ... offen ..., dass, obwohl ich über Frawleys Tod ... Frawleys Ermordung ...«, korrigierte er sich, als er O'Learys rasche Handbewegung sah, »... dass ich, obwohl ich darüber zutiefst betrübt bin, nicht den geringsten Vorteil darin sehe, diese Angelegenheit – wie natürlich auch Huber Kingerys Tod – vor Gericht zu bringen.«

O'Leary hatte seine Gelassenheit wieder gefunden, seine grauen Augen verrieten keinerlei Regung.

»Was ist mit Schwester Keate?«, fragte er. »Sie ist ebenfalls eine Außenstehende. Wie wollen Sie sie zum Schweigen bringen?«

Barre warf mir einen achtlosen Blick zu.

»Auch das ließe sich machen«, sagte er leichthin.

»Was ...«, keuchte ich, fing mich jedoch, als ich O'Learys Blick sah.

»Und was ist mit Frawleys Sachen, seinem Gepäck ... der Tatsache, dass wahrscheinlich sein halbes Büro darüber informiert ist, dass – und mit wem – er nach Hunting's End gefahren ist?«

Barre machte eine abfällige Handbewegung. Paggi betrachtete ihn mit seinen unergründlichen olivgrünen Augen, Killian schenkte seine ganze Aufmerksamkeit einem Feuerzeug, das nicht funktionieren wollte, während Morse mit seinen dicken, nervösen Fingern auf die Armlehne seines Sessels trommelte und ins Feuer starrte.

»Nun ja ... aber wissen denn nicht alle auf Hunting's End, dass er in den Schneesturm hinausgegangen und darin umgekommen ist? Im Schneesturm?«

»So also sieht Ihr kleiner Plan aus. Sie haben den Leichenbeschauer einmal bestochen, und Sie wollen es ein zweites Mal tun«, sagte O'Leary nach einer Weile. »Wirklich sehr hübsch. Sie wissen eine günstige Gelegenheit zu nutzen, Mr. Barre ... oder haben Sie etwa selbst für diese Gelegenheit gesorgt?«

»Was soll das heißen? Wollen Sie damit sagen ...«

»So schwierig war meine Frage nicht«, unterbrach ihn O'Leary. »Haben Sie die Leiche durch das Fenster geschoben und sie ein paar Schritte vom Haus fortgeschleift, um sie in einer geeigneten Schneewehe zu verstecken?«

»Oh …«, rief Matil und schlug ihre schlanken Hände vors Gesicht.

O'Leary sah sie an.

»Entschuldigen Sie, Miss Matil«, sagte er.

Barre schüttelte den Kopf.

»Nein«, sagte er ruhig. »Und wenn ich es getan hätte, würde ich es nicht zugeben. Aber da es nun einmal geschehen ist, frage ich Sie, O'Leary, wie Sie ohne die Leiche einen Mord beweisen wollen. Und dazu gegen die übereinstimmende Aussage von … uns allen.«

»Haben Sie denn überhaupt keine Achtung vor dem Gesetz, Barre?«

»Ich habe davor genauso viel Achtung wie jeder andere«, erwiderte Barre. »Aber ich halte … andere Dinge für wichtiger. Und ich denke, dass alle Anwesenden dasselbe empfinden. Huber und Gerald Frawley werden nicht wieder lebendig. Ich habe … einmal in meinem Leben eine Mordverhandlung erlebt und gesehen, wie das den Menschen, die damit zu tun hatten, zugesetzt hat. Ich weiß, was so etwas für die … Seele eines Menschen bedeutet. Ganz zu schweigen von der gesellschaftlichen Stellung, der Kreditwürdigkeit und dem Ruf, den man als Geschäftsmann genießt. Ich will das nicht am eigenen Leibe erleben. Und …«, traurig sah er Matil an, »… und ich will auch nicht, das jemand, der mir … nahe steht … solch eine … solch eine … unmenschliche, entwürdigende Tortur durchmachen muss.« Bei den letzten Worten hatte er seine arrogante Maske für eine Sekunde fallen gelassen und aufrichtig bitter geklungen.

Killian wurde unruhig, öffnete den Mund, wie um etwas zu sagen, überlegte es sich jedoch anders und schnippte seine Zigarette ins Feuer. Sie fiel mit der Asche nach oben auf einen Scheit, brannte weiter und schickte wie ein kleiner weißer Vulkan blaue Wölkchen aus der roten Glut empor.

Morse stand auf.

»Ich stimme dir trotz aller Bedenken zu, Julian«, sagte er matt. »Wie man es auch dreht und wendet, es bleibt eine vertrackte Situation.«

»Was meinen Sie dazu, Paggi?«, fragte O'Leary sonderbar tonlos.

Paggi zuckte die Schultern.

»Ich kenne mich mit dem Gesetz nicht aus«, sagte er. »Aber … aber wie jeder andere will auch ich weiter meine Brötchen verdienen können. Das geht aber nicht, wenn ich vor Gericht gezerrt werde. Außerdem …«, seine dicken Schultern zuckten nervös, »… würde man womöglich gar sagen, ich hätte es getan.«

»Durchaus möglich«, pflichtete O'Leary ihm gleichgültig bei. »Jeder von Ihnen könnte auf der Anklagebank landen. Und am Ende sogar überführt werden. Vergessen Sie das nicht.«

»Oh, wie könnt ihr nur so sein?«, rief Matil plötzlich. Sie ging an O'Leary vorbei und blickte in die Runde. Schlank und aufrecht stand sie da, die weißen Hände zu Fäusten geballt, das zierliche Kinn empor gereckt, die Augen blitzten. »Wie könnt ihr nur? Seid ihr alle so? Habt ihr keinen Funken Anstand? Seid ihr alle Lügner, seid ihr … alle … alle so widerlich selbstgerecht? Ihr habt mir schon die unglücklichste Jugend beschert, die man sich vorstellen kann. Ihr habt mich mit euren egoistischen, grausamen Geheimnissen belastet. Und jetzt, wo ich erwachsen bin, versucht ihr das Gleiche noch einmal. Ihr seid so niederträchtig und gemein. Ich verachte euch. Ihr glaubt, mit Geld kann man alles kaufen. Ihr denkt nur in Zahlen.« Sie hielt inne, um tief durchzuatmen und ihre bebende Stimme zu beruhigen. »Hört zu. Ich verspreche euch dies: Wenn ihr tatsächlich mit eurem Vorhaben durchkommt, gehe ich selbst zur Polizei und erzähle die ganze abscheuliche Geschichte. *Ihr* könnt mich nicht davon abhalten. Von euch lasse ich mir weder drohen noch etwas vorschreiben. Ich werde es tun!«

»Sentimentale Idiotin«, knurrte Lucy Kingery. Ihre langen Ohrringe glitzerten. »Genau wie deine Mutter.«

»Matil … Matil!« Barre war an ihrer Seite. »Liebste, Liebste, ich hatte doch keine Ahnung, dass du so darunter gelitten hast. Wir werden natürlich alles genauso machen, wie du es sagst. Es war dein Vater … es ist dein gutes Recht. Ich habe mich doch nur für das stark gemacht, was ich für das Beste hielt … was uns den wenigsten Ärger bereitet hat, wodurch wir am wenigsten leiden mussten. Verzeih mir, Matil. Ich tue alles, was du willst. Wenn du unbedingt möchtest, dass wir den ganzen Zirkus mitmachen, die Verhöre, Verhaftungen, Verhandlungen, die widerwärtigen Zeugenaussagen …« Er unterbrach sich. »Nein, ich will nicht länger versuchen, dich zu beeinflussen. Ich wollte dir doch nur den Schmerz ersparen. Ich hätte nie gedacht, dass unser Schweigegelübde dich so verletzt. Glaub mir, Matil, ich tue alles, was du möchtest.«

In diesem Moment, glaube ich, begann sie zu schluchzen … es waren lange, herzzerreißende Schluchzer, die ihren jungen Körper zittern ließen. Barre legte die Arme um sie, doch sie entzog sich ihm, und ebenso Paggi, der plötzlich neben ihr auftauchte und ihr seine Hände entgegenstreckte. Sie wandte sich von ihnen ab und ging auf kürzestem Weg in ihr Zimmer. Niemand sagte ein Wort, bis sie ihre Tür geschlossen hatte. Dann sagte Tante Lucy, die sich scheinbar als Erste wieder gefangen hatte:

»Abendessen. Abendessen. Ist es nicht Zeit fürs Abendessen? Was stehen Sie hier noch herum, Annette? Machen Sie sich an die Arbeit. Sie auch, Brunker. Halt, bringen Sie mir zuerst einen Whiskey, Brunker. Mir … mir ist kalt.«

Sie bekam ihren Whiskey. Nach ihrem Husten, als er ihre dürre Kehle hinunterlief, und der Farbe des Getränks zu urteilen, trank sie ihn pur. Brunker hatte nicht nachgefragt. Anscheinend kannte er ihre Gewohnheiten. Paggi hatte Brunker zur Anrichte begleitet. Als er zurückkam, leuchteten seine olivgrünen Augen, und seine ohnehin roten Lippen waren von einem noch kräftigeren Rot. Ich glaube, auch den anderen war nach einer Stärkung zumute, denn nachdem ich Tante Lucy mitsamt Ohrringen und allem zu Bett gebracht hatte und ins Wohnzimmer zurückkehrte, war das stumme Entsetzen, das den Raum beherrscht hatte, einer unnatürlich lebhaften Atmosphäre gewichen. Bis dahin hatte während jener Tage praktisch niemand etwas getrunken, aber vielleicht hatte die abscheuliche Ungewissheit über den Verbleib der starren Leiche den Stein endgültig ins Rollen gebracht. Diese neue Ungewissheit schien ihnen den letzten Rest von dem zu rauben, was wir Moral nennen; sie zog den Schleier aus Sitten und Gebräuchen fort und ließ sie nackt und bloß und hässlich zurück.

Terice und Helene legten eine wachsende Streitlust an den Tag. Helene wurde albern und gefühlsselig und bestand auf Jos Aufmerksamkeit, während Terice spöttisch und beleidigend wurde. Sie kauerte in einer Ecke des Diwans, ihre Augen funkelten wie die einer gereizten Katze, kurz bevor sie ihre scharfen Krallen ausstreckt. Paggi wurde wegen Helenes Forderungen mürrisch. Barre verfiel in rätselhaftes Schweigen, Morse starrte ängstlich und nervös ins Feuer, Brunker kam und ging mit seiner üblichen kalten, teilnahmslosen Miene, und in der Stille hörte ich Annette in der Küche ihr unmelodisches Liedchen trällern. O'Leary war meines Wissens eine Weile in Frawleys Zimmer gewesen und suchte das ganze Haus ab. Dann rief Brunker zum Essen. O'Leary sah erschöpft aus, als er auf den sanften Gongschlag hin die Treppe herunterkam. Der Gong klang sonderbar schön und einsam inmitten unseres trübsinnigen Schweigens.

Das Abendessen war grässlich. Niemand hatte sich umgezogen, wahrscheinlich, weil sich niemand mehr in sein kaltes, einsames Schlafzimmer traute. Matil leistete uns wieder Gesellschaft. Ihre Tränen waren getrocknet. Obwohl sie alle abweisend, kühl, ja verächtlich ansah, schaffte sie es irgendwie, weiterhin die Gastgeberin zu spielen. Das Essen schmeckte schrecklich, keiner aß sonderlich viel. Es bestand hauptsächlich aus gekochtem Gemüse und Fischpasteten, zum Dessert gab es Dosenobst, das in der Speisekammer schon gefroren war, und Kaffee. Es gab kein Brot. Vor allem Helene machte sich nicht die Mühe, ihren Abscheu vor dem zu verbergen, was aufgetragen wurde.

Den darauf folgenden Abend werde ich nie vergessen.

O'Leary verschwand mit Terice in einer Ecke in der Nähe des Klaviers und sprach lange mit ihr, wobei sie an einem leuchtend bunten türkischen Wandteppich herumnestelte und aussah wie eine Ratte in der Falle. Ich versuchte vergeblich, meine fehlende Stricknadel zu finden und starrte dann abwechselnd auf die nächtlichen Fensterscheiben, ins Feuer oder auf die Motive auf der Täfelung zwischen den Türen: Enten, Schilf und ein grauer See. Die anderen saßen unbehaglich schweigend da, allerdings nicht ohne sich ab und zu verstohlen zu beäugen. Tante Lucy wollte nicht in ihrem Zimmer bleiben – was ich ihr nicht verübeln konnte, denn für ihr kleines Heizgerät war kein Öl mehr da. Es reichte kaum noch, um alle Lampen anzuzünden. In den Zimmern war es eiskalt. Sie hatte sich einen grauen Schal mit langen Fransen um den Hals geschlungen, saß kerzengerade in ihrem Spinnennetz, leckte sich hin und wieder hungrig die wulstigen Lippen und starrte uns auf äußerst beunruhigende Weise an.

Ich erinnere mich noch, wie Killian einmal während seines ziellosen, rastlosen Auf-und-ab-Gehens vor einem Radio stehen blieb, das auf einem Tisch bei einem der Fenster stand. Es war ein altes, batteriebetriebenes Modell mit einem Konuslautsprecher. Er bastelte ein wenig daran herum. Sofort trat Paggi hinzu, und sie versuchten gemeinsam, das Ding in Gang zu bringen. Ich für meinen Teil hoffte, dass sie scheiterten, denn wenn wir nun auch noch Stimmen, Musik und all die übrigen Beiträge eines Radiosenders zu hören bekämen, hätten wir uns in der ohnehin ängstlich gespannten, schweigsamen Atmosphäre noch isolierter gefühlt. Unsere Sehnsucht nach Kontakt zum Rest der Welt war auch so groß genug. Hätten wir doch nur unsere eigenen Stimmen durch den Äther senden können, hätten wir nur mit jener geliebten, vertrauten Welt, die uns so unbegreiflich fern schien, kommunizieren können!

Aber natürlich konnten wir das nicht. Wir mussten warten … und warten … darauf, dass der Schneesturm endlich aufhörte und uns aus seinen entsetzlichen Fesseln entließ. Ich glaube, Matil dachte ähnlich, denn sie zog einen Fuß unter dem Kopf des Collies hervor und rief:

»Ich halte das nicht aus. Ich *kann* das nicht aushalten! Wir müssen etwas *tun*! Ich halte das nicht aus!« Sie verstummte so unvermittelt, wie sie begonnen hatte. Ihr Ausbruch erschien uns wie ein verzweifelter Hilferuf, doch vor meinen Augen wurden ihre blassen Züge sofort wieder ruhig und streng, so dass ich kaum glauben konnte, dass sie eben gesprochen hatte, wären da nicht ihre schlanken Finger gewesen, die unablässig den Saum ihres blauen Wollkleids drehten, und ihre Augen, die ihren Seelenschmerz verrieten.

Morse rutschte unruhig in seinem Sessel hin und her.

»Wir können nichts tun, Matil«, sagte er. Seine Stimme klang gebrochen. In seinen Augen lag jener Ausdruck von Sorge und Anspannung, an den wir uns bei ihm inzwischen schon gewöhnt hatten.

»Ich kriege da nichts raus«, sagte Killian plötzlich und wandte sich vom Radio ab. »Julian, du bist doch unser Radiofachmann. Versuch du es doch mal.«

Aber Barre, der offensichtlich ähnlich empfand wie ich, zuckte nur ablehnend die Schultern und hielt es nicht einmal für nötig, Killian zu antworten.

Paggi beugte sich über das Radio, ich sah, wie sich seine breiten, kräftigen Schultern bewegten. Ich fragte mich, warum Paggi, so klein, dick und unscheinbar wie er war, solch eine körperliche Anziehungskraft besaß. Er bewegte sich leichtfüßig und elegant, war leutselig, energisch und sprühte vor Leben – war deshalb das tief in seinen dunklen Augen verborgene Funkeln so intensiv und sein roter Mund so herausfordernd?

Wenn der Blick seiner dunklen Augen, wie so häufig, auf Matils strahlende Erscheinung fiel – auf ihren Hals, wo die weißen Seidenrüschen das sanftere Weiß ihrer Kehle berührten, um dann den zarten Kurven ihres jungen Körpers bis hinab zu ihren Beinen und Knöcheln zu folgen, als könne er durch Seide und maßgeschneiderte Wolle hindurchsehen –, bekam ich jedes

Mal eine Gänsehaut. Und es war sicher keine Freudsche Gänsehaut, denn ich mag zwar eine alte Jungfer sein, aber ein Dummkopf bin ich nicht. Nein, warum auch immer, mir drängten sich Vergleiche zur griechischen Mythologie auf: Ich dachte an Persephone.

Helene war, glaube ich, die Erste, die sagte, sie wolle sich schlafen legen. Dann aber bekam sie es mit der Angst zu tun, so dass der mürrische Jo Paggi auf der einen und Morse auf der anderen Seite sie die Treppe hinaufbegleiteten. Killian beobachtete sie spöttisch. Die Art, wie wir uns daraufhin alle verabschiedeten und den Weg in unsere Zimmer antraten, war verwirrender, als man es sich vorstellen kann. Natürlich wusste jeder, dass in seinem Zimmer kein Mörder lauern konnte, denn – waren wir nicht alle beisammen? Hatten wir nicht gesehen, wie Brunker die Treppe hinauf in sein Zimmer gegangen war? Wusste nicht jeder, dass Annette, wahrscheinlich mit einer Flasche Wein, sicher hinter verriegelter Tür in ihrem Zimmer neben der Küche saß? Und alle anderen – waren beisammen. Der Mörder, wer immer es war, war unter uns, die ganze Zeit über war er für alle sichtbar. Heute wundert es mich, wie wir einfach so weitermachen konnten: ein bisschen essen, ein bisschen schlafen, einfach so, obwohl wir nicht wussten, wann unsere Hände Hände berührten, an denen Blut klebte, wann unsere Augen auf Augen trafen, die eine blutige Tat verbargen.

Ja, solange wir beisammen waren, fürchteten wir uns nicht allzu sehr. Erst als wir auseinander gingen, packte uns das kalte Grauen. Ich glaube, es war Terice, die verdrossen murmelte, wir sollten die Nacht lieber zusammen im Wohnzimmer verbringen, woraufhin jemand anderes, wohl Tante Lucy, knurrte, dass wir dann kein Auge zutun würden. Also gingen wir wortlos auseinander. Sobald ich in meinem Zimmer war, legte ich den Riegel vor. Zweifellos taten die anderen das Gleiche. Ich kontrollierte auch die Riegel am Fenster. Endlich hatte Tante Lucy ihr Gute-Nacht-Sandwich aufgegessen – mochten die Vorräte auch knapp werden, ganz sicher gab es noch genug Käse, denn ihre Scheiben waren dicker denn je, vielleicht um den Mangel an Fleisch auszugleichen. Ich sehe sie noch heute vor mir, wie sie gierig schmatzend das große Stück Roquefort mit den grünen Adern verschlang – nachdem sie also ihr Gute-Nacht-Sandwich endlich vertilgt hatte und ich sie in ihrem grauen Nachthemd ins Bett gesteckt hatte, verriegelte ich ... ja, tatsächlich: Ich verriegelte meine Badezimmertür. Es war das erste Mal in meinem Leben, dass ich absichtlich einem Patienten den Weg zu mir versperrte, aber ich gestehe gern, dass O'Learys Worte meinen Glauben an die Hilflosigkeit meiner Patientin ins Wanken gebracht hatten. Zudem gefielen mir ihre Hände nicht: Sie waren groß und knochig und sahen dabei ausgesprochen kräftig aus.

Es kam mir zwar vor, als würde ich die langen, schleppenden Stunden wach liegen, während derer der Sturm heulend um das Jagdhaus strich und jedes Rascheln, jedes Knacken Lebensgefahr bedeuten konnte. Aber ich glaube, in Wirklichkeit schlief ich doch etwas. Nur ein Geräusch hörte ich ganz sicher: ein fernes Heulen von Jericho, das schlagartig aufhörte und so klang, als käme es aus Matils Zimmer.

Wie oft habe ich mir vorgestellt, was in jener Nacht geschah. Vor meinem geistigen Auge öffnet sich heimlich eine Tür; eine Gestalt zeichnet sich dunkel vor der roten Glut des südlichen Kamins ab; O'Leary späht vorsichtig über die Rückenlehne des Diwans, steht leise auf und nähert sich der großen Gestalt; dann öffnet sich, Zentimeter für Zentimeter, geräuschlos, verstohlen und unendlich vorsichtig eine zweite Tür, eine dritte Gestalt schleicht sich immer näher und näher an O'Leary heran und hat etwas – ja was? – in der Hand; dann der schnelle Schlag, das Keuchen, der Kampf, die Tür – und plötzlich wieder Finsternis und Stille, nur noch der Wind, der seufzend durch den Kamin streicht und die rote Glut anfacht, bis sie ein wenig aufleuchtet und die gekrümmte Gestalt auf dem Kaminvorleger erkennen lässt; eine Gestalt, die vielleicht noch ein- oder zweimal leise aufstöhnt.

Als Brunker wie wild an meine Tür klopfte, graute draußen

schon der kalte Morgen. Er weckte mich aus einem tiefen, festen Schlaf. Ich erinnere mich noch gut an seine Worte. Er wiederholte sie wieder und wieder:

»Schwester, er ist tot. Schwester, Schwester – er ist tot! Mr. O'Leary ist ermordet worden.«

12

Skier

Nein, er war nicht tot, obwohl es ein oder zwei schreckliche Momente dauerte, bis ich seinen schwachen Puls gefunden und ihm ein paar Tropfen Alkohol zwischen die blauen Lippen geträufelt hatte. Brunker und Killian hoben ihn auf den Diwan, die anderen standen um uns herum und boten hastig ihre Hilfe an. Glücklicherweise hat O'Leary einen harten Schädel, was, entgegen der öffentlichen Meinung, für einen Detektiv eine hervorragende Sache ist. Der Schlag, der einen anderen als ihn vielleicht umgebracht hätte, bewirkte bei ihm nur eine große, hässliche, blutverschmierte und schmerzhafte Beule, die allerdings nicht unbedingt gefährlich war. Ich holte meinen Schwesternkoffer, säuberte die Wunde und nähte sie mit ein paar Stichen. Irgendwie schaffte ich es, dabei meine Hände ruhig zu halten, die heftig zittern wollten. Ich war jedoch erst richtig erleichtert, als allmählich Farbe in seine Lippen kam. Schließlich öffnete er die Augen, murmelte etwas Unverständliches über Skier, blickte mich an und versuchte, sich aufzusetzen, doch ich drückte ihn auf den Diwan zurück.

»Sie bleiben gefälligst hier liegen und halten den Mund«, sagte ich brüsk; meine plötzliche Erleichterung machte sich als Ärger Luft.

»Legen Sie sich doch selbst hin«, brachte er undeutlich hervor und schloss wieder die Augen. »Sie sind weiß wie ein Laken.« Dann fiel ihm etwas ein. »Die Skier!«, rief er deutlicher.

Seine Augen öffneten sich wieder, und er blickte in die Gesichter der Umstehenden – die noch vor wenigen Sekunden so ängstlich besorgt ausgesehen hatten. Jetzt, schien es mir, wirkten ein oder zwei darunter ein wenig enttäuscht. Natürlich, wenn O'Leary von der Bildfläche verschwunden wäre, hätte das gewisse Probleme gelöst. Da waren sie nun, alle miteinander – obwohl … halt! Waren wirklich *alle* da?

Killian schien das Gleiche zu denken, denn sein Blick glitt in Sekundenschnelle über die Gruppe, dann rannte er zu Newell Morses Tür.

Newell Morse, natürlich! Sein Gesicht fehlte in der Runde.

»Newell! Newell!«, rief Killian vor der geschlossenen Tür. Er klopfte einmal, zweimal, dreimal, dann stieß er die Tür auf. Von meinem Platz aus konnte ich in das Zimmer sehen: Das Bett war leer. Killian ging hinein, nahm einen Zettel vom Frisiertisch und kam langsam zu uns zurück.

»Hier ist ein Brief. Er ist für dich, Matil.« Zögernd sah er sie an und gab ihr den Brief. Sie faltete den Zettel auseinander und las ihn, erst für sich, dann laut:

»Ich halte das nicht mehr aus. Hier liegt Mord in der Luft. Ich will versuchen, in die Stadt durchzukommen. Ich nehme die Skier. Die Schneedecke trägt recht gut. Ich bin überzeugt, dass ich es schaffen werde und Hilfe holen kann. Ich muss an Frawleys Schließfach gelangen und herausfinden, wer ihn umgebracht hat und warum. Ich halte es nicht länger aus. Ich gehe. Frawley hat dafür gesorgt, dass man nur mit der richtigen Nummer in sein Schließfach hineinkommt. Falls ich es nicht schaffe, solltest du …«

Matil verstummte plötzlich, als habe sie schon zu viel vorgelesen, ging zum Kamin und warf den Zettel ins Feuer, wo er in Flammen aufging.

Dann wandte sie sich zu uns um.

Niemand sprach. Morse war also fort, er versuchte, in die Stadt durchzukommen, Hilfe zu holen und … und herauszufinden, wer Gerald Frawley ermordet hatte.

Er war weg.

Ich blickte zum südlichen Kamin. Die Skier, die dort über Kreuz gehangen hatten, waren fort. Morse stapfte in diesem Moment mit ihnen über den Schnee. War die Schneedecke so fest, dass sie sein Gewicht aushielt? Ertrug er die bittere Kälte? Die Schneeflocken, die der Sturm ihm wie tausend Nadelstiche ins Gesicht trieb, die ihm die Sicht und die Luft zum Atmen nahmen? Wie wollte er sich in den weglosen schneebedeckten Hügeln zurechtfinden?

»Haben Sie gewusst, dass er fortwollte, O'Leary?«, fragte Paggi unvermittelt. »Haben Sie versucht, ihn daran zu hindern? Hat er Sie deshalb niedergeschlagen?«

O'Leary dachte kurz nach. Dann schloss er erschöpft – und zwar so erschöpft, dass ich ihn kritisch betrachtete – seine grauen Augen und sagte kraftlos:

»Ja, er hat mich erwischt. Ich hatte beschlossen, die Nacht auf dem Diwan hier zu verbringen ... ich hielt es für besser, wach zu bleiben.« Er schwieg und holte Luft. »Morse kam aus seinem Zimmer. Ich bin ihm gefolgt ... sah, was er vorhatte ..., aber er hat mich gehört.« Abermals hielt er erschöpft inne, sehr erschöpft, und ich wusste, dass er schamlos log. »Na ja, jedenfalls hat er mich böse erwischt. Au! ... Das tut höllisch weh, Miss Keate. Können Sie nichts dagegen tun?«

Woraufhin er sich aufsetzte und prompt allen Ernstes ohnmächtig auf dem Diwan zusammenbrach.

Killian holte mehr Brandy, und Matil machte kalte Umschläge. Dann schlug O'Leary die Augen auf, begriff, was passiert war, und wirkte zutiefst beschämt.

»Sie bleiben heute schön im Bett«, sagte ich energisch. »Wenn Sie sich dauernd aufsetzen, herumlaufen und in Ohnmacht fallen, bekommen Sie noch Fieber und werden richtig krank. Sie sind dem Tod gerade noch mal von der Schippe gesprungen.«

»Mit anderen Worten: Sie sollten Ihr Glück nicht allzu sehr strapazieren, O'Leary«, sagte Killian. »Sieht aus, als könnten Sie hier sowieso nichts mehr tun. Da Morse offenbar davon ausgeht, dass er uns den Schuldigen nennen kann, wenn er es erst in die Stadt geschafft hat, können wir nur abwarten.«

»Glaubst du, er schafft es, Lal?«, fragte Matil leise.

Killian zuckte die Schultern.

»Möglich.« Seine undurchdringlichen Augen blickten in das endlose Weiß vor dem Fenster. »Ja, ich glaube, er wird es schaffen. Er läuft hervorragend Ski. Vor sechs Jahren hat er das Effstone-Rennen gewonnen; er fühlt sich auf Skiern wie zu Hause. Ja, ich glaube, er hat gute Chancen. Er wird es schaffen, er wird uns Hilfe schicken.«

»Es sei denn ...« Helene kniff ihre grünen Augen zusammen. Sie senkte die Stimme zu einem heiseren Flüstern. »Es sei denn ..., er ist ... *geflohen.*«

Helene drückte sich normalerweise nicht gewählt aus. Ich glaube, die Art, wie sie das Wort ›geflohen‹ mit all seinen Implikationen verwendete, erschreckte mich ebenso sehr wie die Vorstellung selbst. Geflohen! War Newell Morse der Mörder? Hatte er in seiner Verzweiflung beschlossen, im Kampf gegen den Schneesturm alles auf eine Karte zu setzen?

Wie auf Kommando tauchten in meinem Kopf alle möglichen Dinge auf, die diese Annahme bekräftigten: seine Nervosität, der Zettel, den Frawley ihm geschrieben hatte, die Tatsache, dass er sich als Letzter länger mit Frawley unterhalten hatte – zumindest war er, soweit wir wussten, der Letzte gewesen –, die Tatsache, dass außer O'Leary nur er Frawleys Schließfachnummer kannte und nun lange vor uns in Barrington ankommen würde, lange genug, um alle Unterlagen, die Frawley hinterlassen hatte, zu zerstören oder für seine Zwecke zu manipulieren – aber vor allem tauchten seine rosigen Hände vor meinen Augen auf, wie sie gezittert hatten – in einem fort gezittert. Geflohen! Ja, es war durchaus möglich.

»O nein!«, rief Matil entrüstet. »Newell war es nicht. Nicht Newell!«

Paggi zuckte die Schultern.

»Meine liebe Matil, entweder war es Newell, oder ... oder einer von uns, die wir hier vor dir stehen. Such dir einen aus.«

Matil antwortete natürlich nicht, obwohl es mir so vorkam, als hätte sie mit ihren dunkelblauen Augen kurz zu Helene und Terice hinübergeschaut.

»Newell …«, sagte Barre nachdenklich. »Nein … das glaube ich nicht. Das kann ich einfach nicht glauben. Und trotzdem … er hat niemanden in seinen Plan eingeweiht. Er hat sich abgesetzt, ohne dass jemand von uns davon wusste. Man sollte doch annehmen, dass er vorher zumindest mit Matil gesprochen hätte. Oder mit Killian und mir, seinen Geschäftspartnern.« Entschlossen sagte er: »Nein, ich kann nicht glauben, dass Newell Morse Frawley umgebracht hat.«

Paggi zuckte abermals die Achseln.

»Nun, Julian, wen von uns würdest du dir aussuchen?« Seine graziöse Handbewegung schloss die listige, dicke Annette, die gespannt zuhörte, ebenso ein wie den teilnahmslosen, blassen Brunker.

Wieder folgte nur Schweigen. Es gab nichts zu sagen.

Wie oft hat sich in meinem Leben die verwirrende Wahrheit bestätigt, dass alles anders kommt, als man denkt. Hätte man mir den Fall theoretisch geschildert, hätte ich vermutet, dass nach Morses Verschwinden die allgemeine Nervosität, die Angst und Panik der Verbliebenen sich noch gesteigert hätten. Dass alle Anwesenden die Enthüllungen fürchteten, die nach Morses Ankunft in der Stadt erfolgen könnten, oder auch, dass er niemals ankommen und der Inhalt des Schließfachs, all die leidigen Unterlagen, die es enthalten mochte, in die Hände der Polizei fallen könnten.

Ich hätte angenommen, dass die anderen natürlich um das Leben von Newell Morse gebangt hätten, der auf endlosen verschneiten Pfaden gegen die Schrecken des nicht enden wollenden Schneegestöbers und gegen den bitterkalten Wind kämpfte, der sich durch die turmhohen Verwehungen und die weißen Weiten, die zwischen ihm und Nettleson lagen, vorwärts mühte.

Stattdessen breitete sich schlagartig eine Stimmung aus, als sei uns eben eine letzte Gnadenfrist gewährt worden. Die überreizten Nerven beruhigten sich, die verkrampften Abwehrhaltungen wurden aufgegeben. Die allgemeine Erleichterung war beinahe mit Händen zu greifen. Man merkte es an den Blicken, die sich plötzlich freier und unbeschwerter begegneten. Man merkte es auch an der Sorglosigkeit, mit der Lal Killian »Fahrt aus der Haut und tanzt mit mir den Knochentanz« pfiff, als er zur Eingangstür ging, sie öffnete, von einer scharfen Böe des Schneesturms erfasst wurde und sie zitternd wieder schloss.

Zuvor konnten wir allerdings noch einen Blick auf den Berg von Schnee erhaschen, der sich vor der Tür auftürmte und von dem ein wenig ins Haus gerieselt war.

»Fegen Sie den Schnee weg, Brunker«, befahl Matil zerstreut. Auch ihre Stimme klang erleichtert, auch sie wirkte etwas befreit von der Angst, die uns seit drei Tagen fest im Griff hatte. »Und danach servieren Sie bitte das Frühstück. Annette, bringen Sie bitte sofort einen Kaffee für Mr. O'Leary. Damit werden Sie sich gleich etwas besser fühlen, nicht wahr?«

»Morse ist also abgehauen«, murmelte Paggi. »Hör mal, Julian, sieht das nicht so aus, als ... also, ich sage das nicht gern ... aber macht das nicht den Eindruck, als wäre ihm ... der Boden zu heiß geworden?«

»Wenn das der Fall ist«, sagte Terice laut, »dann können wir alle aufatmen. Eines ist sicher«, fuhr sie, wahrscheinlich unter dem Einfluss ihres unerschütterlichen Rests an gesundem Menschenverstand, fort. »Entweder er holt Hilfe und das schreckliche Warten nimmt endlich ein Ende, oder ... er ist selbst der Mörder und wir brauchen uns nicht mehr vor jedem Schatten an der Wand zu fürchten.« Zum Schluss hatte sie, wahrscheinlich unabsichtlich, geradezu ehrlich geklungen. Sie schauderte ein wenig.

Helene ließ sich in einen Sessel sinken und seufzte. Ihre Miene entspannte sich.

»Nun«, sagte sie, »ich bin wirklich erleichtert. Ich glaube, ich könnte jetzt sogar etwas Frühstück vertragen.« Ihre Augen suchten mich. »Warten wir nur darauf, dass Miss Keate sich anzieht?«

Jetzt erst fiel mir mein unordentliches Äußeres auf: ein hastig übergeworfener Morgenrock, Pantoffeln und ungekämmte Haare. Während ich O'Learys Proteste geflissentlich überhörte – ich muss wohl kaum erwähnen, wie viel Erfahrung ich mit widerspenstigen Patienten habe –, wies ich Brunker und Killian an, ihn nach oben zu bringen, und ging in mein Zimmer. Nachdem ich geduscht und mir eine frische Schürze angezogen hatte, fühlte ich mich erheblich wohler. Die anderen saßen bereits am Frühstückstisch, als ich zurückkam. Brunker stieg gerade vorsichtig mit einem Tablett für O'Leary die Treppe hinauf.

Tante Lucy war an diesem Morgen in redseliger Stimmung und beschäftigte, ja, unterhielt uns mit einer ausschweifenden Erzählung über die Entenjagd, die Huber Kingery während seines letzten Aufenthalts auf Hunting's End veranstaltet hatte. Oft suchte sie Matils Bestätigung, so oft, dass Matil schließlich mit einem matten Seufzer sagte, sie habe bei ihrem letzten Aufenthalt hier Tagebuch geführt. Tante Lucy könne es gern haben, wenn sie wollte. Tante Lucy wollte nicht das ganze Tagebuch durchstöbern und erwiderte aufgebracht, Matil würde sich doch sicher auch so noch an die Jagdbeute erinnern.

»Krickenten waren dabei«, sagte Tante Lucy, den Mund voll trockener Haferflocken, die sie ohne Milch zerkaute. »Aber wir haben sie weggeworfen. Bei Krickenten schmeckt nur die Brust. Am Anfang der Jagdsaison mag man sie ja noch, aber mit der Zeit wird man sie leid.

Erst wenn die Enten aus dem Norden kommen, kann man wirklich gut jagen. Am liebsten mag ich ja Wildenten. Weißt du noch, Matil, wie viele Wildenten wir von dem letzten Ausflug mitgebracht haben? Es war Hubers letzte Jagd. Ich nehme doch an, dass du dich daran erinnerst, nicht wahr, Matil? Ja, weißt du es denn nicht mehr? Wir waren doch alle dabei. Helene, wie viele Wildenten hatten wir? Es war ein Rekord. Weißt du noch, wie wir den ganzen Abend darüber gesprochen haben? Kurz bevor Huber – ermordet wurde.« Helene schauderte.

»Also wirklich, Matil«, sagte sie aufgebracht, »ich habe gerade begonnen, mich etwas wohler zu fühlen. Kann deine Tante denn nicht von etwas anderem sprechen? Ich sehe nicht ein, warum sie uns schon wieder daran erinnert – warum sie schon wieder von diesem unangenehmen Thema anfängt!«

»Hat es hier schon einmal so geschneit?«, beeilte sich Killian zu fragen, als Tante Lucys Löffel über der Haferschüssel verharrte, ihre finsteren Züge sich weiter verfinsterten und sie Helene voller Ingrimm anblickte. Ihre langen Ohrringe funkelten bedrohlich.

»Ist sie nicht zimperlich?«, fragte Tante Lucy, ohne sich ablenken zu lassen, mit dem Taktgefühl eines Stahlwalzwerks. »Ist sie nicht verwöhnt? Hör mir gut zu, Helene Paggi. Es mag vielleicht ein unangenehmes Thema sein, aber es ist noch weit unangenehmer, einen Mörder ...«, sie warf einen langsamen Blick in die Runde, bevor sie sich wieder auf Helene konzentrierte, »... zu Gast zu haben.«

Sofort traten rote Flecken auf Helenes Gesicht. Sie sprang auf.

»Was willst du damit sagen?«, kreischte sie schrill. »Wenn du mich damit meinst, könnte ich auch einiges über dich sagen. Was ist denn mit dir selbst? Was ist denn ...«

»Setz dich, setz dich hin, Helene.« Barre zog sie etwas unsanft auf ihren Stuhl hinunter. »Um Himmels willen, hört doch endlich auf, euch zu streiten.«

»So so, Helene macht sich also so ihre Gedanken«, meinte Terice zuckersüß und beugte sich vor. »Erzähl doch bitte weiter, Helene, das ist interessant.«

Paggi schob energisch seinen Stuhl zurück. Sein Gesicht, das sonst morgens immer gelblich aussah, war zornrot.

»Können wir nicht einmal vernünftig essen?«, stieß er wütend hervor. »Ich will in Ruhe essen ... ich habe Hunger. Ich kann dieses ewige Gezänk nicht mehr ertragen. Ich bin Künstler. Ich brauche solche Dinge nicht zu erdulden. Mein ganzes Nervenkostüm ist dahin. Ich ...«

»Ach *Gott*!«, rief Lal Killian entrüstet. »Wir sind *alle* mit den Nerven am Ende. Halt den Mund, Paggi. Du machst mich krank!«

»Du bist ein grober Klotz, Killian. Du hast nicht mehr Nerven als ein Esel. Du kannst ja nichts dafür. Du bist ein Rotzjunge, jawohl. Nichts als ein Rotzbengel ...«

»Meine Herren … Lal …«

»Mir scheint, Sie sind alle ein wenig durcheinander«, rief ich streng dazwischen. Ich dachte, wenn sich schon alle beschimpften, könnte ich genauso gut mitmachen. »Klotz, Esel, Rotzbengel … Sie führen sich auf wie ein Kind, Mr. Paggi.« Er zuckte bei dem ›Mister‹ zusammen, also wiederholte ich es. »Jawohl, das ist meine Meinung, Mr. Paggi. Jetzt seien Sie beide still und essen Ihr Frühstück. Sparen Sie sich Ihre gegenseitigen Komplimente für später … Was haben Sie denn jetzt schon wieder?«

Killian stand kerzengerade und kreidebleich vor seinem Teller.

»Ich verlange eine Entschuldigung von Signor Paggi«, sagte er steif wie ein Halbwüchsiger.

Paggis grüne Augen funkelten.

»Jo soll sich entschuldigen?«, rief Helene. »Ich möchte mal wissen, wofür. Er weiß, was sich für einen Gentle …«

»Helene, würdest du *bitte* still sein?«, sagte Paggi. Sein dunkles Gesicht war finster wie eine Gewitterwolke. »Selbstverständlich, Killian … manchmal redet man eben, ohne vorher nachzudenken. Wahrscheinlich sind wir alle ein bisschen gereizt.«

»Wenn das eine Entschuldigung sein soll, nehme ich sie an«, sagte Killian, noch immer steif. »Aber … vergiss unsere Gastgeberin nicht.«

»Matil!« Paggi sprang auf – leichtfüßig, schwungvoll, lebendig. »Ich bitte dich, verzeih mir. Ich … ich bin ein emotionaler Mensch. Ich gebe es zu. Ich lasse mich von Gefühlen hinreißen. Ich bin Künstler. Die Dinge berühren mich tiefer als andere – temperamentlose, dickhäutige – Menschen. Bitte verzeih mir.« Er nahm ihre Hand in seine beiden Hände und drückte sie. Terice lächelte Helene schadenfroh an. Um Helenes Augen bildeten sich gehässige Falten.

»Entschuldige, Matil«, sagte Killian knapp. Er setzte sich hin, nahm seine Serviette und sah mich an. »Wir benehmen uns *wirklich* wie Kinder«, gab er zu. Sein Mund lächelte, doch seine Augen nicht.

Matil zog ihre Hand weg.

»Frühstückt jetzt bitte zu Ende«, sagte sie kühl. »Ich finde es schrecklich, dass wir uns streiten, während der arme Newell vielleicht …« Sie hielt inne.

»Aber, Matil«, sagte Barre gutmütig, »mach dir um ihn keine Sorgen. Wenn Newell aus irgendeinem Grund zum Mörder geworden ist … ist es dann nicht umso besser für uns, dass es so endet … auf seine eigene Verantwortung?«

Sicher hatte er Matil damit trösten wollen. Aber mir schien es ein zweifelhafter Trost zu sein.

»Ach, ich weiß nicht«, sagte Lal Killian ungezwungen. »Newell hat gute Chancen durchzukommen.«

»Dann sehen wir ihn nie wieder«, sagte Terice hart. Ihre Platinlocken waren über ihren Teller gebeugt, ihr Gesicht war eine geschminkte Maske. »Er wird sich genügend Geld beschafft haben und längst außer Landes sein, bevor dieser Schneesturm aufhört. Nun …« Sie zuckte die Achseln. Die Ringe an ihren harten kleinen Fingern blitzten auf, sie sah zum Fenster hinaus. »Ich bin jedenfalls froh, dass er weg ist.«

»Warum bist du so sicher, dass er … dass er der Mörder ist?«, fragte Helene.

»Aber, Helene … begreifst du denn nicht? Wieso sollte er sonst in diesem Schneesturm sein Leben riskieren? Es ist seine einzige Chance zu entkommen … das ist zumindest meine Meinung.«

»Madame ist scheinbar ganz versessen darauf, Newell die Schuld in die Schuhe zu schieben«, bemerkte Paggi und blickte kurz von seiner Kaffeetasse auf. Ich sah nur das Weiß in seinen olivgrünen Augen.

»Was, bitte schön, soll das schon wieder heißen?«, giftete Terice. Ihre Augen funkelten, ihre stark geschminkten Lippen zogen sich über die kleinen Zähne zurück. »Wenn du damit ›Warst du es?‹ fragen willst – dann überleg es dir lieber noch mal, du Riesenbaby.« Matil machte eine beschwichtigende Geste, doch Terice fuhr fort: »Wer immer Gerald Frawley erschossen hat, hat auch seine Leiche versteckt … und damit scheide ich aus dem Kreis der Verdächtigen aus. Ich bin viel zu klein.« Hässlich kicherte sie und betrachtete Helenes Arme. »Helene wäre schon eher dazu in der Lage.«

Matil stand auf.

»Es gibt keinen Grund, vulgär zu werden, Terice«, sagte sie unmissverständlich.

»Ach, du hast mich doch von Anfang an nicht ausstehen können, Matil«, sagte Terice ungerührt. »Ich kann auch nicht gerade behaupten, dich gemocht zu haben. Und was die Vulgarität betrifft«, fuhr sie fröhlich fort, »ich weiß, das ich vulgär bin …, aber ein bisschen Vulgarität hat noch nie jemandem geschadet.«

Tante Lucy schnaubte wütend.

»Du bist wirklich ein verdorbenes kleines …«

»Tante Lucy!«, rief Matil, um die hässlichen Worte der alten Frau zu übertönen.

»Wir brauchen mehr Kaffee, Brunker«, sagte Killian. Er lachte freudlos. Seine braunen Augen ruhten auf Matil. »Setz dich, Matil, sei ein braves Mädchen«, bat er sie. »Es macht keinen Spass, im Stehen zu frühstücken. So ist es besser«, sagte er, als sie sich hinsetzte. »Ich glaube, unsere Erleichterung darüber, den armen Newell zum Sündenbock machen zu können, ist uns zu Kopf gestiegen. Ich schlage vor, wir ruhen uns heute aus, so gut es geht. Es wird unseren Nerven gut tun, besonders den sensiblen Nerven von Signor Paggi.« Er sprach ohne Ironie, doch der Spott in seinen Augen traf Paggi trotzdem. »Außerdem hört es bestimmt noch heute auf zu schneien, so dass wir schon bald von hier fortkönnen.«

»Kommen Sie heute ohne mich aus, Miss Kingery?«, fragte ich. »Ich glaube, ich muss mich noch ein wenig um Mr. O'Leary kümmern.«

»Aber sicher«, sagte Tante Lucy schroff. Sie streckte ihre hagere Hand aus und packte mein Handgelenk. Ihre Finger fühlten sich fiebrig heiß an. »Glauben Sie, dass er stirbt?«

»Nein!«, sagte ich entschieden.

Alle schwiegen, als ich die schmale Treppe hinaufging. Auf der Galerie sah ich über das Geländer. Julian Barre zündete sich eine

Zigarre an, die er sich offenbar für Notfälle aufbewahrt hatte. Seine Erkältung war schlimmer geworden. Er sah aus, als hätte er nicht geschlafen. Helene spielte mit ihrem Silberbesteck auf dem Teller herum. Paggi stellte vorsichtig seine Tasse auf die Untertasse.

»Mir scheint«, sagte er leise, ohne zu wissen, dass ich über ein ausgezeichnetes Gehör verfüge, »unsere rothaarige Schwester hat ein ziemlich großes Interesse an Mr. O'Leary. Sie sind ein Paar, oder?«

Zunächst antwortete niemand. Dann lachte Terice laut auf.

»Jo, du denkst immer nur an das Eine«, sagte sie. »Du musst zum Psychiater.«

»Ich glaube, sie sind Bekannte«, sagte Matil kühl. »Mr. O'Leary hat gesagt, dass sie ihn kürzlich gepflegt hätte, als er krank war ... ich glaube, er hatte eine Blinddarmentzündung.«

»Hmm«, machte Paggi. Dann musste er niesen und nochmals niesen und warf einen erbosten Blick auf den Kamin. »Ich habe eine fürchterliche Erkältung«, sagte er. »Oh, ich mache dir deshalb keine Vorwürfe, Matil. Trotzdem, das passt mir ganz und gar nicht. Hat jemand etwas dagegen, wenn ich nachher ein paar Stimmübungen mache?«, fragte er, und während Killian »Grundgütiger« sagte, nickte Helene heftig.

»Ich begleite dich, Jo«, bot sie ihm umgehend an. »Aber mit deiner Erkältung darfst du nicht zu lange singen.«

»Wir sind alle erkältet«, sagte Julian Barre und hustete.»Mein Hals fühlt sich höllisch an. Übrigens, Jo, ich will dir ja nicht zu nahe treten, aber mir kommt es so vor, als ob du in letzter Zeit ein leichtes Vibrato in deinen Gesang legst, das sich entsetzlich affektiert ...«

Ich schloss O'Learys Tür.

Auf dem Tisch stand ein Frühstückstablett, von dem er zumindest den Kaffee getrunken hatte. O'Learys Augen blickten wieder klarer und natürlicher in die Welt.

»Also dann«, sagte ich streng. »Was ist letzte Nacht wirklich passiert?«

»Ein Grenadier«, murmelte er. »Ein wahrer Grenadier von einer Frau.« Dann wurde seine Miene nüchterner. Besorgt sah er mich an. »Ich weiß es nicht, Miss Keate«, sagte er schwach. »Ich wünschte, ich wüsste es … Ich muss Ihnen sagen«, fügte er nach kurzem Schweigen hinzu, »dass ich auf einem Tiefpunkt angelangt bin, aber gleichzeitig weiß ich … ich *weiß* es ganz genau … dass es etwas gibt, etwas sehr Einfaches, das …« Er unterbrach sich. »Wie gut haben Sie Ihr Unterbewusstsein geübt, Miss Keate? Meines benimmt sich leider sehr ungezogen. Und trotzdem … trotzdem versucht es, mir etwas zu sagen. Etwas so Einfaches, dass ich es einfach übersehen habe.« Er runzelte die Stirn. »Also … dieses Radio, ist das nicht merkwürdig? Warum bringt es niemand in Ordnung? Das wäre doch die normalste Sache der Welt. Man muss doch nur einen Draht an den Widerstand anschließen, mehr nicht. Ich habe mir das Ding angeschaut, ich könnte es sogar selbst reparieren. Jeder, der auch nur ein bisschen von Radios versteht, könnte es reparieren.«

»Was hat das mit dem Mord zu tun?«

»Nichts«, sagte O'Leary monoton. »Es ist nur nicht … normal. Und das Unterbewusstsein stößt sich am Unnormalen …«

»Aber heute Nacht«, bohrte ich weiter, da ich mich mehr für das Äußere als für das Innere seines Kopfes interessierte. »Woher stammt diese Beule? Wissen Sie eigentlich, wie nahe Sie daran waren …« Ich schauderte. In dem Zimmer war es eiskalt.

»Sie sind unglaublich zuverlässig, Miss Keate«, sagte O'Leary und ergriff meine Hand. »Ich würde lieber mit Ihnen in den Krieg ziehen als mit einer … berittenen Armee.«

»Unfug«, sagte ich brüsk und stellte plötzlich fest, dass meine Nase lief. »Ich bekomme eine Erkältung«, sagte ich. »Haben Sie … wo haben Sie Ihre Taschentücher?«

»In der Tasche da drüben«, sagte O'Leary und sah mir zu, wie ich nach einigem Wühlen ein weißes Stofftaschentuch in seiner Tasche fand, mir die Nase schnäuzte, mich räusperte, meine Haube zurechtrückte und mich wieder auf seine Bettkante setzte. Ich fühlte mich etwas frischer.

»Wer hat Sie niedergeschlagen?«, fragte ich.

»So klar, so erfreulich präzise«, murmelte O'Leary. »Sie ist ganz in ihrem Element. Nun, ich weiß weder, wer mich geschlagen hat, noch, von was ich getroffen wurde. Sehen Sie, es war so«, fuhr er fort, als ich eine ungeduldige Handbewegung machte. »Ich habe die Nacht auf dem Diwan verbracht. Da mir die bisherigen Nächte in diesem Jagdhaus entschieden zu lebhaft waren, hatte ich beschlossen, mit meinen eigenen Augen alles zu beobachten, was während der Nacht passiert. Ganz zu schweigen davon, dass ich ein gewisses Verantwortungsgefühl habe.«

»Unfug«, unterbrach ich ihn. »Sie sind kein Polizist. Ich wünschte wirklich, Sie würden bald eine nette junge Frau heiraten, die Sie von derart riskanten Unternehmungen abhält.«

»Und die Ihnen jedes Jahr ein Patenkind beschert?«, fragte er. Seine grauen Augen funkelten schelmisch. »Sie brauchen jemanden, um den Sie sich sorgen können, Miss Keate. Warum sollte ich diese Rolle nicht weiterhin übernehmen? Außerdem, welche nette junge Frau würde schon einen Detektiv als Ehemann wollen?«

»Nun«, sagte ich zweifelnd, »zum Beispiel Matil Kingery.«

Er lachte so herzlich, dass es mir Angst machte. Ich betastete den Verband an seinem Kopf und befahl ihm, mit dem Lachen aufzuhören.

»Sie sind unbezahlbar, Miss Keate«, sagte er japsend. »Jemanden wie Sie gibt es nicht noch einmal. Ich flehe den Allmächtigen an, dass Sie keine passende Frau für mich finden, denn dann würden Sie dafür sorgen, dass ich, im Frack und mit kaltem Schweiß auf der Stirn, vor dem Altar stehe, ehe ich weiß, wie mir geschieht.« Sein Lächeln erstarb, und er beugte sich mit ernstem, besorgtem Blick zu mir. »Ich meine es ernst, Miss Keate. Wagen Sie es ja nicht, mich zu verheiraten. Ich werde nicht heiraten. Ich will nicht. Und sollten Sie es sich in den Kopf setzen, mich zu verkuppeln, verschwinde ich auf der Stelle aus Ihrem Leben.«

»Ich meinte es doch nur gut mit Ihnen«, sagte ich unsicher. »Und Matil Kingery …«

Er unterbrach mich sehr unhöflich und bestimmt.

»Matil Kingery ist Hals über Kopf in einen anderen verliebt. Haben Sie denn keine Augen im Kopf?« Ich sah ihn reichlich erstaunt an, und er fuhr gemäßigter fort: »Möchten Sie nicht wissen, was letzte Nacht passiert ist?«

»Doch, natürlich. Erzählen Sie«, sagte ich und vergaß Matil für den Augenblick.

»Nun, ich habe wie gesagt die Nacht auf dem Diwan vor dem nördlichen Kamin verbracht. Ich lag völlig im Dunkeln. Man kann mich hinter der riesigen Rückenlehne dieses Dings unmöglich gesehen haben. Aber da die Asche noch ein klein wenig geglüht hat, konnte ich selbst recht gut sehen, als sich meine Augen an die Dunkelheit gewöhnt hatten. Jedenfalls, ungefähr um vier Uhr – ich schätze, er hat bis kurz vor dem Morgengrauen gewartet, weil er bei absoluter Finsternis noch schlechtere Chancen gehabt hätte – kam Morse leise aus seinem Zimmer. Ich habe ihn gesehen. Natürlich war ich gespannt, was er vorhatte. Ich bin aufgestanden und habe mich im Schatten der Sessel vorsichtig an ihn herangeschlichen. Was um alles in der Welt wollte er am südlichen Kamin? Und gerade, als ich sah, wie er nach den Skiern griff, traf mich etwas am Hinterkopf ... und mehr weiß ich nicht. Zumindest glaube ich das ... ich weiß nur, dass ich das Bewusstsein verlor und dass die Skier und Morse, der nach ihnen griff, das Letzte sind, woran ich mich erinnere.«

»Sie wissen nicht, wer Sie niedergeschlagen hat?«

»Nein ... nein.«

»Dann ... es klingt aber so, als hätten Sie eine Vermutung?«

»Vermutungen sind riskant. Es könnte jeder gewesen sein. Wie gesagt, ich habe nur auf Morse geachtet. Dummerweise auf sonst nichts. Ich habe mich auf meinen sechsten Sinn verlassen, aber der hat leider versagt.«

»Wie unhöflich von ihm«, sagte ich trocken.

»Ja«, sagte O'Leary.

»Morse«, überlegte ich laut, »hatte vielleicht jemanden ins Vertrauen gezogen, und derjenige hat Ihnen womöglich den Schlag verpasst.«

»Sie denken, er hat einen Komplizen, der ihm die Flucht erleichtert hat? Einen Helfershelfer? Der mich ausgeschaltet hat, weil ich Morse aufgehalten hätte? Vielleicht, das ist durchaus möglich.«

»Dafür kämen nur Barre und Killian in Frage«, spann ich den Faden weiter. »Ich glaube nicht, dass Paggi für jemand anderen seine Haut riskieren würde.«

»Warum schließen Sie die Frauen aus, Miss Keate? Lucy Kingery sieht aus, als könnte sie einen Bären erwürgen ... sogar von ihrem Rollstuhl aus, wenn sie wollte. Helene Paggi hat Oberarme wie ein Heizer ..., um es brutal zu sagen. Und die kleine Baronin ...« Er hielt inne, schüttelte den Kopf und zuckte ein wenig zusammen, als sein Verband am Kopfkissen scheuerte. »Nein, die ist eher der Typ, der zum Stilett greifen würde. Wenn die jemanden loswerden wollte, würde sie eine feinere – und effektivere – Methode wählen.«

»Warum haben Sie behauptet, Morse habe Sie niedergeschlagen?«

»Nur so. Es ist immer gut, die Verdächtigen keinen Verdacht schöpfen zu lassen. Außerdem wusste ich natürlich, dass derjenige, der zugeschlagen hat, nur eine Armlänge von mir entfernt stand.«

»Mr. O'Leary, wer hat Gerald Frawley ermordet?«

Er machte eine müde Handbewegung.

»Ich wünschte, ich wüsste es. Nur Paggi hat ein unerschütterliches Alibi ..., aber jeder der anderen könnte Frawley erschossen haben. Sehen Sie, wie ich schon sagte, hängt das Motiv wahrscheinlich eng mit dem Mord an Huber Kingery zusammen. Aber bei dem Thema Huber Kingery schweigen alle wie ein Grab. Was die psychologische Seite betrifft – ich meine die Fähigkeit, einen Mord zu begehen –, glaube ich, dass jeder von ihnen dazu in der Lage wäre. Sogar Ihre liebe Miss Matil besäße zumindest ... äh ... genügend Entschlusskraft. Mein Kopf tut verteufelt weh, Miss Keate. Können Sie nichts dagegen tun? Aber ich bleibe nicht im Bett. Das wäre ja gelacht!«

»O doch, Sie bleiben im Bett. Wenn Sie versuchen aufzustehen, nehme ich Ihre Kleider mit nach unten.«

»Miss Keate«, protestierte er erschrocken. »Das würden Sie doch nicht tun! Ich muss aufstehen!«

»Ich kann und werde es tun.« Und mit einem strengen Blick ergänzte ich: »Ich habe schon so manchen Typhus-Patienten auf diese Weise ans Bett gefesselt.«

Er sah mich entsetzt an.

»Ich habe Ihnen immer vertraut«, murmelte er fassungslos. »Und jetzt blicke ich in Ihre verborgenen Abgründe.« Er blickte nachdenklich auf die Sachen, die im Kleiderschrank hingen, und auf seinen Morgenmantel. »Eine Frau, die das tun würde, ist zu *allem* fähig.«

»Ich meine es ernst«, sagte ich mit fester Stimme. »Sie brauchen mich gar nicht so anzuschauen. Glauben Sie etwa, ich will, dass Sie richtig krank werden, hier in dieser Einöde mit zentnerweise Schnee zwischen mir und dem nächsten Arzt?« Das Wort Schnee ernüchterte mich. »Wann hört es bloß endlich auf zu schneien? Seit zwei Tagen und drei Nächten geht das schon so, und heute, am dritten Tag, schneit es immer noch. Kann das nicht endlich, endlich aufhören?«

»Oh, es wird schon aufhören«, sagte O'Leary. »Es hört bestimmt bald auf zu schneien. Und wenn es so weit ist – dann helfe uns Gott! Kein Mensch kann uns dann noch helfen.«

Meine Nackenhaare stellten sich auf. Hinter meinen Ohren kribbelte es.

»Warum … wieso? Was meinen Sie damit?«

»Das können Sie sich doch denken. Wenn der Schnee wieder schmilzt, muss Frawleys Leiche wieder versteckt werden. Und es wird ein regelrechtes Wettrennen um dieses verdammte Schließfach in Barrington geben. Alle Hinweise müssen vernichtet werden … jede noch so kleine Information muss beseitigt werden.« Er sah mich finster an. »Und ich fürchte sehr, Miss Keate, dass das einen … weiteren Mord nach sich ziehen wird. Wenn er nicht schon geschehen ist.«

Ich stand mit vibrierenden Nerven vor seinem Bett.

»Wenn er nicht schon geschehen ist? Sie meinen …«

Die Worte wollten mir nicht über die Lippen kommen.

Er nickte.

»Ich bezweifle sehr, Miss Keate, dass es Newell Morse gestattet worden ist, dieses Jagdhaus zu verlassen.«

13

In der Speisekammer

Ich war sprachlos. O'Leary schwieg. Die Schneeflocken trieben gegen die Fensterscheibe. Unten klimperte jemand auf dem Klavier, erst ein paar leichte Tonleitern, dann die ersten Takte von Graingers »Country Gardens«, das so ungewöhnlich sanft und beschwingt zu uns heraufdrang, dass ich es nach dem, was O'Leary gerade gesagt hatte, kaum ertragen konnte.

»Da unten sind sie heute Morgen besser gelaunt«, bemerkte O'Leary.

»Ja. Die meisten glauben, dass Newell Morse der Mörder ist. Und auch dass die Leiche weg ist, hat sie sehr erleichtert«, sagte ich zerstreut. Dann begriff ich, was er mir gesagt hatte. »Glauben Sie, dass auch Newell Morse ermordet wurde?«

»Ich halte es für wahrscheinlich«, sagte er ziemlich ruhig. Plötzlich brach es aus ihm heraus. »Könnte ich doch nur von hier fort – nach Barrington. Dann würde ich herausfinden, was ich wissen muss. Dann könnte ich diesem Abschlachten ein Ende machen. Aber nein, ich sitze ja in diesem Haus fest wie wir alle – eingepfercht mit einem Mörder!« Er hielt jäh inne und lächelte matt.

»Bin ich immer so melodramatisch, Miss Keate?«

»Wenn Sie nach Barrington könnten, könnten Sie dann herausfinden, wer Frawley erschossen hat?«

»Ich denke schon. Natürlich befindet sich die Lösung des Rätsels hier, an Ort und Stelle, in diesem Jagdhaus, aber wenn ich an dieses Schließfach herankäme, auf das sich Frawley so viel eingebildet hat, würde das die Sache erheblich beschleunigen.« Er runzelte die Stirn. »Da ist noch etwas … etwas so Einfaches, dass ich es übersehen habe. Ich habe das Gefühl, dass ich ganz nah dran bin … gleich habe ich es …« Er sprach mehr mit sich selbst als mit mir. Da ich wenig Verständnis für Vorahnungen habe – wahrscheinlich, weil mir mehr gesunder Menschenverstand als Intuition gegeben ist –, unterbrach ich sein angestrengtes Grübeln.

»Wenn aber Newell Morse Gerald Frawley nicht erschossen hat, wer war es dann?« Zitternd schlang ich mir eine von O'Learys Jacken um die Schultern. Der stämmige, rotgesichtige, jungenhafte Newell Morse, der von irgendeinem Geheimnis verfolgt wurde – war auch er einem grausamen Mord zum Opfer gefallen? Würde die Schneeschmelze auch seinen kräftigen, leblosen Körper zum Vorschein bringen? »Wenn Morse noch lebt – immerhin besteht diese Möglichkeit ja noch ...«, sagte ich fragend, und O'Leary nickte, wenn auch nur zaghaft, »... wann wird er dann in Nettleson ankommen? Wann könnten wir mit Hilfe rechnen?«

»Angenommen, Morse wäre der doppelten Gefahr – einem Mord zum Opfer zu fallen beziehungsweise im Schneesturm umzukommen – entronnen, könnten wir wohl ab ... irgendwann ab morgen mit Hilfe rechnen. Aber ich glaube, dafür gibt es nicht den Hauch einer Chance.«

Ein langes Schweigen folgte. O'Leary blickte lange auf den dichten weißen Schleier, der vor dem Fenster niederging, während ich die blauen Decken auf seinem Bett betrachtete. Wie in einem Teufelskreis dachte ich immer wieder über dieselben Fragen nach.

»Mr. O'Leary, würde es Ihnen etwas ausmachen, mir ein paar Fragen zu beantworten?«, begann ich plötzlich. Er bedeutete mir mit einer Geste sein Einverständnis. »Erstens: War Helene Paggi in der Nacht, als Gerald Frawley erschossen wurde, auf dem Galerievorsprung? Hat sie das Stück Spitze erklären können? Hat sie ihn erschossen?«

»Sie war auf dem Vorsprung, obwohl sie steif und fest behauptet, ihr Kleid irgendwann zuvor daran zerrissen zu haben«, sagte O'Leary. »Terice von Turcum hat sie gesehen. Signora Paggi ist auf Zehenspitzen aus ihrem Zimmer geschlichen, vorbei an Terices Tür und weiter bis zum Vorsprung. Terice nahm an, dass sie Jo Paggi im Auge behalten wollte – weil sie ihn verdächtigte, mit einer anderen Frau zu flirten. Aber als ich Terice fragte, ob Helene Frawley erschossen habe, wich sie mir aus. Wie dem auch sei, es spielt keine Rolle. Sehen Sie, bevor die Leiche verschwand, habe ich sie … nun ja … eingehend untersucht. Und ganz gleich, was Sie jetzt denken mögen, Miss Keate, der Schuss wurde aus sehr kurzer Distanz abgegeben. Und nicht von dem Vorsprung aus.«

»Aber, Mr. O'Leary, das … das ist schlichtweg unmöglich. Ich weiß so sicher, wie ich hier sitze, dass niemand aus dem Zimmer gekommen ist.«

»Ich kann nichts daran ändern. So ist es nun einmal gewesen.«

»Das kann ich kaum glauben«, sagte ich trotzig. »Andererseits, wenn Terice Ihnen die Wahrheit gesagt hat, dann haben beide, sie und Helene, ein Alibi. Und wenn auch Morse Frawley nicht erschossen hat, wie Sie glauben …«

»Das habe ich nicht gesagt, oder?«, sagte O'Leary.

»Nun … vielleicht nicht ausdrücklich, aber angedeutet haben Sie es.«

»Fahren Sie fort«, sagte er und schloss die Augen.

»Also, wenn auch Morse Frawley nicht erschossen hat, und Paggi nicht, und Helene nicht, und Terice nicht …«, ich zählte sie an den Fingern ab, »und sicher Matil nicht, und weil Tante Lucy nicht in Frage kommt … ich hätte sie im Wohnzimmer gesehen …, dann, ja dann … bleiben nur noch Julian Barre und Lal Killian, und ich glaube nicht, dass es Killian war. Aber ich glaube auch nicht, dass es Barre war.«

O'Leary lächelte.

»Aber Sie geben doch zu, dass Frawley ermordet wurde?«

»Ich gebe gar nichts zu!«, sagte ich knapp.

»Was macht Sie so sicher, dass es weder Barre noch Killian waren?«, fragte O'Leary.

»Weil … nun, Killian scheint mir ein recht sympathischer junger Mann zu sein.«

»Er ist völlig verrückt nach Matil. Was hätte ihn daran hindern sollen, ihren Verlobten aus dem Weg zu räumen?«

»Oh, nein!«, rief ich. »Nicht auf diese Weise. Er ist kein … kein …«

»Leidenschaft ist eine gefährliche Sache«, sagte O'Leary. »Und tief in Lal Killian brodelt ein Vulkan. Außerdem … es wäre nicht das erste Mal, dass so etwas geschieht, Miss Keate.«

»Aber nicht in diesem Fall«, sagte ich entschieden. »Nicht unter vornehmen Leuten … wenn der Begriff überhaupt etwas besagt. Es wäre so überaus lächerlich. So … so sinnlos. Er ist viel zu intelligent, um so etwas Absurdes und Dummes zu tun.«

»Fahren Sie fort, Miss Keate. Und was spricht gegen Julian Barre?«

»Nun«, gab ich matt zu, »auch er ist mir sympathisch. Zwar nicht so sehr wie Killian, aber er ist ein ganz ähnlicher Typ, beherrscht, zufrieden mit seinem Leben und nicht darauf aus, für irgendetwas seine Haut zu riskieren. Außerdem … nun ja, ich kann mir irgendwie keinen Mörder vorstellen, der seinem furchtbaren Geschäft ohne Gebiss nachgeht. Julian Barre hatte nicht nur seinen Schlafanzug an und war in seinem Zimmer, sondern er hatte zudem seine Zahnprothese nicht im Mund, als er nach dem Schuss herausgelaufen kam. Ich kann mir zwar gut vorstellen, dass ein Mörder nach der Tat seinen Schlafanzug anzieht, seine Haare zerzaust und vorgibt, geschlafen zu haben – obwohl derjenige, der Gerald Frawley erschossen hat, wohlgemerkt nur sehr wenig Zeit hatte, sein Äußeres zu verändern. Aber wenn ich eine Zahnprothese trage und emotional so aufgewühlt bin, dass ich einen Mord begehe, würde ich wohl kaum vorher meine Zähne herausnehmen! Vor allem nicht, wenn ich so eitel wäre wie Julian Barre.«

O'Leary lächelte.

»Wollen Sie tatsächlich die Unschuld eines Verdächtigen an dem Umstand festmachen, ob er zur Tatzeit sein Gebiss getragen hat oder nicht?«, fragte er.

»Nicht nur daran«, sagte ich schroff. »Sie haben gesagt, die Riegel an Frawleys und Barres Badezimmertüren ließen sich nicht vom Badezimmer aus öffnen. Nun war auch das Fenster verriegelt, und ich kann beschwören, dass niemand von Frawleys Zimmer in Barres Zimmer gelaufen ist – ich darf Sie daran erinnern, dass Barres Tür voll in meinem Blickfeld lag. Ich frage Sie, wie sollte Barre es getan haben?«

O'Learys graue Augen verfinsterten sich plötzlich.

»Da wäre auch noch Annette, Miss Keate«, sagte er ruhig. »Sie hat nicht die Spur von einem Alibi. Außerdem hat sie getrunken, und Alkohol scheint sie mehr aus der Bahn zu werfen als andere. Falls sie aus irgendeinem Grund einen Groll gegen Huber Kingery gehegt hat – was durchaus möglich ist, schließlich arbeitet sie seit ihrer Jugend in seinem Haus, und Sie erinnern sich an seinen zweifelhaften Ruf, was Frauen betrifft – und Frawleys Worte bei Tisch aufgeschnappt hat, seine Andeutungen über gewisse Informationen, die er besaß … nun, ergibt das einen Sinn?«

»Theoretisch schon. Aber ich bin mir sicher, dass niemand das Zimmer verlassen hat.«

»Kommen Sie, Miss Keate. Würden Sie wirklich beschwören, dass in dem Moment, als Sie und Paggi überrascht und erschrocken aufgesprungen sind und sich angestarrt haben, nicht jemand lautlos aus dem Zimmer gehuscht sein kann? Sie waren für ein, zwei Sekunden unaufmerksam, auch wenn Ihre Erinnerung Sie vielleicht täuscht. Hätte dieser kurze Moment dem Täter nicht gereicht, um aus dem Zimmer zu laufen und sich im Dunkeln, unter dem Vorsprung oder hinter dem Flügel zu verstecken … oder sogar bis zur Küche zu laufen, von wo aus er oder sie sich später wieder zu den anderen gesellen konnte? In solchen Momenten traue ich dem Gedächtnis nicht.«

Geistesabwesend tastete ich nach dem Strickzeug auf meinem Schoß, bevor mir einfiel, dass ich es nicht mit nach oben gebracht hatte. Ich versuchte, mich zu konzentrieren.

»Sie bringen mich ganz durcheinander. Ich glaube, Sie machen das absichtlich. Ich war mir so sicher … Ich wünschte, ich hätte mein Strickzeug; ich habe irgendwo eine Nadel verloren. Nein, nein, ich bleibe dabei: Niemand ist aus dem Zimmer gekommen. Ich lasse mich von Ihnen nicht verwirren.«

»Dann wäre da noch Brunker. Auch den dürfen Sie nicht vergessen, Miss Keate. Wir sollten bei dieser Geschichte nicht zu engstirnig denken.«

»Aber Brunker ... ist doch nur ... nur Brunker.«

O'Leary machte eine ärgerliche Handbewegung.

»Miss Keate, wie schon gesagt, irgendjemand *hat* Frawley erschossen. Und Sie sitzen friedlich da und beweisen mir, dass niemand in Frage kommt.«

»Wenn es doch nur Anzeichen für einen Selbstmord gäbe«, sagte ich flehentlich.

»Dann wäre alles viel einfacher, nicht wahr? Haben Sie noch mehr Fragen? Ihnen scheinen eine ganze Menge auf der Seele zu brennen.«

»O ja. Auf wessen Hand am Fenster habe ich in jener Nacht ... geschossen? Was wollte derjenige dort? Wer hat das Toupet gestohlen? Und warum? Wer hat es in den Sessel gelegt, wo ich es gefunden habe? Wessen Hand hat unter mein Kopfkissen gefasst? Und *wer* hat das Toupet in Frawleys Zimmer zurückgebracht und die ... die ...«

»Unverfrorenheit?«, schlug O'Leary vor.

»... den Mut besessen«, sagte ich schnell, »es ihm wieder aufzusetzen und sich sogar die Zeit zu nehmen, das Handtuch wieder um seinen Kiefer zu knoten? Warum wurde der Hund vergiftet? Wer hat es getan, und wann? Und ...«

»Warten Sie, warten Sie, Miss Keate. Eins nach dem anderen. Zunächst einmal weiß ich nicht, wer das Toupet gestohlen hat. Aber wer immer es war wusste, dass ich das Zimmer durchsucht hatte. Er wollte unbedingt die Nummer dieses berühmten Schließfachs haben und hielt dies für seine letzte Chance. Es war durchaus denkbar, dass Frawley die Nummer in seinem Toupet versteckt hatte. Es war eine Verzweiflungstat mit minimalen Erfolgsaussichten, aber ganz gleich, wie aussichtslos der Versuch war, derjenige, der die Nummer unbedingt haben wollte, hat ihn trotzdem unternommen.

Die Sache mit dem Toupet halte ich für eher nebensächlich. Vor allem auch die Hand unter Ihrem Kopfkissen. Ich glaube fest, dass Ihre Patientin sich bei Ihnen bedient hat, weil sie schlicht meinte, das Toupet gehöre auf den Kopf des Toten, wohin sie es auch befördert hat. Sie ist durchaus zu so etwas in der Lage. Es fehlt ihr nicht an ...«, er zögerte, bevor er so affektiert »Mut« sagte, dass ich ihn für seine Unverschämtheit am liebsten geschüttelt hätte. »Hören Sie, Miss Keate: Stellen Sie ihr eine Falle. Stellen Sie fest, ob sie nicht herumläuft, wo es ihr gefällt. Ich traue der alten Dame keinen Zentimeter weit über den Weg.«

»Ihr eine Falle stellen? Wie denn?«

»Mmh, ich weiß nicht. Sie sind doch einfallsreich. Lassen Sie sich etwas einfallen, und berichten Sie mir später, was passiert ist. Fragen Sie mich nicht, warum, aber ich glaube, die Hand unter Ihrem Kopfkissen war Miss Lucys. Wer sonst hätte so erschöpft sein können – immerhin sitzt sie seit fünf Jahren im Rollstuhl –, dass seine Hand vor Anstrengung schweißnass war? Deshalb war die Hand heiß, klebrig und feucht.«

»Ach«, sagte ich kleinlaut, fügte aber sofort entschiedener hinzu: »Ja, ja, natürlich. Genau das habe ich mir auch schon gedacht.« (Ich lüge nie, nie: Aber ... man hat schließlich seinen Berufsstolz.)

»Damit hätten wir die Toupet-Frage so weit geklärt. Nun zu dem Hund: Ich glaube, er wurde ungefähr eine Stunde nach unserer kleinen Konferenz am Küchenkamin vergiftet. Erinnern Sie sich – in jener Nacht war er allein im Wohnzimmer.

Der Täter hielt den Augenblick für günstig. Ein Hund, der bellt, knurrt oder sonstwie einen Aufruhr veranstaltet, ist unangenehm – aus der Sicht des Schuldigen. Vielleicht ist ihm der Hund schon einmal in die Quere gekommen ... ich weiß nicht, wann, aber es könnte während eines möglichen ersten Versuchs gewesen sein, die Leiche zu entfernen. Also hat er ihn vergiftet. Nur können wir leider nicht feststellen, wer das Gift vom Regal in der Speisekammer genommen hat. An unserem Ankunftstag haben sich alle möglichen Leute an allen möglichen Stellen des Hauses aufgehalten. Sonst noch etwas?«

»Gütiger Himmel, ja, natürlich. Ich habe noch eine Menge ...«

»Pssst! ... Schhh!« O'Leary hob die Hand und horchte, den Blick auf die schwere Tür geheftet, die zum gemeinsamen Badezimmer zwischen seinem und Paggis Zimmer führte. In dieser stillen Sekunde bewegte sich die Tür ... beinahe unmerklich, aber zweifellos bewegte sie sich. Auf O'Learys Zeichen hin schlich ich zur Tür, packte den Riegel und riss sie auf. Das Badezimmer war leer. Aber die Tür zu Paggis Zimmer fiel eben lautlos ins Schloss.

O'Leary saß aufrecht im Bett. Er hatte dasselbe gesehen wie ich.

Ich ging in sein Zimmer zurück und zog die Tür fest hinter mir zu.

Er runzelte die Stirn.

»Signor Paggi ist neugierig«, sagte er unbekümmert. »Ich frage mich, ob ...«

Es klopfte an der Tür zur Galerie. Ich öffnete. In einer gestärkten weißen Hausjacke stand Brunker vor mir. Er brachte frische Bettlaken und Handtücher. »Haben Sie Ihr Frühstück beendet, Sir?«, fragte er teilnahmslos.

»Ja«, sagte O'Leary, freundlicher, als er gewöhnlich mit Dienstboten sprach. »Sie waren nicht zufällig vor wenigen Sekunden in Signor Paggis Zimmer?«

»Ich? ... Nein, Sir. Ich bin nur die Treppe hinaufgegangen. Dürfte ich Ihre Bettwäsche wechseln, Sir? Sie können sich so lange auf diesen Stuhl hier setzen.«

»Nein, das können Sie nicht«, sagte ich spitz. »Sie legen sich schön wieder hin. Sie sind ja blass wie ein ... passen Sie auf!«

Ich packte ihn bei den Schultern, weil er vor Schwindel vornüber kippte, und legte ihn sacht auf die Kissen zurück. Mein Arzneiköfferchen stand auf dem Tisch. Brunker hatte es vermutlich dort hingestellt, nachdem er und Killian O'Leary nach oben gebracht hatten. Ich nahm ein Fläschchen mit Riechsalz heraus und hielt es O'Leary unter die Nase. Er stieß es verärgert beiseite, fuhr mich an, er sei doch keine Frau, und sagte ziemlich hässliche Dinge über das Riechsalz. Brunker stand neben dem Bett und sah sich auf eine Weise, die mir unanständig vorkam – obwohl ich nicht sagen könnte, warum –, mit seinen nackten Augen im Zimmer um.

»Kommen Sie, Brunker«, sagte ich, als O'Leary allmählich wieder normal aussah. »Wenn Sie mir helfen, haben wir das Laken im Handumdrehen gewechselt, ohne Mr. O'Leary zu stören.«

»Selbstverständlich, Miss«, sagte Brunker.

Ohne auf O'Learys Proteste einzugehen, walteten wir unseres Amtes. O'Leary gab ein paar böse Kommentare über Krankenschwestern ab, war aber insgesamt zu schwach, um sich offen zur Wehr zu setzen.

»Gefällt es Ihnen in Hunting's End?«, fragte er Brunker schließlich.

Brunker strich seine Seite des Lakens glatt und schüttelte langsam den Kopf. Seine grob geschnittenen Züge verrieten ebenso wenig, was in ihm vorging, wie seine wimpernlosen Augen.

»Nein, Sir, das könnte ich nicht behaupten.«

»Warum nicht?«

»Na ja, aus diesem und jenem Grund. Diesem und jenem, Sir. Soll ich das hier drunter stecken, Miss?«

»Zum Beispiel ...?«, bohrte O'Leary weiter, während ich nickte.

»Nun, es ist kein angenehmes Haus, Sir.«

»Haben Sie und Annette die Familie jedes Mal hierher begleitet?«

»Ja, Sir.«

»Neulich haben Sie mir erzählt, dass Sie schon lange bei der Familie Kingery arbeiten. Fünfzehn Jahre, stimmt's?«

»Ungefähr, Sir.«

»Wie kam es, dass Huber Kingery Sie eingestellt hat?«

»Mr. Kingery hatte eine Anzeige aufgegeben. Er suchte einen Butler. Ich habe mich beworben, er mochte mich und hat mich genommen. Seitdem bin ich bei den Kingerys. Das ist die Wahrheit, Sir.«

»War Mr. Kingery ein guter Dienstherr?«

»Ja, Sir. Natürlich.«

»Hat er Sie gut bezahlt?«

»Ja, Sir.«

»Dann haben Sie sicher inzwischen einen Notgroschen für schlechte Zeiten beiseite gelegt. Seien Sie vorsichtig mit dem Kissen, Brunker. Mein Kopf tut verteufelt weh.«

»Lassen Sie mich das machen. Geben Sie her«, sagte ich.

»Sie müssen sich inzwischen doch eine ganz hübsche Summe zusammengespart haben, Brunker«, wiederholte O'Leary.

»Schön wär's, Sir«, sagte Brunker etwas bitter. Dann setzte er wieder seine teilnahmslose Miene auf. »Haben Sie noch einen Wunsch, Sir?«

»Nein, im Moment nicht.« O'Leary entließ den Mann mit einem Kopfnicken und lächelte schwach, als er die schwere Tür zur Galerie fest hinter sich zugezogen hatte.

»Wer weiß, was er noch alles kann, aber auf jeden Fall kann der Mann den Mund halten. Gestern hat es bei ihm länger gedauert als bei irgendeinem anderen, bis ich ein paar Worte über die Jagdgesellschaft bei Huber Kingerys Tod aus ihm herausbekam – und dann hat er nichts gesagt, was ich nicht schon längst gewusst hätte. Er hat nichts gehört, nichts gesehen und weiß natürlich gar nichts über die Jagdgesellschaft. Wenn Annette und er wirklich nichts über diesen Haufen wissen, dann … fresse ich einen nagelneuen Besen.«

Er schloss mit einem Seufzer, der einem Stöhnen nahe kam, und ich tat etwas, das ich, wie ich jetzt zugeben muss, besser nicht getan hätte. Obwohl es andererseits auf lange Sicht wahrscheinlich nichts geändert hat. Aber wenn ich es nicht getan hätte, wäre er aufgestanden und den lieben langen Tag unten herumgelaufen. Ich ging zu meinem Köfferchen, nahm ein starkes Beruhigungsmittel heraus und sagte ihm, es sei Aspirin. Er schluckte die Pillen herunter, ohne ihre bläulich weiße Farbe zu bemerken.

Ich tat dabei nichts Unrechtes. Ich fürchtete, seine Kopfverletzung wäre schwerer, als ihm klar war, und war mir sicher, dass er ein paar Stunden Ruhe brauchte. Ebenso sicher war ich mir, dass dies der einzige Weg war, ihn ans Bett zu fesseln; und ich sah, kurz bevor ich das Zimmer verließ, mit Genugtuung, dass er trotz allem Widerstand sanft entschlummerte. Ich öffnete das Fenster, nur ein wenig, damit er frische Luft bekam, ohne zu frieren, verriegelte die Tür zum Badezimmer, wünschte mir, ich könnte auch die Tür zur Galerie abschließen, was natürlich nicht ging, und ließ ihn allein. Die anderen waren im Wohnzimmer. Paggi und Helene saßen am Klavier. Helene übte leise und flink verschiedene Stücke, und Paggi summte nasale Töne, sehr leise, aber er traf sie alle herrlich genau. Es war eigenartig, aber die einzigen Momente, in denen Helene und José Paggi wie ein echtes Ehepaar wirkten, waren, wenn sie zusammen musizierten. Helene war eine hervorragende Begleitung, und Jo schien sich ganz auf sie zu verlassen. Es waren flüchtige Momente intimer Kenntnis und unbewussten Vertrauens, wie man es bei Ehepartnern oft beobachtet. Nur wenn er sang und sie ihn begleitete, schienen sie tatsächlich zusammenzugehören. Damals wie heute frage ich mich, ob Jo Paggi Helene wirklich für eine andere Frau verlassen hätte. Ich bezweifle es sehr; und wenn er es getan hätte, wäre er zumindest zum Singen zu ihr zurückgekehrt, und schließlich war der Gesang sein Leben. Alles andere, wie tief es ihn auch berühren mochte, kratzte nur an seiner Oberfläche, obwohl er selbst das sicher anders sah.

Sonderbar, wie wenig man im Grunde von sich selbst weiß! Und wenn man einmal etwas entdeckt, ist es oft zu spät.

Also, Helene und Paggi waren am Klavier, Lal Killian betrachtete am Fenster zornig den Schnee, Matil und Annette führten an der Küchentür ein leises Gespräch, Tante Lucy saß in ihrem Rollstuhl am nördlichen Kamin und starrte aus ihrem grauen Nest ins Feuer, und Terice und Julian Barre spielten Karten, ich glaube, Poker. Jedenfalls nahmen sie beide Karten vom Stapel, blickten nervös auf ihr Blatt und stockten den Münzhaufen auf, der zwischen ihnen auf dem Tisch lag. Terices Blick war fieberhaft wie immer, wenn sie Karten spielte. Der Qualm ihrer unvermeidlichen Zigarette hüllte beide in eine blaue Wolke.

Als ich die Treppe herabkam, wandte sich Matil gerade von Annette ab, die schmollend in der Küche verschwand.

»Weiß der Himmel, was wir zum Mittag essen sollen«, sagte Matil mit einem hilflosen Lächeln zu mir. »Es ist ziemlich ... schwierig. Wenn es nicht aufhört zu schneien, haben wir bald nur noch Haferflocken und Wasser.«

»Wir sollten froh sein, dass wir Wasser haben«, sagte ich. »Wie kommt es, dass so viel davon da ist?«

»Oben auf dem Hügel ist ein kleiner Wasserspeicher, Gott sei Dank. Mein Vater hat immer gesagt, dass man auf alles verzichten kann, nur nicht auf Wasser und Seife.« Ihre Züge verfinsterten sich, als sie von ihrem Vater sprach. Sie fügte hinzu: »Wir haben auch noch jede Menge Seife, allerdings fürchte ich, dass sie nicht allzu gut schmeckt. Hätten wir doch nur genauso viel ...«, sie senkte ihre Stimme und blickte um sich, um sicherzugehen, dass niemand außer mir sie hörte, »... Brennholz.«

Mein ohnehin schon schweres Herz sank noch ein wenig tiefer. Die Lage war schlimm genug. Angenommen, der Schneesturm dauerte an ... nein, unmöglich, aber angenommen, es bliebe kalt, der Schnee würde nicht schmelzen ... angenommen, es dauerte noch Tage, bis wir uns auf den Weg in die Stadt machen konnten ...

»Ich habe Brunker befohlen, so sparsam wie möglich zu heizen. Helene hat sich bereits beschwert, aber ich habe ihr den Grund nicht gesagt. Es ist kühl hier, aber ... aber wir haben nur noch so wenig Holz.«

»Machen Sie sich keine Sorgen«, sagte ich aufmunternder, als mir zumute war. »Es kann ja nicht ewig so weiterschneien. Heute Nacht oder morgen wird es aufhören. So kann das ja nicht weitergehen. Außerdem haben wir November. Das heißt, es wird tauen. Der Schnee bleibt nicht lange liegen. Wir können uns bald auf den Rückweg machen. Außerdem ist Mr. Morse vielleicht schon in der Stadt. Vielleicht ist schon Hilfe unterwegs.«

Sie schüttelte ihren schwarzhaarigen Kopf.

»Das ist unmöglich.« Krampfhaft presste sie die weichen Lippen aufeinander. »Das ist leider unmöglich, Miss Keate«, wiederholte sie mit festerer Stimme.

»Haben Sie keine Hoffnung, dass er durchkommt?«

»Nein«, sagte sie kühl. Ich bemerkte den verkniffenen Zug um ihre feine gerade Nase, die schwachen violetten Fältchen unter ihren blauen Augen, die schweren samtweichen Lider ... schwer vom Weinen, dachte ich. Obwohl sie eigentlich nicht wirkte, als habe sie nah am Wasser gebaut.

Terice lachte unangenehm schrill auf, und Paggi warf ihr einen finsteren Blick zu. Barre stand auf und schob ihr den kleinen Münzhaufen hin. Als er auf uns zukam, sah er in dem hellen Vormittagslicht älter aus als sonst. Wie immer war er zwar tadellos gekleidet und hatte sich die angegrauten Haare zu einer ordentlichen Tolle zurückgekämmt, aber auch um seine Augen zeigten sich tiefe Falten; sein Gesicht sah verlebt aus, als habe ihn die Anspannung der letzten Tage auch körperlich mitgenommen; manchmal zuckte einer seiner schmalen Mundwinkel. Ich glaube, er merkte es, denn er hielt sich eine Hand an die Wange und sah mich peinlich berührt an. Zudem hatte er sich schwer erkältet; er sprach heiser und hustete oft.

»Matil«, sagte er. »Die zehn Minuten mit deiner Tante Lucy waren schon anstrengend genug, aber Terice hat mir den Rest gegeben. Kannst du mich nicht ein bisschen aufbauen? Was ist denn mit Terice los? Ist sie wirklich so knapp bei Kasse, wie es den Anschein hat?« Er nahm ein Taschentuch mit seinen Initialen zur Hand und tupfte sich die Stirn und die schmalen Lippen ab. »Puh! Das ist ja schrecklich. Kannst du ... kann ihr nicht irgendeiner von uns Geld leihen? Himmel, sie benimmt sich ja, als bräuchte sie jeden Cent ... und zwar dringend. Immerhin bist du ...« Er verstummte, wie jemand, der fast in ein Fettnäpfchen getreten wäre.

»Du meinst, ich bin für sie verantwortlich?«, fragte Matil ohne Umschweife.

»Nein«, sagte Julian Barre mürrisch. »Sei nicht albern, Matil. Ich meine nichts dergleichen. Ich denke, jeder von uns hat ihr schon einmal Geld geliehen, aber, weißt du, sie hat nun mal ihren Stolz. Lieber spielt sie um Geld, als dass sie uns offen darum bitten würde.« Er sah mich an. »Komische Art von Stolz, aber so ist es nun einmal«, sagte er zu Matil, als wolle er damit einen Schlussstrich unter ein Thema ziehen, das er lieber nicht angeschnitten hätte.

Killian schlenderte auf uns zu. Sein eben noch wütender Blick war dem üblichen trägen und rätselhaften Ausdruck gewichen. Ich ging zur Küchentür.

Als ich in die Küche kam, stocherte Annette im Kamin.

Finster blickte sie auf.

»Ach, Sie sind es?«, sagte sie. »Was ist denn heute mit allen los? Alle kommen in meine Küche. Ich habe keinen Moment für mich allein. Warum bleibt ihr nicht in euren Zimmern, wo ihr hingehört? Das hier ist meine Küche, nicht eure ... sagen Sie das bitte auch den anderen.«

Ich machte mir nicht die Mühe, ihr zu antworten, holte mir ein Glas frisches kaltes Wasser und ging wieder hinaus.

Erst gegen fünf Uhr nachmittags sollte ich in die Küche zurückkehren. Die folgenden Stunden verstrichen langsam und ereignislos. Wir bekamen ein furchtbares Mittagessen vorgesetzt, das hauptsächlich aus Dosenspargel bestand, dem ich, ohne besonderen Grund, schon immer misstraut habe. O'Leary schlief tief und fest und hatte höchstens ein Grad Temperatur, worüber ich sehr erfreut war. Die Übrigen hockten den ganzen Tag vor dem spärlichen Feuer und ... warteten. Darin bestand ja die Qual jener Tage auf Hunting's End: diese entsetzliche Tatenlosigkeit, zu der wir verdammt waren.

Als die Dämmerung allmählich unter den Galerievorsprung und in die Ecken des Wohnraums kroch, verließ uns schlagartig der Anflug von ... nicht gerade Fröhlichkeit, aber doch Erleichterung, ja sogar Hoffnung, der den ersten Teil dieses Tages gekennzeichnet hatte. In unserer Runde gab es leere Plätze, die im

Dämmerlicht und bei der Kälte im Haus definitiv an Bedeutung gewannen. Frawley war tot, seine Leiche lag irgendwo draußen im Schnee. Morse – wo war er? Und oben lag O'Leary, der gerade noch einmal mit dem Leben davongekommen war. Nein, man entkam diesen Dingen nicht, sie drängten sich unübersehbar auf. Noch am Vormittag hatten wir sie aufatmend beiseite geschoben, hatten auf Erlösung gehofft, jetzt jedoch wurde allen klar, dass wir einem Trugbild aufgesessen waren. Die eisige Zugluft, die über den Boden wehte, das unablässige Schneetreiben, das Heulen des Windes am Dachgiebel und sein frostiger Atem, der durch die Fensterritzen drang, das Knistern der spärlichen Flammen, die geheimnisvolle Stille im Haus, diese abwartende, furchterfüllte Stille – all das führte uns deutlich vor Augen, dass die Hoffnung auf ein Ende der Schrecken trügerisch gewesen war, dass der Tod weiterhin auf uns lauerte, wie er von Anfang an auf uns gelauert hatte.

Ich weiß noch, wie ich gedankenverloren zwischen den Kissen des Sessels, in dem ich saß, nach meiner Stricknadel suchte, wie ich dachte, dass ich sie irgendwo verloren haben musste und warum ich sie bloß nicht finden konnte, während ich zugleich mit der anderen Hälfte meines Verstandes dachte, dass hier eine Atmosphäre herrschte, als läge der tote Gerald Frawley noch immer nur wenige Meter entfernt in dem eiskalten Zimmer. Der Tod war eindeutig unter uns – grässlich, unbegreiflich und drohend hing er über uns allen.

So nah und herausfordernd schien er mir, dass mich die bizarre Vorstellung überkam, dass die Leiche vielleicht zu ihrer Ruhestätte zurückgekehrt war. Ich stand tatsächlich auf, ging zu Frawleys Zimmer hinüber, öffnete die Tür und spähte hinein. Natürlich war die Leiche nicht da. Als ich zu meinem Platz zurückging, spürte ich die erstaunten Blicke der anderen, die dort um den Kamin versammelt saßen. Als ich sie jedoch ansah, wandten sie sich, mit Ausnahme von Matil, sofort ab.

Ich mag Müßiggang nicht, vor allem dann nicht, wenn ich unruhig bin und mich unwohl fühle. Tante Lucy hatte seit dem

Morgen kaum etwas gesagt und meine Hilfe nicht gebraucht; sie erging sich wieder in einer ihrer mürrischen Schweigeperioden, saß kerzengerade in ihrem Stuhl und starrte stundenlang auf die Enten an der Wandvertäfelung. Die Spannung wurde unerträglich. Jeder schien auf etwas zu warten – auf was, weiß der Himmel, oder, besser vielleicht, die Hölle. Außerdem hatte ich Hunger. Es gab keinen Nachmittagstee oder Gebäck, was ein böses Wort von Helene, ein noch böseres von Paggi und dann eine jener hässlichen Streitereien nach sich zog, an die ich mich mittlerweile gewöhnt hatte, so dass ich nur noch mit einem halben Ohr zuhörte.

Trotzdem stand ich auf, als wir Annette in der Küche hantieren hörten. Zufällig besitze ich ein Talent: Ich kann sehr leckere Kekse backen, innen hell und flockig, außen braun und knusprig. Annette schreckte offenbar vor jeder Art des Backens zurück, und außerdem verspürte ich das Bedürfnis, mich persönlich für die Reinheit der Zutaten zu verbürgen. Das Rattengift war noch nicht wieder aufgetaucht, und die Episode mit dem Hund, der noch immer sehr mitgenommen und schwächlich aussah, hatte bewiesen, dass es ziemlich wirksam war.

In der Küche jedoch zeigte Annette ihr Missfallen an meiner Idee, indem sie mir anvertraute, ich hätte dort nichts zu suchen. Als ich trotzdem zur Speisekammer ging, wurde sie richtiggehend aggressiv.

»Sie gehen nicht in meine Speisekammer!« Mit einem für ihre Leibesfülle erstaunlich gewandten Satz baute sie sich mit dem Rücken zur Speisekammertür vor mir auf. Trotzig stand sie da, breitbeinig, die klobigen Hände in die Hüften gestemmt. Die glänzenden blauen Murmeln ihrer Augen verengten sich zu blauen Schlitzen, ihr Gesicht war gerötet, ihr Atem stank nach Wein. »Sie Schwein«, schrie sie und wackelte mit dem Kopf.

Angewidert sah ich sie an. Der Widerschein des Kaminfeuers tanzte rosig auf ihrer weißen Schürze.

Neben der Speisekammer war eine zweite Tür, die zu einer kleinen Vorratskammer führte. Da ich wusste, dass auch darin

Lebensmittel aufbewahrt wurden, konnte ich ebenso gut dort Mehl finden wie in der Speisekammer. Schnell wandte ich mich der Tür zu. Annette ging auf mich los und packte mich am Handgelenk, doch ich versetzte ihr einen plötzlichen Stoß. Sie taumelte gegen die Wand, und ich legte meine Hand auf die Klinke. Annette stürzte wieder auf mich zu, schon spürte ich ihren heißen Atem im Nacken und drückte die Klinke hinab.

Als Erstes kam mir ein Paar Skier entgegen. Sie fielen polternd zu Boden. Dann fiel etwas Schweres gegen mich. Langsam und träge rutschte es an mir hinab.

Annette schrie auf. Die Lampe flackerte.

Es war Newell Morse. Das Licht fiel direkt auf das starre Gesicht des Toten. Sein Jackett war offen. Aus einem dunklen, feuchten Fleck auf seinem Hemd ragte das stumpfe Ende meiner Stricknadel. Es glänzte im Schein des Kaminfeuers.

14

Ein Stück Holz

Sooft ich auch an den toten Newell Morse und die Sekunden nach meinem grausigen Fund dachte – es will mir einfach nicht gelingen, mich an den Ablauf der Ereignisse zu erinnern. Ich weiß nicht mehr, was ich als Nächstes tat, was ich sagte, wie die anderen uns fanden. Es fällt mir nicht ein; es ist, als hätte mein Gedächtnis in jenen paar Momenten ausgesetzt. Ich glaube, Annette kreischte und plapperte und kreischte, ohne dass ich ein einziges Wort verstand. Vor meinem geistigen Auge tanzt ein Durcheinander von Stimmen und Lichtern. Manchmal sehe ich mich selbst, wie ich erstarrt in meiner weißen Schürze dastehe, und die Leiche, die mit ihrem ganzen Gewicht an meinem Bein lehnt. Außerdem habe ich ein ziemlich genaues Bild von O'Leary, wie er in seinem rotgrau gestreiften Morgenmantel schwankend im Türrahmen steht.

Das Erste, woran ich mich wirklich erinnere, ist, dass ich auf der Holzbank vor dem Kamin saß und hörte, wie alle durcheinander redeten, redeten und redeten, und ich erst ganz allmählich begriff, was sie sagten. Alle sprachen gleichzeitig, Terice und Helene und Paggi und Barre und Killian; sogar Brunker rief hin und wieder etwas dazwischen, während sich im Hintergrund Annette ihre weiße Schürze vors Gesicht hielt und vor sich hin plapperte. Matil saß stocksteif da. Ihr weißes Gesicht war zu einer Maske erstarrt, unaufhörlich zuckten ihre Hände.

Tante Lucy murmelte unzusammenhängendes Zeug. Ihre Augen hafteten an der Tür auf der Westseite des Jagdhauses, durch die sie damals zu Huber Kingerys Leiche gegangen war, später zu Gerald Frawleys, und jetzt – plötzlich fiel mir ein, dass Brunker und Lal Killian den toten Newell Morse in das stille, kalte, einsame Zimmer getragen und ihn aufs Bett gelegt hatten. Und dass wir alle wie die Schafe hinter ihnen her getrottet waren, um uns schließlich am einzig warmen Platz im Haus niederzulassen.

Gerade als Lal Killian, nicht gerade scharfsinnig, mit heiserer, gepresster Stimme bemerkte: »Es muss gestern Nacht passiert sein, als Newell aufbrechen wollte«, kam Lance O'Leary wie ein grauer Geist im Morgenmantel und mit Kopfverband durch die Küchentür. Seine Gesichtsfarbe ähnelte zwar stark der des Verbandes, aber er hörte nicht auf meinen Protest. Er setzte sich erschöpft in einen Sessel, stützte die Ellbogen auf die Knie und den Kopf in die Hände. Im Schein des Feuers sah er aschfahl und ausgezehrt aus, tiefe Falten durchzogen sein hageres Gesicht.

Alle verstummten, nur Tante Lucy redete unverdrossen weiter.

»... in Hubers Zimmer«, krächzte sie. »In Hubers Zimmer. Das ist schon der dritte. Der dritte Tote in Hubers Zimmer. Erst Huber, dann Gerald Frawley, jetzt Newell Morse.«

Matil streckte flehentlich eine Hand nach ihrer Tante aus, doch Tante Lucy schien ihre Geste nicht zu bemerken.

Julian Barre, der neben Matil stand, sah sehr alt und verbraucht aus; mit einer Hand hielt er sich an der Rückenlehne von Matils Sessel fest; der kleine nervöse Muskel in seinem Mundwinkel zuckte unaufhörlich. Jo Paggi hatte sich tief in die Polster eines Sessels sinken lassen und die Hände in die Taschen gesteckt. Sein Gesicht war gerötet, seine olivgrünen Augen blickten so schnell hin und her, dass ich nur das Weiße sah. Helene, die sich ungeschickt und massiv auf der Armlehne seines Sessels niedergelassen hatte, schnappte mit ihrem schlaffen Mund nach Luft – krampfhaft, ruckartig und schluchzend; und auch sie blickte misstrauisch in die Runde, während sie mit ihren geschmeidigen, kräftigen Fingern ein Taschentuch aus Chiffon in Stücke riss, das so grün war wie ihre Augen. Ich beobachtete, wie die Fetzen zu Boden fielen, bis Tante Lucy wieder von vorn begann. Hinter ihrem Rollstuhl stand Lal Killian, blass und schweigend; hinter ihm wiederum stand Brunker, der die wimpernlosen Lider gesenkt hatte. Seine eisige Miene verriet weder Furcht noch Entsetzen.

»… im selben Zimmer. So habe ich ihn gefunden«, murmelte Tante Lucy. »Genau so, im Pyjama, barfuß, gerade wollte er zu Bett gehen. So lag er da, auf dem Boden, es war genau dieselbe Stelle …«

»Tante Lucy, bitte hör auf damit!« Matil schluchzte fast.

Lucy Kingerys tief in ihren Höhlen liegende Augen bewegten sich nicht. Offensichtlich hörte sie ihre Nichte nicht. Julian Barre wollte zu ihr gehen, aber Matil hielt ihn am Arm fest.

»Genau an derselben Stelle, im Pyjama, barfuß, gerade wollte er zu Bett gehen. Ein Schuss, er stirbt … ein Schuss, mitten ins Herz …«

Plötzlich stand O'Leary auf. Der erschöpfte, ausgelaugte Ausdruck auf seinem Gesicht war verschwunden. Er sah mich an; seine Augen waren hellwach und funkelten vor Energie.

»Wären Sie mir bitte kurz behilflich, Miss Keate?«, fragte er. »Ich möchte … mit einer Schwester geht es leichter, als …« Er bemühte sich nicht, zusammenhängend zu sprechen. Die anderen traten beiseite, ein kleiner Durchgang entstand. Als ich an Annette vorbeiging, bemerkte ich, dass sie mich aus geröteten Augen hinter der weißen Schürze hervor musterte.

O'Leary schloss die Tür des unseligen Zimmers. Einmal mehr bedeckte ein Laken eine starre Gestalt auf dem Bett. Aber er ging nicht zu dem Laken hinüber.

»Setzen Sie sich«, sagte er zu mir. »Setzen Sie sich. Nein, nicht in den Sessel. Auf den Boden.«

Seine Gesichtsfarbe war normal und seine Augen klar. Ich widerstand der Versuchung, seine Stirn zu fühlen. Irgendetwas in seinen grauen Augen brachte mich dazu, mich hinzusetzen. Meine frisch gestärkte Schürze breitete sich um mich aus und zerknitterte. Der Boden war kalt; ein eisiger Luftzug strich darüber hin.

»Was um alles …«, begann ich. Doch schon kniete O'Leary vor der Tür und fuhr mit den Fingern über die Ritzen zwischen den Hölzern.

»Pssst!« Er sah grotesk aus in seinem rotgrauen Morgenmantel, den Pantoffeln und dem verrutschten Verband. Plötzlich hockte er sich auf die Fersen und runzelte die Stirn.

»Was tun Sie da?«, wollte ich wissen.

»Seien Sie *still*!«, zischte er und rieb sich die Augen. »Hören Sie. In diesem Zimmer wurde ein Mann erschossen. Er wurde aus nächster Nähe erschossen, also schoss der Täter nicht vom Galerievorsprung aus. Aber niemand ist aus diesem Zimmer herausgekommen. Als er erschossen wurde, war niemand außer ihm hier. *Trotzdem* wurde er in diesem Zimmer erschossen. Miss Keate, was tut man als Letztes, ehe man zu Bett geht – das Fenster schließen, das Licht ausmachen …«

»Die Tür abschließen?«

»Man schließt die Tür ab. In diesem Fall verriegelt man sie.« Er betrachtete die Tür. Sie wirkte einfach und unschuldig, nur Rundhölzer, Nägel und ein schräger Querbalken. »Wollen doch mal sehen … die Leiche lag genau da. Kopf runter, Miss Keate!« Er stellte sich seitlich neben die Tür, griff nach dem hölzernen Riegel und hob ihn äußerst vorsichtig Millimeter für Millimeter an.

Höher … und höher … ich hielt den Atem an und starrte auf den Riegel. Trotzdem sah ich zunächst das merkwürdig große Loch nicht, das in dem Brett hinter dem Riegel klaffte, bis O'Leary flüsterte:

»Da! Da ist er! In der Tür ist ein Revolver versteckt. Wenn ich den Riegel bis zum Haken hebe, geht er … halt, warten Sie!« Er beugte sich vor, während er den Riegel mit bewundernswerter Ruhe festhielt und darauf achtete, sich nicht direkt vor das kleine, grob geschnitzte Loch zu stellen. Es maß etwa einen Zentimeter im Durchmesser und war so geschickt in der Ritze zwischen den Hölzern versteckt, dass jemand, der arglos den Riegel bis zum Haken hob, niemals darauf kommen würde, dass er sich damit einer tödlichen Gefahr auslieferte, bevor es für immer zu spät war.

Aber das wurde mir erst später klar. In jenen Sekunden konnte ich meine Augen nicht von O'Leary, der Tür und dem dicken

Riegel abwenden. Mir war, als träumte ich das alles nur. Ich verspürte nicht den geringsten Drang, meine Lage zu verändern, selbst nachzusehen oder Fragen zu stellen. Ich wartete einfach ab.

»Der Draht von dem Widerstand«, flüsterte O'Leary triumphierend. »Dafür hat man ihn benutzt. Er ist dünn und zugleich stabil genug. Jemand hat ihn um den Abzug gewickelt – wenn der Riegel weit genug angehoben wird, löst sich der Schuss.« Nachdenklich betrachtete er den Riegel. Dann ließ er ihn langsam wieder sinken.

»Heißt das«, stieß ich hervor, als ich langsam zu Atem kam und meine Stimme wiederfand, »heißt das, in der Tür da steckt ein Revolver?«

»Ja.«

»*In* der Tür?«

»Ja.«

Ich sah O'Leary an, dann wieder die Tür.

»*Zwischen* den Hölzern?«

»Ja.«

Ich schluckte. Doch das Schlucken bereitete mir einige Mühe. »Hinter ... *hinter* dem Riegel?«

»Aber sicher. Was ist los mit Ihnen, Miss Keate? Was ... wo wollen Sie denn hin?«

»Ich verlasse diesen Raum«, sagte ich so würdevoll, wie es jemandem möglich ist, der auf allen vieren kriecht.

»Ja, aber ... warten Sie. Sie können doch nicht so aus dem Zimmer krabbeln. Man wird Sie für verrückt halten.«

»Vielleicht bin ich das auch«, sagte ich verwirrt. »Irgendetwas stimmt hier nicht. Und wie ich sehe, liegen Sie auch auf den Knien.«

»Ich habe nichts dagegen aufzustehen.« Er erhob sich – aber nicht ohne einen etwas besorgten Blick auf die Tür.

»Man muss nur aufpassen, dass man nicht in die Schusslinie gerät.«

Ich setzte mich wieder hin.

»Woher wollen Sie wissen, wohin das Ding zielt? Vielleicht ist es ja verrutscht.«

»Ich werde den Riegel nicht vorlegen. Nur dann besteht Gefahr.« Nachdenklich betrachtete er die unschuldige Tür. »Vielleicht sollte ich sie lieber auseinander nehmen … den Revolver entfernen, bevor noch jemand erschossen wird. Nein … ich lasse ihn dort. Vielleicht nützt er uns noch. Ich glaube, ich lasse ihn hier.«

»Aber … wieso sind Sie sich so sicher? Wie soll jemand einen Revolver in diese Tür stecken? Das Loch ist höchstens einen Zentimeter groß; dadurch kann man doch keinen geladenen Revolver stecken, und …«

»Wo haben Sie nur Ihre Augen, Miss Keate? Hier, ich zeige es Ihnen.«

»Nein, bitte nicht!«, rief ich. »Lassen Sie den Riegel, wo er ist!«

»Unsinn! Ich passe schon auf, dass ich ihn nicht zu weit anhebe. Schauen Sie her, Miss Keate. Sehen Sie? Dieses kleine Stück Holz wurde herausgenommen und später wieder eingesetzt und festgeleimt. Man muss schon ganz genau hinschauen. Moment … ach, mein Messer ist ja oben in der Hosentasche.« Er sah sich im Zimmer um. »Sehen Sie doch mal dort drüben in Frawleys Tasche nach, ob da nicht eine Nagelschere drin ist.«

Nach kurzem Stöbern fand ich tatsächlich eine Nagelschere und gab sie O'Leary. Es war unangenehm, die Dinge in der Tasche zu berühren: Haarbürsten, ein Rasiermesser, Taschentücher und Zahnpasta – und der Mann, der diese Sachen in der Erwartung eingesteckt hatte, sie zu benutzen … mich schauderte bei dem Gedanken. Ich hockte mich weit aus der Schusslinie, um O'Leary zuzusehen, der vorsichtig den Leim aus der fast unsichtbaren Fuge kratzte.

»Ich löse einfach das eine Ende des Drahts von dem Riegel – schauen Sie mal, Miss Keate, wie sorgfältig er an der Unterseite befestigt worden ist –, dann schraube ich den Riegel von der Tür ab. Gibt es hier etwas, das ich als Schraubenzieher benutzen kann? Oh.« Als ich ihm das altmodische Rasiermesser reichte, schaute er mich kurz an, als sei er in seinem männlichen Stolz getroffen, nahm es aber entgegen. »Jetzt kann eigentlich nichts mehr passieren. Ich schraube den Riegel ab, entnehme dieses Stück Holz ... Aha, schauen Sie, Miss Keate.«

Ich schaute. In dem Rundholz war eine kleine hohle Stelle, gerade groß genug für einen kleinen Revolver. Er glänzte bläulich schwarz. Der Lauf zeigte geradewegs ins Zimmer. Ein dünner Draht war um den Abzug gewickelt. Das andere Ende des Drahts baumelte, da es nicht mehr am Riegel befestigt war, lose herab.

»Wie schlau! Oh, ja, sehr schlau!«, flüsterte O'Leary. »Und wenn das Radio funktioniert hätte und Tante Lucy nicht die ganze Zeit von den seltsamen Umständen der beiden Morde gefaselt hätte ... Sei's drum, das hätten wir jedenfalls. Ich werde einfach alles so herrichten, wie es war.« Er zögerte und betrachtete nachdenklich den Revolver. Dann zog er ihn sehr langsam und vorsichtig heraus.

»Schauen Sie, Miss Keate, die Initialen hier: ›H. K.‹ Es war Huber Kingerys eigener Revolver. Hmm ... er wollte, dass es nach Selbstmord aussieht ... Nein, falsch. Für den Fall, dass der Revolver irgendwann einmal gefunden werden würde, sollte man ihn nur Huber Kingery zuordnen können – nicht dem Mörder. Deshalb hat der Revolver hier fünf Jahre lang gesteckt. Für den Mörder wäre es ein größeres Risiko gewesen, ins Jagdhaus zurückzukehren und ihn zu entfernen, als ihn einfach hier zu lassen. Und wissen Sie, warum die Tür offen war? Weil sie sehr gut ausbalanciert in den Angeln hängt. Frawley hat den Riegel bei seinem Sturz wahrscheinlich nicht sofort losgelassen, dazu kommt der Rückstoß des Revolvers: Die Tür hat so viel Schwung bekommen, dass sie aufgegangen ist. Ja, so muss es gewesen sein.« Er sah in den Teil des Revolvers, den man, glaube ich, Magazin nennt – jedenfalls in den hinteren Teil, der die Kugeln auswirft. »Noch vier Patronen.« Er flüsterte immer noch. Nach kurzem Zögern schüttete er die länglichen Patronen, die in meinen Augen eher wie große Pillen aussahen, in seine Handfläche, suchte zerstreut nach seiner Hosentasche, sagte betroffen: »Großer Gott, ich habe ja gar nichts an!«, und steckte sie in eine Tasche seines Morgenmantels. Dann beförderte er den Revolver rasch und behutsam an seinen alten Platz, befestigte den dünnen Draht an dem Riegel (auf der Unterseite ragte ein kleiner Nagel gerade so weit heraus, dass man den Draht darum wickeln konnte), setzte das lose Stück Holz wieder ein, drückte den Leim sorgfältig an, sammelte jeden Krümel auf, der zu Boden gefallen war, und schraubte zuletzt den Riegel wieder an. Dann betrachtete er sein Werk kritisch, befeuchtete die Finger und fuhr über diese und jene Stelle, obwohl ich keine Spuren seiner Tat entdecken konnte.

Am Ende drehte er sich zu mir um.

»Einfach ... so einfach«, sagte er sehr leise. »Aber wirkungsvoll. Etwas, das einem in dieser banalen, fantasielosen Welt nicht im Traum einfallen würde.«

»Also gut«, sagte ich schroff, »wenn es so einfach ist, wer hat das Ding dann da hineingesteckt?«

»Ich weiß nicht, wer es war«, sagte er langsam. »Aber ich weiß, wann er es getan hat. Am letzten Tag in Huber Kingerys Leben.«

»Woher wissen Sie das?«, fragte ich skeptisch.

»Diese Vorrichtung ist nicht während unseres Aufenthalts angebracht worden. Sie wurde auch nicht im Laufe der letzten fünf Jahre angebracht, in denen das Jagdhaus leer stand – denn was für einen Zweck hätte das haben sollen? Wer immer das getan hat, konnte weder wissen, dass Matil Kingery mit genau denselben Leuten, die an jenem tragischen Tag zugegen waren, in dieses Jagdhaus zurückkehren würde, noch, dass ausgerechnet Gerald Frawley, der offenbar gefährliche Informationen besaß, in Huber Kingerys altem Zimmer übernachten würde, wo ... wo der Tod in der Tür auf ihn lauerte. Ich behaupte, dass es am letzten Tag in Huber Kingerys Leben geschah, weil ... nun, weil das Ding schlicht und einfach bei der ersten Gelegenheit funktionierte. Als Huber Kingery zum ersten Mal seine Tür verriegeln wollte – wurde er erschossen. Wer immer den Revolver da angebracht hat, muss an jenem letzten Tag eine Zeit lang ungestört gewesen sein, er war eine Weile völlig allein im Jagdhaus. Wenn ich bloß herausfinden könnte …«

»Matil hat Tagebuch geführt.«

»*Was?*«

Ich nickte.

»Sie hat vor fünf Jahren Tagebuch geführt.«

»Ein Tagebuch. Sie ist ein Schatz. Wenn ich nur … sagen Sie, Miss Keate: Hat sie das im Beisein mehrerer Personen erzählt?«

Ich nickte abermals.

»Heute Morgen, beim Frühstück.«

Er wurde ernst und sagte: »Das ist nicht gut. Sie … wir müssen auf sie aufpassen, Miss Keate. Ich fürchte, sie schwebt in großer Gefahr. Hat sie das Tagebuch hier?«, fragte er schnell.

»Ich weiß es nicht. Sie sagte nur: ›Irgendwo ist mein Tagebuch vom letzten Mal‹, als wüsste sie selbst nicht genau, wo es ist.«

»Hoffentlich hat sie es hier«, flüsterte O'Leary. »Wenn es in Barrington ist, nützt es uns herzlich wenig. Bitten Sie sie doch für einen Moment herein, Miss Keate. Sagen Sie ihr, ich möchte sie sprechen – irgendwas, aber holen Sie sie her.«

Sie kam bereitwillig mit. Wir gingen durch das Wohnzimmer zu der todbringenden Tür. Ich spürte in meinem Nacken die teils neugierigen, teils misstrauischen Blicke der schweigenden Kaminrunde.

Ohne lange Vorrede kam O'Leary zum Thema, und zwar so eindringlich, dass Matils blaue Augen nur kurz auf der Gestalt unter dem Bettlaken verweilten und sich rasch wieder O'Leary zuwandten.

»Miss Keate sagt, Sie hätten ein Tagebuch über den letzten Ausflug nach Hunting's End und haben heute Morgen beim Frühstück davon gesprochen?« Die junge Frau nickte. O'Leary fuhr im Flüsterton fort: »Haben Sie das Tagebuch hier bei sich, hier auf Hunting's End?«

Atemlos wartete ich auf ihre Antwort. Ich glaube, auch O'Leary hielt die Luft an.

»Ja«, sagte Matil. »Es ist das typische Tagebuch eines jungen

Mädchens: ein Ereignis nach dem anderen. Ich habe es mitgebracht, weil es mich an unseren letzten Ausflug erinnert ... an die letzten Tage meines Vaters. Möchten Sie es sehen?«

»Ja.« O'Leary hielt inne. »Einen Augenblick. Ich möchte nicht, dass uns jemand beobachtet, wenn Sie es mir geben. Ist es groß?«

»Nein. Ein kleines braunes Notizbuch – ungefähr so groß.« Sie zeigte es mit ihren Händen. »Ich war damals in dem Alter, in dem man Tagebuch führt. Wie gesagt, es ist nur eine Abfolge von Ereignissen ... ›Helene und Signor Paggi sangen, bis wir zu Bett gingen. Vater und die Baronin machten einen Spaziergang. Wir standen um vier Uhr auf, um den Sonnenaufgang zu betrachten‹ ... so in der Art.«

»Das ist genau das, was ich brauche«, sagte O'Leary. Seine grauen Augen glänzten; der schiefe Verband ließ ihn verwegener denn je aussehen. »Würden Sie es mir bitte sofort holen? Aber vorsichtig. Passen Sie auf, dass niemand etwas davon mitbekommt. Schließlich wissen alle, dass Sie es dabei haben, und ... auch wenn ich als Einziger in diesem Haus einen Revolver besitze ...«, er sah zu der starren Leiche auf dem Bett, »... es gibt noch andere Möglichkeiten.«

»Wollen Sie damit sagen, dass ich in Gefahr bin?«, fragte Matil sofort. Sie streckte ihr Kinn vor und sah ihn fest aus ihren blauen Augen an.

»Ich fürchte, ja. Eigentlich sollte ich Sie bitten, es mir vor den Augen der anderen auszuhändigen, damit alle sehen, dass ich es habe, aber zwei Gründe sprechen dagegen. Erstens will ich nicht, dass der Täter ahnt, dass ich ...«, sein Blick wanderte zu dem Riegel, »... entdeckt habe, was ich entdeckt habe. Zweitens sind Sie absolut sicher, solange er glaubt, dass Sie die Bedeutung des Tagebuchs nicht kennen. Deshalb ... ja, geben Sie es mir bitte heimlich. Verstecken Sie es irgendwie unter Ihrer Kleidung. Haben Sie es ganz sicher dabei?«

»Ja, es ist in einer Seitentasche meines Reisenecessaires ... ich habe es unter den Schminkspiegel geschoben. Ich bin sofort wieder da.«

Er hielt ihr die Tür auf – eine Geste, die durch seinen ungewöhnlichen Aufzug etwas lächerlich wirkte –, schloss sie wieder und wandte sich, als sie hinausgegangen war, mir zu.

»Da Sie schon die ganze Zeit darin herumlaufen, können Sie von Glück sagen, dass Sie einen so schönen Morgenmantel mitgebracht haben«, sagte ich schnippisch. »Ich bin froh, dass er Ihnen so gut steht.«

»Das ist Ihre eigene Schuld«, sagte er heiter. »Sie haben dafür gesorgt, dass ich heute Morgen im Bett geblieben bin, und dann habe ich so seltsam tief und fest geschlafen, dass ich fast glaube, dass Sie auch da Ihre Hand im Spiel hatten.« Misstrauisch beäugte er mich und hob, als ich auffahren wollte, beschwichtigend die Hand. »Macht nichts, Schwamm drüber. Was zählt, ist, dass wir vielleicht wissen werden, wer Gerald Frawley und Huber Kingery ermordet hat, wenn Matil gleich wiederkommt.«

»Schon möglich«, stimmte ich ihm mürrisch zu, obwohl mein Herz vor Aufregung pochte. »Aber was ist mit ...« Ich zeigte auf das Bett.

Der Glanz in O'Learys Augen erlosch. Er wurde ernst.

»Der arme Newell Morse. Er hat sich sein eigenes Grab geschaufelt – weil er Frawleys letzter Bitte nachkommen wollte. Frawley hatte Morse die Nummer des Schließfachs aufgeschrieben, das sehr wahrscheinlich Informationen enthält, die dem Mörder gefährlich werden können. Deshalb musste er verhindern, dass Morse sich bis Nettleson durchschlägt und weiter nach Barrington fährt. Solange Morse lebte, war er für ihn ein großes Risiko.

Er hat Morse beobachtet, als dieser die Skier von der Wand nahm, hat mich, wahrscheinlich mit dem Kaminbock, außer Gefecht gesetzt, Ihre Stricknadel genommen, die ihm als Dolch gerade recht kam, und den überraschten Morse erstochen. Ja, so muss es gewesen sein.«

»Warum hat er Sie nicht auch umgebracht, wo er schon einmal dabei war?«

»Wahrscheinlich dachte er, er hätte mich erledigt! Obwohl ich nicht glaube, dass er mich absichtlich umbringen würde, es sei denn, er … sähe sich dazu gezwungen.«

»Mr. O'Leary, Sie sagen immer ›er‹. Also sind Sie überzeugt, dass es einer der Männer ist?«

»Nein. Nein. Ich bin von gar nichts überzeugt … Ah!«

Matil kam herein. Ihre Wangen waren dunkelrot, ihr Atem kam stoßweise zwischen ihren Lippen hervor.

Sie kam mit leeren Händen.

»Jemand ist uns zuvorgekommen«, sagte O'Leary, ohne darauf zu warten, dass sie zu Atem kam und selber sprach. Seine Stimme klang so ruhig, dass sie wohl nicht merkte, wie bitter enttäuscht er war.

Sie nickte.

»Ja. Und … ich weiß auch, wer: Helene Paggi.«

Unterhalb des weißen Verbandes wurden Lance O'Learys Augen schiefergrau.

»Helene Paggi? Woher wissen Sie das?«

Sie kehrte ihre Handflächen nach außen. Ihre Stimme mit dem faszinierenden kleinen Überschlag war leise und ungleichmäßig.

»Nun, wir haben alle fast den ganzen Tag über gemeinsam im Wohnzimmer vor dem Kamin gesessen. Es ist der einzige warme Platz im ganzen Haus, also waren wir sozusagen gezwungen, dort zu bleiben. Wenn irgendjemand woanders hingegangen ist, haben es alle gesehen. Der Raum ist ja sehr übersichtlich. Jedenfalls wollte Helene eine Zeitschrift aus meinem Zimmer holen und ging, ohne mich zu fragen, hinein. Als sie wieder herauskam, hatte sie tatsächlich die Zeitschrift in der Hand, also habe ich mir nichts weiter dabei gedacht.«

»Helene Paggi«, sagte O'Leary langsam, als wolle er etwas andeuten, das mir zumindest im Moment schleierhaft blieb. »Helene Paggi. Und Sie glauben, dass sie jetzt das Tagebuch hat?«

Matil nickte.

»Ja, natürlich.«

»Außer ihr war niemand in Ihrem Zimmer?«

»Nein. Ich bin mir ziemlich sicher, weil den ganzen Tag über immer mehrere Leute im Wohnzimmer waren. Außerdem ... nun ja, wahrscheinlich ist es nur natürlich, dass wir uns gegenseitig ... so genau im Auge behalten!« Die letzten Worte hatte sie beängstigend leise geflüstert.

»Wann haben Sie Ihr Tagebuch zuletzt gesehen?«

»Oh, ich glaube bestimmt, dass Helene es gestohlen hat, Mr. O'Leary. Wissen Sie, nachdem ich es heute Morgen beim Frühstück erwähnt hatte, bin ich in mein Zimmer gegangen, um nachzusehen, ob ich es wirklich mitgenommen hatte. Und da war es noch da, hinter dem Spiegel, wo ich es am Nachmittag, bevor wir nach Hunting's End gefahren sind, hingesteckt hatte. Ich habe es natürlich dort gelassen. Ich hätte im Leben nicht gedacht, dass jemand hinter ihm her sein könnte. Außerdem, Mr. O'Leary, ich will Sie wirklich nicht enttäuschen, aber ich glaube nicht, dass etwas darin steht, das für Sie oder jemand anderen von Wert sein könnte. Es ist nur kindisches Geschreibsel: wie gesagt, eine Chronik der Ereignisse, eins nach dem anderen. Keine Beobachtungen, aus denen Sie irgendetwas schließen könnten; nichts dergleichen. Andere Siebzehnjährige mögen in dieser Hinsicht Talent besitzen und hätten vielleicht wichtigere Dinge aufgeschrieben, aber ... ich nicht.«

»Erinnern Sie sich noch an bestimmte Aufzeichnungen? Vor allem an die Ereignisse des ... letzten Tages im Leben Ihres Vaters?«

»Sie meinen den Tag, bevor er ... ermordet wurde?«

»Ja.«

»Mmh ... wir waren jagen. Ich glaube ...«

»Wer?«, hakte O'Leary nach.

»Ich ... ein paar von uns.« Sie schloss die Augen, um sich zu erinnern. »Tut mir Leid, aber ich weiß nicht mehr, wer genau dabei war. Mein Vater natürlich ... aber die anderen ...«

»Ist jemand hier geblieben?«

»Ich ... ich glaube, ja.« Sie sprach sehr langsam.

»Wer?«

»Ach, ich ... ich *weiß* es nicht mehr, Mr. O'Leary. Ich werde versuchen, mich zu erinnern. Aber das, was in jener Nacht geschah, hat meine Erinnerungen an den Tag völlig ausgelöscht.«

»Und heute war nur Helene Paggi in Ihrem Zimmer?«, murmelte O'Leary, als wälze er einen Gedanken wieder und wieder im Kopf herum, um ihn von allen möglichen Seiten zu betrachten.

»Nur Helene Paggi«, wiederholte Matil. »Und natürlich Brunker, um die Bettwäsche zu wechseln. Aber was ... was soll jetzt mit Newell Morse geschehen, Mr. O'Leary? Können wir denn gar nichts tun? Ach, ich wusste, dass es ein Fehler war, hierher zu kommen! Ich wusste es. Ich hätte diese schreckliche Geschichte nie wieder aufwühlen dürfen. Es ist, als ob ... als ob der Tod wirklich in diesem Haus wohnt und ... auf uns wartet.«

Weiter kam sie nicht. Ihre Stimme und ihre Hände begannen zu zittern. Ich legte meinen Arm um sie. Sie vergrub ihr Gesicht für einen Moment an meiner Schulter. Dann richtete sie sich auf und nahm die Schultern zurück. »Ich ... ich glaube, ich gehe zurück zum Kamin. Mir ist kalt.« Sie vermied es, die Gestalt auf dem Bett anzuschauen. »Reicht Ihnen das, Mr. O'Leary?«

»Durchaus«, sagte O'Leary. Zu meinem Erstaunen schwang wieder so etwas wie ein Frohlocken in seinen Worten mit. »Vielen Dank, Miss Matil.«

»Der arme Newell Morse«, sagte O'Leary, als Matil die Tür fest geschlossen hatte. »Ich habe ihn noch gewarnt. Wenn er auf mich gehört hätte, würde er vielleicht noch leben. Ich wollte ihn retten ... armer Kerl ... Wissen Sie, wo Sie Ihre Stricknadel verloren haben, Miss Keate?«

»Ich habe keine Ahnung.« Diese lange Metall-Stricknadel! Wie oft hatte ich mir die Finger oder Unterarme an ihr oder ihrer Zwillingsschwester aufgeritzt und mir geschworen, bald Nadeln aus Elfenbein oder Schildpatt zu kaufen und die altmodischen Metalldinger wegzuwerfen. Nun ja, jetzt blieb mir wohl nichts anderes übrig – vorausgesetzt, mir war jemals wieder nach Stricken zumute.

»Das spielt auch keine Rolle mehr. Es würde nichts beweisen, schließlich kann jeder sie gefunden haben – ganz egal, an welchem Ort. Es war ein ziemlich sauberer Stich, genau ins … Was haben Sie denn, Miss Keate?«

»Ach, hören Sie doch *auf* damit!« Ich schauderte. »Ist Ihnen nicht klar, dass das *meine* Stricknadel war? *Das* ist das Problem! Ich habe oft genug bei Operationen assistiert, ich bin nicht zimperlich, aber das … das hier ist etwas anderes. Ich glaube … ich glaube, ich habe mich erkältet!«, schloss ich einigermaßen verwundert, als meine Zähne tatsächlich zu klappern begannen.

»Nein, haben Sie nicht. Ihnen ist nur kalt. Dieses Zimmer ist wie ein Eisschrank. Lassen Sie uns zum Kamin zurückgehen. Aber, Miss Keate …«

Er hielt inne. Dann flüsterte er langsam: »Ist Ihnen schon aufgefallen, dass jetzt niemand mehr ein Alibi hat? Nicht einmal Sie?«

Er öffnete die Tür, und ich ging an ihm vorbei.

Aber natürlich. Niemand hatte jetzt noch ein Alibi. Keiner. Nicht einmal ich.

15

Eine Spinne geht in die Falle

Sie saßen noch immer vor dem ziemlich kläglichen Feuer. Annette hatte aufgehört, Französisch zu brabbeln, und ihre Schürze vom Kopf genommen, um sie in eine Position zu bringen, die sich für Schürzen eher geziemt, Julian Barre stand am Fenster und spähte müde in die zunehmende Dunkelheit, und Lal Killian hatte sich mittlerweile hingesetzt – doch das waren auch die einzigen Veränderungen im Raum. Terice rauchte Kette, Brunker stand weiterhin mit seinem in Hinblick auf Augenbrauen und Wimpern unvollendeten Gesicht wie eine gelb-rosafarbene Wachsfigur im Hintergrund, Helene, die geweint haben musste – ihre Nase und Augen waren gerötet, und sie hatte rote Flecken im Gesicht –, lehnte mit ihrem ganzen Gewicht an Paggi, welcher sich wiederum offenbar gar nicht von der Stelle bewegt hatte, während Tante Lucy aufrecht in ihrem Stuhl saß und aus ihrem Spinnennetz hervorstarrte. Es war schrecklich, wie sehr diese Gruppe geschrumpft war – und umso schrecklicher, weil es die Zahl der Verdächtigen auf brutale Weise limitierte.

Um die Wahrheit zu sagen, war ich gelinde überrascht, als O'Leary die Anwesenden genauso gewissenhaft über die Umstände von Newell Morses Ermordung befragte, wie er es, allerdings weniger erfolgreich, nach dem Mord an Gerald Frawley getan hatte. Für mich lag klar auf der Hand, dass Newell Morse vom selben Täter und aus demselben Grund umgebracht worden war wie Gerald Frawley – und sehr wahrscheinlich auch Huber Kingery. Und wenn dem so war, würde die Lösung des einen Falls unweigerlich die Lösung der anderen mit sich bringen. Trotzdem verhörte er uns ausführlich, obwohl er inzwischen mehr über Newell Morses Tod wusste als irgendein anderer – oder besser besagt, irgendein anderer mit Ausnahme eines Einzigen. Wie immer während jener Tage auf Hunting's End war das der grausige Gedanke, der ständig durch die Köpfe spukte: Einer von uns, einer dieser kleinen Gruppe, war der Schuldige. Niemand war sicher. Und keiner wusste, vor wem er sich in Acht zu nehmen hatte.

Mir hatte es nicht gefallen, wie Annette sich gesträubt hatte, als ich die Speisekammer und die Vorratskammer daneben betreten wollte. Als O'Leary zu mir kam, sagte ich ihm das, ohne etwas zu beschönigen. Es fiel mir zwar schwer, von jenen schrecklichen Sekunden in der großen dunklen Küche zu berichten, davon, wie ich die Tür geöffnet hatte, wie mir erst die Skier und dann diese leblose Masse entgegengefallen waren, aber trotzdem tat ich es. Annette murmelte während meines Berichts die ganze Zeit vor sich hin. Als ich geendet hatte, fuhr O'Leary zu ihr herum.

»Warum wollten Sie nicht, dass Miss Keate die Tür der Vorratskammer öffnet?«

Sie gestikulierte wild mit ihren fetten rosigen Händen.

»Ich kann sie nicht leiden, die Schwester. Sie hatte in meiner Küche nichts zu suchen.«

»Seit wann wussten Sie, dass Mr. Morses Leiche in der Vorratskammer war?«

Sie spreizte die Finger, zuckte mit großer Geste die Achseln und zog die spärlichen Brauen über den listigen blauen Augen und den roten Tränensäcken in die Höhe.

»Ich wusste es überhaupt nicht. *Jamais!* Ich wollte nur, dass diese Schwester *verschwindet*!«

»Sie wollen mir doch nicht weismachen, dass Sie die Tür zur Vorratskammer den ganzen Tag lang nicht ein einziges Mal geöffnet haben!«

»*Certainement.* Warum hätte ich sie öffnen sollen? Ich habe alles, was darin ist. In der Kammer ist nichts außer – oh, vielleicht Mehl, Kaviar, Haferflocken. Aber ich kann kein Essen machen aus Kaviar, Mehl und Haferflocken.« Ihr Achselzucken, ihre listigen, quicklebendigen hellblauen Augen, wie sie mit ihren üppigen Händen wedelte – es war schon beeindruckend.

Sie stritt auf Gedeih und Verderb alles ab. Sie wusste nichts von dem Toten, sie wusste nichts davon, dass die Leiche in der Vorratskammer gewesen war, sie hatte in der Nacht davor kein Geräusch gehört, sie war unschuldig wie ein *Bébé*, aber sie fand es doch wirklich merkwürdig – das sagte sie mit einem Seitenblick auf mich –, dass der Mann mit einer Stricknadel erstochen worden war. Wem, würde sie sich an O'Learys Stelle fragen, hatte die Stricknadel gehört?

Die anderen waren natürlich genauso unschuldig; das Merkwürdige daran war nur, dass – während alle scheinbar absolut ehrlich leugneten, auch nur das Geringste von der ganzen Angelegenheit gewusst zu haben –, dass ich ihnen sogar glaubte. Doch irgendjemand musste Newell Morse schließlich ermordet haben. Und wahrscheinlich war es dieselbe Person, die Lance O'Leary niedergeschlagen hatte. Dann, glaube ich, fragte O'Leary, unter welchen Umständen man ihn selbst an jenem Morgen aufgefunden hatte. Brunker holte den Kaminbock, der, wie er sagte, neben O'Leary gelegen hatte.

Sofort bestätigten Julian Barre und Lal Killian Brunkers Aussage. O'Leary betrachtete den Kaminbock mit einem seltsamen Gesichtsausdruck. Dann wies er Brunker an, das Gerät zum südlichen Kamin zurückzubringen, von wo er es geholt hatte. Brunker hatte, wie sich bei der gezwungenermaßen verspäteten Befragung herausstellte, O'Leary als Erster entdeckt und hatte sofort Julian Barre und dann, auf Barres Befehl hin, die Schwester verständigt. Zu diesem Zeitpunkt waren auch die anderen aufgetaucht. Mehr hatte Brunker nicht zu sagen.

»Hören Sie, O'Leary«, sagte Julian Barre schließlich. »Wie wäre es, wenn Annette und Brunker uns etwas zu essen machen … und das Feuer ein wenig aufstocken? Wir würden uns alle viel besser fühlen, vor allem, wenn wir etwas Heißes zu trinken bekämen. All das … all das ist sehr anstrengend. Und ich denke, ich spreche nicht nur für mich allein.«

»Richtig, Julian«, krächzte Tante Lucy so plötzlich, dass alle erschraken. »Du hast wie immer Recht. Annette! Abendessen!«

»Abendessen!«, rief Annette empört. »Madame! Woraus soll ich Abendessen machen?«

»Beruhigen Sie sich, Annette«, sagte Matil matt. »Machen Sie uns etwas aus dem, was da ist. Wir werden schon nicht verhungern, so lange wir noch … Kaviar, Mehl und Haferflocken haben.« Sie lächelte schwach, trotzdem fuhr Helene sie zornig an:

»Wie immer willst du mit dem Kopf durch die Wand, Matil«, sagte sie. »Erst zwingst du uns, hierher zu kommen, und dann hast du nichts zu essen für uns. Ich habe …«, ihre Wut flaute zu einem kläglichen Jammern ab, »… ich habe Hunger«, sagte sie und schluchzte auf.

»Helene, du bist eine Idiotin«, sagte Jo Paggi gefasst. »Hör auf. Sei endlich still!« Terice lächelte maliziös.

»Du hältst doch deine Abmagerungskuren nie durch, Helene«, sagte sie. »Das ist die Gelegenheit für dich, dir wieder so etwas wie eine gute Figur zuzulegen.«

Schweigend warteten wir auf das Essen. O'Leary ging auf sein Zimmer und kam kurz darauf in dem grauen Kammgarnanzug zurück, den er normalerweise tagsüber trug. Außerdem hatte er seinen Kopfverband neu gewickelt.

Ich schätze, es war eine natürliche Reaktion auf den Mord an Newell Morse, dass die letzten Reste der höflichen Umfangsformen, an die wir uns während der vergangenen Tage noch so verzweifelt geklammert hatten, nun endgültig fallen gelassen wurden und verschwanden. Niemals zuvor oder seitdem habe ich Männer und Frauen gesehen, die sich so primitiv und egoistisch gehen ließen, und ich hoffe, dass mir diese ungemein desillusionierende Erfahrung auch künftig erspart bleibt. Wir nahmen unsere Masken der Sitte und des Anstands ab, und was darunter zum Vorschein kam, war alles andere als schön.

Unter diesen Umständen war es ein fürchterliches Mahl. Zum einen war es so kalt drüben bei der Treppe, dass wir Frauen uns alle etwas übergestreift hatten: Ich hatte mir mein rotblaues Schwesterncape umgelegt, Tante Lucy hatte sich in ihren unglaublich hässlichen grauen Schal gehüllt, Helene trug einen weiten Nerz mit riesigen, kaftanartigen Ärmeln, in dem sie einem mächtigen Braunbären ähnelte, und Terices schäbige Hermelinstola hatte schon bessere Tage gesehen. Zu der ungemütlichen Kälte, die uns langsam unter die Haut kroch, kam noch das Essen selbst, wenn es denn diesen Namen verdiente, hinzu – obwohl wir es irgendwie schafften, unseren Hunger etwas zu stillen. Auf dem Tisch standen große, dampfende Schüsseln mit Hafergrütze, ein Gericht, das ich verabscheue, weiterhin Beilagen verschiedenster Art, hauptsächlich Oliven, eingelegte Walnüsse und mehrere Sorten Käse, der auf kleinen Glastellern lag. Es sah mehr oder weniger aus, als hätte Annette einfach die Regale in der Speisekammer leergefegt. Es war, gelinde gesagt, eine entmutigende Mahlzeit. In der Folge wurde Tante Lucy so unausstehlich, dass ich auf Matils flehentlichen Blick hin aufstand, den Rollstuhl packte und ihn – selbstverständlich mitsamt seiner Insassin – vom Tisch fortzog und zum Kamin schob. Tante Lucy murrte laut, und ihre Ohrringe blitzten gefährlich auf, doch O'Leary stimmte sie wieder etwas versöhnlicher, indem er uns Kaffee brachte. Ihre Miene hellte sich auf. Sie nahm ihre Tasse und schlürfte auf geradezu widerliche Art einen Schluck, ehe sie O'Leary dankte und ihn bat, Platz zu nehmen.

Doch falls O'Leary gehofft hatte, Tante Lucys geschwätzige Stimmung für eine kleine Privatunterhaltung zu nutzen, sah er sich getäuscht, denn die anderen folgten uns auf dem Fuße.

Und da saßen wir im Kreis und schwiegen gespannt – als könne jeder Atemzug, jeder Seufzer, jedes Scharren mit dem Fuß, jede Veränderung der Sitzposition von unendlicher Wichtigkeit sein. Mir schien, dass wir eine Ewigkeit lang um den Kamin herumsaßen. Der Schnee trieb erbarmungslos gegen die dunklen Fensterscheiben, der Wind seufzte im Kamin, der Hund strich rastlos umher ... während die gemeißelte Inschrift am Kaminsims mitleidlos auf uns herabstarrte: »DAS ENDE ALLER ERFOLGREICHEN JAGDEN KOMMT SCHNELLER, ALS DU DIR ERTRÄUMST.«

O'Learys graue Augen blickten nachdenklich ins Feuer. Paggi saß zusammengesunken in seinem Sessel. Seine Hemdbrust stieß an sein Doppelkinn, von seiner Leutseligkeit war momentan nichts zu spüren, seine olivgrünen Augen huschten ruckartig zu jeder Geräuschquelle. Als Jericho, der noch immer dünn und schwach von seiner Begegnung mit dem Rattengift war, auf seiner dritten Runde durch den langen Raum war, fuhr Tante Lucy plötzlich zu mir herum und stieß mit ihrer üblichen Heftigkeit das Wort »Soda!« hervor. Ich stand auf und ging in die Küche, wo ich Annette und Brunker vermutete. Doch als ich mich der Tür näherte, hörte ich weder Geschirr klappern noch sonst ein Geräusch, das auf geschäftiges Treiben hingedeutet hätte. Ich stieß die Schwingtür auf, die sich leise, ohne zu knarren, einen Spalt weit öffnete. Wie immer war es in der Küche dämmrig. Nur wenige Lampen brannten. Im Kamin glomm rötliche Asche. Annette und Brunker saßen am Küchentisch und aßen. Ich konnte Brunkers unbewegtes rotes Gesicht und Annettes breiten blauen Rücken und ihre dünnen grauen Locken sehen.

Zwischen zwei Bissen murmelte sie etwas, das ich nicht verstand. Aber Brunkers Antwort drang klar und deutlich zu mir herüber.

»Es war ein Fehler«, sagte er auf seine ausdruckslose Art, »dass du die Schwester nicht in die Speisekammer gelassen hast. Wenn du ihr nicht den Weg versperrt hättest, hätte sie nie die Tür zur Vorratskammer geöffnet. Ich hätte gern noch ein paar Bohnen.«

Also das war der Duft, der mir so unwiderstehlich in die Nase gestiegen war, seit ich die Tür geöffnet hatte. Ich spähte über Annettes Schulter. Auf dem Tisch standen Bohnen in dampfender Tomatensoße. Annette musste dies eher gewöhnliche Gericht irgendwo gefunden und für sich selbst und Brunker aufgehoben haben. Eigentlich mag ich Bohnen nicht besonders – während gewisser freudloser Tage im Jahre 1918 hatte ich viel zu viele davon essen müssen –, jetzt jedoch lief mir das Wasser im Munde zusammen. »Ach, sei doch still!«, erwiderte Annette scharf. Ihre dicken Finger griffen nach einer Flasche. Sie goss sich einen großen Schluck irgendeines roten Getränks ein und stellte die Flasche mit einem nachdrücklichen Knall wieder auf den Tisch. »Du hast doch selber ein paar Hühnchen zu rupfen. Und glaub ja nicht, dass ich blind bin, mein lieber Mr. Brunker. Ich weiß mehr, als du ahnst.«

Brunkers wimpernlose Lider blinzelten hastig.

»Ja! Was weißt du denn?«, fragte er ruhig, schob seine Gabel, auf der eine enorme Menge Bohnen lagen, in den Mund und wiederholte undeutlich: »Also, was weißt du?«

Mir war fast, als sähe ich, wie sich Annettes kleine listige Augen verengten und ihre schlaffen Lippen sich zu einem Lächeln verzogen.

»Mehr, als du ahnst«, sagte sie. Dann neigte sie ihre fetten blauen Schultern zu Brunker hinüber, der sie mit seinen wimpernlosen Augen anstarrte. »Ich weiß zum Beispiel, warum du bei den Kingerys geblieben bist. Warum du nicht gekündigt hast. Jawohl, ich weiß Bescheid darüber!«

Die Tür hinter mir öffnete sich, diesmal mit einem lauten Knarren. Jo Paggi stand neben mir. Brunker erhob sich halb. Annettes massige blaue Gestalt drehte sich um. Über die Schulter hinweg sah sie uns an.

Vermutlich dachten beide, ich wäre mit Paggi zusammen gekommen, denn sie schienen nicht im Mindesten beunruhigt.

Paggi ging zum Küchentisch und schnüffelte gierig mit seiner dicken Nase. In seine olivgrünen Augen trat ein Funkeln.

»Ich hab's doch gewusst«, sagte er genießerisch. »Ich hab's gerochen: Bohnen mit Tomatensoße.« Er schob einen Stuhl an den Tisch. Brunker stand auf. Paggi griff mit der einen Hand nach einem Teller, mit der anderen nach einer Gabel. Er schien diese Dinge blind zu finden, rein instinktiv, er wandte den Blick nicht eine Sekunde lang von den Bohnen ab. »Tomatensoße«, flüsterte er. »Annette, Sie haben doch bestimmt noch irgendwo Knoblauch. Ja? Oh, hervorragend! Hören Sie, meine Gute, schneiden Sie ihn bitte in kleine Würfel … ja, so fein.« Er zeigte ihr die gewünschte Größe mit seinen dicken und doch so seltsam empfindsamen Fingern. »Braten Sie ihn kurz in Butter an. Schnell, meine Gute. Ich bin am Verhungern.«

Annette erlag Paggis magnetischer Anziehungskraft ebenso wie die meisten Frauen. Sie nahm eine kleine Knoblauchzehe und schnitt sie schnell in kleine Würfel. Die scharfe Klinge des Küchenmessers, das sie zwischen ihren wulstigen Fingern hielt, blinkte im schwachen Licht des Kaminfeuers. Dann roch es nach zerlassener Butter, und fast schneller, als ich es niederschreiben kann, hatte sie eine köstlich duftende Gewürzmischung in die Tomatensoße gerührt. Unbewusst trat ich etwas näher an den Tisch heran. Das Essen sah wahrhaftig äußerst verlockend aus. Ich trat noch einen Schritt näher.

»Bedienen Sie sich, Miss Keate«, sagte Paggi und drehte sich lachend zu mir um. Seine makellos weißen Zähne blitzten auf. Unglaublich flink verteilte er großzügige Portionen, und plötzlich saß ich zwischen Annette und Brunker, gegenüber von Paggi, und verschlang mit dem größten Vergnügen meine Bohnen.

Ich vermute, dass das Essen mich hypnotisierte, denn diese Szene war mit Sicherheit die sonderbarste und albtraumartigste Situation während all der sonderbaren Tage auf Hunting's End. Ich sehe mich noch am Küchentisch sitzen: zur einen Seite die rotgesichtige Köchin, aus deren schlaffem Mund hin und wieder jene alberne Melodie klang, zur anderen Seite Brunker, kühl, schweigsam und ganz auf seine Bohnen konzentriert, und mir gegenüber Paggi, leutselig und fröhlich, der mit leuchtenden Augen sein Essen genoss.

Das rötliche Licht fiel auf meine frische Schürze, auf die Katze, die zusammengerollt vor dem Kamin lag und deren Schwanz leicht zuckte, auf Paggis glatte schwarze Haare, auf Annettes Weinglas, auf Brunkers ausdruckslose Augen, die unter den wimpernlosen Lidern größer und finsterer wirkten, und auf die grob gezimmerte Tür der Vorratskammer hinter uns.

Erst als der letzte Bissen von meinem Teller verschwunden war und ich mit Bedauern festgestellt hatte, dass alle Schüsseln leer waren, als ich mich zurücklehnte und wir für ein paar Sekunden schwiegen – erst da fiel mir das Unpassende an der ganzen Situation auf. Ich glaube, jetzt fielen mir auch O'Learys Worte wieder ein, der geflüstert hatte: »Niemand hat jetzt noch ein Alibi.«

Niemand. Also weder Paggi noch Annette noch Brunker. Nicht einmal Tante Lucy hatte ein Alibi – Tante Lucy, die auf ihr Glas Sodawasser wartete.

Paggi lehnte sich mit einem genussvollen, satten Seufzer zurück. Annette schenkte ihm lächelnd Wein nach, Brunker erhob sich und begann den Tisch abzuräumen.

»Wenn Helene das wüsste, würde sie mich umbringen«, bemerkte Jo Paggi. Er grinste mich an, bedankte sich bei Annette und hob mit seiner kräftigen Hand sein kleines Glas. *»A vous, madame«*, sagte er lächelnd zu Annette, die kokett ihre feisten Achseln zuckte und mit einer ausladenden Geste ein paar lose Haarsträhnen zurückstrich. Merkwürdigerweise wirkte sie dabei jedoch nicht grotesk. Paggi und sie wechselten einen Blick heimlichen Einverständnisses. Er setzte sein leeres Glas ab, seufzte behaglich und wiederholte: »Ja, wenn Helene das wüsste, würde sie mich umbringen. Sie sagt, sie stirbt vor Hunger. Aber was kann ich dafür, wenn sie kein so feines Näschen hat wie ich?« Traurig betrachtete er die leeren Schüsseln, kratzte einen Rest Soße von seinem Teller, schob ihn langsam in den Mund und sah mich an: »Was haben Sie denn, Miss Keate?«

»Ich habe mich gefragt … warum Sie gelogen haben; ich meine wegen der Schritte auf der Galerie, in der Nacht, als Gerald Frawley ermordet wurde«, sagte ich trocken.

Sofort verfinsterte sich seine Miene.

»Gelogen? Das unterstellen Sie mir? Mir? José Paggi?« Ebenso rasch, wie sie kam, verflog seine Wut auch wieder. Er machte eine abfällige Handbewegung, zog launig die Augenbrauen hoch und lachte. »Aber natürlich habe ich gelogen. Miss Keate, danken Sie Gott, dass Sie niemals erleben müssen, wie es ist, mit einer eifersüchtigen Frau verheiratet zu sein.« Er trank ein weiteres Glas von Annettes Rotwein, der in seiner dicken Kehle beim Schlucken leise gurgelte, und stellte das Glas mit einem leisen Klirren wieder auf den Tisch. »Helene ist ein Biest!«, sagte er plötzlich. »Ein fettes, hässliches Biest.« Und damit streckte er Annette sein Glas abermals entgegen.

»Und wer war auf der Galerie?«, bohrte ich nach.

»Ach ja, die Galerie. Nun, natürlich war Helene da oben. Sie hat mir nachspioniert. Sie spioniert mir immer nach. Ist das nicht erniedrigend? Aber hätte ich das etwa ausposaunen und mich zum Gespött der Leute machen sollen? Niemals!«

Brunker räumte Paggis Teller ab und sah ihn kühl an. Annette trällerte ihr albernes »Lalalala … lala« und wiegte sich im Takt in den Hüften. Jo Paggi sah kurz zu ihr hinüber.

»Nein, nein«, sagte er. »Falsch. Es geht so.« Er gestikulierte mit den Händen und sang dieselbe Melodie mit seiner weichen Tenorstimme, wobei er hier und da mühelos ein paar Takte variierte. Annette stimmte in seinen Gesang ein. Ich stand auf.

Als sie kurz Luft holten, beugte ich mich vor.

»Und was haben Sie in jener Nacht im Wohnzimmer gemacht?«, fragte ich energisch.

Er blieb unvermindert fröhlich.

»Mit Ihnen geredet«, sagte er und ergänzte lachend: »Und Helene einen Grund zum Spionieren gegeben. Noch einmal von vorn, Annette.«

»Und warum waren Sie so nervös und unruhig vor dem Kamin?«, drängte ich weiter, ohne darauf zu achten, ob das unhöflich war oder nicht.

Schulterzuckend unterbrach er die Melodie, um zu antworten. »Wer wäre da nicht nervös geworden? Sie haben mich ja angestarrt wie … wie eine Katze die Maus.«

Ich ließ sie singen.

Aber da ich das Sodawasser für Tante Lucy vergessen hatte, musste ich an der Tür noch einmal umkehren. Brunker holte das Soda und sah mir zu, wie ich es in eine Tasse voll Wasser einrührte.

Am Tisch ging der Gesang, lauter und inbrünstiger, weiter.

»Annette!«, erscholl es von der Tür her. Matil blickte die Gerufene mit ihren blauen Augen zornig an.

Paggi fuhr herum, hörte sofort auf zu singen, sprang auf und trat auf Matil zu.

»Matil, deine Köchin ist einfach wunderbar. Wenn wir heiraten, behalten wir sie für immer und ewig. Das Paradies kann nicht …«

»Jo!« Helene stieß Matil zur Seite und streckte die Arme und ihre geschmeidigen Finger nach Jo Paggi aus. Er wich zurück. Doch bevor sie sich auf ihn stürzen konnte, hielt Killian, der hinter ihr stand, sie zurück. Sie versuchte, sich aus seiner Umklammerung zu befreien. Ihre Augen spien grüne Flammen. Dann brach sie plötzlich schluchzend in Killians Armen zusammen und stieß halb erstickte Beschuldigungen hervor, um die sich ihr Gatte jedoch keinen Deut scherte. Er tupfte sich vielmehr die Stirn mit seinem Taschentuch ab und sah ängstlich von Matil zu Annette, die mürrisch zurückwich. Sie hob die magere Katze auf ihren Arm und kraulte ihr den Rücken. Das Tier schnurrte behaglich. Helene schluchzte. Matil blickte von Helene, die in Killians Armen hing, zu Annette, die mit rotem Gesicht und schlaffem Mund die Katze streichelte, und von ihr zu Paggi, der schwitzte und sie betreten ansah. Dann machte sie auf dem Absatz kehrt und ging zur Tür hinaus, die noch etwas hin- und herschwang. Ich folgte ihr. Ich glaube, auch Killian wollte uns folgen, doch Helene hing immer noch schluchzend an ihm, und ich sah in seinen Augen den Anflug eines gelangweilten Lächelns.

Im Wohnzimmer kam Lance O'Leary gerade die Treppe herab und winkte mich zu sich. Tante Lucy schien das Sodawasser inzwischen vergessen zu haben, was auch nicht weiter verwunderlich war, und saß dösend in ihrem Stuhl am anderen Ende des langen Raums. Niemand war in Hörweite.

»Ich habe nach dem Tagebuch gesucht«, sagte er leise. »Ich war in allen Schlafzimmern oben. Falls Helene es wirklich hat, hat sie es gut versteckt. Als ich sie vorhin darauf angesprochen habe, hat sie glatt geleugnet, es jemals in den Händen gehabt zu haben.

Aber sie hatte Angst. Vielleicht trägt sie es irgendwo bei sich – in diesem Fall muss ich Sie vielleicht bitten, sie zu durchsuchen, Miss Keate. Hören Sie, Miss Keate, wie sehr steht sie Ihrer Meinung nach unter der Fuchtel ihres Ehemanns?«

Ich stellte die Tasse Sodawasser vorsichtig auf einen rustikalen Beistelltisch.

»Sie ist ziemlich vernarrt in ihn«, sagte ich nachdenklich. »Und unglaublich eifersüchtig. Er hat gerade eben zugegeben, dass sie in der Nacht, als Gerald Frawley erschossen wurde, auf dem Galerievorsprung stand, um ihm – Paggi – nachzuspionieren. Er hat gesagt, sie sei ein ›fettes, hässliches Biest‹.«

»Wie galant«, sagte O'Leary.

»Ich glaube, sie würde alles tun, was er sagt«, fuhr ich ernst fort.

»Alles?«, fragte O'Leary sanft.

Ich zögerte eine Sekunde mit meiner Antwort.

»Sie hat furchtbare Angst, ihn zu verlieren«, sagte ich schließlich. »Und Paggi … ohne Frage wirkt er auf Frauen sehr attraktiv.«

O'Leary sah mir in die Augen.

»Meine liebe Sarah«, sagte er. »Ich halte es für meine Pflicht, Sie darauf hinzuweisen, dass Sie, wenn Sie Paggi Ihr Herz schenken, mit Sicherheit enttäuscht werden. Paggi ist schon …«

»Paggi? Ach was«, sagte ich aufgebracht. »Ich sagte nur, dass er auf Frauen attraktiv wirkt. Dabei habe ich mich noch nicht dazugezählt! Ich hoffe, inzwischen ein Alter erreicht zu haben, in dem …« Da mir die heimliche Freude in O'Learys Blick nicht entging, brach ich meine Verteidigungsrede augenblicklich ab. »Mir scheint, Sie sollten Ihre Aufmerksamkeit wichtigeren Dingen zuwenden«, sagte ich knapp.

»Sie haben Recht, Miss Keate. Aber Sie müssen zugeben, dass Sie und José Paggi ein unwiderstehliches Paar wären.« Lächelnd sah er sich um. »Wo ist Matil?«, fragte er plötzlich. »Ist sie … Ah, da ist sie ja! Dann ist ja alles in Ordnung. Ich muss noch etwas erledigen.« Er hielt inne, als ob er auf etwas lauschte, und sah zu den Fenstern hinüber, in denen sich das Licht des Wohnzimmers spiegelte. »Wenn ich nicht völlig falsch liege, wird es heute Nacht, spätestens morgen früh aufhören zu schneien. Und vorher muss ich dringend noch ein paar Dinge erledigen.«

»Dinge erledigen?«, sagte ich dümmlich.

»Ja, Dinge erledigen«, wiederholte er sehr ernst. »Bevor es aufhört zu schneien und wir eine reelle Chance haben, jemanden loszuschicken, um Hilfe aus der Stadt zu holen. Wie ich heute Morgen schon sagte, Miss Keate, dann helfe uns Gott, es sei denn, ich beeile mich. Bis jetzt hat uns der Schneesturm beschützt ... auf seine Weise. Zuerst will ich von Terice erfahren, wer Gerald Frawleys Leiche versteckt hat. Und dann ...«

»Weiß sie es denn? Sie hat doch beteuert, dass niemand das Zimmer betreten hat.«

Er sah mich verärgert an.

»Natürlich hat sie das beteuert. Sie hat es sogar freiwillig beteuert. Aus freien Stücken, ohne dass ich sie gefragt hätte. Hätte sie das getan, wenn sie nichts zu verbergen gehabt hätte? Entweder hat sie große Angst, mir zu sagen, was sie weiß – oder sie ist selbst in die Sache verwickelt. Als Nächstes will ich von Matil erfahren, warum sie so weit gegangen ist, Gerald Frawley die Ehe zu versprechen; irgendetwas ist uns da bis jetzt entgangen. Miss Keate, bitte behalten Sie Matil Kingery im Auge, ja? Ich habe sie gewarnt – so entschieden wie möglich. Sie ... ich befürchte, dass sie in sehr großer Gefahr ist. Ich kann unmöglich rund um die Uhr auf sie aufpassen, und außerdem würde sie nicht auf mich hören.«

Ich sah zu Matil hinüber. Sie stand neben Julian Barres Sessel, ihre Hand ruhte leicht auf seiner Schulter, sie sah zu ihm hinab und lächelte wehmütig über etwas, das er sagte. Wir sahen, wie er mit jugendlicher Beweglichkeit aufstand, einen Sessel neben den seinen schob und, als die junge Frau etwas antwortete, einen Arm um ihre Schultern legte. Sie legte ihren Kopf an seine Schulter. Er beugte sein attraktives Gesicht über ihre dunklen Haare. Das Ganze spielte sich vor dem Hintergrund des rötlichen Kaminfeuers ab. Dann erklang Terices schrilles Lachen hinter dem Zigarettendunst, der sie einhüllte. Auch sie sagte etwas, das wir nicht verstanden. An der Küchentür entstand etwas Unruhe. Helene und Lal Killian kamen herein, gefolgt von Paggi. Matil setzte sich. Julian Barre bekam einen Hustenanfall, der wiederum Tante Lucy aufweckte, die blinzelte und sich benommen umschaute. Als ich nach ihrer Tasse mit Sodawasser griff, flüsterte O'Leary: »Vergessen Sie nicht, Matil im Auge zu behalten«, und ich ging zu meiner Patientin.

Obwohl sie sich anscheinend nicht mehr erinnerte, mich um Sodawasser gebeten zu haben, stürzte sie es in einem Zug herunter, bekam einen lauten Schluckauf und verlangte ihr Gute-Nacht-Sandwich.

»Ich gehe zu Bett«, krächzte sie. »Ihr könnt meinetwegen die ganze Nacht aufbleiben und weiter schlottern, aber ich bin eine alte Frau, die ihren Schlaf braucht. Ich gehe zu Bett und verriegele alle Türen. Ihr braucht gar nicht zu versuchen, euch in mein Zimmer zu schleichen und mich zu ermorden, es wird euch nicht gelingen.« Langsam wiederholte sie Wort für Wort ihren letzten Satz und sah von einem zum anderen. Ihr Blick schloss uns alle ein, was nicht sehr schmeichelhaft war. Brunker kam auf das Geräusch der kleinen Glocke hin hinein und nahm Matils Bitte, Tante Lucy ihr Sandwich zu bringen, mit der üblichen Teilnahmslosigkeit entgegen. Tante Lucy rollte ihren Stuhl vom Kamin fort. In diesem Moment, glaube ich, merkte ich O'Learys eindringlichen Blick. Mit seinen grauen Augen schien er mir etwas sagen zu wollen. Natürlich! Das Gute-Nacht-Sandwich! Gab es einen besseren Köder, um die hagere schwarze Spinne aus ihrem Netz zu locken?

Nicht gerade eine respektvolle Art, über seine Patientin zu denken, tadelte ich mich, während ich ihr folgte, die langsam vor mir her rollte. Ehe sie durch die Tür, die ich ihr aufhielt, in ihr Zimmer rollte, drehte Tante Lucy ihren Rollstuhl ein wenig herum, schaute zur Kaminrunde zurück und zählte sie, so makaber es war, mit stummen Lippenbewegungen noch einmal durch.

»Alle da«, sagte sie widerlich salopp. »Wir können mein Zimmer gefahrlos betreten, Miss Keate.«

Ihre heisere Stimme war offenbar absichtlich laut, und sie verfehlte ihre Wirkung nicht: Ich sah, wie Matil zusammenfuhr und Terice böse zu uns herschaute.

Erst dann rollte Tante Lucy durch die Tür. Ich folgte ihr und zog die Tür hinter uns zu. Dann schaute ich in mein Zimmer und ins gemeinsame Badezimmer und sah unter beiden Betten nach, wobei ich wusste, dass Tante Lucy mein Tun mit einem spöttischen, amüsierten Blick begleitete. Natürlich war niemand da. Die Fensterläden in beiden Zimmern waren fest verriegelt.

»Das hat doch keinen Sinn«, bemerkte die alte Frau und kicherte unangenehm. »Matil, Julian, Paggi, Helene, Terice, Killian – sie sind alle drüben im Wohnzimmer, Brunker und Annette sind in der Küche, und Frawley und der junge Morse sind tot. Wer soll sich da noch unter dem Bett verstecken?«

»Ich wollte trotzdem sichergehen«, sagte ich schnippisch. »Mir reicht es nämlich langsam.«

»Und dabei waren Sie gar nicht dabei, als Huber ermordet wurde«, sagte Lucy Kingery. »Ja, wenn Sie damals auch schon dabei gewesen wären, dann hätten Sie einen guten Grund, nervös zu sein. Aber er hatte den Tod verdient. Er hatte den Tod absolut verdient. Er hat jeden in seinem Bekanntenkreis bestohlen. Er hat mich bestohlen, und dann hat er in seinem Testament alles Matil vermacht. Hier, nehmen Sie meine Kette ... nein, nicht meine Ohrringe, nur die Kette. Vergessen Sie nicht, sie in Watte zu wickeln, bevor Sie sie ins Schmuckkästchen legen. Ein Kratzer auf den Steinen, und sie ist dahin. Nur Diamanten kriegen keine Kratzer«, fuhr sie geschwätzig fort. »Aber ich habe keine Diamanten. Nicht mehr.« So unvermittelt, wie sie ihre Rede begonnen hatte, hörte sie auch wieder auf. Als ich sie gerade ins Bett verfrachtet hatte, klopfte Brunker dezent an die Tür. Ich nahm ihm das Tablett ab, ging damit durchs Zimmer und stellte es auf einen Tisch vor dem Fenster.

Irgendwie hatte Annette es geschafft, etwas Käse, ein paar

Kekse und eine Schale Pudding aufzubewahren, der zwar etwas abgestanden, aber sättigend aussah. Tante Lucys Augen funkelten in ihren finsteren Höhlen, als sie das Tablett betrachtete.

»Geben Sie her«, sagte sie gierig. »Stellen Sie es hierhin, auf mein Bett.«

»Ich will noch eben Ihre Wärmflaschen füllen«, sagte ich freundlich. »Ihre Füße sind ja kalt wie Eiszapfen.« Ich schnappte mir die beiden Gummiwärmflaschen, die im Badezimmer hingen, eilte hinaus und schloss die Tür, obwohl sie krächzend protestierte. Vor der Tür stand ein einfacher, derber Stuhl, auf den ich mich setzte. Die beiden kalten Gummiwärmflaschen legte ich in meinen Schoß. Ihr schwarzer Krückstock lehnte immer noch am Kamin, und ich schenkte dem heiseren Murren hinter mir keine Beachtung.

Niemand sah zu mir hin. Killian stand an einem der Fenster und starrte in die Dunkelheit. Terice und O'Leary standen in der Ecke hinter dem Flügel und beugten sich über das Radio. Sein weißer Kopfverband und Terices platinblonde Locken lagen im Licht einer der Zinnlampen. Paggi, Helene, Barre und Matil blickten schweigend in das Flackern des Kaminfeuers. Helene, deren Augen noch immer gerötet waren, schluchzte hin und wieder auf, während Jo Paggi noch immer nicht zu seiner jungenhaften Fröhlichkeit zurückgefunden hatte, sondern finster vor sich hin brütete. Aber hätte ihn jetzt jemand angesprochen, wie schnell hätte sein roter Mund wieder gelächelt, wie hätten seine Zähne gestrahlt, welch eine magnetische Heiterkeit wäre in seine olivgrünen Augen getreten.

Ohne bestimmte Absicht betrachtete ich O'Leary und Terice. Ihr leises Gespräch verklang unhörbar in der Stille, die auf dem Raum lastete, eine Stille, die irgendwie zu leben und zu fühlen schien. Offenbar sprachen sie nicht über das Radio. Terice griff sich plötzlich mit der schmuckbeladenen Hand an den Hals, blickte O'Leary an und schüttelte, wie um etwas von sich zu weisen, energisch den Kopf. O'Leary jedoch beharrte, wie es aussah, auf seiner Frage. Mit einem ärgerlichen Schulterzucken schaute sie sich hastig um. O'Learys graue Augen ruhten auf ihrem Gesicht. Gespannt wartete er. Sie zögerte, so als müsse sie kurz nachdenken, schließlich jedoch bekräftigte sie ihre Verneinung, indem sie ihre Pelzstola enger um sich schlang, abermals den Kopf schüttelte und sich abwandte.

Während ich die beiden beobachtete, rührte sich Matil. Mit einer ihrer schlanken Hände rieb sie sich die Augen und sah sich um, als suche sie jemanden. Dann erblickte sie O'Leary und Terice unter der Lampe, machte Anstalten, aufzustehen und zu ihnen zu gehen, sank aber wieder zurück, beobachtete die beiden eine Zeit lang und blickte schließlich stirnrunzelnd ins Feuer. So – dachte ich, und mein Atem ging ein wenig schneller – sieht jemand aus, der sich verzweifelt an etwas zu erinnern versucht … und sich wirklich erinnert. Vielleicht war ihr etwas von jenem letzten Tag wieder eingefallen! Vielleicht … Aus dem Zimmer hinter mir drang ein Geräusch an mein Ohr. Ich schaute auf die Uhr. Zwanzig Minuten waren vergangen, seit ich Tante Lucy mit dem heiß begehrten Tablett allein gelassen hatte.

Sofort stand ich auf, legte die Wärmflaschen auf den Stuhl und öffnete die Tür. Glücklich und zufrieden saß meine Patientin in ihrem grauen Baumwollnachthemd in ihrem Nest aus Decken, fuhr sich genüsslich mit der Zunge über die violetten Lippen und sah mich befriedigt an. Mein Blick ging hinüber zu dem Tablett.

Es stand noch auf dem Tisch vorm Fenster. Aber das Essen war bis auf den letzten Krümel fort.

»Matil ist hereingekommen und hat mir das Tablett gegeben«, sagte sie scheinbar ohne Gewissensbisse. »Sie dürfen mich nicht so plötzlich allein lassen, Miss Keate. Sie wissen doch, wie hilflos ich bin. Haben Sie die Wärmflaschen gefüllt?«

»Ich hole sie sofort«, erwiderte ich. »Liegen Sie bequem?«

»Sehr bequem«, sagte sie. »Verriegeln Sie bitte meine Tür, Miss Keate, und … behalten Sie Ihre Tür im Auge, bis Sie zu Bett gehen. Ich will nicht, dass sich irgend jemand in unseren Zimmern zu schaffen macht. Mir macht diese Geschichte genauso viel Angst wie allen anderen.« Sie sah mich trotzig an. Ihr grauer

Haarschopf und die vereinzelten Barthaare zitterten etwas. »Ich habe genauso viel Angst wie alle anderen.«

Ich legte den Riegel vor ihre Tür und ging durchs Badezimmer und mein Zimmer ins Wohnzimmer.

»So, hast du also!«, dachte ich. »Und wie alle anderen auch könntest auch du die Mörderin sein!«

16

Es hat aufgehört zu schneien

Ich ging sofort zu O'Leary, um ihm seinen Verdacht zu bestätigen, aber er zeigte sich nicht sonderlich interessiert. Er hatte seine Unterredung mit Terice offenbar beendet, saß vornübergebeugt am Kartentisch und baute kleine Kartenhäuser, während er aus den Augenwinkeln, daran gab es keinen Zweifel, jede Bewegung, jeden neuen Gesichtsausdruck und jedes Wimpernzucken der schweigsamen Runde am Kamin registrierte.

»Ich bringe kein Wort aus Terice heraus«, sagte er leise. Er beobachtete, wie Lal Killian sich eine Zigarette anzündete, lehnte zwei Karten aneinander und balancierte sie vorsichtig aus. »Sie hat Angst. Und ich wüsste nur zu gern, wovor.« Wieder trat eine Pause ein. Er fügte seinem wackeligen Bau eine dritte Karte hinzu. Plötzlich stand Killian auf und ging zum Fenster. Alle Augen im Zimmer folgten ihm.

O'Learys Hand hielt noch die dritte Karte. Eine ungewöhnliche Spannung lag im Raum. Mir schien, als hielten alle die Luft an. Das einzige Geräusch war das gedämpfte, leise Knistern der brennenden Scheite im Kamin. Killian erreichte das Fenster und starrte es an. Dann schob er es langsam auf, entriegelte die Fensterläden und stieß sie auf. Keiner rührte sich.

Hoch oben am nächtlichen Himmel leuchtete die Sichel des Mondes. Das blasse Rechteck des Fensters versuchte vergeblich, sich gegen das Licht der Wohnzimmerlampen zu behaupten.

»Vielleicht interessiert es euch«, sagte Lal Killian tonlos. »Es hat aufgehört zu schneien.«

Keiner sprach ein Wort. Keiner rührte sich. Killian starrte aus dem Fenster.

Schließlich stieß O'Leary versehentlich gegen sein Kartenhaus. Mit einem leisen Geräusch brach es zusammen.

Er stand auf und ging zum Fenster. Ich folgte ihm. Die Luft, die uns entgegenwehte, war noch frisch, aber nicht mehr so bitterkalt.

Ich sah den Mond, die dahinjagenden Wolken und den Schnee. Er war überall, bedeckte die Täler und die sanften Hügel. Oder waren das nicht die Hügel, sondern meterhohe Schneeverwehungen? Eine grenzenlose weiße Fläche glitzerte im Mondschein. Hier und da glitten die Schatten der Wolken über sie hinweg. Doch es hatte aufgehört zu schneien.

Es hatte aufgehört zu schneien.

»Wenn es aufhört zu schneien«, hatte O'Leary gesagt, »dann helfe uns Gott. Kein Mensch kann uns dann noch helfen.«

Merkwürdig, aber obgleich das Ende des Schneesturms uns allen viel bedeuten musste, obgleich wir ihm drei Tage lang inständig entgegengefiebert hatten – jetzt, da es tatsächlich so gekommen war, sagte niemand etwas. Die Kaminrunde blickte geschlossen zum Fenster. Brunkers ausdrucksloses Gesicht erschien kurz an der Küchentür. Annette stand hinter ihm. Aber niemand sagte etwas. In jenem Moment allerdings fiel mir nicht auf, wie merkwürdig es war, dass wir angesichts einer Tatsache, die uns so sehr betraf, nichts sagten. Ich nahm unser Schweigen einfach hin, so wie ich schon all die anderen Merkwürdigkeiten jener furchtbaren Tage auf Hunting's End hingenommen hatte.

Brunkers kalte Miene verschwand langsam wieder hinter der Schwingtür, Killian schloss die Läden und das Fenster, O'Leary betastete nachdenklich seinen Kopfverband, zuckte ein wenig zusammen, als er die schmerzende Stelle berührte, und ging vom Fenster fort, während die anderen sich mit unbewegten Gesichtern wieder dem Feuer zuwandten.

Matil stand auf. Sofort erhoben sich auch alle Männer.

»Gute Nacht«, sagte sie knapp und ging auf ihr Zimmer zu. O'Leary fuhr beim Klang ihrer Stimme herum und folgte ihr rasch.

»Ach, Miss Matil«, sagte er, »wo ist denn der Hund? Ah, hier ... würden Sie ihn bitte mitnehmen? Er sollte heute Nacht bei Ihnen im Zimmer schlafen.«

Widerstandslos leistete sie seiner Bitte Folge. O'Leary begleitete sie zu ihrer Tür. Der Collie, der noch immer traurig, deprimiert und unter seinem schönen weiß-goldenen Fell unglaublich mager aussah, trottete hinterher. O'Leary ging vor der jungen Frau in ihr Zimmer, kam kurz darauf wieder heraus und wechselte leise ein paar Worte mit ihr. Dann nickte er ihr aufmunternd zu und wartete und horchte, während sie in ihr Zimmer ging und, wie ich annehme, den hölzernen Riegel vorlegte. Als er sich wieder zu uns umwandte, war seine Miene alles andere als ermutigend. Um seinen Mund herum zeigte sich eine dünne Linie, in seinem Gesicht zeichneten sich besorgte Falten ab. Wahrscheinlich hatte jeder Matils Abgang beobachtet, aber jetzt blickten alle seltsamerweise von O'Learys ernstem Gesicht fort zum Kamin. Es ist schon seltsam, wie sehr ein Feuer oder glühende Asche unseren Blick auf sich zieht. Das wurde mir noch nie so deutlich bewusst wie auf Hunting's End. Scheinbar konnten wir stundenlang in die Flammen starren, während wir warteten ... und warteten.

»Miss Keate«, sagte er laut. Meine weiße Schürze raschelte bei jedem Schritt unter meinem Schwesterncape, als ich zu ihm hinüberging. O'Learys Stimme durchschnitt die zentnerschwere Stille ein zweites Mal, als er hinzufügte: »Gestatten Sie mir, mit Ihrer Patientin zu reden? Ich glaube nicht, dass sie schon schläft.«

Sie schlief nicht. Sie sah mit ihren tief liegenden Augen auf das Fenster. »Öffnen Sie die Läden, Miss Keate«, sagte sie, kaum dass ich das Zimmer betreten hatte. Ich drehte den Docht der Lampe höher, die ich über ihrem Frisiertisch hatte brennen lassen.

»Öffnen Sie die Läden. Es hat aufgehört zu schneien.«

Sie war sofort bereit, mit O'Leary zu sprechen. Tatsächlich schien sie sogar eine ihrer redseligen Launen zu haben und froh zu sein, dass sich ein Gesprächspartner anbot. Ich entriegelte die Tür. Im Vorbeigehen flüsterte O'Leary mir zu:

»Vor der Tür steht ein Stuhl. Wenn Sie da sitzen, können Sie alles mithören ... und gleichzeitig Matils Tür im Auge behalten. Miss Keate, falls irgendjemand, hören Sie, *ganz egal wer,* sich ihrer Tür nähert, unter welch harmlosem Vorwand auch immer, geben Sie mir sofort Bescheid. Zögern Sie nicht eine Sekunde!«

Ich setzte mich auf den Stuhl. Mit leisem Herzklopfen blickte ich zum Kamin hinüber, um nachzusehen, ob jemand sich gerührt hatte, zog mein Schwesterncape enger um mich und schob meine Haube in die Stirn. Der Stuhl war eine jener rustikalen Sünden, von denen es im Jagdhaus nur so wimmelte, noch dazu nicht allzu bequem.

Ich zog mir mein Cape um die Schultern und spitzte die Ohren. Zugleich ließ ich die Kaminrunde und Matils Tür nicht aus den Augen. Das mag klingen, als sei es unmöglich zu bewerkstelligen gewesen, war aber unter diesen Umständen eine Leichtigkeit.

Nach einer Weile begann ich auf O'Learys und Tante Lucys Unterhaltung zu achten. Sie erging sich in üblen Vorwürfen gegen Huber Kingery. Wenn es eine Möglichkeit gab, dachte ich, einen Toten aus der Unterwelt zurückzuholen, dann war es bestimmt diese pure Boshaftigkeit, die Lucy Kingery so freizügig zum Ausdruck brachte. Ich bin zwar ein bodenständiger Mensch und besitze kaum Fantasie, doch ich hielt es durchaus für möglich, dass Huber Kingery im nächsten Moment auftauchen könnte, um sich zu rächen.

Unruhig rutschte ich auf meinem Stuhl hin und her, musterte die kahle Tür, die zu Matils Zimmer führte, und wünschte, ich hätte meine Hirngespinste nicht so ins Kraut schießen lassen.

»... sie alle bestohlen«, krächzte die alte Frau. Ich konnte sie recht gut verstehen, aber die anderen am Kamin hörten sie wohl nicht, obwohl Terice ihren Kopf zur Seite neigte, als strenge sie sich an, etwas zu erlauschen. Auch Helene schaute verwirrt auf die Tür, vor der ich saß. »... hat mich bestohlen, die Angestellten bestohlen, seine Freunde bestohlen. Ja, er war mein Bruder. Ich habe seinen Haushalt geführt. Ich habe ihm mein Leben gewidmet. Sein Tod hat mir so einen Schock versetzt, dass ich schwer krank wurde. Aber all das ändert nichts an der Tatsache, dass er ein Halunke war.«

»Sie sagten, er habe sie alle bestohlen, Miss Kingery? Sogar die Angestellten? Aber die besaßen doch sicher nichts, das er sich hätte aneignen wollen?«

»Ach, was wissen Sie schon?«, sagte sie und zog die Nase hoch. Ich hörte die Bettfedern quietschen, als bewege sich ihr langer, dürrer Körper.

»Die Angestellten«, sagte O'Leary nachdenklich. »Man hört nicht oft von einem Mann in Huber Kingerys Position, der seine Angestellten bestiehlt.«

»Was wissen Sie schon?«, wiederholte sie.

»Was hatte Brunker, das Huber Kingery interessiert hätte?«

»Die Ersparnisse von zehn Jahren«, antwortete die alte Frau. »Die Ersparnisse von zehn Jahren. Zehn Jahre seines Lebens. Huber hat sie ihm gestohlen, um damit noch mehr Anteile dieser verdammten Treuhandgesellschaft kaufen zu können. Brunker ist nur deshalb bei uns geblieben, weil er hoffte, sein Geld irgendwann zurückzubekommen. Viel, viel Geld ist in die Treuhandgesellschaft gesteckt worden, aber nur sehr wenig ist wieder herausgekommen. Und Annette ...« Sie hielt inne. Ich konnte mir lebhaft vorstellen, wie sich ihr breiter Mund zu einem spöttischen Grinsen verzog, wie sie O'Leary besserwisserisch mit ihren tief liegenden Augen ansah. »Annette kam als junge Frau zu uns. Das war, kurz nachdem Matil – Hubers Frau, müssen Sie wissen, die Mutter meiner Nichte – gestorben war. Annette war damals auch eine hübsche junge Frau. Ach, den Menschen wird so vieles gestohlen ...«

Sie vollendete den Satz nicht, sondern versank offenbar in trüben Erinnerungen.

»Aber Annette – die Köchin? Das passt doch nicht zu Ihrem Bruder«, sagte O'Leary sehr milde, um sie nicht aus ihrer redseligen Stimmung zu reißen.

»Sie haben Huber nicht gekannt. Sie fragen sich bestimmt, warum ich der Sache keinen Riegel vorgeschoben habe, nicht wahr ... aber warum hätte ich das tun sollen? Es ging auch so vorüber. Seine amourösen Abenteuer haben nie lange gedauert.

Außerdem ... war Annette eine gute Köchin«, fügte sie pragmatisch hinzu. Dann sagte sie nachdenklich: »Diese Französinnen ..., die wissen, wie man einen Mann um den Finger wickelt. Das ist denen angeboren. Sie werden mir kaum glauben, aber es gab sogar eine Zeit, da hätte Huber Annette geheiratet! Stellen Sie sich das einmal vor! Seine Köchin geheiratet! Da bin ich dann doch dazwischen gegangen. Ich konnte mich doch nicht von einer Köchin verdrängen lassen, die ich noch dazu selbst eingestellt hatte. Nein, nicht mit mir, nicht mit Lucy Kingery! Also ...«, ihre Stimme klang unbeschreiblich selbstgefällig, »... also habe ich Huber klargemacht, wie idiotisch es war, an eine Heirat mit ihr zu denken. Und danach hat er nie wieder davon gesprochen.«

»War Annette Ihnen ... deshalb böse?«

»Annette?« Tante Lucy war überrascht. »Nun ja, und wenn schon, was hätte das für einen Unterschied gemacht? Sie war eine gute Köchin. Eine hervorragende Köchin.« Sie hielt kurz inne, bevor sie mürrisch grunzte: »Und das ist sie immer noch. Aber sie trinkt zu viel.«

Ich dachte an Matil Kingery mit ihrem entschlossenen Blick und fragte mich, wie es wohl für ihre Mutter gewesen sein mochte, mit diesem Geschwisterpaar leben zu müssen.

»Aber Terice und Helene ... die beiden hatten nicht den Hauch einer Chance, Huber zu kriegen ... ich meine, Sie verstehen schon: ihn zu heiraten. Huber hatte seine Lektion inzwischen gelernt.«

Genau in diesem Moment stand Terice auf und sagte etwas zu Helene, worauf Helene sich ebenfalls erhob. Sie standen vor dem Kamin und zogen sich ihre Pelze eng um die Schultern. Helene sagte etwas zu Paggi, das ich nicht verstand, worauf dieser flüchtig ihre Hand küsste und sich setzte. Die beiden Frauen – steuerten sie etwa auf Matils Zimmer zu?

Nein, sie bogen zur Treppe ab. Terice ging mit ihren klappernden Absätzen voran, Helene kam etwas langsamer nach. Sie gingen nach oben. Terice blieb stehen, um die Asche ihrer Zigarette hektisch am Geländer abzuklopfen. Helene sah voll Bedauern zu

Jo Paggi hinunter, als täte es ihr Leid, ihn zurückzulassen. Ich beobachtete sie, wie sie über die Galerie gingen. Ihre blassen Gesichter hoben sich von den rußgeschwärzten Brettern ab, mit denen die östliche Wand verkleidet war. Dann hörte ich sie in ihren nebeneinander liegenden Zimmern ... Schritte, ein Fenster wurde ein wenig hochgeschoben, die Riegel auf die Haken gelegt: dumpfe Schlusspunkte in der Stille.

»Hören Sie, ich weiß, dass Sie es können. Versuchen Sie nicht, es zu leugnen, Miss Kingery«, sagte O'Leary sehr sanft im Zimmer hinter mir. »Wahrscheinlich fällt Ihnen das Gehen schwer, aber nicht so schwer, wie man denken sollte. Kommen Sie schon, Miss Kingery, sagen Sie mir die Wahrheit. Sie können schon seit einiger Zeit wieder gehen, nicht wahr?«

Ein langes Schweigen folgte. Dann stieß Lucy Kingery ein heiseres Lachen hervor.

»Nun ... ja. Aber Sie dürfen es den anderen auf keinen Fall ohne meine Erlaubnis erzählen. Und dann besorgen Sie mir einen Nervenarzt ... einen Psychoanalytiker oder wie man die jetzt nennt ..., der bestätigt, dass mich der Schock, Gerald Frawley unter den gleichen Umständen wie meinen Bruder ermordet zu sehen, von meiner Krankheit geheilt hat.« O'Leary sah sie wohl etwas verwundert an, denn sie kicherte abermals: »Oh, ich lese viel, ich kenne mich mit solchen Dingen aus. Und zufällig hat es mir gefallen, fünf Jahre lang im Rollstuhl zu sitzen und mich bedienen zu lassen. Wissen Sie ... früher musste ich mich immer um alles selbst bemühen, am Leben teilnehmen. Dann hat man mir plötzlich fünf Jahre lang alles zugetragen. Ich kenne jeden Skandal, weiß Bescheid über alles, was in der feinen Gesellschaft passiert, über den Ehrgeiz von diesem, die Enttäuschung von jenem. Von meinem Rollstuhl aus kontrolliere ich ganz Barrington.«

Ihre Selbstgefälligkeit war unerträglich.

»Aber Barrington ist nicht gerade eine große Stadt«, bemerkte O'Leary sehr behutsam.

»Was schert's mich? Ich bin ein großer Hecht in einem kleinen Karpfenteich.« Sie zögerte und sagte dann zu meiner gelinden

Überraschung: »Besser den Spatz in der Hand als die Taube auf dem Dach. Sagt man nicht so? Und es stimmt.« Wieder kicherte sie auf höchst unangenehme Weise. »Stellen Sie sich vor: Matil hält mich für religiös.« Plötzlich änderte sie ihren Tonfall. Ernst und trotzig sagte ihre metallene Stimme: »Und das bin ich auch.«

»Daran zweifle ich nicht«, sagte O'Leary höflich. Ich konnte mir das finstere Gesicht vorstellen, mit dem sie seinen Kommentar abwartete. »Daran zweifle ich nicht, Miss Kingery. Aber ... warum wollten Sie das Toupet haben?«

Erneut schwieg sie. Würde sie darauf antworten? Lal Killian stand auf, ging, die Hände in den Taschen, nervös auf und ab und blickte mehrmals zur Galerie hinauf, bevor er zu seinem Sessel zurückkehrte und sich hineinsinken ließ. Paggi saß unbeweglich da. Julian Barre wurde von seinem Husten geschüttelt und zog seinen Sessel näher zum Kamin.

»Ich wollte es nicht haben. Ich wollte den Zettel haben, den die Schwester behalten hatte. Woher ich wusste, dass sie ihn hatte? Ich habe gute Augen und Ohren. Ich bekomme fast alles mit. Als die Schwester Ihnen den Brief an Newell Morse gegeben hat, den der dann verbrannte, habe ich ihr genau ins Gesicht gesehen – sie hatte nicht erwartet, dass er für Morse bestimmt war, und da ich die menschliche Natur kenne, wusste ich, dass sie das Ding gelesen hatte. Dann hat sie mit einer Hand in ihre Tasche gegriffen ... da war noch etwas. Wahrscheinlich noch ein Zettel. Oh, ich bin schlau«, prahlte sie. »Die fünf Jahre im Rollstuhl haben mich schlau gemacht.«

»Aber ... warum wollten Sie den Zettel haben? Und woher wussten Sie, wo sie ihn versteckt hatte?«

»Frauen verstecken ihre Sachen immer unter dem Kopfkissen«, sagte Tante Lucy. Ihrer Stimme nach schien sie langsam zu ermüden. »Und ich ... ach, ich wollte ihn einfach haben. Reine Neugier. Ich weiß halt gern, was um mich herum passiert. Deshalb bin ich in ihr Zimmer geschlichen, habe unter das Kopfkissen gegriffen und alles mitgenommen, was da war. Ich habe ihre Tür ins Wohnzimmer aufgemacht ..., denn natürlich wollte ich verhindern, dass sie ahnte ...« Aber sie erklärte ihre Gründe nicht weiter, sondern sagte stattdessen: »Ich konnte das Toupet nicht leiden. Es gehörte auf Gerald Frawleys Kopf, also habe ich es dorthin zurückgetan. Mindestens zwei Leute haben übrigens in der Küche miteinander gesprochen, als ich es ihm aufgesetzt habe.« Sie seufzte rasselnd. »Es war ganz schön anstrengend, so viel herumzulaufen. Natürlich bin ich immer wieder mal aufgestanden – wenn es niemand gesehen hat –, aber nie so lange auf einmal. Ich bin richtig ins Schwitzen ...«

»Sie sind müde, nicht wahr, Miss Kingery?«, fragte O'Leary ruhig. »Jetzt sagen Sie mir bitte nur noch, was Sie über Matil Kingerys und Gerald Frawleys Verlobung wissen.«

»Nichts, gar nichts«, sagte sie monoton und fügte seufzend hinzu: »Ich weiß gar nichts, außer dass ihr Vater darauf bestanden hat. Er wollte, dass sie sich mit ihm verlobt.«

»Ihr Vater?«, fragte O'Leary überrascht. »Aber der ist doch ... tot.«

»Ich weiß, ich weiß«, sagte Tante Lucy unwirsch. »Das war noch vor seinem Tod. Matil war höchstens siebzehn oder achtzehn. Ich muss sagen, Gerald hatte ein gutes Auge: Er hat gesehen, wie schön Matil einmal werden würde – damals war sie noch sehr schlaksig und viel zu dünn. Ja, sie ist seit fünf Jahren mit Frawley verlobt.« Sie kicherte, und dieses Kichern klang so grässlich, dass mir die Haare zu Berge standen. »Ein richtiger Witz. Ich glaube nicht, dass er sie während dieser fünf Jahre auch nur einmal berühren durfte. Wahrscheinlich war sie froh, als er tot war. Aber ich bin müde. Ich möchte, dass Sie gehen. Das viele Reden ermüdet mich. Und überhaupt: Wozu soll das Gerede gut sein? Es führt doch zu nichts. So verbringen wir unser Leben, wir reden und reden und reden, und worüber? Über nichts.« Wieder seufzte sie. »Verschwinden Sie«, sagte sie mit ihrer üblichen Taktlosigkeit. »Ich will schlafen.«

»Schlafen Sie gut ... obwohl das sicher schwierig für Sie wird«, sagte O'Leary in einem überraschenden Anflug von Ehrlichkeit. »Vielen Dank, Miss Kingery.«

Vorsichtig zog er die Tür hinter sich zu. Sein Blick ging sofort zu Matils Tür, dann sah er zu der kleinen Kaminrunde.

»Wo sind Madame Paggi und Terice?«, fragte er streng.

»Zu Bett gegangen. Sie hat also das Toupet genommen?«

Er nickte beiläufig und sah sich rasch im Raum um.

»Hören Sie, Miss Keate, das Tagebuch befindet sich noch in diesem Haus. Der Dieb hat es nicht verbrannt, da bin ich mir ganz sicher. Vielleicht hat er es aus dem Fenster in den Schnee geworfen, aber das wäre zu gefährlich. Sobald der Schnee schmilzt, muss ja auch die Leiche beiseite geschafft werden. Nein ... ich bin überzeugt, dass es hier im Jagdhaus ist. Ich habe oben alle Schlafzimmer durchsucht, jedes einzelne, sogar mein eigenes. Ich erwarte nicht von Ihnen, dass Sie es finden, aber bitte tun Sie mir einen Gefallen: Halten Sie die Augen offen, in Ordnung? Würde Matil sich doch bloß an jenen letzten Tag erinnern! Sie hat mir eben vor ihrem Zimmer noch einmal erzählt, dass alle gemeinsam auf der Jagd waren und dass das Jagdhaus den ganzen Tag über leer gewesen sei. Irgendjemand ist zurückgegangen ... aber sie weiß nicht mehr, wer. Was ist denn das?«

Auch die drei Männer am Kamin fuhren in die Höhe, als sich oben eine Tür öffnete. Dann trippelten schnelle Schritte über den glatten Boden. Es war Terice. Sie hatte sich wieder in ihre Pelzstola gehüllt und kam mit angespanntem Blick die Treppe herab. Alle sahen sie schweigend an. O'Leary ging ihr entgegen. Ich folgte ihm.

Auf dem Weg drehte er sich einmal rasch zu den Männern am Kamin um. Keiner der drei hatte sich bewegt.

Terice von Turcum hielt sich mit ihren derben, harten Fingern an dem groben Holzpfahl fest, der als Treppenpfosten diente. Ihre Knöchel schimmerten bläulich. Ihre Ringe glitzerten im Licht der Zinnlampe, die direkt über der ersten Stufe hing. Das Licht betonte die feinen Falten, die ihr Gesicht unter der Maske aus Schminke durchzogen. Sie atmete schwer.

»Ich habe Angst«, flüsterte sie. Sie ließ den Treppenpfosten los und packte stattdessen O'Learys graues Jackett, zog ihre Hand

jedoch sofort wieder zurück. Sie sah zu den Männern am Kamin hinüber. Von unserer Position aus sahen wir hinter den Rückenlehnen ihrer Sessel nur den oberen Teil ihrer Köpfe: Julian Barres grau meliertes, welliges Haar glänzte, wohingegen Paggis dunkle Haare fettig aussahen.

Paggi hatte einen breiten Hinterkopf, dadurch konnte man ihn leicht von Lal Killians wohlgeformtem Kopf mit dem weichen dunklen Haar unterscheiden. Eine dünne blaue Rauchsäule stieg auf, offenbar von Killians Zigarette.

»*Ich habe Angst.* Ich ... ich kann da oben unmöglich allein bleiben. Ich kann einfach nicht.«

Auf mich wirkte sie aufrichtig. Ihr kleines Gesicht war zu einer Maske des Entsetzens geworden. Ihre derben, schlecht manikürten Finger zitterten und umklammerten verzweifelt den Treppenpfosten.

»Wovor haben Sie Angst?«, fragte O'Leary.

Paggi drehte sich um und schaute seitlich an der Sessellehne vorbei zu uns herüber. Falls er unser Gespräch aufschnappen wollte, sah er sich enttäuscht. Die schwere Stille und die schiere Größe des Raums schluckten unsere Worte, bevor sie seine Ohren erreichten.

Terice sah gehetzt zu den Männern am Kamin hinüber.

»Ich weiß nicht«, sagte sie keuchend. Auf ihren Wangenknochen hob sich das Rouge deutlich ab, unter dem dicken roten Lippenstift sahen ihre Lippen steif und eiskalt aus.

Vom Fenster, das unmittelbar hinter dem Treppengeländer lag, kam ein leises Geräusch. Ich hatte es schon eine ganze Zeit lang unbewusst gehört, ehe mir klar wurde, was es war. *Plitsch ... plitsch ... plitsch:* Der Schnee schmolz. Es tropfte von der Dachrinne. Es taute.

O'Leary stellte sich so hin, dass er zugleich die drei Männer am Kamin und Matils Tür sehen konnte. Er sah Terice überhaupt nicht an, sondern wandte seine glänzenden grauen Augen nicht vom anderen Ende des Raums.

Ich drehte mich um und blickte in die gleiche Richtung. Mein

Herz tat einen Sprung. Mir schien es, als ob nur noch zwei Hinterköpfe aus den Polstern ragten. Ich sah genauer hin. Nein, auch der mittlere war noch da. Paggi war nur etwas tiefer in den Sessel gerutscht. Und die Tür zu Matils Zimmer sah so unschuldig, kahl und unberührt aus wie immer.

»Sind Sie jetzt bereit, meine Fragen zu beantworten?«, fragte O'Leary direkt. »Möglicherweise wenden Sie damit eine große Gefahr von sich ab.«

Sie zögerte.

»Ich habe Angst«, murmelte sie. »Ich hatte die ganze Zeit Angst davor zu reden.«

O'Leary wartete. Verstohlen sah sie sich um.

»Ich habe Angst«, wiederholte sie. »Woher wollen Sie wissen, dass ich eine Gefahr von mir abwende, wenn ich Ihnen etwas erzähle? Was wollen Sie damit sagen?«

»Ich will damit sagen, dass in diesem Jagdhaus ein Mörder frei herumläuft. Zwei Menschen sind bereits durch seine Hand einen grausamen Tod gestorben. Diese Person befindet sich in einer Notlage ... sie weiß, dass sie etwas unternehmen muss, ehe wir das Jagdhaus verlassen. Ehe uns jemand zu Hilfe kommt. Sie muss also etwas unternehmen, und zwar noch – *heute Nacht.* Wenn Sie mir nicht sagen, was Sie wissen, kann ich den ... den nächsten Mord nicht verhindern.«

Sie wich zurück; ihr Gesicht war verzerrt, ihre Augen hatten einen gehetzten Blick, und sie biss sich auf die Unterlippe.

»Ich ... wahrscheinlich hilft es Ihnen nicht weiter«, stammelte sie im Flüsterton. »Vielleicht haben ... die Männer, die in Frawleys Zimmer gegangen sind, an dem Tag, als die Leiche verschwunden ist, wie Sie sagten ... vielleicht haben sie nichts ... vielleicht sind sie nicht ...« Sie hielt inne, schnappte nach Luft und zog ihren Pelz enger um sich, als böte er ihr so etwas wie Schutz.

»Reden Sie weiter«, sagte O'Leary. »Wir haben keine Zeit zu verlieren.«

Er sah die kleine Baronin jetzt fest und eindringlich an. Sie legte eine Hand an die gepuderte, faltige Haut unterhalb des Kinns, als gäbe es dort etwas, das sie am Sprechen hinderte.

»Zwei Männer«, flüsterte sie. »Es waren zwei Männer. Einer ist in sein Zimmer gegangen. Ein anderer kam heraus.«

»Was soll das heißen? Beeilen Sie sich.«

»Ich habe in dem Sessel da gesessen.« Das Atmen fiel ihr schwer. Aber sie schien sich entschlossen zu haben, ihm zu erzählen, was sie wusste. »Sie haben mich nicht bemerkt. Außer uns war niemand im Wohnzimmer. Julian Barre ... Julian Barre kam aus Frawleys Zimmer. Ich habe ihn gesehen ... ich habe ihn gesehen, Mr. O'Leary, aber er mich nicht, ich habe mich da im Dunkeln in den Sessel gekauert. Er dachte, alle seien in der Küche, um sich um den Hund zu kümmern. Er ist aus dem Zimmer gekommen. Ich habe ihn gesehen.« Jetzt war sie begierig zu reden. Sie schluckte und schnaufte: Es war kein schöner Anblick.

»Er ist aus dem Zimmer gekommen?«, fragte O'Leary streng. »Was meinen Sie damit?«

»Der andere ist hineingegangen. Davor. Davor, bevor Julian herauskam. Es war ...« Wieder schluckte sie mühsam und beugte sich vor, so dass uns die Duftwolke ihres Parfüms und ihres dicken Lippenstifts traf. »Der andere war Lal Killian. Er ist in Frawleys Zimmer gegangen. Er kam die Treppe herunter, hat mich nicht gesehen und ging ... in das Zimmer. Aber er ist nicht herausgekommen. Julian Barre ist herausgekommen. Ich habe ihn gesehen. Und dann kamen die anderen aus der Küche.« Sie flüsterte so schnell, dass ich sie kaum verstand. Irgendetwas befahl mir, mich umzudrehen: Schau auf Matils Tür! Sieh zum anderen Ende des Zimmers! Aber ich konnte meinen Blick nicht von Terice losreißen. »Die anderen kamen ins Wohnzimmer, und plötzlich war auch Lal Killian wieder da und ging die Treppe hinauf. Ich flehe Sie an, verraten Sie ihm nicht, dass ich Ihnen das erzählt habe. Ich flehe Sie an. Schwören Sie es mir. Ich habe Angst ... ich habe Angst ... ich ...«

Ein furchtbarer, hoher Schrei gellte durch den langen Raum und schien sich bis zu den Dachbalken zu erheben. Dazu gesellte sich das wilde Wolfsgeheul eines verängstigten Collies. Vor Entsetzen waren wir hilflos, wie gelähmt – und dann brach der Schrei ab. Eine Frau hatte geschrien. Am anderen Ende des Raums. Matil.

17

Das Tagebuch

Lal Killian war als Erster bei ihrer Tür. Paggi und Barre waren nur knapp hinter ihm. Sie stemmten sich gegen die Tür und riefen Matils Namen, als O'Leary und ich bei ihnen ankamen. Auch Terice war wohl hinter uns hergelaufen. Jedenfalls stand sie jetzt keuchend neben mir.

»Wie konnten Sie sie nur allein lassen?«, zischte Killian O'Leary an.

»Die Tür war verriegelt! Los, Jo …« Killian und Jo Paggi warfen sich mit aller Wucht gegen die Tür. Sie war stabil und gab nicht nach.

»Pssst!« Plötzlich hob Killian die Hand. Sein Gesicht, sogar seine Lippen, waren kreidebleich.

»Wartet!« Die Stimme war zittrig, aber sie gehörte eindeutig zu Matil. »Wartet! Ich mache euch auf.«

Während der Zwangspause wischte Killian sich mit dem Handrücken den Schweiß von der Stirn. Jo Paggi war kreidebleich. Barre biss sich auf die Lippe, die ein wenig zu bluten begann. Seine Finger krallten sich in die Rundhölzer der Tür, als wolle er sie mit bloßen Händen auseinander ziehen.

Aus dem Innern des Zimmers erklang ein leises Rascheln, dann bewegte sich der Riegel. Die Tür ging auf. Matil stand schwankend vor uns. Ihr weißer Morgenrock schimmerte gespenstisch im Zwielicht.

»Was war das? Wo …? Was ist passiert?« Killian hielt sie in seinen Armen. »Bist du verletzt? Ist alles in Ordnung?«, fragte er, doch dann stürzten er, Paggi und O'Leary zum Fenster. Barre stützte Matil, die vor Angst halb ohnmächtig zu sein schien, und blickte angespannt über ihren Kopf hinweg.

Als ich ins Zimmer trat, schaute ich mich sofort um. Ich sah niemanden außer Matil und blickte zum Fenster. Wohl entgegen O'Learys Anweisungen hatte sie die Fensterläden entriegelt und geöffnet. Das Mondlicht wurde vom Schnee zurückgeworfen, und der Glanz erhellte das Zimmer. Ich sah hinaus. Eine große dunkle Gestalt zeichnete sich vor dem hellen Hintergrund ab und war verschwunden.

Eine kurze Zeit lang sah ich nur die Rücken der Männer am Fenster. Dann riefen ein paar Stimmen durcheinander, jemand war draußen, und schließlich hievten O'Leary und Killian etwas Schweres über die Fensterbank ins Zimmer.

Wir brauchten mehr Licht. Schnell lief ich zur nächsten Laterne im Wohnzimmer, nahm sie vom Haken und eilte zurück zu Matils Zimmer. Auch Helene war inzwischen im Wohnzimmer. Sie trug ihren Pelz, war barfuß, ihre Haare fielen offen herab, ihre Augen hatten einen irren Ausdruck. Sie griff nach mir, doch ich wich ihr aus, und sie folgte mir in Matils Zimmer.

Die Kerze in der Lampe flackerte, erlosch jedoch nicht. Ich hielt sie hoch.

Annette stand zwischen Killian und O'Leary. Der Schnee auf ihrem Rock schmolz und fiel zu Boden. Ihre Schuhe waren patschnass. Ihr Gesicht war rot und aufgedunsen. Mit ihrem schlaffen Mund murmelte sie etwas vor sich hin.

Ihre grauen Haare fielen strähnig auf ihre Schultern.

Weder verstand jemand, was sie murmelte, noch zeigten O'Learys strenge Fragen die erwünschte Wirkung.

»Sie ist entweder sturzbetrunken oder verrückt geworden«, sagte Killian.

»Ich glaube, sie ist betrunken, Sir«, ertönte Brunkers dumpfe Stimme von der Tür. »Sie verliert oft … die Kontrolle über sich, wenn sie betrunken ist«, sagte er, wie um sie zu verteidigen. »Lassen Sie es mich versuchen, Sir. Ich kenne das schon.«

»Annette!« Matil hatte sich wieder etwas gefangen. Sie entzog sich Julian Barres beschützendem Arm und trat auf die Köchin zu. »Was hatten Sie vor meinem Fenster verloren? Warum haben Sie so mit den Armen gefuchtelt und so … so schreckliche Grimassen geschnitten? Warum haben Sie das getan?« Sie wartete. »Antworten Sie mir gefälligst!«

Annette blieb stumm. Sie sah Matil aus roten, verquollenen Augen an, die vor dem Licht der Laterne zurückzuschrecken schienen.

»Ich bitte um Entschuldigung, Miss«, sagte Brunker, »aber Sie wissen doch, wie Annette ist, wenn sie betrunken ist. Sie ... fängt an, über die ... Ungerechtigkeiten nachzudenken, die ihr im Leben widerfahren sind. Ich glaube, sie ist nur aus Versehen vor Ihrem Fenster gelandet. Eigentlich gilt ihr Zorn Miss Lucy.«

»Ihr Zorn ...?«, fing Matil an, als Tante Lucy persönlich in ihrem Rollstuhl im Türrahmen auftauchte. Sie stieß Helene mit einer einzigen Bewegung ihres langen, hageren Arms beiseite und funkelte Annette an.

»Annette, liebes Kind, gehen Sie in Ihr Zimmer und schlafen Sie Ihren Rausch aus. Sie sollten sich schämen, in Ihrem Alter.« Tante Lucys Krächzen tat uns in den Ohren weh.

Annette blickte sie mürrisch an. »Na los! Können Sie nicht hören? Denken Sie etwa, ich habe Angst vor Ihnen? Los, gehen Sie in Ihr Zimmer. Wissen Sie was, meine Teure? Eines Tages könnte ich Sie vielleicht ernst nehmen. Und dann sitzen Sie auf der Straße, nachdem Sie zwanzig Jahre lang ein Dach über dem Kopf hatten.« Tante Lucy lehnte sich erschöpft zurück und sammelte ihre Kräfte für einen letzten bösen Befehl. »Hinaus! Na los, wird's bald? Tun Sie gefälligst, was ich Ihnen sage!«

Annettes füllige Gestalt schwankte unsicher hin und her, Killian und O'Leary ließen ihre Arme los, sie ging an Matil vorbei, ohne sie zu beachten, blieb vor Tante Lucys Rollstuhl stehen und schaute auf die alte Frau hinab. Mit ihren langen Fingern griff Tante Lucy nach den Reifen ihres Stuhls und schob ihn zurück, um Annette vorbeizulassen.

»Hinaus«, knurrte sie.

Brunker meldete sich zu Wort.

»Ich bringe sie in ihr Zimmer, Madame«, sagte er leise zu Tante Lucy.

Tante Lucy nickte finster und blickte den beiden nach, als sie langsam durchs Wohnzimmer schritten. Dann sah sie Matil zum ersten Mal mit einem Anflug von Zärtlichkeit an.

»Matil, meine Liebe, es tut mir leid, dass du so einen Schrecken bekommen hast«, sagte sie. »Annette bildet sich ein, die Kingerys hätten ihr Unrecht getan. Mach dir darüber keine Gedanken.« Dann sah sie uns mit ihren riesigen Augen an und schaute schließlich auf Helenes nackte Füße. »Ich schlage vor, dass sich alle wieder hinlegen.«

Ein kleines Durcheinander folgte, da jeder das plötzliche Verlangen verspürte, den eiskalten Raum schleunigst zu verlassen.

Killian zog die Fensterläden zu, schob das Fenster mit einem leisen Krachen herab, drehte sich um, sah Matil lange an und nahm ihren Pelzmantel, der über dem Stuhl hing.

»Hier, Matil, du holst dir noch den Tod«, sagte er barsch. Er legte ihr den Mantel um, doch dann, als könnten seine Arme nicht anders, zog er sie an sich, beugte sich mit einem erstickten Ausruf über sie, strich ihr das weiche schwarze Haar aus der Stirn und begann sie hastig zu küssen, als könne er nicht glauben, dass der geliebte Körper sich tatsächlich in seinen Armen befand und das geliebte Gesicht zu ihm aufsah.

»Bist du wirklich nicht verletzt?«, fragte er schließlich. Er hob seinen Kopf etwas, um ihr in die Augen sehen zu können. Ich weiß nicht, was er in ihnen sah, doch mit einem Seufzen, das fast schon ein Schluchzen war, vergrub er sein Gesicht wieder in ihrem schwarzen Haar.

»Ich halte das nicht mehr aus, Matil«, sagte er. »Sag mir, was Frawley dir bedeutet hat. Oh, versuch jetzt bitte nicht fortzulaufen. Ich weiß, dass du kurz vor seinem Tod bei ihm warst und mit ihm geredet hast. Es ist mir egal. Es ist mir egal, ob du ihn erschossen hast. Es spielt keine Rolle. Nichts spielt eine Rolle, solange ich dich habe. Aber bitte sag es mir.«

Jemand kam im Wohnzimmer auf Matils Tür zu. Ich streckte meinen Arm aus und schloss sie geräuschlos. Ich wollte, dass diese Angelegenheit ohne Unterbrechung geregelt wurde.

»Aber … aber, Lal. Wie soll ich es dir denn sagen?«

»Nicht weinen, Matil, weine doch nicht. Ich … ich ertrage es nicht.«

»Kurz vor Vaters Tod haben wir uns verlobt, Lal. Bei jenem letzten Jagdausflug hierher. Es war Vaters Wunsch, und ich konnte mich nicht dagegen wehren. Dann kamst … du … ich habe Gerald gebeten, mich gehen zu lassen, Lal, ich … ich habe ihn angefleht …«

Ihre stammelnde Stimme versagte und wurde von seiner Wange erstickt. »Nein, nein, lass mich ausreden. Ich will es dir sagen. Er sagte Nein, er würde auf der Verlobung bestehen, und ich würde anders empfinden, wenn wir erst verheiratet wären.« Er hielt sie fester, so dass ich ihre nächsten Worte nicht verstehen konnte. »… und ich habe ihm gesagt, dass ich … dass ich dich liebe, Lal, dass ich nie, niemals glücklich mit ihm sein oder ihn glücklich machen könnte. Dann … dann hat er mir geholfen, wieder durchs Fenster hinauszuklettern, und ich bin durch den Schnee zurückgegangen. Ich hatte nicht daran gedacht, wie furchtbar der Schneesturm inzwischen tobte. Ich bin kaum bis zu meinem Zimmer gekommen. Ich wollte nicht, dass jemand etwas erfährt … ich hatte ja gehofft, er würde mich gehen lassen, ohne dass jemand von unserer Verlobung erfuhr. Ich wollte ehrlich zu dir sein, Lal; du weißt doch, dass ich das wollte. Nein, warte, lass mich ausreden. Ich … ich war sehr erschöpft, als ich wieder vor meinem Zimmer ankam. Der Schneesturm hatte mir auf den wenigen Metern schrecklich zugesetzt. Ich bin durchs Fenster hineingeklettert und habe mich hingesetzt, um mich auszuruhen und zu Atem zu kommen. Ich war verzweifelt, Lal, ich wusste nicht, was ich noch tun sollte.«

»Du brauchst nicht so zu zittern, mein Liebling. Er hätte dich nicht zwingen können, ihn zu heiraten.«

»Aber, Lal, ich hatte es meinem Vater versprochen. Man darf so ein Versprechen nicht einfach brechen. Dann … habe ich meine Schuhe ausgezogen und wollte das Fenster schließen. Und dann … dann fiel der Schuss. Genau in dem Moment. Es war, als wäre mein ... Wunsch erhört worden, weil ... weil, Lal ...«, ich konnte ihr ängstliches Flüstern kaum hören, »... Lal, ich *wusste,* dass er getötet worden war!«

»Ach, Unsinn, Liebling, du warst nur aufgeregt.«

»Schon bevor ich hinausgegangen bin, *wusste* ich, dass er ermordet worden war. Außerdem ... wusste ich, dass ich mich umziehen musste, dass alles so aussehen musste, als hätte ich geschlafen. Es war so schrecklich, Lal. Ich habe mich benommen, als wäre alles mein Plan gewesen. Als hätte ich ihn selber erschossen. Aber das habe ich nicht! Das habe ich nicht! Nein, nein, lass mich ausreden. Ich wollte dir ja alles sagen, aber du ... du warst so kalt, so ...«

»Nicht doch, Matil.« Es klang fast wie ein Stöhnen. Dann legte er ihr sanft den Pelz enger um die Schultern und strich ihr das schwarze Haar aus dem Gesicht.

»Ich ... ich habe mir den Morgenrock angezogen und bin, ich weiß kaum noch, wie, zu seinem Zimmer gegangen. Und da lag er ... tot ... und ich war *froh*! Oh, Lal, ich war froh!« Sie schluchzte heftig auf und ließ sich erschöpft in seine Arme sinken. Er hielt sie unter ihrem Mantel fest. Der Pelz fiel um sie beide herum und schloss sie ein wie in eine kleine Zauberwelt.

O'Leary räusperte sich. Killian blickte erschrocken auf, als hätte er uns und überhaupt alles außer Matil vergessen.

»Wie lange haben Sie auf Ihrem Bett gesessen und nachgedacht, Miss Matil?«, fragte O'Leary. »Zehn Minuten? Fünfzehn Minuten?«

»Ich weiß nicht«, sagte sie und drehte sich zu uns um. »Ja, so lange hat es wohl gedauert.«

»Matil, du wirst dich hier noch erkälten. Geh nach nebenan, zum Kamin.« Killian beugte sich herab, küsste sie auf den Mund – ein langer Kuss, der aussah, als wäre er wirklich schön –, dann stieß er sie fast von sich. »Geh zum Kamin und wärm dich ordentlich auf. Ich muss mit O'Leary sprechen.«

Die junge Frau gehorchte. Killian trat näher zu O'Leary.

»Hören Sie«, sagte er. »Ich ... ich glaube, ich habe meine Lektion gelernt. Falls Ihnen das, was ich zu sagen habe, in irgendeiner Form nützt ...« Er hielt inne, griff nach seinem Taschentuch, tupfte Stirn und Lippen ab und steckte es wieder weg. »Als ich Matil schreien hörte ...« Wieder unterbrach er sich. »Was ist mit der Schwester? Sie ist eine Kollegin von Ihnen, nicht wahr, O'Leary?«

O'Leary schüttelte lächelnd den Kopf.

»Nein, sie ist eine waschechte Krankenschwester. Aber ... sie genießt mein volles Vertrauen, wenn es das ist, worauf Sie hinauswollen.«

Killian betrachtete mich skeptisch.

»Also gut, wenn Sie es sagen, wird es schon in Ordnung sein. Aber das, was ich Ihnen sagen will ... nun, wenn sich das herumspricht, ist Matil ruiniert. Die Kingery-Treuhand ... ihr ganzes Geld ... einfach alles. Und außerdem kann ich nicht beweisen, was ich Ihnen sagen werde. Es ist eine reine Vermutung.«

O'Leary blickte Killian fest an. Ich hätte gern gewusst, was hinter seinen klaren grauen Augen vorging.

»Würden Sie sich an die Tür stellen, Miss Keate ... oder, ach nein, ich stelle mich selbst dorthin. Ich möchte Miss Matil nicht mehr aus den Augen lassen«, sagte O'Leary.

Killian ballte die Fäuste und trat einen Schritt vor.

»Allmächtiger! Soll das heißen, sie ...«, er schluckte, »sie schwebt immer noch in Gefahr?«

O'Leary nickte.

»Fahren Sie fort mit Ihrer Geschichte ... Ihren Vermutungen ... wie auch immer Sie es nennen wollen. Und fassen Sie sich kurz.«

Killian sah O'Leary an und ging zur Tür, so dass er einen Blick auf Matil werfen konnte, die in einem Sessel dicht vor dem Kamin saß. Julian Barre stand neben ihr. Killian holte tief Luft und sagte:

»Es sind nur Vermutungen, O'Leary. Aber ich glaube, dass in der Treuhandgesellschaft krumme Geschäfte gemacht worden sind. Ich glaube, dass Frawley ... seine Hand im Spiel hatte. Und dass Newell ... Sie wissen schon, Newell Morse ... davon Wind bekommen hatte. Vielleicht hat er zufällig im Büro etwas gefunden. Wissen Sie, es ist nicht besonders schwer, Fonds und Wertpapierkonten zu manipulieren, wenn ... wenn die richtigen Leute zusammenarbeiten. Die Männer, die an den richtigen Stellen sitzen. Na ja ... ich stelle es mir zumindest so vor: Frawley hat es mit der Angst zu tun bekommen ... weil er etwas wusste, das einem anderen sehr gefährlich werden konnte. Vielleicht hat er sein Wissen ausgenutzt ... vielleicht wusste er aber auch nur, dass er in Gefahr war, und ... hat deshalb Morse erzählt, wo die Unterlagen sind. Die Unterlagen, die ... jemanden belasten.«

»Meinen Sie Julian Barre?«, fragte O'Leary ruhig.

Killian errötete.

»Nein«, sagte er schnell. »Sie glauben, ich sei eifersüchtig auf ihn. Aber das stimmt nicht. Ich hatte zwar kurz die Hoffnung aufgegeben, als ich erfahren habe, dass Matil die ganze Zeit über mit Frawley verlobt war, aber ... das war das einzige Mal, und das wird es auch bleiben. Außerdem ist Barre nicht der Einzige, der mit der Treuhandgesellschaft in Verbindung steht. Wussten Sie, dass Paggi und Huber Kingery enge Vertraute waren?«

»Demnach verdächtigen Sie Huber Kingery, die Fonds manipuliert zu haben?«

Killian errötete wieder.

»Das klingt gemein, nicht wahr? ... Fünf Jahre nach seinem Tod. Außerdem hätte er ja nicht zurückkommen und Frawley umbringen können ... Ach was, ich verdächtige niemanden, aber ich glaube, dass Morse auf irgendetwas gestoßen war. Vielleicht irre ich mich auch. Ich weiß es nicht. Aber das ist das, was ich glaube. Fangen Sie damit an, was Sie wollen. Ich sehe schon, dass Sie mir nicht glauben. Nun, das müssen Sie ja auch nicht. Nur ...«

»Welche Position haben Sie selbst bei der Kingery-Treuhandgesellschaft inne?«, fragte O'Leary kühl.

»Ich? Oh, ich arbeite in der Investitionsabteilung. Im Grunde bin ich nur eine Art Laufbursche. Ich kaufe und verkaufe Wertpapiere für unsere Kunden und für die Gesellschaft. Bei uns werden viele Hypotheken abgeschlossen, wissen Sie, außerdem verwalten wir Immobilien.«

»Haben Sie mir sonst noch etwas zu sagen?«, fragte O'Leary knapp.

Killian wurde dunkelrot.

»Ich sehe schon, Sie glauben mir nicht. Nun ja.« Er sprach nicht weiter und verließ das Zimmer.

»Warten Sie«, sagte O'Leary hastig. »Frawleys Leiche ...« Aber Killian wartete nicht. Mein Blick fiel auf Helene. Sie stand vor dem Kamin. Ihr Nerz stand etwas hoffen, so dass ich ihr malvenfarbenes Nachthemd erspähte. Sie war noch immer barfuß und schien zu frieren.

»Passen Sie auf, dass Helene mir nicht folgt«, flüsterte ich O'Leary zu. Ich vergaß Killians unzusammenhängende Erzählung und die Frage, wie Gerald Frawleys Leiche verschwinden konnte, ging ins Wohnzimmer, die Treppe hinauf und an der Ostwand des Hauses entlang. Ich spürte die vielen argwöhnischen Blicke unten. Aber Helene erriet nicht, was ich vorhatte, bis ich ihre Zimmertür öffnete. Und falls sie hinter mir herlaufen wollte, hielt O'Leary sie auf.

Über dem Frisiertisch brannte eine Lampe. Rasch suchte ich mit den Augen das Durcheinander von offenen Kästchen, Dosen, Puderquasten und Kleidern auf dem Tisch ab. Doch da lag es ja! Halb von einem seidenen Unterkleid verdeckt. Ein kleines braunes Notizbuch.

Rasch versicherte ich mich, dass es wirklich Matils Tagebuch war, dann steckte ich es unter mein Schwestern-Cape in die Tasche meiner Schürze.

O'Leary erwartete mich am Fuß der Treppe. Die Kaminrunde beäugte uns misstrauisch. Wahrscheinlich las er schon an meinem Gesicht ab, dass ich es gefunden hatte, denn seine Augen leuchteten, und er stellte mir keine Fragen. Unter dem Schutz meines weiten Capes drückte ich ihm das Buch in die Hand und ging zum Kamin. Er folgte mir. Auf halbem Wege bog er plötzlich ab und ging auf die Tür des Zimmers zu, das einst Huber Kingerys gewesen war … das Zimmer, in dem schon zwei Tote auf dem Boden gelegen hatten und wo jetzt ein dritter auf dem Bett lag. Er schloss die Tür fest hinter sich. Sofort drehten sich die Köpfe wieder zum Feuer, die Blicke wichen mir aus, als ich mich hinsetzte. Ich sah Helene an: Hatte sie versucht, mir zu folgen? Wenn ja, hatte O'Leary sie daran gehindert? Wahrscheinlich war ihr zu spät klar geworden, was ich in ihrem Zimmer wollte. Paggis Gesicht war sonderbar gelb, seine olivgrünen Augen huschten hierhin und dorthin. Er stand auf, ging vom Kamin fort, machte kehrt und setzte sich wieder hin.

Der Schnee schmolz. Wir hörten, wie er vor dem Fenster von der Dachrinne tropfte und tropfte und tropfte.

18

»Verriegeln Sie bitte die Tür!«

Als O'Leary mit einem Ruck die Tür aufriss und wieder aus dem Zimmer trat, ging eine Art Seufzer durch die schweigende, dicht gedrängte kleine Runde. Alle beobachteten, wie er in die Küche ging und unmittelbar darauf mit Brunker wieder herauskam.

»Miss Keate«, sagte O'Leary. Seine Hand ruhte auf der Klinke der unseligen Tür. Er sprach so klar, dass seine Worte mühelos durch den langen Raum drangen. »Würden Sie mir bitte kurz helfen?«

Sofort stand ich auf und ging zu ihm hinüber. Meine Beine waren schwer wie Blei. Ich spürte ihre Augen hinter mir, wie sie starrten und starrten.

Er öffnete die Tür und bedeutete mir einzutreten. Sein Gesicht war so bleich wie sein Kopfverband. Er tastete nach etwas in seiner Tasche – natürlich, sein Revolver. Glaubte er etwa, er müsse ihn in Kürze benutzen?

»Einmal darf ich raten«, flüsterte er. »Und ich darf nicht daneben tippen. Wenn ich falsch liege, können wir es nie mehr beweisen. Aber wenn ich Recht habe … Stellen Sie sich bitte da vorn ans Fenster, Miss Keate.«

Ich tat es. Einerseits kam es mir vor, als würde ich schlafwandeln, andererseits waren meine Sinne merkwürdig geschärft. Ich registrierte jeden noch so flüchtigen Eindruck. Ich weiß noch, wie groß mir die Leiche auf dem Bett erschien, wie merkwürdig starr und steif. Der arme Newell Morse!

Dann stand plötzlich Brunker im Zimmer, und ihm folgten langsam und sehr unwillig Paggi, Barre, Killian und … das waren schon alle.

»Meine Herren, ich möchte, dass Sie mir ein wenig zur Hand gehen«, sagte O'Leary ruhig. »Aber zuerst, Barre: Warum haben

Sie und Killian Frawleys Leiche verschwinden lassen? Ich weiß, dass Sie es waren. Es spielt im Grunde keine Rolle, weil der Schnee ohnehin schmilzt und wir schon bald Hilfe bekommen und die Leiche finden werden. Aber warum haben Sie es getan?«

Barre und Killian sahen sich an. Zunächst schwiegen sie.

»Wir können es ihm genauso gut sagen, Julian«, meinte Killian und fügte etwas hinzu, das O'Leary und ich ohne zusätzliche Erklärung verstanden: »Ich wollte Matil schützen, aber sie ... es war gar nicht nötig. Das weiß ich jetzt. Ich war wie von Sinnen.« Er verstummte.

Barre räusperte sich.

»Nun, wahrscheinlich kennen Sie die Antwort bereits. Um ehrlich zu sein: Wir hatten gehofft, Sie bestechen zu können, O'Leary. Dann hätte man Frawleys Leiche erst nach der Schneeschmelze im nächsten Frühjahr in einer der Schluchten gefunden.« Er zuckte die Achseln. »Ich gebe es zu. Wir dachten, wir könnten uns das Risiko teilen. Killian kam in dieses Zimmer, als er freie Bahn hatte, als niemand sonst im Wohnzimmer war. Ich war in meinem Zimmer, drüben hinter dem Badezimmer. Er hat die Badezimmertür entriegelt, und ich bin hereingekommen.« Er zögerte. Dann fuhr er ein wenig lebhafter fort: »Was nützt das Verschweigen – wir dachten: ohne Leiche kein Mord. Jeder von uns hatte ein Interesse daran, nicht mit einem Mord in Verbindung gebracht zu werden. Und Frawley tat es nicht mehr weh. Es war ganz schön mühsam, ihn ... sie ... aus dem Fenster zu hieven. Und es war kalt.« Er fröstelte und hustete.

»Aber wir haben es geschafft. Einer von uns musste das Risiko eingehen, beim Verlassen dieses Zimmers gesehen zu werden. Ich habe das auf mich genommen. Aber im Wohnzimmer war niemand. Killian ging natürlich durch mein Zimmer hinaus. Als er weg war, habe ich hinter ihm die Badezimmertür von dieser Seite verriegelt. Später schaffte er es, obwohl schon mehrere Leute wieder im Wohnzimmer waren, mein Zimmer ungesehen zu verlassen. Zumindest dachten wir das. Aber wahrscheinlich hat ihn doch jemand gesehen. Nun ja, wie Sie schon sagten: Es spielt im

Grunde keine Rolle. Sie hatten es sich in den Kopf gesetzt, diese Geschichte aufzuklären. Seien Sie auf der Hut, Mr. O'Leary, Sie stecken Ihre Nase hier in sehr gefährliche Angelegenheiten.«

»Sie beide haben eine Dummheit begangen«, sagte O'Leary. »Aber wenigstens haben Sie sie offen zugegeben.« Er zögerte. Wieder hörte ich das plitsch, plitsch, plitsch des tauenden Schnees. Durch die zerbrochene Fensterscheibe wehte mir eiskalte Zugluft in den Rücken.

»Also gut, jetzt brauche ich Ihre Hilfe«, sagte O'Leary barsch. Ich glaube, nur mir fiel das Funkeln in seinen Augen auf. »Brunker, würden Sie bitte diese Ecke des Lakens nehmen? Und Killian, Sie die da vorn? Halten Sie gut fest, lassen Sie nicht los.« Er stand neben dem Bett, das so eine grässliche Last trug. Ich starrte ihn verdutzt an. Die Männer im Zimmer waren ebenso verblüfft, leisteten seinen Anordnungen aber widerspruchslos Folge. »Ich selbst nehme diese Ecke hier, und, Paggi, bitte nehmen Sie die da drüben ... Ich möchte, dass Sie etwas sehen. Es ist kein sehr schöner Anblick ... nicht loslassen, Killian, schön festhalten ... Aber wir sollten vorher lieber dafür sorgen, dass die Frauen nicht hereinkommen. Barre, verriegeln Sie bitte die Tür, ja? Beeilen Sie sich.«

Was sollte das? Was hatte er ... Doch plötzlich bekamen seine Worte eine Bedeutung. *Verriegeln Sie bitte die Tür!*

Die drei Männer, die um das Bett herumstanden, sahen O'Leary fragend an.

O'Leary schwieg und wartete. Mir fiel auf, dass er das Laken nur mit einer Hand festhielt. Die andere steckte in seiner Tasche.

»Na los, Barre. Verriegeln Sie die Tür«, wiederholte er scheinbar ungeduldig.

Barre ging zur Tür. Mir schlug das Herz bis zum Hals. Er erreichte die Tür, griff unsicher nach dem Riegel, und ... trat einen Schritt beiseite. O'Learys Augen blitzten auf.

»Mein Gott, wissen Sie denn nicht, wie man das macht?«, fragte er schnell. Er versetzte Barre einen leichten Stoß, so dass dieser mitten vor dem Riegel stand, und hob den Riegel an.

Blitzschnell sprang Julian Barre zur Seite und ließ sich auf die Knie fallen. Es war eine unwillkürliche Bewegung. Er hätte sich wohl auch gar nicht beherrschen können, glaube ich.

Langsam ließ O'Leary den Riegel wieder sinken. Er zückte seinen Revolver.

»Stehen Sie auf«, sagte er. »Sie haben sich soeben selbst überführt.«

Die Männer am Bett standen wie erstarrt da.

»Ja«, sagte Julian Barre schließlich. Er sah unendlich erschöpft aus. »Ja, das habe ich. Aber es ist nicht wichtig. Nichts ist mehr wichtig. Ich bin so müde. Ich bin froh, dass es vorbei ist.« Seine Stimme war die eines alten Mannes. Sein Mundwinkel zuckte nervös.

Lance O'Leary musterte den Mann, der vor uns stand. Einer der Männer – ich glaube, es war Killian – ließ das Laken fallen, machte einen Schritt auf Barre zu und blieb stehen. Auch in seinem Gesicht arbeitete es.

»Ich hätte warten können, bis wir in Barrington sind«, sagte O'Leary, »aber ich habe es nicht gewagt. Es wäre ein Wettrennen zwischen uns beiden geworden, wer zuerst bei Frawleys Schließfach wäre. Außerdem war da noch Matil … Morse hatte ihr, bevor er aufbrechen wollte, die Nummer aufgeschrieben. Sie ist die Einzige, die das Schließfach öffnen kann. Zudem hatte sie das Tagebuch über den Ausflug nach Hunting's End, während dem Sie … diese Vorrichtung angebracht haben.« Er zeigte zur Tür. Die Männer am Bett sahen ihn verständnislos an. Paggi wollte etwas sagen, doch O'Leary fuhr fort: »Matil hat zu viel gewusst. Es galt ihr Leben oder Ihres.«

Barres Schultern sanken herab. Mühsam richtete er sich wieder auf.

»Wenn Huber Kingerys Geist in diesem Zimmer ist …«, begann er bitter, unterbrach sich jedoch und drehte sich zu Killian um. Durch die Drehung fiel das Licht der Lampe auf sein erschöpftes Gesicht: Verbraucht, gehetzt und alt sah es aus. Seine Augen aber waren glasig, seine Wangen fiebrig rot. »Gib mir eine

Zigarette, Lal. Warum klären Sie die Herren nicht auf, O'Leary?«

»Vorher will ich noch ein, zwei Dinge wissen«, sagte O'Leary ruhig. »Hat Miss Keate in jener Nacht Ihre Hand gesehen und auf sie geschossen? Haben Sie vor dem Fenster gestanden?«

Barre nickte.

»Ich dachte, ich könnte das Toupet wieder ins Zimmer bringen. Ich hatte es ihm abgenommen, weil ich die Nummer haben wollte – ich musste unbedingt Zugang zu Frawleys Unterlagen haben. Er war ein seltsamer Mensch. Da ich wusste, dass Sie überall nachgesehen hatten, dachte ich, er hätte sie vielleicht in seinem Toupet versteckt ... die Wahrscheinlichkeit war zwar sehr gering, aber ich wollte nichts unversucht lassen.

So habe ich mir auch diese üble Erkältung eingefangen ... draußen im Schnee.« Wie zum Beweis hustete er. »Ich habe nicht damit gerechnet, dass jemand im Zimmer sein würde. Der Schuss hat mich knapp verfehlt, und ich bin durchs Fenster in mein Zimmer zurückgeklettert. Später habe ich das Toupet in einen der Sessel gelegt.«

»Und ... den Hund haben Sie auch vergiftet?«, fragte O'Leary ruhig.

Barre hustete, nickte und hustete wieder.

»Ich musste es tun. Er hat mich nie gemocht. Er ist mir immer in die Quere gekommen. Das Gift liegt vor der Küchentür im Schnee ... Das mit Morse tut mir Leid, alles tut mir Leid, aber ich musste es tun. Ich habe ihn völlig überrascht, mit der erstbesten Waffe, die mir geeignet erschien. Aber vorher musste ich noch Sie ausschalten, O'Leary.«

Lal Killian trat vor.

»Können wir nicht ... damit warten, O'Leary, bis er ... bis wir ...« Sein junges, blasses Gesicht war von der Anstrengung gezeichnet. Nun, dies war ja auch wirklich keine erfreuliche Angelegenheit. »Das mit Morse«, fuhr Barre mit vom Husten heiserer Stimme fort, »ich ... ich fand es schrecklich. Aber ich musste es tun. Die Chancen standen nicht schlecht, dass er sich bis nach Barrington durchschlagen und vor mir an Frawleys Schließfach herankommen würde. Aber ich hätte nicht im Traum damit gerechnet, dass er eine Nachricht hinterlassen würde.«

»Wusste er, dass Sie Huber Kingery ermordet haben?«, fragte O'Leary.

»Er wusste zumindest, dass ich gute Gründe hatte, Huber Kingery zu ermorden«, sagte Barre. Seine Stimme klang jetzt nicht mehr nur müde, sondern auch bitter. Dann winkte er ab.

»Sie erfahren das alles noch früh genug, wenn wir in Barrington sind. Ich bin … so unendlich müde. Können wir es nicht … bis dahin verschieben? Ich kann ohnehin nicht mehr entkommen«, schloss er mit einem sonderbaren Lächeln. »Wie gesagt: Nichts ist mehr wichtig.«

Es folgte unsere letzte Nacht auf Hunting's End. Ich erinnere mich nur noch schwach an sie. Wir drängten uns alle um den Kamin und versuchten, uns aufzuwärmen. Keiner wollte schlafen. Um drei oder vier Uhr morgens kochte Brunker Kaffee, der unseren verhärmten, blassen Gesichtern etwas Leben einhauchte. Ich weiß noch, dass die Männer sich leise unterhielten und rauchten und rauchten, dass Matil dasaß wie eine eisige Statue, dass Helene fast die ganze Nacht weinte und dass Terice und Tante Lucy kein Wort sprachen. Einmal fragte ich Helene mit einer Stimme, die ich kaum als meine eigene wieder erkannte, warum sie das Tagebuch gestohlen hatte. Sie blickte zu Paggi hinüber, der außer Hörweite war, druckste ein wenig herum und gab dann zu, Angst gehabt zu haben, dass Matil darin etwas niedergeschrieben haben könnte … etwas, folgerte ich im Stillen, über ihre Beziehung zu Huber Kingery …, das, wenn es Paggi zu Ohren kommen würde, selbst heute noch ›Ärger‹ bedeuten würde. So drückte sie es aus, weiter sagte sie nichts. Ich nahm an, dass sie Paggi keinen konkreten Vorwand liefern wollte, sich von ihr scheiden zu lassen. Ich fröstelte bei dem Gedanken. Alles in allem lässt sich gegen den guten alten Anstand doch gar nicht so viel sagen.

Ungefähr um sechs Uhr hatte ich Gelegenheit, ein paar Worte mit O'Leary zu wechseln. Wir trafen uns in der Küche, wohin ich gegangen war, um Lucy Kingery eine zweite Tasse Kaffee zu holen. Hinter der Tür, die zu Annettes Zimmer führte, erklang ein lang gezogenes, dröhnendes Schnarchen.

»Seit wann hatten Sie Julian Barre in Verdacht?«, fragte ich. »Und warum? War es nur das, was Sie in dem Tagebuch gelesen haben?«

O'Leary sah auf seine Uhr.

»Ich hatte ihn in Verdacht seit ... noch bevor Frawley erschossen wurde. Seit ich gehört hatte, dass er sich beim Vertuschen des Mordes an Huber Kingery besonders hervorgetan hatte. Aber wie hätte ich beweisen sollen, dass er auch Morse ermordet hat? Ich konnte nur hoffen, dass er gestehen würde.«

»Moment«, unterbrach ich ihn. »Wieso hat er nicht auch Morses Leiche im Schnee versteckt?«

»Er hatte es zu eilig. Er musste ungesehen in sein Zimmer zurückkommen«, sagte O'Leary lakonisch. »Aber ... oh, es gab noch mehr Gründe, warum ich Barre verdächtigt habe. Ich will sie Ihnen verraten: Erstens gab es dieses kleine Gespräch zwischen Barre und Frawley – das Sie aufgeschnappt haben, wissen Sie noch? Barre hat Frawley einen Zimmertausch angeboten, und Frawley deutete offen an, dass Barre etwas über den Mord an Huber Kingery wusste. Ich vermutete, dass Barre zunächst vorhatte, mit Frawley das Zimmer zu tauschen, um den Revolver zu entfernen, bevor noch jemand erschossen würde. Aber nach Frawleys Andeutung und dem, was er bei Tisch über gewisse Unterlagen gesagt hatte, die sich an einem sicheren Ort befänden, wusste Barre, was er vorher nur geahnt hatte –, Frawley wusste also, dass er, Barre, bei den Veruntreuungen in der Kingery-Treuhandgesellschaft seine Hand im Spiel hatte. Woher ich das weiß? Ich weiß es nicht, aber ich wette, das war auch der Punkt, an dem der Ärger zwischen Huber Kingery und Julian Barre begonnen hatte.«

(Und ich kann hier schon verraten, dass er damit Recht hatte, wie sich später herausstellte.)

»Natürlich gehörten sie alle zur Treuhandgesellschaft und hatten möglicherweise alle ihre Hände im Spiel«, fuhr O'Leary fort. »Aber Julian Barre stand Huber Kingery am nächsten – und wissen Sie noch, wie Miss Lucy behauptete, ihr Bruder habe ›sie alle bestohlen‹? Warum dann nicht auch seinen besten Freund? Dann kam es mir auch merkwürdig vor, dass Frawley seine Badezimmertür gegen das mögliche Eindringen eines Mannes verriegelt hatte, der doch angeblich sein Freund und Geschäftspartner war. Aus irgendeinem Grund hatte er also Angst vor Barre gehabt. Und ... ach ja, diese Geschichte, als Barre vergaß, sein Gebiss einzusetzen ..., da hat er etwas zu sehr geschauspielert. Ein Mann vom Schlage Julian Barres würde auch dann sein Gebiss einsetzen, wenn sein Haus in Flammen stünde; auf sein Äußeres zu achten war eine eingefleischte Gewohnheit bei ihm. Da hat er etwas übertrieben. Das alles waren zwar keine handfesten Beweise, aber es genügte, um meine Aufmerksamkeit auf Julian Barre zu lenken. Erst nachdem ich den versteckten Revolver gefunden hatte, hat die Sache klare Konturen bekommen. Barre kennt sich offenbar mit Radios aus – und warum kümmerte er sich so gar nicht um das Radio? Normal wäre doch gewesen, wenn er versucht hätte, es zu reparieren und in Gang zu bringen. Der Draht an der Schussvorrichtung: Wer, wenn nicht jemand, der sich mit dem Innenleben eines Radios auskennt, wäre auf die Idee gekommen, das dünne, stabile Kabel vom Widerstand zu nehmen? Keiner hat gemerkt, dass das Kabel fehlte beziehungsweise hat gewusst, was mit dem Radio los war. Aber der letztendliche Beweis war natürlich Matils Tagebuch – und dass Barre in Deckung gegangen ist, als er dachte, ich würde den Riegel vorlegen und der Schuss würde ihn treffen.«

Er kramte in seiner Tasche und zog das kleine braune Buch hervor. Er öffnete es und zeigte auf eine Stelle. Ich las:

... sind um vier Uhr aufgestanden und auf die Jagd gegangen. Brunker und Annette haben einen Picknickkorb mitgenommen. Wir blieben den ganzen Tag. Alle waren dabei. Aber Onkel Julian ist morgens in eine Klette getreten und musste zum Haus zu-

rück. Vater hat ihn ausgelacht. Onkel Julian ist fortgehumpelt und kam den ganzen Tag nicht wieder. Vater hatte viel Glück bei der Jagd, vor allem bei Sonnenuntergang. Ich kann Helene einfach nicht leiden. Sie ist zu nett zu mir …

Ich schaute auf.

O'Leary blickte ernst in die Flammen, die im Kamin der Küche loderten. Hinter der Tür schnarchte Annette.

Das war so ungefähr alles. Als wir in Barrington ankamen und O'Leary zusammen mit dem Chef der Barringtoner Polizei Frawleys Schließfach öffnete, zeigte sich, dass O'Learys Vermutungen richtig gewesen waren. So wie man es mir erklärt hat, lagen die Dinge folgendermaßen: Schon Jahre vor Huber Kingerys Ermordung hatten er und Julian Barre ihre eigene Treuhandgesellschaft systematisch bestohlen, illegale Wertpapiergeschäfte gemacht und mit den Immobilienscheinen und Wechseln ihrer Kunden spekuliert. Am Ende waren sie die Einzigen, die wussten, welche Gelder legal und welche illegal waren. Frawley ahnte den Betrug, fand Beweise dafür und ging mit seinem Wissen zu Huber Kingery. Als Gegenleistung für sein Schweigen verlangte er Kingerys Tochter und einen gehörigen Anteil der Gewinne. In der Zwischenzeit fand Julian Barre heraus – und das war wohl das Einzige, was er zu seiner Verteidigung vorbringen konnte –, dass Huber Kingery alles so arrangiert hatte, dass es aussah, als wäre er, Julian Barre, der Alleinschuldige. Um aus Frawleys Unterlagen zu zitieren: Kingery hatte die Absicht, mit unsauberen Geschäften ein Vermögen zu verdienen und Barre die Konsequenzen tragen zu lassen, falls die Gesellschaft in Konkurs ginge.

Als Barre ihn daraufhin zur Rede stellte, gab Huber Kingery dummer-, aber typischerweise alles zu und sagte Barre, er solle es nur wagen, die Geschichte zu veröffentlichen. Natürlich konnte Barre das nicht tun, also brachte er, weil er keinen anderen Ausweg mehr sah, Kingery um und übernahm die Treuhandgesellschaft allein. Er und Frawley schlossen einen halbherzigen

Pakt, den Betrug an den Kunden, den Huber Kingery begonnen hatte, fortzusetzen. Sie vertrauten einander jedoch nicht. Ich glaube, dass es viel Zeit und Energie kostete, all die krummen Geschäfte der Kingery-Treuhandgesellschaft aufzudecken.

Aber ich will noch einmal auf die letzten Stunden auf Hunting's End zurückkommen.

Gegen Mittag kämpften sich zwei Lieferwagen durch den matschig werdenden Schnee. Ich erinnere mich nur noch vage, wie sehr wir sie anflehten, uns und unser Gepäck mit nach Nettleson zu nehmen. Aber die Rückfahrt habe ich noch genau vor Augen: Annette hielt die Katze im Arm, Jericho lag traurig zu unseren Füßen, Tante Lucy saß in ihren grauen Schal gehüllt neben dem Fahrer und starrte in den Schnee hinaus, der in den Sandhills mit enormer Geschwindigkeit wegtaut. Alles in allem war die Rückfahrt ein Albtraum; so zumindest habe ich sie in Erinnerung, denn ich war völlig erschöpft, hätte im Stehen einschlafen können, war müde bis auf die Knochen. Bestimmt ging es den anderen nicht besser.

O'Leary machte gut einen Tag lang in Nettleson Station, um seine Angelegenheiten zu regeln.

Als wir dann endlich wieder in Barrington waren, blieb ich noch ein paar Tage bei den Kingerys, wo O'Leary mich aufsuchte, um mir vom Inhalt des Schließfachs zu berichten. Er war sehr ernst, besonders als er sagte, dass Barre ein umfassendes Geständnis abgelegt hatte.

Nun, es war ja auch eine hässliche Sache gewesen.

»›Das Ende Aller Erfolgreichen Jagden Kommt Schneller Als Du Dir Erträumst‹«, sagte er nachdenklich, bevor er ging. »Wussten Sie, dass Barre eine schwere Lungenentzündung hat? Er wird nicht mehr lange leben.« Er verstummte und hing irgendeinem finsteren Gedanken nach. Dann zuckte er seufzend die Schultern, wie um eine Last abzuschütteln. »Auf Wiedersehen, Miss Keate.«

Matil und Lal Killian standen in der Eingangshalle. Matil sah noch immer blass und traurig aus, aber ihr Blick war nicht mehr so gehetzt. Ihre Augen funkelten wie Zwillingssterne.

»Ich gratuliere, Killian«, sagte O'Leary. »Auch Ihnen, Miss Matil ... meine herzlichsten Glückwünsche.«

»Sie haben mir mein Glück doch erst ermöglicht«, sagte sie leise.

Wir standen zu dritt am Fenster und sahen zu, wie O'Learys schlanke graue Gestalt sich im trüben Licht des späten Novembertages verlor.